古典詩歌研究彙刊

第二二輯

龔鵬程 主編

第 1 冊

六朝「詩歌遊戲化」現象研究

朱錦雄 著

國家圖書館出版品預行編目資料

六朝「詩歌遊戲化」現象研究／朱錦雄 著 — 初版 — 新北市：

花木蘭文化事業有限公司，2017〔民 106〕

目 2+266 面；17×24 公分

（古典詩歌研究彙刊 第二二輯：第 1 冊）

ISBN 978-986-485-112-6（精裝）

1. 中國詩 2. 詩評

820.91   106013421

ISBN-978-986-485-112-6

9 789864 851126

古典詩歌研究彙刊

第二二輯　第 一 冊　　　ISBN：978-986-485-112-6

六朝「詩歌遊戲化」現象研究

作　　　者　朱錦雄

主　　　編　龔鵬程

總 編 輯　杜潔祥

副總編輯　楊嘉樂

編　　　輯　許郁翎、王筑　美術編輯　陳逸婷

出　　　版　花木蘭文化事業有限公司

社　　　長　高小娟

聯絡地址　235 新北市中和區中安街七二號十三樓

　　　　　　電話：02-2923-1455／傳眞：02-2923-1452

網　　　址　http://www.huamulan.tw 信箱 hml 810518@gmail.com

印　　　刷　普羅文化出版廣告事業

初　　　版　2017 年 9 月

全書字數　210123 字

定　　　價　第二二輯共 14 冊（精裝）新台幣 22,000 元

六朝「詩歌遊戲化」現象研究

朱錦雄　著

作者簡介

朱錦雄，花蓮人。國立政治大學中國文學系博士。曾任臺灣大學、亞東技術學院兼任助理教授，臺北商業技術學院、中華大學等校兼任講師，現任靜宜大學中國文學系助理教授。專長領域以六朝詩及文人思想爲主，旁及古典詩詞及古典文學批評。創作古典詩詞多年，先後師承顏崑陽、劉漢初二位先生。曾連續獲得數屆政治大學道南文學獎古典詞組及古典詩組第一名、第三十屆中興湖文學獎全國徵文比賽古典文學獎佳作。

提　　要

　　本文題目爲《六朝詩歌遊戲化現象研究》，主要是探討六朝時期的詩歌，在「言志」與「緣情」的變化之外，逐漸朝向遊戲化發展的演進過程。

　　將文學視作「遊戲」的行爲，並不是一種單獨存在於某時代或某文學集團中的現象，在漢代已有之。而這種現象又在詩歌盛行的六朝時期特別突出，不僅成爲一種當時文人階層中的文化，也影響後代文人對於詩歌的觀念。然而，目前學術界常以「言志」和「緣情」二種詩體本質觀，來解釋詩歌的發展時，詩歌「遊戲化」的現象便往往容易被忽略，或是以非主流的觀念簡單提及。導致此類的作品不是被認爲沒有情志而棄之不談，就是強加以作者的生平來賦予意義。當然，這麼說並不是否定現今學者對於詩學體系建構的成果，而是認爲在六朝詩歌中清楚可見的「遊戲化」現象，也應是當時文人看待詩歌的主流觀念，絕不可輕易忽視。因此，本文將透過討論此種自社會行爲所產生的文化現象，呈現出不同於文學批評史中關於六朝詩學的面貌。

目次

第一章　緒　論

第一節　研究動機與目的

　　詩，是中國文學中非常重要的一個文體。從古至今，不僅創作數量非常龐大，對中國古典文學批評理論更是影響深切。然而，究竟什麼是詩？如何判斷出什麼是好詩？這其實涉及了一個根本的問題：什麼是詩的本質？而這也正是歷代中國文人亟欲解釋的問題。但因為對詩的認知不同，當然也就產生了不同解釋。目前學界探討中國古典詩的本質問題時，大多以「言志」與「緣情」為兩大主流的理論體系。多數學者均認為先秦「詩言志」的觀念，在經歷兩漢的論述發展後，成為詩體的最高價值判斷。而隨著漢末五言詩的興起，「言志」觀念已經無法完整詮釋新起之詩的全貌，「緣情」的觀念便因此而產生。而朱自清是第一個將此兩個理論體系作為並列的概念，並且進行討論者。他認為「言志」與「緣情」是詩體發展的兩個階段。〔註1〕自從

〔註1〕朱自清《詩言志辨》:「『詩言志』一語雖經引申到士大夫的窮通出處，還不能包括所有的詩。《詩大序》變言『吟詠情性』，卻又附帶『國史……傷人倫之廢，哀刑政之苛』的條件，不便斷章取義用來指『緣情』之作。《韓詩》列舉『歌食』『歌事』，班固渾稱『哀樂之心』，又特稱『各言其傷』，都以別於『言志』，但這些語句還是不能用來獨標新目。可是『緣情』的五言詩發達了，『言志』以外迫切的需要

朱自清提出這樣的詩學發展現象後，後世之學者大多依此為基礎，進行不同層面的論述。例如：王瑤認為中國詩是由「言志」發展至「緣情」，而且還指出漢末的建安正是轉變的關鍵時期。〔註2〕除此之外，廖蔚卿、鄭毓瑜、蔡英俊、陳昌明、呂正惠、陳良運等人皆有相關論述。〔註3〕目前多數學者的論述基調，我們可以曾守正分析此類論著後，所得到的結論作為說明：

> 自理論的發生意義來說，「緣情說」是在「言志說」的土壤
> 發展出來的；從本質意義來說，「緣情說」與「言志說」相
> 互對比著。而「言志說」與「緣情說」兩者互斥的地方在
> 於：前者強調文學功能的意義，而後者卻強調文學本質的
> 意義。〔註4〕

很明顯的，在這一類論述中，「緣情」觀雖然是接續在「言志」觀之後產生的，但兩者基本上是一種斷裂或是相對的關係。「緣情」是一種新起的觀念，在漢末六朝時取代了舊有的「言志」觀念，成為創作

一個新標目。於是陸機《文賦》第一次鑄成『詩緣情而綺靡』這個新語。『緣情』這詞組將『吟詠情性』一語簡單化、普遍化，並囊括了《韓詩》和《班志》的話，扼要的指明了當時五言詩的趨向。」（臺北：漢京文化事業有限公司，民國72年元月5日初版），頁37。

〔註2〕王瑤《中古文學史論》：「中國詩底發展的主流，是由『言志』到『緣情』，而建安恰是從『言志』到『緣情』的歷史的轉關。」（北京：北京大學出版社，2008年5月二版二刷），頁175。

〔註3〕廖蔚卿：《六朝文論》（臺北：聯經出版社，民國74年9月初版三刷），頁354～356；鄭毓瑜：〈詩歌創作過程的兩種模式──「詩緣情」與「詩言志」〉，《中外文學》第11卷第9期，民國72年2月，頁4～19；蔡英俊：《比興物色與情景交融》（臺北：大安出版社，民國84年3月一版三刷），頁23～30；陳昌明：《緣情文學觀》（臺北：臺灣書店，民國88年11月初版）；呂正惠：〈「物色」論與「緣情」說──中國抒情美學在六朝的開展〉，收入中國古典文學研究會主編：《文心雕龍綜論》（臺北：臺灣學生書局，民國75年5月初版），頁285～312；陳良運：《中國詩學體系論》（北京：中國社會科學出版社，1998年9月一版二刷），「言志篇」與「緣情篇」二部分。

〔註4〕曾守正：〈中國「詩言志」與「詩緣情」的文學思想──以漢代詩歌為考察對象〉，收入《淡江人文社會學刊》第10期，2002年3月，頁3。

及評論的主流價值觀。雖然近代已有學者開始挑戰或檢討這樣的說法，而認爲「緣情」並非六朝時期完全新起的觀念，在漢代已可見出端倪。〔註5〕或是直接認爲陸機〈文賦〉「專論辭條與文律，不談作者道德修養及作者如何抒情言志的問題」。而且〈文賦〉中最受後人注目的「詩緣情而綺靡」一句，其重點亦「在綺靡而不在情，情甚至還可因綺靡之文造出」。〔註6〕但整體來說，目前學界針對此時期詩體的研究，無論是贊同或質疑，無論是從創作層面還是批評層面切入，大部分還是以「言志」與「緣情」爲基礎觀念進行討論。

　　然而，明代胡應麟《詩藪》中對六朝詩文的一段評論，反而讓我們產生了一些疑問：

> 詩文不朽大業，學者雕心刻腎，窮晝極夜，猶懼弗窺奧眇，而以游戲費日可乎？孔融〈離合〉、鮑照〈建除〉、溫嶠迴文、傅咸集句，亡補於詩，而反爲詩病。自茲以降，摹倣實繁，字謎、人名、鳥獸、花木，六朝才士集中，不可勝數。詩道之下流，學人之大戒也。〔註7〕

胡應麟提及的「離合」、「建除」、「迴文」、「集句」四種類型的詩，皆是屬於展現作者自身的才氣、學問且兼具遊戲性質之作。所謂離合詩

〔註5〕此種說法可參見龔鵬程：〈從「呂氏春秋」到「文心雕龍」——自然氣感與抒情自我〉收入《文學批評的視野》（臺北：大安出版社，1998年年4月初版二刷），頁47～84；曾守正：〈中國「詩言志」與「詩緣情」的文學思想——以漢代詩歌爲考察對象〉，頁 1～33。

〔註6〕龔鵬程：「陸機〈文賦〉專論辭條與文律，不談作者道德修養及作者如何抒情言志的問題；陸雲論文，先詞後情，代表的就是這一路思潮。近人講文學史，拿一套抒情史觀瞎糊弄，在陸機說『詩緣情而綺靡』上做文章，大談緣情的魏晉如何跟言志的漢朝勢不兩立，魏晉之緣情又如何顯示了人的自覺，此等自覺又如何建構了審美主體。不知緣情而綺靡者，重點在綺靡而不在情，情甚至還可因綺靡之文造出，以致把一個『體情之製日疏』的時代，講成一則重情的神話，實在可笑！」參見氏著《中國文學史》〈文學技藝的強化〉（臺北：里仁書局，2009年1月5日初版），頁162。

〔註7〕〔明〕胡應麟：《詩藪》（臺北：廣文書局，民國62年9月初版），頁462。

是指用拆字法寫成的詩,閱讀者必須先將詩中的某個字離出一半,再和另一個字的一半合成其他字。以胡應麟所提及的孔融〈離合作郡姓名字詩〉爲例:

> 漁父屈節,水潛匿方。與旹進止,出行施張。呂公磯釣,闔口渭旁。九域有聖,無土不王。好是正直,女回于匡。海外有截,隼逝鷹揚。六翮將奮,羽儀未彰。蚑龍之蟄,俾也可忘。玟璇隱曜,美玉韜光。無名無譽,放言深藏。按轡安行,誰謂路長。〔註8〕

此詩看似在描寫隱士,但無論在內容或用詞上,其實並無突出、獨到之處。但整首詩的特殊之處並不在於表面的字詞,而是在於潛藏的遊戲意義。如果說一首詩的題目,在詮釋詩的過程中,扮演著畫龍點睛的關鍵角色,那麼這首詩的題目,即已明確告知其所隱涵的意義了。「離合」是指解釋的方法,「郡姓名字」則是指隱藏的答案。以這樣的方向解釋,先用「離」的方法,則前二句「漁父屈節,水潛匿方」所得到的字爲「魚」,三、四句「與旹進止,出行施張」可解析出「日」字。接著再用「合」的方法,故可得出「魯」字。以這樣的方法重覆進行,最後可以得到「魯國孔融文舉」六個字,此即題目「郡姓名字」的答案。

「建除」指的是一種依據天文曆法以占卜人事吉凶的方法。古代方士之一的「建除家」〔註9〕以天上十二辰分別象徵建、除、滿、平、定、執、破、危、成、收、開、閉等十二種人事的情況。〔註10〕鮑照

〔註 8〕 逯欽立:《先秦漢魏晉南北朝詩‧上》(北京:北京中華書局,1998年 5 月 1 版 4 刷),頁 196。

〔註 9〕 〔漢〕司馬遷《史記‧日者列傳》:「孝武帝時,聚會占家問之,某日可取婦乎?五行家曰可,堪輿家曰不可,建除家曰不吉,叢辰家曰大凶,曆家曰小凶,天人家曰小吉,太一家曰大吉。辯訟不決,以狀聞。制曰:『避諸死忌,以五行爲主。』」(北京:中華書局,1997年 11 月一版),頁 815。

〔註10〕 《淮南子‧天文訓》:「寅爲建,卯爲除,辰爲滿,巳爲平,主生;午爲定,未爲執,主陷;申爲破,主衡;酉爲危,主杓;戌爲成,主少德;亥爲收,主大德;子爲開,主太歲;丑爲閉,主太陰。」(臺

將這十二個字入詩，並分別冠在每聯第一句的首字。〔註11〕後世便稱此種詩體為「建除體」。

迴文詩是指可以倒讀或反覆迴旋的詩篇。〔註12〕胡應麟所舉溫嶠〈迴文虛言詩〉今僅存兩句：「寧神靜泊，損有崇無。」〔註13〕而無論是順著讀或逆著讀，意義皆相同。這種簡單的迴文詩雖然沒有南朝詩人來得繁複，但已初具雛形。

至於集句詩則是採集其他人的詩句所合成的詩。〔註14〕胡應麟所說「傅咸集句」所指的是傅咸〈七經詩〉中的〈毛詩詩〉：

> 無江大車，維塵冥冥。濟濟多士，文王以寧。顯允君子，
> 大猷是經。
>
> 聿修厥德，令終有俶。勉爾遯思，我言維服。盜言孔甘，
> 其何能淑。讒人罔極，有靦面目。〔註15〕

這兩首詩的句子，幾乎都是摘取《詩經》中各篇章之詩句所串聯出

北：世界書局，民國47年5月初版），頁48。

〔註11〕鮑照〈建除詩〉：「建旗出燉煌，西討屬國羌。除去徒與騎，戰車羅萬箱。滿山又填谷，投鞍令營牆。平原亘千里，旗鼓轉相望。定舍後未休，候騎敕前裝。執戈無暫頓，彎弧不解張。破滅西零國，生虜郅支王。危亂悉平蕩，萬里置關梁。成軍入玉門，士女獻壺漿。收功在一時，歷世荷餘光。開壤襲朱紱，左右佩金章。閉帷草太玄，茲事殆愚狂。」逯欽立《先秦漢魏晉南北朝詩·中》（北京：北京中華書局，1998年5月1版4刷），頁1300。

〔註12〕〔宋〕嚴羽《滄浪詩話·詩體》：「論雜體則有……回文（起於竇滔之妻織錦以寄其夫也。）……離合（字相析合成文。孔融『漁父屈節』之詩是也。）雖不關詩之輕重，其體製亦古。至於建除（鮑明遠有〈建除詩〉，每句首冠以『建除平定』等字。其詩雖佳，蓋鮑本工詩，非因建除之體而佳也。）」郭紹虞：《滄浪詩話校釋》（臺北：里仁書局，民國76年4月1日初版），頁100～101。

〔註13〕參見逯欽立：《先秦漢魏晉南北朝詩·中》，頁871。

〔註14〕裴普賢《集句詩研究》：「所謂集句詩是完全採集前人的詩句或文句，以另行組合成一詩的作品，不許有任何一句自創之作摻雜其中，甚至更動前人的詩句或文句，也不被容許，（簡縮一、二字，已屬例外。）與一般的創作完全不同，而形成一種特殊的詩體者。」（臺北：臺灣學生書局，民國64年11月初版），頁1。

〔註15〕參見逯欽立：《先秦漢魏晉南北朝詩·上》，頁604。

來。以第一首來說，「無江大車，維塵冥冥」是引自〈小雅·北山之什·無將大車〉；「濟濟多士，文王以寧」是引自〈大雅·文王之什·文王〉；「顯允君子」是引自〈小雅·白華之什·湛露〉。至於第二首，更是每句皆從不同之詩篇摘取。「聿修厥德」出自〈大雅·文王之什·文王〉；「令終有俶」出自〈大雅·生民之什·既醉〉；「勉爾遯思」出自〈小雅·祈父之什·白駒〉；「我言維服」出自「大雅·生民之什·板〉；「盜言孔甘」出自〈小雅·小旻之什·巧言〉；「其何能淑」出自〈大雅·蕩之什·桑柔〉；「讒人罔極」出自〈小雅·桑扈之什·青蠅〉；「有靦面目」出自〈小雅·小旻之什·何人斯〉。

上述這些詩作，都很難以「言志」或「緣情」的觀念來解釋，在內容上所呈現的多是作者的才氣與學識。對胡應麟來說，詩文本是不朽之大業，即使窮盡心力、日夜學習，都不一定能夠窺見箇中奧妙。但六朝有些詩人不努力體會詩文精深之處，反而將作詩當成一種遊戲，終日爭相鑽研在那些文字修辭的枝微末節處，成為不足為後人法的「詩道下流」。《詩藪》的這段文字，雖然主要用意是在勸誠後人，學詩需謹慎為之，若落入遊戲性質之作，則離詩文之大道遠矣。但是從另一個角度來看，反而讓我們也注意到了六朝時期，這種具有遊戲性質之詩作，不僅在文士間十分的興盛，也可以發現他們對於詩的認知與作用，並不止於「言志」與「緣情」的觀念。但這不就與目前學界所認為六朝詩歌為「緣情」的說法，有很大的差異嗎？而且從六朝時期的文獻來看，文士們也不是完全排斥將詩歌視作遊戲的觀念。例如：劉勰《文心雕龍·明詩》：

> 若夫四言正體，則雅潤為本；五言流調，則清麗居宗，華實異用，惟才所安。……至于三六雜言，則出自篇什；離合之發，則萌於圖讖；回文所興，則道原為始；聯句共韻，則柏梁餘製。巨細或殊，情理同致，總歸詩囿，故不繁云。〔註16〕

〔註16〕〔南朝梁〕劉勰著、周振甫注：《文心雕龍注釋》（臺北：里仁書局，

以及鍾嶸〈詩品序〉：

　　　　至若詩之為技，較爾可知。以類推之，殆均博弈。〔註17〕

劉勰不僅沒有對「離合」、「回文」、「聯句」這類具有遊戲性質的詩，產生貶抑、唾棄的想法，甚至還認為這類詩與「正體」的四言詩和「流調」五言詩，只有外在體製上的差異，在內容情理上殊途同歸，皆屬於詩體的一部份。鍾嶸則不僅直接將詩當成一種技藝，還以用來遊戲的博弈比擬之。而且由「詩之為技，較爾可知」一句來看，將詩當成一種技藝，似乎已是當時文人對詩歌的共識。創作詩歌既然成為一種技藝，那麼難免會滲入遊戲或競技的心態，而容易產生一較長短的情形。在互爭高下的遊戲競技下，以文字技巧決勝負便在所難免，至於詩的內容是否承載作者的情志，就不一定是最重要的事了。因此，鍾嶸以「博弈」比擬，完全反映了當時文人創作詩歌時的心態。

　　就六朝文人詩歌的實際創作而言，將詩歌當作一種「遊戲」競技看待的現象，確實十分常見。不僅有許多同時代、同集團的文人間，透過創作詩歌達到一種娛樂或相互較勁的目的，也有透過模仿擬作前人之詩，以達到「尚友古人」，甚至與古人一較高下的心態。不過，將文學視為一種具有「遊戲」性質的「技藝」，六朝時期並非首見，而早在兩漢時期便已出現。將文學視作「遊戲」的行為，並不是一種單獨存在於某時代或某文學集團中的現象。只是這種現象在詩歌盛行的六朝時期特別突出，不僅成為一種當時文人階層中的文化，也影響後代文人對於詩歌的觀念。然而，目前學術界常以「言志」和「緣情」二種詩體本質觀，來解釋詩歌的發展時，詩歌「遊戲化」的現象便往往容易被忽略，或是以非主流的觀念簡單提及。導致此類的作品不是被認為沒有情志而棄之不談，就是強加以作者的生平來賦予意義。當然，這麼說並不是否定現今學者對於詩學體系建構的成果，也並非認

民國87年9月28日初版三刷），頁85。

〔註17〕〔南朝梁〕鍾嶸著、王叔岷箋證：《鍾嶸詩品箋證稿》（臺北：中央研究院中國文哲研究所，民國81年3月初版），頁89。

為「遊戲」即與「言志」、「緣情」對立，而是認為在六朝詩歌中，清楚可見的「遊戲化」現象，不僅應是當時文人看待詩歌的主流觀念之一，也可能與「言志」和「緣情」有著密切的關係，故絕不可輕易忽視。因此，本文將透過討論此種自社會行為所產生的文化現象，呈現出不同於文學批評史中關於六朝詩學的面貌。

第二節　研究方法與步驟

　　凡是人類，除非離群索居，過著遺世獨立的生活，或多或少都會與社會產生聯繫。而這種聯繫便是一種「社會關係」。「社會關係」雖然是社會學家所積極探討的核心觀念，但對文學研究者來說，卻往往成為一種背景資料，僅作為一種輔佐論證的說明。埃斯卡皮（Robert Escarpit）曾在其書《文學社會學》中提及二者的關係：

> 所謂的文學史仍往往侷限在人物和作品的探討（也就是作家生平研究和作品解析），而僅把群體背景當做是一種飾景道具，將它視為政治性歷史文件的研究範疇。〔註18〕

埃斯卡皮的說法，正道出了以往中國文學研究者的問題。面對中國古典文學作品時，研究者通常會從二方面著手探討：第一，從「文學本位」的角度，也就是文學的「內在性」因素。其研究主要在文學縱向的「歷史存在關係」，而主題多為作品的語言形式結構、美學性質、創作與鑑賞的經驗法則、文本意義的詮釋等觀點；第二，從「社會學」的角度，也就是文學的「外緣性」條件。其研究方向在於文學橫向的「社會存在關係」。研究主題則為文學的生產方式、過程和結果，以及其他的社會條件的關係（如：社會階層、政治條件、社會互動行為等）。第一種以「文學本位」為基本觀點的研究進路，可說是中國古典文學研究者所廣泛使用的方式。這種取向，當然也使得我們對於文學在前後的歷史存在關係上，如何演變、轉化並展現其特色，獲得了

〔註18〕Robert Escarpit 著、葉淑燕譯：《文學社會學》（臺北：遠流出版事業份有限公司，1995 年 2 月 1 日，初版二刷），頁 4。

更爲深入的認識。相對之下，第二種從「社會學」角度切入的研究取向，較不受到重視，或著是僅當作背景資料說明，簡單帶過。

劉大杰《中國文學發展史》便常見這種情況。此書雖爲通論性質之作，但由於對學術界的影響甚鉅，故可作爲範例說明。劉大杰在討論各個朝代的文體時，一開始都會先將社會背景的相關因素列出。例如其在論述「唐詩興盛的原因」時，分成三點：一、詩人地位的轉移，二、政治背景，三、詩歌形式的發展。而在論述「宋詞興盛之原因」時，也分成三點：一、社會環境需要，二、詞體本身的歷史發展，三、政治力量的影響。〔註19〕上述所列的這些原因，除了文體本身的發展這部分之外（「詩歌形式的發展」和「詞體本身的歷史發展」），其他的原因其實皆與當時之社會環境有很大的關係。但是此書接下來並沒有順著這些「社會存在關係」切入，探討當時代個別的文學家及其作品。使得最先所論述關於社會層面的影響，變成近似導讀性質的說明。前後的論述明顯成爲一種分割、甚至可以互不相關的情形。這種論述也普遍影響了後來各家文學史的書寫。

這種情形其實也顯示出了一個問題：許多關於古典文學和古典文學批評（尤其是詩歌）的論述，多半都會先從社會背景、作者生平談起，這是因爲受到了傳統「知人論世」的詮釋方式影響。「知人論世」之說雖然由孟子提出，但其本意原不在於對文學作品的箋釋。〔註20〕在經過漢儒用以解經的實際操作後，才逐漸形成一套文學箋釋理論。這套箋釋理論主要是「依據著對外緣歷史經驗的文本的理解」，進而「歸趨於對主體心靈經驗，也就是他內在情志的理解」。

〔註19〕劉大杰：《中國文學發展史》（臺北：華正書局，民國85年7月版），頁367～371、608～611。

〔註20〕《孟子・萬章下・8》：「以友天下之善士爲未足，又尚論古之人。頌其詩，讀其書，不知其人，可乎？是以論其世也。是尚友也。」參見〔宋〕朱熹：《四書章句集注》（臺北：大安出版社，民國85年11月一版二刷），頁452。

〔註21〕由此可見，論述者並不是不了解由「外緣性」條件切入的方法，只是因爲過於專注在「內在情志」的解釋，導致了詮釋視野的窄化，而無法看見外緣性的社會背景，究竟在文人創作時產生了什麼樣的影響。

當然，本文並不是在指明使用哪一種方式就一定是正確，哪一種方式就一定是錯誤的。之所以特別提出這點，主要是認爲文學的發展，除了文體自身因素的傳承、演變外，社會因素、條件也具有一定的影響力，絕對不僅是一種背景知識。偏重其中一種方式，容易使研究視野窄化，導致無法全面性的觀看問題。因此，當我們想深入研究某一個時期所產生的特殊文學現象時，這兩種研究進路不應有所偏廢，而且還應該結合二種研究進路所得到的結果，建構出一個完整的體系。基於上述的想法，本文除了從文體內在的傳承、影響探討之外，也嘗試透過「社會學」與「文化學」的研究角度，以探討「詩歌遊戲化」的現象如何產生和演變，以及這種現象對詩體發展有什麼影響。

因此，本文的研究步驟，是先在第二章探討六朝文人的「遊戲」心態。而後再以此爲基礎，從「六朝『詩歌遊戲化』與文學集團的關係」作爲討論的切入點。因爲從社會學的角度來看，詩歌遊戲化的產生和興盛，與文學集團的發展有很大的關聯。而六朝時期的文學集團，不僅在人數上超越了之前任何的文人群體，整個集團的創作風格、創作方式，更是直接影響了六朝文學的發展。

接著，第四章論「六朝之前文體對六朝『詩歌遊戲化』的影響」。本章共分爲兩部分：第一節是論賦體與六朝「詩歌遊戲化」的關係。此節先從「漢賦的兩種本質觀」談起，接著論述「六朝時期賦體『遊戲』觀的興盛」部分，最後再論「賦體「遊戲」觀對六朝『詩歌遊戲化』的影響。第二節則是論述樂府詩與六朝「詩歌遊戲化」的關係，然後從「漢代樂府詩的發展與特質」，以及「樂府詩娛樂性質對六朝

〔註21〕參見顏崑陽：《李商隱詩箋釋方法論 —— 中國古典詮釋學例說》（臺北：里仁書局，民國 94 年 11 月 30 日修訂一版），頁 70。

『詩歌遊戲化』的影響」二部分，進行討論。

　　第五章論「六朝遊戲化詩歌所呈現的類型」。本章主要是從作品的角度出發，討論六朝遊戲化詩歌所呈現的多種類型。共分為三個部分：首先，先論六朝遊戲化詩歌的特質為何。然後再從六朝遊戲化詩歌兩種主要的類型：「先有題後有詩」、「先有韻後有詩」分別進行詳細的論述。

　　最後在第六章則談論「遊戲筆調下的嚴肅心態」。在遊戲化的時代風氣下，是否有文人藉著遊戲化的筆法，以凸顯心中的情志？針對此問題，本文首先討論「如何判定的問題」。然後再從「透過創作動機確認其涵義」和「透過作品呈現之意義詮釋其涵義」二個部分，透過實際的例子以探討確認詩歌涵義的可行性。

第三節　研究範圍義界

　　所謂「六朝」，本是一歷史所慣用之詞。通常是指三國孫吳、東晉，以及南朝的宋、齊、梁、陳六個定都建康的朝代。但若借用於文學時，其指涉的範圍便擴大許多。劉漢初曾針對這部分進行論述：

> 「六朝」本來是史地名詞，指三國孫吳、東晉，以及南朝的宋、齊、梁、陳六代，是以空間建康為主，所包括的時代與所代表的時間，不能增減延縮，但借用到文學觀念上，範圍應有不同。三國文學以魏為主，晉世文學，不能遺二陸潘左不論，沈約甚至說西晉文學較東晉為盛，而魏與西晉本不在史地觀念中的「六朝」之列。因此，文學觀念中的六朝，其實等於指「魏晉南北朝」，而七子上入東漢建安，既為言六朝文學者所不可少，那麼，六朝又是「漢魏六朝」的省語了。〔註22〕

劉漢初所謂「漢魏六朝」中關於漢代的範圍，應是指東漢末年的建安

〔註22〕劉漢初：《六朝詩發展述論》，國立臺灣大學中文研究所博士論文，民國 72 年 5 月，頁 1。

時期。這是因爲建安時期往往與魏初放在一起討論，所以也常常被歸於魏晉南北朝的範圍內。而本文所使用「六朝」的定義，即是遵循此一概念。不過，在詩歌的創作、發展與流變上，南朝顯然遠較北朝興盛。因此，在北朝相關的史料較少的情形下，本文論及南北朝時，還是以南朝爲主。

關於「遊戲」之義，《說文解字》解釋「遊」和「戲」二字，皆與軍隊有關：

> 游，旌旗之流也。

> 戲，三軍之偏也。一曰兵也。

段玉裁《注》云：

> （游）又引伸爲出游、嬉游。俗作遊。

> （戲）引申之爲戲豫，爲戲謔。以兵杖可玩弄也，可相鬥也。故相狎亦曰戲謔。〔註23〕

從這些解釋來看，「遊」似乎比較強調嬉戲遊樂之義，「戲」則較爲強調戲弄調笑的部分。又《論語‧述而》云：「游於藝」，所謂的「藝」，雖然後代注疏者多半認爲是指「六藝」〔註24〕，但「藝」在先秦兩漢時亦有才能技藝之義。例如：《論語‧雍也》：「求也藝。」孔安國便解視爲「多才藝」。〔註25〕又《禮記‧樂記》云：「藝成而下。」鄭玄注曰：「藝，才技也。」〔註26〕因此，就「藝」的實質內容而言，應該也可以解釋爲貴族生活中的休閒技藝。而「游」之義，朱熹解釋爲「游」爲「玩物適情之謂」，〔註27〕可見孔子所說之「游」應具有遊

〔註23〕〔東漢〕許慎、〔清〕段玉裁注：《說文解字注》（臺北：藝文印書館，民國86年4月初版九刷），頁314、636。

〔註24〕例如：〔魏〕何晏《論語集解》：「藝，六藝也。」參見程樹德：《論語集釋》（北京：中華書局，1997年10月北京一版四刷），頁443。

〔註25〕〔魏〕何晏《論語集解》「求也藝」句下引孔安國：「藝，謂多才藝」。參見程樹德：《論語集釋》，頁380。

〔註26〕〔清〕阮元：《十三經注疏‧禮記》（臺北：藝文印書館，民國90年12月初版十四刷），頁685。

〔註27〕〔宋〕朱熹：《四書章句集注》：「子曰：『志於道，據於德，依於仁，

戲的涵義。若是如此，那麼「游於藝」即是指以技藝作爲遊戲進行的方式，並以此抒發自身的情緒。這或許是中國最早針對技藝遊戲與人類情緒抒發的論述了。

近代學者討論「遊戲」一詞時，多半涉及精神上的愉悅超脫。李豐楙在談及六朝詩人的精神面向時，就強調了「遊戲」在精神上的層面：

> 從時間之流所區隔出來的休閒時間應是自由的、無關心的，
> 從宴飲的放縱到創作的自由投入，遊戲即是進入完全自由自
> 在的狀態中，在忘我中表演自己。這種自由自主之極致即爲
> 「放蕩」，即是「遊戲」精神所高懸的狂歡。〔註28〕

所謂的「完全自由自在的狀態」、「在忘我中表演自己」，正是指遊戲者精神層面的部分。不過，這種自由自在的精神，卻是建立在自願遵守一個眾人所認同的秩序規則下。荷蘭學者胡伊青加（Johan Huizinga，一譯赫伊津哈）指出了「遊戲」的這部分：

> 在某種時空限度之內，有一可見的秩序，遵守自願接受的
> 規則，在生活必需或物質有用性的領域之外。〔註29〕

從這個說法來看，則「遊戲」有兩個重要的充要條件：一是遊戲者自願接受規則，一是遊戲本身存在於生活必須性及實用性的領域之外。遊戲存在的規則是一種限制，而存在於生活必須性及實用性的領域之外，卻是一種精神性的超越。遊戲即是同時具備這兩種看似矛盾，卻又完全交融在一起性質的活動。不過，這類說法雖然細膩，也涉及到了哲學的層次，但畢竟是從西方文化的角度論述，多少與中國傳統解釋的意義有些差異。因此，本文擬以自「游於藝」發展出的遊戲觀念爲主，討論六朝「詩歌遊戲化」的現象。

游於藝。』」朱熹《注》：「游者，玩物適情之謂。」頁126～127。
〔註28〕李豐楙：〈嚴肅與遊戲：六朝詩人的兩種精神面向〉，收入衣若芬、劉苑如主編《世變與創化——漢唐、唐宋轉換期之文藝現象》（臺北：中央研究院中國文哲研究所，民國89年2月初版），頁49。
〔註29〕胡伊青加（Johan Huizinga）《人：遊戲者——對文化中遊戲因素的研究》（貴州：貴州人民出版社，1998年1月一版一刷），頁133。

第四節　前人研究成果回顧

　　關於詩歌的遊戲化，近代學者以此為題而有專論者不多。即便偶有提及，也多半是一種附帶性的說明，談論不深。王夢鷗〈貴遊文學與六朝文體的演變〉、〈從雕飾到放蕩的文章論〉〔註30〕、〈從士大夫文學到貴遊文學〉、〈漢魏六朝文體變遷之一考察〉〔註31〕，以及韓德林〈論中國古代文學的遊戲娛樂功能〉〔註32〕等數篇論文，是較早涉及相關議題且具有代表性的論著。底下先就這幾篇論文討論。

　　王夢鷗〈貴遊文學與六朝文體的演變〉、〈從雕飾到放蕩的文章論〉、〈從士大夫文學到貴遊文學〉三篇論文，有別於其他學者對於漢代至六朝時期的論點，特別從「貴遊文學」的角度，分述當時文體、文學批評及文學的演變。而〈漢魏六朝文體變遷之一考察〉一文則分成「魏晉以下文體之辭賦化」、「貴遊作風與文體的關係」、「談辯風氣之影響文體」、「簡易的文字製造新奇」、「文集類書之隨波助瀾」五項，進行論述。這四篇論文看起來應是一系列前後呼應的相關著作。在這幾篇論文中，「貴遊文學」可說是整體論述的核心。而其對於「貴遊文學」的討論大多以「文學集團」（或「文人集團」）的組成及影響為主要論述主線。加上王夢鷗在這幾篇論文中又不斷的重申：「以寫作為遊戲，正屬於貴遊文學的本領」〔註33〕、「貴遊文學的本質，重要的乃在作家與欣賞者都是從遊戲或娛樂的觀點來欣賞文章。」〔註34〕這類觀點，由此可見詩歌的遊戲化與「貴遊文學」、「文學集團」之間，

〔註30〕收入王夢鷗：《古典文學論探索》（臺北：正中書局，民73年2月臺初版），頁117～136、137～151。

〔註31〕以上兩篇均收入王夢鷗：《傳統文學論衡》（臺北：時報文化，民76年6月30初版），頁11～22、67～130。

〔註32〕收入《文學遺產》，中國社會科學院文學研究所，1992年第6期，頁15～22。

〔註33〕王夢鷗：〈貴遊文學與六朝文體的演變〉，收入《古典文學論探索》，頁134。

〔註34〕王夢鷗：〈漢魏六朝文體變遷之一考察〉，收入《傳統文學論衡》，頁88。

有著密不可分的關係。這也是王夢鷗這一系列論文最有特色，且具先驅代表性之處。許多後學皆承其觀點而有更進一步的討論。

韓德林〈論中國古代文學的遊戲娛樂功能〉一文，是屬於全面性的論述各個朝代所展現以文學爲遊戲的情形。他認爲「只要是眞正的文學作品，必然具有某種程度的遊戲娛樂性。」〔註35〕而這種遊戲娛樂性又往往在「言志」的旗幟下，遭到忽視，甚至排擠。這也導致我們對於古代文學的認識，容易產生片面的印象，或是偏頗的評價。這篇論文雖然論述層面不深，但卻是一篇具有開創性價值的論文。

在王夢鷗、韓德林之後，開始出現直接針對文學的遊戲性進行討論的論文。例如：韓寧〈娛情遊戲　纖巧圓潤——試論蕭繹詩歌的社會功能及藝術特色〉、王瑞雲《齊梁詩歌創作中的遊戲觀念》和李豐楙〈嚴肅與遊戲：六朝詩人的兩種精神面向〉。

韓寧〈娛情遊戲　纖巧圓潤——試論蕭繹詩歌的社會功能及藝術特色〉一文討論的範圍較小，主要是針對南朝梁元帝蕭繹的詩歌作品及評論。他認爲「蕭繹的詩以表現男女情愛爲主要內容，且有明顯的娛情遊戲傾向。」蕭繹「以自己的理論和創作實踐，實現了文學由抒情向娛情的轉變。」〔註36〕此篇文章雖然常常以「娛情遊戲」作爲段落的結論，但實際上論文的前半部分，是利用量化的數據爲蕭繹的詩歌作品進行分類，後半部分則在分析其詩歌風格。整篇文章並沒有詳細論述何謂「遊戲」的詩作及其涵義，其所言之「娛情遊戲的傾向」往往都是其想當然爾的推論。

王瑞雲《齊梁詩歌創作中的遊戲觀念》提出了「以詩爲戲」的觀念，直接觸及到了詩歌遊戲化的核心概念。他認爲「以詩爲戲」是齊梁時代「詩歌創作領域的主流意識型態；同時，與『詩言志』、『詩緣

〔註35〕韓德林：〈論中國古代文學的遊戲娛樂功能〉，頁17。
〔註36〕韓寧：〈娛情遊戲　纖巧圓潤——試論蕭繹詩歌的社會功能及藝術特色〉，《河北大學學報（哲學社會科學版）》，第25卷第6期，2000年12月，頁76、78。

情』兩種詩學觀念相較，固然有著自己先天的不足，但是在唯美主義追求、娛情化的嘗試與開掘方面，有著自己獨到的美學旨趣。」〔註37〕這種說法雖然前有所承，但王瑞雲將「言志」、「緣情」、「以詩爲戲」並列爲三種詩學觀念，無論其論述是否言之成理，確實令人眼睛爲之一亮，同時也帶給我們另一種思考模式。可惜的是，此書的討論不僅不夠深入，也有許多在章節安排或寫作上的缺失。例如：第四章〈遊戲觀念在詩體型態中的體現〉與第五章〈遊戲觀念在詩歌作品中的體現〉二章，就其內容而言，作者並沒有明確的弄清楚何謂「詩體型態」及「詩歌作品」，因此會在「詩體型態」時討論「雜體詩」，卻又在「詩歌作品」中論「山水景物詩」、「詠物詩」和「豔情詩」。又其第六章〈遊戲觀念的影響〉，僅以一頁多的論述簡單帶過而沒有詳細論述，十分的可惜。

　　李豐楙〈嚴肅與遊戲：六朝詩人的兩種精神面向〉一文，從人的精神面向探討，認爲六朝詩人「既有寫作生命感受上的『嚴肅』，也有文學表現上放蕩的『遊戲』，而以文藝爲社交，消遣其日常工作之外的餘暇時間」。〔註38〕李豐楙不僅正視六朝詩人的遊戲詩作，也將「遊戲」與「嚴肅」並舉，視爲當時代詩人的主流觀念。其中第四節「消遣與娛樂：貴遊文學的遊戲旨趣」以及第五節「競技與遊藝：南朝文風新變的動力」，應是敘述六朝時期「詩歌遊戲化」的變遷過程。對本文的撰寫有很大的啓發。

　　另外，尚學鋒、過常寶、郭英德合著的《中國古典文學接受史》，在談到魏晉南北朝文學接受方式的新變時，論述了「娛情悅性」的接受活動。這當中有一些觀點非常具有啓發性：第一，他們認爲「在追求娛樂的同時，淋漓盡致地抒發眞情，表達生活感受和體驗，是建安

〔註37〕王瑞雲：《齊梁詩歌創作中的遊戲觀念》，河北大學文學碩士論文，2004年6月，頁33。

〔註38〕收入衣若芬、劉苑如主編《世變與創化——漢唐、唐宋轉換期之文藝現象》，頁2。

時期文學接受和創作的共同特點。」第二,「娛樂性的文學接受還造成創作方法上任氣使才的特點。」第三,「由於接受主體的生活追求、精神境界和審美趣味的變化,娛樂型的文學接受逐漸變成純粹的消遣,其中的情致也愈發清淺庸俗。」〔註39〕作者在第一項的論述正與本文的觀察進路不謀而合,也就是遊戲娛樂之作難道一定沒有真實的情志存在?而第一項與第二項的論述,雖然作者指的是建安時期,但在其他時期是否也存在?至於第三項,遊戲娛樂性的文學是否具有如此的演變,也正是本文可以仔細討論之處。本文雖然不是從文學接受的角度探討,但此書確實有值得參考之處。

　　吳承學、何志軍〈詩可以群 —— 從魏晉南北朝詩歌創作型態考察其文學觀念〉一文,則從魏晉南北朝所出現和風行的一些具體創作形態,例如:唱和、公宴、分題分韻、賦得、聯句等為討論對象,以分析當時的文學創作如何體現出儒學「詩可以群」的文學觀念。此篇論文雖然從儒學「詩可以群」的觀念切入,但其所論與六朝遊戲化的詩歌,實有密切的關聯。尤其是分題分韻一項,更是說明了詩歌遊戲化在六朝時期的進行方式。而「賦得」體的風行,也指出了當時詩歌遊戲化所創造出來的詩體。這篇論文最後認為「這些創作型態從總體上呈現一種當時詩壇上帶共性的審美趣味:它們都體現出詩歌創作上注重集體性、功利性與交際功能的傾向,這反映了與當時人們所公開標榜的文學理論迥然不同的趣味」〔註40〕的說法,也與本文所要討論的議題不謀而合。

　　除了上述這些論著之外,張亞新〈論六朝詩美觀念的確立〉其實也有談論到相關的議題。他認為詩歌之所以可以在六朝時期確立「詩美」的觀念,其中一個原因便是「帝王士族好尚娛樂」。而這些帝王

〔註39〕尚學鋒、過常寶、郭英德:《中國古典文學接受史》(濟南:山東教育出版社,2005年11月1版2刷),頁114、117。

〔註40〕吳承學、何志軍:〈詩可以群 —— 從魏晉南北朝詩歌創作型態考察其文學觀念〉,收入《中國社會科學》,2001年第5期,頁173。

士族在一定程度上是把詩歌創作當作娛樂的手段看待。〔註41〕張亞新的推論看似有理，但其實所下的結論並沒有經過詳細的論證，反而容易成為一種憑空想像的結論。

　　類似這樣子的情形，常常可在論述六朝詩學的文章見到。對於「詩歌遊戲化」的現象，許多學者往往持一種「理所當然」的態度。加上習慣因循借用他人說法，反而忽略了這種說法必須要有確實詳細的論證為基礎。因此，本文擬透過詳細的分析論證，並借鏡前人研究的成果，使六朝時期詩歌遊戲化的現象更為清楚且更有說服力。

〔註41〕張亞新：〈論六朝詩美觀念的確立〉，《文藝研究》，1999 年第 2 期，頁 58。

第二章　六朝文人的「遊戲」心態

　　劉勰《文心雕龍・時序》云：「文變染乎世情。興廢繫乎時序。」〔註1〕這正指出了文學創作與時代風氣有著不可分割的關係。不過一種特殊文化的盛行，不會只有單向的影響，而應是在其內在創作者的心態與外在的時代風氣，甚至是傳統文化的積澱，幾種因素不斷的交互作用下，逐步形成。〔註2〕因此，底下將以這幾種內、外在的因素為論述基礎，分點論述。以了解這種帶有「遊戲」性質的詩歌，之所以會於六朝時期大量產生，與當時文人的「遊戲」心態和時代風氣有相當密切的關聯。

第一節　「詩歌」與「遊戲」

　　詩歌可不可以當成一種「遊戲」？或是能不能在詩歌中摻入「遊戲」的性質？在中國古典詩相關的批評論述中，這類觀念很難被認同。

〔註1〕〔南朝梁〕劉勰著、周振甫注：《文心雕龍注釋》（臺北：里仁書局，民國87年9月28日初版三刷），頁816。

〔註2〕蔡英俊〈「擬古」與「用事」：試論六朝文學現象中「經驗」的借代與解釋〉：「一個時代所顯現的知識的內容與性質其實是與當時的社會政治文化等因素有密切的關係，而所謂的『社會政治文化等因素』則可以指社會地位、階級、生產方式、權力結構，甚至於競爭、流動等『社會過程』，也可以指價值觀、時代思潮、民族精神或文化心態等『文化結構』。」收入《文學、文化與世變》（臺北：中央研究院中國文哲研究所，2002年），頁87。

因為在漢代儒家詩學的影響下，後代文人莫不以「情志」作為詩歌最高的價值標準。〔註3〕即使是發展出「緣情」觀念的六朝，也以個人真實情感的流露為核心價值。所以視詩歌為「遊戲」之論，不僅難以為文人接受，甚至還認為是「詩道之下流，學人之大戒」（胡應麟《詩藪》之語）。雖然在古典詩歌的理論建構及批評上，文人多強力抨擊以詩為「遊戲」的觀念，但自六朝之後，大量產生的實際作品中，帶有遊戲性質的詩歌卻又屢見不鮮。這種看似矛盾的情形，其實並不全然是兩種詩歌價值觀的衝突，更可能是緣於文人著重的層面不同。

以「情志」為詩歌終極價值的論述，是以詩歌為主體，認為詩歌的本質就是用來表現人類的情志，離開了「情志」就不是值得讚賞、甚至不是值得閱讀的詩歌；「遊戲性」的詩歌則是以「遊戲」為主體，所重的是「遊戲」所帶來的愉悅效果。遊戲者在過程中遵循詩歌創作的限制與規範，如同遵循其他遊戲的規則，然後透過完成目標以獲得趣味。詩歌在這裡僅是一種用以娛樂的工具。即使不用詩歌，文人仍舊還有許多足以進行「遊戲」的工具。由於著重的層面不同，兩者自然可以同時存在於同一文人的觀念中。也因此才會產生許多在詩歌理論上明顯認同「情志」的本質觀的文人，在實際作品中卻常寫出帶有「遊戲」性質的詩歌。例如：認為文學是「經國之大業，不朽之盛事」（《典論‧論文》語）〔註4〕的曹丕，卻也有著「憐風月、狎池苑、述恩榮、敘酣宴」（《文心雕龍‧明詩》語）〔註5〕的作品。因此，中國古典詩歌中的「遊戲性」，尤其是六朝時期，很少涉及到本質論或起

〔註3〕顏崑陽〈從〈詩大序〉論儒系詩學的「體用」觀〉：「儒系詩學發展到了漢代，以〈詩大序〉為總結，的確已在詩『體』的構成要素上，明確的建立『情志融合』的觀念。」收入《第四屆漢代文學與思想學術研討會論文集》（臺北：國立政治大學中國文學系，2005 年 5 月），頁 307。

〔註4〕參見〔南朝梁〕昭明太子、〔唐〕李善注：《昭明文選》（臺北：藝文印書館，民國 87 年 12 月初版十三刷），頁 734。

〔註5〕參見〔南朝梁〕劉勰著、周振甫注：《文心雕龍注釋》，頁 84。

源論的理論範圍，而多是作為一種在宴席上，引以為樂的工具或一較長短的技藝。若是從文學或詩歌的「遊戲起源論」，或是引用西方對於詩歌與遊戲之間的關聯性理論，來直接談論中國古典詩歌的「遊戲性」，反而容易忽略這種特殊現象，也較難理解六朝之後的詩人，如何在「情志」的價值觀與「遊戲」的工具性中游移。

　　這類帶有「遊戲性」的詩歌，從文字內容以及創作動機來區分的話，大致可以分為三種：

　　第一種是文字表面看似具有「情志」，但在創作動機上卻帶有「遊戲」性質。例如：曹丕、曹植的〈代劉勳妻王氏雜詩〉。然而，要脫離文字表面所呈現的意義，而認定作品具有「遊戲」性質，往往必須有充分的史料佐證其創作動機，否則極容易流為自說自話的推測。因此，有一些詩作，雖然其創作動機應該具有「遊戲」性質，但因為並無確切的資料可為證明，所以不容易說服他人。例如：王康琚的〈反招隱詩〉〔註6〕非常有名，研究六朝隱逸議題的學者，皆會引用此詩來論述六朝的隱逸思想，但往往都忽略了王康琚還有一首〈招隱詩〉〔註7〕。由於這二首詩的立場完全相反，就不得不令我們懷疑，這兩首詩是否可能為了「遊戲」而寫？抑或是在練習正反思辨時，所產生的作品？雖然這些推測亦屬合理，但畢竟缺乏直接的證據，所以仍有其他的可能。因此，這類僅能憑藉推測作為論斷其創作動機的詩作，本文就不予以討論。

〔註6〕王康琚〈反招隱詩〉：「小隱隱陵藪，大隱隱朝市。伯夷竄首陽，老聃伏柱史。昔在太平時，亦有巢居子。今雖盛明世，能無中林士。放神青雲外，絕跡窮山裏。**鵾雞**先晨鳴，哀風迎夜起。凝霜凋朱顏，寒泉傷玉趾。周才信眾人，偏智任諸己。推分得天和，矯性失至理。歸來安所期，與物齊終始。」參見〔梁〕昭明太子、〔唐〕李善注：《昭明文選》，頁317～318。

〔註7〕王康琚〈招隱詩〉：「登山招隱士，褰裳躡遺蹤。華條當圜室，翠葉代綺牕。」參見〔唐〕歐陽詢等編：《藝文類聚·卷第三十六·人部二十·隱逸上》（臺北：文光出版社，民國63年8月初版），頁641～642。

　　第二種是文字或形式看似爲遊戲之作，但就創作動機而言，卻具有嚴肅的心態。這類作品實際上可算是詩歌「情志」傳統下的一種變體。作者透過近似〈滑稽列傳〉中的諷刺手法，使詩歌在充滿詼諧、荒誕或有趣的內容中，含有深切的寓意。例如：孫皓〈爾汝歌〉、鮑照〈數名詩〉皆屬於此類。

　　第三種則是無論從文字表面或創作動機來看，都是純粹屬於「遊戲」的詩作。這類作品在南朝時期尤其盛行。由鍾嶸所言「詩之爲技，較爾可知，以類推之，殆均博弈」等語觀察，詩歌發展至此時期，被視爲一種技藝已是常態。詩歌既是一種技藝，鑽研文字之精妙、變化便是首要之務。透過「遊戲」方式，不僅可以切磋彼此在文字使用上的能力，同時還能獲得精神上的愉悅效果。南朝大量產生的「藥名詩」、「郡縣名詩」、「姓名詩」等類型的作品，皆屬此類。

　　以上三種帶有「遊戲性」的詩歌，主要都是自六朝時期才大量出現。本文也將於其他章節中，將所舉之詩及相關作品詳細論述之。由於這種原本以「情志」本質觀獨重，再逐漸發展爲與遊戲性質詩歌並存的過程，又與當時文人的遊戲心態以及時代風氣有很大的關係。因此，本文將先就此部分，在下一節中進行討論。

第二節　時代風氣與六朝詩歌遊戲化之關係

一、漢代貴遊文學作風

　　「貴遊」一詞稍早由青木正兒在談論漢賦時，以標題的方式提出。〔註8〕雖然他在書裡並未詳細解釋「貴遊」之義，但從其所寫的內容中，大概可以理解此詞爲「貴族的」與「遊戲的」二者的合併義。王夢鷗〈貴遊文學與六朝文體的演變〉、〈漢魏六朝文體變遷之一考察〉

〔註8〕青木正兒所下的標題爲「賦家之貴遊風氣」。參見〔日〕青木正兒著、鄭樑生、張仁青譯：《中國文學思想史》（臺北：臺灣開明書店，民國66年10月初版），頁32。

二篇文章，則以此爲基礎進一步闡釋了「貴遊文學」之義：

> 從前青木正兒先生在中國文學思想史使用「貴遊文學」一
> 詞，以指稱宋玉以下一系列宮廷文士與侯門清客的文學，
> 其涵義較可涵蓋此一事實，而大意尤切近於班固在「兩都
> 賦序」所指稱的「言語侍從之臣」。這些臣僚，雖不盡是出
> 身於貴族，但以言語的技藝伺候當時對文學有興趣的貴
> 人，上自天子，下及侯王，則是他們共通的職業性。因此
> 貴遊文學家可包括天子侯王以及其言語侍從之臣，而稍別
> 於一般的士大夫〔註9〕

> 所謂貴遊文學，是包括歷代帝室侯門及其招攬的一夥文人共
> 爲消閑而從事的活動。……貴遊文學的本質，重要的乃在作
> 家與欣賞者都是從遊戲或娛樂的觀點來欣賞文章。〔註10〕

這二段論述，清楚說明了貴遊文學所具有的「遊戲性」。對於創作者
與欣賞者來說，文學不僅是一種爲了娛耳悅目的「休閑活動」，也是
一種透過文字語言以取悅他人同時凸顯自己的技藝，故實際上與博弈
等遊戲無異。〔註11〕

　　這種以文學（當時主要爲辭賦）爲遊戲的風氣在西漢非常盛行。
主要是因爲帝王貴族們對於文學的愛好，並網羅了擅長寫作這類作品
的文人。梁孝王即是其中一位。根據《西京雜記》記載：

> 梁孝王遊於忘憂之館，集諸遊士，各使爲賦。〔註12〕

由此可以見出梁孝王對於文學有濃厚的興趣，其下也聚集了許多擅長

〔註9〕 王夢鷗：〈貴遊文學與六朝文體的演變〉，收入氏著：《古典文學論探
　　　　索》（臺北：正中書局，民國76年8月臺初版二刷），頁122。

〔註10〕 王夢鷗：〈漢魏六朝文體變遷之一考察〉，收入氏著：《傳統文學論衡》
　　　　（臺北：時報文化出版企業有限公司，民國76年6月30日初版），
　　　　頁83、88。

〔註11〕 簡宗梧〈六朝世變與貴遊賦的衍變〉：「爲娛耳悅目而寫作文章，原
　　　　本是貴遊文學家的職志，也是他們所謂『文』的觀念。」收入李豐
　　　　楙主編：《文學、文化與世變》（臺北：中央研究院中國文哲研究所，
　　　　2002年）頁35。

〔註12〕 〔晉〕《西京雜記》（臺北：臺灣商務印書館，民國68年），頁16。

辭賦之人。雖然《西京雜記》一書的作者，根據現代學者的考證，幾乎可以確定非漢代劉歆所作，而且成書的年代應在六朝之時。〔註13〕因此，其記載的眞實性也難免受到質疑。不過，若是參照《漢書・枚乘傳》：

> （枚）乘久爲大國上賓，與英俊並游，得其所好，不樂郡吏，以病去官，復游梁，梁客皆善屬辭賦，乘尤高。〔註14〕

以及《史記・司馬相如列傳》：

> （司馬相如）以貲爲郎，事孝景帝，爲武騎常侍，非其好也。會景帝不好辭賦，是時梁孝王來朝，從游說之士齊人鄒陽、淮陰枚乘、吳莊忌夫子之徒，相如見而說之，因病免，客游梁。〔註15〕

枚乘與司馬相如二位著名之辭賦家，皆主動離開不喜辭賦之景帝，而投身梁孝王之下，我們大概還是可以推論出梁孝王確實對於文學辭賦有一定程度的愛好。因此，即使今《古文苑》所載有賦若干篇，後世雖多以爲非眞作，〔註16〕但梁孝王的貴遊文學必甚興盛。

除了梁孝王外，稍晚的淮南王劉安，同樣對辭賦有濃厚的興趣。據《漢書・藝文志・詩賦略》所載：「淮南王賦八十二篇。淮南王群臣賦四十四篇。」〔註17〕可知其貴遊文學的盛況，不下於梁孝王。至於貴爲帝王的漢武帝更是愛好辭賦。《史記・司馬相如列傳》記載：

> 蜀人楊得意爲狗監，侍上。上讀〈子虛賦〉而善之，曰：「朕

〔註13〕成林、程章燦在其譯注之《西京雜記》「前言」部分，曾以前人之論爲基礎，針對此議題作詳細而深入的探討。可爲參考。（臺北：地球出版社，民國83年9月一版），頁1～24。

〔註14〕〔東漢〕班固：《漢書・枚乘傳》（北京：中華書局，1997年11月一版），頁604。

〔註15〕〔漢〕司馬遷：《史記・司馬相如列傳》（北京：中華書局，1997年11月一版），頁759。

〔註16〕《古文苑》所輯錄的相關賦作有：枚乘〈梁王菟園賦〉和〈忘憂館柳賦〉、路喬如〈鶴賦〉、公孫乘〈月賦〉、羊勝〈屏風賦〉等。（臺北：鼎文書局，民國62年元月初版），頁63～73。

〔註17〕〔東漢〕班固：《漢書》，頁449。

獨不得與此人同時哉！」得意曰：「臣邑人司馬相如自言爲
此賦。」上驚，乃召問相如。相如曰：「有是。然此乃諸侯
之事，未足觀也。請爲天子游獵賦，賦成奏之。」上許，
令尚書給筆札。相如以「子虛」，虛言也，爲楚稱；「烏有
先生」者，烏有此事也，爲齊難；「無是公」者，無是人也，
明天子之義。故空藉此三人爲辭，以推天子諸侯之苑囿。
其卒章歸之於節儉，因以風諫。奏之天子，天子大說。……
天子既美子虛之事，相如見上好僊道，因曰：「上林之事未
足美也，尚有靡者。臣嘗爲〈大人賦〉，未就，請具而奏之。」
相如以爲列僊之傳居山澤閒，形容甚臞，此非帝王之僊意
也，乃遂就〈大人賦〉。〔註18〕

司馬相如透過楊得意的關係，先以〈子虛賦〉獲得漢武帝的賞識及召
見。再以〈天子游獵賦〉（亦即《文選》所收的〈子虛賦〉與〈上林
賦〉）讓武帝在欣賞過後，龍心大悅。可見漢武帝對於辭賦的愛好有
多麼強烈。

　　不過，由於在上位者僅將此類文學當成遊樂的技藝，故也將創作
之文人比擬爲專事表演娛樂的俳倡、俳優一類，〔註19〕地位不高。《漢
書‧枚皋傳》記載：

皋不通經術，詼笑類俳倡，爲賦頌，好嫚戲，以故得媟黷
貴幸，比東方朔、郭舍人等，而不得比嚴助等得尊官。……
其文骫骳，曲隨其事，皆得其意，頗詼笑，不甚閑靡。凡

〔註18〕〔漢〕司馬遷：《史記‧司馬相如列傳》，頁759、773。
〔註19〕高莉芬：「倡、優、俳三種職業身份，在漢人的解釋中，各有其表演
專業，倡以『樂』爲主：『優』，依許慎之釋，一曰『倡』，亦以『樂』
爲主：而『俳』則以『戲』爲主。……漢代倡優之職業，從不同專
業技藝角度出發，可分別如下：
1、倡優、優倡：偏重音樂性，指歌唱樂舞的藝人。
2、倡俳、俳倡：偏重諧戲性，指言語諧戲的藝人。
3、俳優、優俳：同時兼有音樂與諧戲表演之藝人。
故『倡』與『優』皆以音樂表演爲重；而『俳』則重談笑諧戲。」
參見氏著《絕唱：漢代歌詩人類學》第二章〈樂府歌詩與倡優表演〉
（臺北：里仁書局，2008年2月29日初版），頁50～51。

可讀者百二十篇，其尤嫚戲不可讀者尚數十篇。〔註20〕

枚皋雖以「嫚戲」之文而得寵幸，但卻無法晉升「尊官」。除了是因為枚皋「不通經術」外，更重要的是漢武帝視其為地位低下的俳倡。既是俳倡之流，其工作只需專注在如何令皇帝達到娛耳悅目的效果，所以為文也愈加偏向於褻狎戲謔的方式與內容，最後甚至還創造出過度隨意荒誕，以至於「不可讀」的作品。就在帝王貴族的推波助瀾下，「遊戲性」逐漸成為西漢文人創作辭賦時的主要觀念之一。雖然後來亦有文人反對這種類型的賦作，例如揚雄發現具遊戲性之賦，容易產生「勸而不止」的問題，加上「頗似俳優淳于髡、優孟之徒，非法度所存」，〔註21〕因而疾呼：「壯夫不為」。〔註22〕無論揚雄的說法是否導因於個人的因素，但在那一刻他對於賦的評價畢竟不高。而此時文學朝向「遊戲化」的發展，也成為一股不可遏止的趨勢了。

這股潮流到了東漢，雖然部分帝王的喜好有些改變，但貴遊文學的作風卻從未停歇，反而還逐漸影響了民間文人的創作風氣。〔註23〕到了東漢靈帝時，此風已達前所未有的盛況。根據蔡邕上給漢靈帝〈陳政要事〉的第五事記載：

〔註20〕〔漢〕班固：《漢書‧賈鄒枚路傳》，頁 604、605。

〔註21〕〔漢〕班固：《漢書‧揚雄傳》：「雄以為賦者，將以風也，必推類而言，極麗靡之辭，閎侈鉅衍，競於使人不能加也，既乃歸之於正，然覽者已過矣。往時武帝好神仙，相如上《大人賦》，欲以風，帝反縹縹有陵雲之志。繇是言之，賦勸而不止，明矣。又頗似俳優淳于髡、優孟之徒，非法度所存，賢人君子詩賦之正也，於是輟不復為。」頁 908。

〔註22〕〔漢〕揚雄：《法言‧吾子》：「或問：『吾子少而好賦？』曰：『然，童子雕蟲篆刻。』俄而曰：『壯夫不為也！』或曰：『賦可以諷乎？』曰：『諷則已，不已，吾恐不免於勸也。』」參見汪寶榮撰、陳仲夫點校《法言義疏‧上》（北京：北京中華書局，1997 年 10 月北京一版三刷），頁 45。

〔註23〕王夢鷗〈漢魏六朝文體變遷之一考察〉：「這情形到了東漢，因帝室侯門對文學的趣味稍有改變，……似乎貴遊文學該隨而銷聲匿跡了。實則不然。因為東漢以下雖沒有職業的貴遊文學家，而貴遊文學的作風不但沿襲未改而且擴大普及了。」見氏著：《傳統文學論衡》，頁 84。

> 夫書畫辭賦，才之小者，匡國理政，未有其能。陛下即位之初，先涉經術，聽政餘日，觀省篇章，聊以游藝，當代博弈，非以教化取士之本。而諸生競利，作者鼎沸。其高者頗引經訓風喻之言；下則連偶俗語，有類俳優；或竊成文，虛冒名氏。〔註24〕

從「諸生競利，作者鼎沸」之形容，可見當時的文人紛紛致力於撰寫辭賦，應制趨時，以為升遷之道。而且競爭激烈到常有冒名頂替的行為發生。這些辭賦的內容雖然有些具備「經訓風喻之言」，但「連偶俗語，有類俳優」之文亦不少。所以蔡邕才會以辭賦為「才之小者」，可以作為休閒娛樂，但卻非「匡國理政」、「教化取士」之本，來勸誡漢靈帝。這股風氣的產生當然也是因為漢靈帝喜好辭賦、書法、繪畫之流，而建立了「鴻都門學」之故。〔註25〕不過貴遊文學盛行的影響，應也是主因之一。

文人長期受到貴遊文學作風的影響，不僅容易創作出「遊戲」的作品，也容易培養出偏向「遊戲」的精神面向。文學的「遊戲化」，可說是透過貴遊文學之風，而獲得普遍的發展。而當文人「遊戲」的精神面向愈來愈強烈，又會回過頭來影響創作風格，甚至影響整個時代文體的趨向。六朝文人便是在這種交互循環的作用下，創造出獨特的時代文風。李豐楙曾針對這個現象進行論述：

> 在這種休閒氣氛下所進行的文戲、文賽，一旦次數頻繁蔚

〔註24〕〔晉〕范曄：《後漢書・蔡邕傳》（北京：中華書局，1997 年 11 月一版），頁 522。此文於杜佑《通典》題為張衡所著之〈論貢舉疏〉。據譚德興的論證，認為此文應為蔡邕所作。參見譚德興：〈《通典》所收張衡〈疏〉之作者辨証〉，上海：《復旦學報（社會科學版）》，2001 年第 3 期，頁 138～140。

〔註25〕〔晉〕范曄：《後漢書・蔡邕傳》：「（靈）帝好學，自造《皇羲篇》五十章，因引諸生能為文賦者。本頗以經學相招，後諸為尺牘及工書鳥篆者，皆加引召，遂至數十人。侍中祭酒樂松、賈護，多引無行趣埶之徒，並待制鴻都門下，憙陳方俗閭里小事，帝甚悅之，待以不次之位。」「光和元年，遂置鴻都門學，畫孔子及七十二弟子像。其諸生皆勅州郡三公舉用辟召，或出為刺史、太守，入為尚書、侍中，乃有封侯賜爵者，士君子皆恥與為列焉。」頁 521、523。

> 爲風尚之後，自會造成流行於一時的詩歌文體及遣辭技
> 巧。……詩賦所表現的是否具有「諷喻」的功能及價值，
> 就不是決定文賽作品的關鍵，而要由不同時期的社交集團
> 自訂其遊戲規則，如此就會影響其文體、文辭的變化，形
> 成一時有一時的文風。〔註26〕

六朝文人之所以產生這種「遊戲」、「放蕩」的精神，其中一個主要的
原因，正是受到了漢代貴遊文學作風的影響。

二、清談的風氣

「清談」是魏晉文士獨特的一種活動。唐翼明在考辨「清談」一
詞後，爲「魏晉清談」下了定義：

> 所謂「魏晉清談」，指的是魏晉時代的貴族知識分子，以探
> 討人生、社會、宇宙的哲理爲主要內容，以講究修辭與技
> 巧的談說論辯爲基本方式而進行的一種學術社交活動。
>
> 清談有學術性的一面，也有藝術性的一面。因爲有學術性
> 的一面，所以可供研討、供切磋、供校練、供學習；因爲
> 有藝術性的一面，所以可供娛樂、供消遣、供欣賞、供觀
> 摩。這兩面的結合，使清談成爲當時貴族知識分子中一項
> 有益的文化活動及有趣的智力遊戲，從而染上相當程度的
> 社交色彩。〔註27〕

從這二段的敘述來看，唐翼明認爲清談不僅是一種學術的社交活動，
同時也是一種「智力遊戲」。而且認爲東晉之後，遊戲性質逐漸大於
學術性質，清談的主要內容雖未改變太多，但談論時的語言用詞卻由
簡約轉爲華美。〔註28〕即如唐翼明所言，在東晉時期的「清談」，在

〔註26〕李豐楙：〈嚴肅與遊戲：六朝詩人的兩種精神面向〉，收入衣若芬、
劉苑如主編《世變與創化——漢唐、唐宋轉換期之文藝現象》，頁
29、30。

〔註27〕唐翼明：《魏晉清談》（臺北：東大圖書股份有限公司，民國 81 年 7
月初版三刷），頁 43、81。

〔註28〕唐翼明：「大體來說，早期的清談求理的一面超過求美的一面，學術
探討的意識較濃，說理貴簡約、貴理中，不涉或少涉意氣；東晉以

許多場合上已具有很高的遊戲性質。王夢鷗的說法則更為直接：

> 魏晉清談在辯論，形式上雖頗似戰國時代談風的復起，但
> 按其論題，既非述道辨志，以個人獨得之見攻乎異端；而
> 是摭拾古人既有的題目各逞其臆解。這種辯論，看來似很
> 嚴肅，其實也是貴遊生活中的一種變相的娛樂節目。而且
> 談者汲汲於談辯之勝負，其性質尤近於博弈。其間如有什
> 麼相異之處，那也是使用的工具不同，遊戲的方法稍異而
> 已。〔註29〕

他認為清談即是文人的娛樂節目，在性質上與博弈等遊戲相近。另
外，錢穆在解釋《世說新語‧言語》「諸名士共至洛水戲」〔註30〕一
條時，也認為西晉時的清談已有「以談作戲」的趨向：

> （渡江前）已見時人以談作戲。……各標風致，互騁才鋒，
> 實非思想史上研覈真理探索精微之態度，而僅為日常人生
> 中一種遊戲而已。〔註31〕

錢穆明確的指出，清談僅是魏晉士人在日常生活中，「各標風致，互
騁才鋒」的一種遊戲。錢穆接著再論〈言語〉「謝胡兒語庾道季」〔註
32〕一條時，又更清楚的說明「以談作戲」的觀點：

> （渡江後）益見時人以談作戲，成為社交場合中之一種消

後，清談中求美的傾向漸漸增強，遊戲的意味漸漸增多，語言也就
由貴簡至漸漸變貴華美、貴辭條豐蔚。」同前註，頁83。
〔註29〕 王夢鷗：〈漢魏六朝文體變遷之一考察〉，《傳統文學論衡》，頁 129
〜130。
〔註30〕 〔南朝宋〕劉義慶著、余嘉錫箋疏：《世說新語箋疏》：「諸名士共至
洛水戲。還，樂令問王夷甫曰：『今日戲樂乎？』王曰：『裴僕射善
談名理，混混有雅致；張茂先論史漢，靡靡可聽；我與王安豐說延
陵、子房，亦超超玄著。』」（北京：北京中華書局，2011 年 3 月二
版五刷），頁 100〜101。
〔註31〕 錢穆：〈略論魏晉南北朝學術文化與當時門第之關係〉，收入《中國
學術思想史論叢（三）》（臺北：東大圖書有限公司，民國 66 年 7 月
初版），頁 187。
〔註32〕 《世說新語‧言語》：「謝胡兒語庾道季：『諸人莫當就卿談，可堅城
壘。』庾曰：『若文度來，我以偏師待之；康伯來，濟河焚舟。』」
參見〔南朝宋〕劉義慶著、余嘉錫箋疏：《世說新語箋疏》，頁 163。

> 遣與娛樂。謝道蘊爲小郎解圍，一時傳爲佳話，亦只是騁
> 才情見機敏而已。故知當時名士清談，特如鬥智。其時又
> 好圍棋，稱之曰坐隱，又曰手談。正因圍棋亦屬鬥智，故
> 取以擬清談也。然則清談亦可稱口弈，或舌棋，見其僅屬
> 一種憑口舌之對弈。〔註33〕

可見在東晉時，清談已是一種文人在社交場合中，不可或缺的鬥智遊
戲之一。

　　清談原本可能是以追求眞理作爲終極價値，然而，一旦作爲一種
帶有娛樂以及辯論性質的競賽遊戲時，其活動的著重點又是什麼呢？
尤雅姿認爲：

> 清談著重於學術上的辯證，含有高度的理智成分，在一系列
> 的理論和邏輯的批判中，主客雙方互持相異的論點，運行嚴
> 謹的辯證，以促成彼此都能夠徹底瞭解眞理。因此在清談的
> 進行過程中，無論聽者、談者，都處於高度緊張的情緒當中，
> 他們全神貫注，準備論難析理，所以一場酣暢盡興的清談，
> 能使人破疑遣惑，精神大振，心情愉快。〔註34〕

這也就是說，即使到了東晉之後，清談逐漸成爲一種用以娛樂的鬥智
遊戲，其著重點還是在於學術上的辯證，透過辯證後所得到的眞理，
使眾人求知的慾望獲得滿足，進而心情愉悅。然而，當時所有的清談
者和與會者都是抱持著這樣的心態嗎？我們若檢視《世說新語》中的
相關記載，卻常見到在多數的時候，分出勝負、技壓對手似乎才是清
談最重要的目的。至於辯論的結果是否合於眞理，有時反而成爲其
次。例如〈文學〉：

> 許掾年少時，人以比王苟子，許大不平。時諸人士及於法
> 師竝在會稽西寺講，王亦在焉。許意甚忿，便往西寺與王論
> 理，共決優劣。苦相折挫，王遂大屈。許復執王理，王執
> 許理，更相覆疏；王復屈。許謂支法師曰：「弟子向語何似？」

〔註33〕錢穆：〈略論魏晉南北朝學術文化與當時門第之關係〉，頁 187～188。
〔註34〕尤雅姿：《魏晉士人之思想與文化研究》（臺北：文史哲出版社，民
　　　　國 87 年 9 月初版），頁 205。

支從容曰：「君語佳則佳矣，何至相苦邪？豈是求理中之談哉！」〔註35〕

許詢不滿與王脩齊名，所以故意在公開場合上找王脩清談，「共決優劣」。從論述內容的優劣來看，在經過兩輪且曾互換立場的辯論後，許詢皆大勝。可見就邏輯思辨及言辭運用而言，許詢確實較王脩高出一籌。但這個結果卻也顯示了在這次的清談中，爭勝是目的，而眞理的追求恐怕只是其次。類似這種爭勝的觀念，於《世說新語》中不勝枚舉，例如〈文學〉：

孫安國往殷中軍許共論，往反精苦，客主無間。左右進食，冷而復煖者數四。彼我奮擲麈尾，悉脫落，滿餐飯中。賓主遂至莫忘食。殷乃語孫曰：「卿莫作強口馬，我當穿卿鼻。」孫曰：「卿不見決鼻牛，人當穿卿頰。」

于法開始與支公爭名，後精漸歸支，意甚不忿，遂遁跡剡下。遣弟子出都，語使過會稽。于時支公正講小品。開戒弟子：「道林講，比汝至，當在某品中。」因示語攻難數十番，云：「舊此中不可復通。」弟子如言詣支公。正值講，因謹述開意，往反多時，林公遂屈。厲聲曰：「君何足復受人寄載！」

羊孚弟娶王永言女，及王家見婿，孚送弟俱往。時永言父東陽尚在，殷仲堪是東陽女婿，亦在坐。孚雅善理義，乃與仲堪道齊物，殷難之。羊云：「君四番後當得見同。」殷笑曰：「乃可得盡，何必相同。」乃至四番後一通。殷咨嗟曰：「僕便無以相異。」歎爲新拔者久之。〔註36〕

孫盛與殷浩的邏輯思辨能力，在當時可說是旗鼓相當的對手。〔註37〕

〔註35〕〔南朝宋〕劉義慶著、余嘉錫箋疏：《世說新語箋疏》，頁266。

〔註36〕〔南朝宋〕劉義慶著、余嘉錫箋疏：《世說新語箋疏・文學》，頁259、271、286。

〔註37〕《世說新語》注引《續晉陽秋》：「孫盛善理義，時中軍將軍殷浩擅名一時，能與劇談相抗者，惟盛而已。」參見〔南朝宋〕劉義慶著、余嘉錫箋疏《世說新語箋疏》，頁259。

正因爲彼此實力相近，所以形成「往反精苦，客主無間」，而至於忘食的情況。由於雙方的見解不同，相持不下，到最後甚至脫離主題，演變成意氣用事的口舌之爭。爭勝之心，顯然可見。在第二則裡，于法開先模擬好整個對話，然後遣弟子至會場與支道林對談。弟子透過事先準備的對話，一步一步誘使支道林的論述墜入「不可復通」之地。所有的準備就是爲了要獲勝，以證明自己的思辨能力較支道林強，同時又能令其難堪。至於清談的過程是否能夠得到最終的眞理，甚至有沒有觸及到眞理，似乎都不是討論的重點了。而在前一則中曾評論許詢：「豈是求理中之談」的支道林，當自己在清談時面臨理屈的情形，卻也忍不住厲聲斥責。從這二則也可看出名士們對於清談的勝負，其實仍有一定程度的執著。

第三則羊孚與殷仲堪之清談，則更爲有趣。羊孚竟然可以預見四輪問答之後的結果，可見這是一種辯論話術的技巧。正如同于法開，羊孚已經先在腦海裡模擬接下來的對話，並透過話術的技巧，導引殷仲堪的回答逐步朝向羊孚預先設定的路徑。此時的清談自然已經不是單純的「論理」，而是一種遊戲、一種競賽，也可以說是一種語言的技術了。何啓民就認爲此時的清談：

> 結論只不過是最勝義，而非理源所歸。……在初時，人們尚注意於理論的探討，最後，則漸趨於技巧的鍛鍊。即所講求的，只是在如何方能樹立自己的「理」，防人之來攻，或如何去攻難他人的「理」，以期獲得最後的勝利。〔註38〕

這個說法可謂一針見血。

除此之外，即使認爲清談應該要以「求理」爲主的支道林，在與名士進行清談時，還遇到了另一種的困境：

> 支道林、許掾諸人共在會稽王齋頭。支爲法師，許爲都講。支通一義，四坐莫不厭心。許送一難，眾人莫不抃舞。但

〔註38〕何啓民：〈魏晉思想與談論之關係〉，收入氏著：《魏晉思想與談風》（臺灣：臺灣學生書局，民國71年1月四版（學三版）），頁10。

　　共嗟詠二家之美，不辯其理之所在。〔註39〕

支道林每次闡釋一義，皆使在座諸人心悅誠服，但許詢卻可接續再詢
問一難；而每當許詢提出一難，又使在座諸人讚嘆不已時，支道林亦
可解釋其義。雖然在座諸人對於兩人如此反覆提問、釋義數次，反應
熱烈，但從「共嗟詠二家之美，不辯其理之所在」二句來看，眾人所
著重之處多於兩人的姿態、神情以及言辭、語調所散發出來的美感
及氣氛，而原本應該是透過邏輯激辯後所得出的「理」，在這次的清
談活動中，反而不是重點。這件事在《高僧傳‧卷四‧義解一》亦有
記載：

　　　晚出山陰，講《維摩經》，遁爲法師，許詢爲都講，遁通一
　　　義，眾人咸謂詢無以厝難，詢設一難，亦謂遁不復能通，
　　　如此至竟兩家不竭。凡在聽者，咸謂審得遁旨，迴令自說，
　　　得兩三反便亂。〔註40〕

使在座者重複支道林的論述，卻在兩三輪之後就呈現混亂。如此看
來，在座者對於支道林所解之義，似乎也沒能完全理解。可見徹底了
解清談者所論之理，有時並非是旁聽者的重點。即使「不辯其理之所
在」，也並不會妨礙在座者欣賞清談活動。換句話說，對在座者而言，
欣賞清談者神情、語調、言辭、舉止之美，也是當時清談活動的主軸
之一。例如：《世說新語‧文學》記載：

　　　謝鎮西少時，聞殷浩能清言，故往造之。殷未過有所通，
　　　爲謝標榜諸義，作數百語。既有佳致，兼辭條豐蔚，甚足
　　　以動心駭聽。謝注神傾意，不覺流汗交面。殷徐語左右：
　　　「取手巾與謝郎拭面。」〔註41〕

謝尚之所以感到「動心駭聽」而「流汗交面」，不僅是因爲殷浩所作
之語有「佳致」，同時也是因爲其言辭的豐富華美。可見在清談活動

〔註39〕〔南朝宋〕劉義慶著、余嘉錫箋疏：《世說新語箋疏‧文學》，頁268
　　　　～269。
〔註40〕〔南朝梁〕釋慧皎撰、湯用彤注：《高僧傳》（北京：中華書局，2004
　　　　年4月一版四刷），頁161。
〔註41〕〔南朝宋〕劉義慶著、余嘉錫箋疏：《世說新語箋疏‧文學》，頁257。

中，談論者的觀點固然重要，但其所用的詞彙、語氣，也是參與者著重的焦點之一。同樣的，清談者在辯論時的舉止，亦顯重要。故清談者往往手執麈尾的功用也顯現於此。試想前面所引孫盛與殷浩「彼我奮擲麈尾，悉脫落，滿餐飯中」的激動場景，其劍拔弩張之態勢，對於旁觀者來說，是多麼令人血脈賁張。這就像欣賞戲劇時，即使不明白其爭執的原因，但看見兩人激烈的動作、言辭，亦足以吸引觀眾的目光。

　　到了南朝，清談明顯已經成爲一種文人必備的技藝。王僧虔〈誡子書〉云：

> 談故如射，前人得破，後人應解，不解即輸賭矣。且論注百氏，荊州八袠，又才性四本、聲無哀樂，皆言家口實，如客至之有設也。汝皆未經拂耳瞥目，豈有庖廚不脩，而欲延大賓者哉？〔註42〕

所謂射覆是一種猜物遊戲。通常是將物品藏在碗盆下，讓人猜測。《漢書・東方朔傳》記載：

> 上嘗使諸數家射覆，置守宮盂下，射之，皆不能中。朔自贊曰：「臣嘗受《易》，請射之。」乃別著布卦而對曰：「臣以爲龍又無角，謂之爲虵又有足，跂跂脈脈善緣壁，是非守宮即蜥蜴。」上曰：「善。」賜帛十匹。復使射他物，連中，輒賜帛。〔註43〕

「數家」即「術數之家」，本是以研究陰陽五行相生相剋之理，來推測人事吉凶的流派。〔註44〕但在這篇記載裡，數家的占卜能力成爲漢武帝猜謎遊戲中的解答方式。故東方朔在諸數家皆猜不中的情形下，也以自己曾學過《易經》來參與遊戲。也因爲猜中所藏之物，而獲得漢武帝的賞賜。王僧虔將清談比作射覆的遊戲，認爲必須「前破後

〔註42〕〔南朝梁〕蕭子顯：《南齊書・王僧虔傳》（北京：中華書局，1997年11月一版），頁155。

〔註43〕〔東漢〕班固：《漢書・東方朔傳》，頁724。

〔註44〕顏師古注：「數家，術數之家也。於覆器之下而置諸物，令闇射之，故云射覆。」參見〔東漢〕班固：《漢書・東方朔傳》，頁724。

解」，若「不解即輸賭矣」。可見清談在當時是一項可分高下的遊戲及技藝。既是技藝，就應有一套完善的訓練模式及課程，那就是熟讀當時著名的論題和注本。再加上這又是一封告誡兒子的家書，完全顯示了將清談視作遊戲技藝，已是當時文人階層的一種常態，凡是文人皆須具備。錢穆以「裝點場面周旋酬酢中一項重要節目」來解釋王僧虔所說的清談，正說明了清談已成爲一種交際場合中的才藝與禮儀了。〔註45〕

　　清談作爲一種時代風氣及文化，雖然呈現了魏晉文人的抽象思辨，但同時也反映了魏晉文人在日常生活中，充斥著「遊戲」的心態與情調。這種遊戲的時代風氣與心態，也容易影響文學的創作觀念與文體的發展。劉勰《文心雕龍‧時序》云：「自中朝貴玄，江左稱盛，因談餘氣，流成文體。」〔註46〕便是從這個角度論述。王夢鷗也贊同清談風氣影響了魏晉文體變遷的說法，並且指出這個變化不在題材而在於寫作方法。〔註47〕雖然與劉勰的看法略有不同，但都可以見出六朝文人的「遊戲」心態，以及所形成的時代風氣，足以影響文學創作的觀念。

三、博物隸事之風

　　六朝時期，尤其是南朝，在文人階層中興起了一股「隸事」之風。所謂隸事，依近人何詩海之說，「就是分門別類列舉與某事物有關的典實，以多者爲勝，勝者往往可獲一定獎賞。主持其事的人多具有較

〔註45〕　錢穆：〈略論魏晉南北朝學術文化與當時門第之關係〉：「當時清談，正成爲門第中人一種品格標記。若在交際場中不擅此項才藝，便成失禮，是一種丟面子的事。……當時年長者應接通家子弟，多憑此等話題，考驗此子弟之天資與學養。故當時門第中賢家長必教戒其子弟注意此等言談材料，此乃當時門第裝點場面周旋酬酢中一項重要節目。……風氣所趨，不得不在此方面用心。」頁190～191。
〔註46〕　〔南朝梁〕劉勰著、周振甫注：《文心雕龍注釋》，頁816。
〔註47〕　王夢鷗〈漢魏六朝文體變遷之一考察〉：「清談之影響文體，在其直接關係作家的搆思與組辭。」頁129。

高地位或聲望，出題後，參與者或以筆疏，或以口陳，較其多少以定
優劣。」〔註48〕這種列舉典故、事蹟的遊戲，也成爲了當時文人群體
中，常舉行的娛樂項目之一。隸事遊戲進行的方式，據胡應麟《少室
山房筆叢正集・華陽博議下》的記載，大致可分爲兩種：

> 六代文人之學，有徵事、有策事。徵者共舉一物，各疏見
> 聞，多者爲勝。如孝標對被、王摛奪簟之類是也。策者暗
> 舉所知，令人射覆，中者爲優。如沈約得三、劉顯失一之
> 類是也。齊梁之交，此風特盛，亦猶晉之清言。大約徵者
> 如杞不足徵之徵，策者即漢世射策之策。然梁武與劉峻徵
> 錦被事亦謂策者，自上臨下之詞，實非策也，惟隸事與徵
> 義同。〔註49〕

「徵事」、「策事」雖然都是以經史、典故爲主要內容，但「徵事」是
先出一題目，然後參與者再列出所知相關的記載，舉出愈多者爲勝；
「策事」則是預先寫好典故、事蹟，再請參與者就有限的提示，猜出
正確的出處。「徵事」、「策事」二者雖然看似有些差異，但實際上僅
是遊戲方法稍作改變，遊戲的重點還是在於考驗文人博學強記的程
度。

關於推動隸事成爲遊戲而蔚爲風潮，就必須從齊代的王儉談起。
《南史・王摛傳》記載：

> 尚書令王儉嘗集才學之士，總校虛實，類物隸之，謂之隸
> 事，自此始也。儉嘗使賓客隸事多者賞之，事皆窮，唯盧
> 江何憲爲勝，乃賞以五花簟、白團扇。坐簟執扇，容氣甚
> 自得。摛後至，儉以所隸示之，曰：「卿能奪之乎？」摛操
> 筆便成，文章既奧，辭亦華美，舉坐擊賞。摛乃命左右抽
> 憲簟，手自掣取扇，登車而去。儉笑曰：「所謂大力者負之

〔註48〕何詩海：〈齊梁文人隸事的文化考察〉，收入《文學遺產》2005 年第
　　　　四期，中國社會科學院文學研究所，頁 24。
〔註49〕〔明〕胡應麟：《少室山房筆叢》，收入《景印文淵閣四庫全書・子
　　　　部十・雜家類六・雜編之屬》（臺北：商務印書館，民國 75 年 3 月
　　　　初版），頁 886～414。

而趨。」竟陵王子良校試諸學士，唯摛問無不對。〔註50〕

王儉以尚書令之尊，時常舉辦「總校虛實，類物隸之」的遊戲，這也正是隸事遊戲的起源。雖然在遊戲勝出者往往可以獲得獎賞，但這卻不是文人參與的主因。我們從原本獲勝者何憲拿著「坐簟執扇，容氣甚自得」的神情，以及稍後擊敗何憲的王摛，所展現「命左右抽憲簟，手自掣取扇，登車而去」的舉止，不難想見欲藉著隸事遊戲，而達到一分高下的爭勝心態，以及博得眾人聲譽的想法，普遍存在於當時文人的心裡。除了上述所引王摛之外，我們亦可從其他文人之言行看見此種情形。例如：《南齊書・陸澄傳》：

> 儉自以博聞多識，讀書過澄。澄曰：「僕年少來無事，唯以讀書為業。且年已倍令君，令君少便鞅掌王務，雖復一覽便諳，然見卷軸未必多僕。」儉集學士何憲等盛自商略，澄待儉語畢，然後談所遺漏數百千條，皆儉所未睹，儉乃歎服。儉在尚書省，出巾箱机案雜服飾，令學士隸事，事多者與之，人人各得一兩物，澄後來，更出諸人所不知事復各數條，并奪物將去。〔註51〕

王儉雖自負「讀書過澄」，但從陸澄看似客氣的回答，可以感受到在博學方面，陸澄實際上並沒有將「自以博聞多識」的王儉視為對手。尤其陸澄一方面以「讀書為業」、「年倍令君」抬高自己，另一方面又以「君少便鞅掌王務」來貶抑王儉，並且還讓王儉召集何憲等學士先行作答，更可以見出陸澄自視甚高的態度。此時隸事遊戲已非純粹為了娛樂，而加入了更多的競賽成分。當陸澄寫出王儉等人所遺漏的數百千條典故和事蹟後，我們可以想見陸澄驕傲的神情，以及王儉等人雖歎服卻又顯得落寞的樣態。至於後面陸澄「出諸人所不知事復各數條，并奪物將去」的行為，簡直與王摛一模一樣。這不但更加證明了隸事遊戲的勝負，在當時文人心目中的重要性，其實也同時顯示了在

〔註50〕〔唐〕李延壽：《南史・王摛傳》（北京：中華書局，1997 年 11 月一版），頁 321。

〔註51〕〔梁〕蕭子顯：《南齊書・陸澄傳》，頁 177。

文人群體中，確實十分重視隸事遊戲的勝負。又《梁書‧劉顯傳》記載：

> 尚書令沈約命駕造焉，於坐策顯經史十事，顯對其九。約曰：「老夫昏忘，不可受策；雖然，聊試數事，不可至十也。」顯問其五，約對其二。陸倕聞之歎曰：「劉郎可謂差人，雖吾家平原詣張壯武，王粲謁伯喈，必無此對。」其為名流推賞如此。〔註52〕

劉顯在與沈約的隸事遊戲中，無論是出題還是答題，都取得壓倒性的勝利。這也讓陸倕在驚訝之餘，推賞不已。就是因為文人階層風行這種隸事遊戲，文人群體也推崇、讚賞在此遊戲中獲勝之人，所以就連貴為君王的梁武帝，也熱衷於和臣子一同舉行，而且更加重視勝負。《南史‧劉峻傳》記載：

> 武帝每集文士策經史事，時范雲、沈約之徒皆引短推長，帝乃悅，加其賞賚。會策錦被事，咸言已罄，帝試呼問峻，峻時貧悴冗散，忽請紙筆，疏十餘事，坐客皆驚，帝不覺失色。自是惡之，不復引見。及峻《類苑》成，凡一百二十卷，帝即命諸學士撰《華林徧略》以高之，竟不見用。〔註53〕

以及《梁書‧沈約傳》：

> 約嘗侍讌，值豫州獻栗，徑寸半，帝奇之，問曰：「栗事多少？」與約各疏所憶，少帝三事。出謂人曰：「此公護前，不讓即羞死。」帝以其言不遜，欲抵其罪，徐勉固諫乃止。〔註54〕

雖然范雲、沈約和蕭衍曾經同為竟陵八友的一員，但范雲和沈約完全理解蕭衍此時已是皇帝身份，所以每次與蕭衍進行隸事遊戲時，都故意表現得不好，讓蕭衍略勝一籌。這樣一方面可以獲得皇帝的喜愛、賞賜，一方面也可避免殺身之禍。但劉峻被閒置已久，一時憤激，竟

〔註52〕〔唐〕姚思廉：《梁書‧劉顯傳》（北京：中華書局，1997年11月一版），頁149。
〔註53〕〔唐〕李延壽：《南史‧劉峻傳》，頁323。
〔註54〕〔唐〕姚思廉：《梁書‧沈約傳》，頁67。

不顧視蕭衍志得意滿的神情，而在「咸言已罄，帝試呼問峻」後，「忽請紙筆，疏十餘事」，讓蕭衍大驚失色，也種下了「竟不見用」的後果。即便是經驗老到的沈約，也曾在一次隸事遊戲結束後，因不慎透露出故意輸給皇帝之事，而幾乎遭到蕭衍的懲罰。由此可知，隸事遊戲在六朝文人生活中的普遍程度。

　　至於南朝隸事風氣的盛行，與六朝文人注重博學有很大的關係。裴子野《雕蟲論》云：

> 自是閭閻少年，貴遊總角，罔不擯落六藝，吟詠情性。學者以博依為急務，謂章句為專魯。淫文破典，斐爾為曹。
>
> 〔註55〕

所謂「博依」指的是「廣譬喻也」，能廣譬喻必先博學。〔註56〕可見當時年少子弟，不分貴賤，皆以博物為求學的首要。《南史・何憲傳》記載：

> （何憲）博涉該通，群籍畢覽，天閣寶秘，人間散逸，無遺漏焉。任昉、劉渢共執秘閣四部書，試問其所知，自甲至丁，書說一事，並敘述作之體，連日累夜，莫見所遺。
>
> 〔註57〕

從國家典藏的「天閣寶秘」到民間流傳的「人間散逸」之書，何憲皆曾閱讀過。任昉、劉渢的即席測試，也都難不倒何憲。其博學多識的程度，可見一斑。何憲這種無所不知的博學，之所以特別受到注目，當然也是緣於當時文人階層多以博學多識為讚賞準則，所導致的結果。《梁書・劉顯傳》記載：

> 顯好學，博涉多通，任昉嘗得一篇缺簡書，文字零落，歷示諸人，莫能識者，顯云是《古文尚書》所刪逸篇，昉檢

〔註55〕〔唐〕杜佑：《通典・卷十六・選舉四》（臺北：臺灣商務印書館，民國76年12月臺一版），頁90。

〔註56〕《禮記・學記》：「不學博依，不能安詩」鄭玄注：「博依，廣譬喻也。」參見〔清〕阮元：《十三經注疏・禮記》（臺北：藝文印書館，民國90年12月初版十四刷），頁651。

〔註57〕〔唐〕李延壽：《南史・劉峻傳》，頁321。

> 《周書》，果如其說，昉因大相賞異。〔註58〕

任昉本已是博學之人，劉顯卻還能識出其所不知之文，可見劉顯之博學不在任昉之下。也因此博得了任昉「博涉多通」的讚賞。這種讚賞正顯示出了博學多識確實為當時評鑑人物的最高標準之一。又如《南史・劉峻傳》記載：

> 自以少時未開悟，晚更屬精，明慧過人。苦所見不博，聞有異書，必往祈借。清河崔慰祖謂之「書淫」。於是博極群書，文藻秀出。〔註59〕

劉孝標有鑑於自身所見不夠廣博，所以每聞異書，必前去借閱。雖然因此被崔慰祖稱為「書淫」，但也造就了其「博極群書」的學養。從這則記載來看，南朝人好求「異書」的行為，又與「博極群書」的風氣相互影響。《梁書・任昉傳》記載：

> 昉墳籍無所不見，家雖貧，聚書至萬餘卷，率多異本。
> 〔註60〕

又《梁書・王僧孺傳》亦載：

> 僧孺好墳籍，聚書至萬餘卷，率多異本，與沈約、任昉家書相埒。〔註61〕

大概可以看出蒐集或借閱異書，在南朝確實是許多文人常見的行為。文人因為泛覽異書而使自身逐漸博學，也因為具有廣博的學問後，而希望藉由泛覽異書以獲取更高深的學問。其他文人博學的例子如：傅亮「博涉經史」〔註62〕、裴松之「博覽墳籍」〔註63〕、何承天「儒史百家，莫不該覽」〔註64〕、謝靈運「少好學，博覽群書」〔註65〕、范

〔註58〕〔唐〕姚思廉：《梁書・劉顯傳》，頁149。
〔註59〕〔唐〕李延壽：《南史・劉峻傳》，頁323。
〔註60〕〔唐〕姚思廉：《梁書・任昉傳》，頁69。
〔註61〕〔唐〕姚思廉：《梁書・王僧孺傳》，頁125。
〔註62〕〔梁〕沈約：《宋書・傅亮傳》（北京：中華書局，1997年11月一版），頁344。
〔註63〕〔梁〕沈約：《宋書・何承天傳》，頁435。
〔註64〕〔梁〕沈約：《宋書・何承天傳》，頁436。
〔註65〕〔梁〕沈約：《宋書・謝靈運傳》，頁447。

曄「少好學，博涉經史」〔註66〕、顏延之「好讀書，無所不覽」〔註67〕、沈約「博物洽聞，當世取則」〔註68〕、王僧孺「少篤志精力，於書無所不覩」〔註69〕、姚察「於墳籍無所不覩」〔註70〕等文人的記載，都可證明博學多識之風在南朝的盛行，而這也是當時文人所極力追求的目標。王瑤認爲六朝文人這種「富博自矜」的行爲，不但可以展現其高貴風雅之態，又有助於仕途的拓展。〔註71〕這或許即是此風之所以愈來愈盛的原因。不過，也因爲當時文人讀書太過注重廣博，有時便會不經意的忽略了精深涵義的理解，反而造成雖博學強記，卻無法融會貫通而爲己用的窘境，當然也就遭致了一些批評。《南齊書‧陸澄傳》記載：

> 澄當世稱爲碩學，讀《易》三年不解文義，欲撰《宋書》
> 竟不成，王儉戲之曰：「陸公，書廚也。」〔註72〕

讀《易》須有思辨之能力，寫史須具史識之眼光，如此方能理解《易》之理及歷史之意義。而陸澄雖以知識淵博見於當時，而有「碩學」之稱號，但卻缺乏更進一步融會貫通的能力，故被王儉戲稱爲「書廚」。這恐怕也是當時過於重視博學之風，所產生的一些副作用吧！

六朝文人對於隸事之重視，必然全面性的影響他們的觀念，這當然也包括了文學創作。黃侃《文心雕龍札記》云：

> 逮及漢魏以下，文士撰述，必本舊言，始則資於訓詁，繼
> 而引錄成言。終則綜輯故事。爰至齊梁，而後聲律對偶之

〔註66〕〔梁〕沈約：《宋書‧范曄傳》，頁466。
〔註67〕〔梁〕沈約：《宋書‧顏延之傳》，頁484。
〔註68〕〔唐〕姚思廉：《梁書‧沈約傳》，頁66。
〔註69〕〔唐〕姚思廉：《梁書‧王僧孺傳》，頁125。
〔註70〕〔唐〕姚思廉：《陳書‧姚察傳》（北京：中華書局，1997年11月一版），頁93。
〔註71〕王瑤〈隸事‧聲律‧宮體──論齊梁詩〉：「當時對於文人的評價是以富博爲高，文人當然也以富博自矜，因爲這可以表現他們的高貴風雅，也可以對仕途有助。」見氏著《中古文學史略》（北京：北京大學出版社，2008年5月二版二刷），頁213。
〔註72〕〔梁〕蕭子顯：《南齊書‧陸澄傳》，頁177。

> 文大興，用事采言，尤關能事。其甚者，捃拾細事，爭疏
> 僻典，以一事不知爲恥，以字有來歷爲高。〔註73〕

雖然文士寫作「必本舊言」，但是並非每人都能做到「博極群書」。爲
了能夠迅速查閱相關資料，因此從「資於訓詁」到「引錄成言」再到
「綜輯故事」，最後匯集成本的「類書」便應運而生。當「類書」大
量產生後，又成爲提供文人使用典故出處的來源。兩者不斷的相互影
響，再加上隸事遊戲的風行，文學創作也就更加「捃拾細事，爭疏僻
典」。到了南朝的劉宋，文人作詩已將大量的典故運用於詩中。鍾嶸
〈詩品序〉曾清楚說明了這種創作觀所形成的風格：

> 顏延、謝莊，尤爲繁密，於時化之。故大明、泰始中，文
> 章殆同書抄。近任昉、王元長等，詞不貴奇，競須新事。
> 爾來作者，寖以成俗。遂乃句無虛語，語無虛字，拘攣補
> 衲，蠹文已甚。〔註74〕

自顏延之、謝莊大量以故實入詩後，也開啓了文人創作「殆同書抄」
的風氣。〔註75〕這類作品必須達到「詞不貴奇，競須新事」、「句無虛
語，語無虛字」的要求，才符合當時文人作詩的標準。這種寫作風格
自然是受到了博學多識風氣的影響。〔註76〕到了齊、梁時，王儉對於
隸事遊戲的大力提倡，更加深了以典故入詩的創作方式。方師鐸就認
爲「齊、梁文人的『捃拾細事，爭疏僻典，以一事不知爲恥，以字有

〔註73〕黃侃：《文心雕龍札記・事類第三十八》（臺北：文史哲出版社，民
　　　國62年6月再版），頁184～185。
〔註74〕〔南朝梁〕鍾嶸著、王叔岷：《鍾嶸詩品箋證稿》（臺北：中央研究
　　　院中國文哲研究所，民國81年3月初版），頁97。
〔註75〕〔宋〕張戒：《歲寒堂詩話》：「詩以用事爲博，始於顏光祿。」收入
　　　〔清〕丁仲祜《續歷代詩話》（臺北：藝文印書館，民國72年6月
　　　四版），頁544。
〔註76〕高莉芬《元嘉詩人用典研究》：「劉宋文人，亦多以博涉爲貴，……
　　　社會風尚既推重博覽群書、善爲文章之飽學之士，故士族文人無不
　　　殫精竭慮於此，並以此自高。而詩人們欲誇耀一己之『博涉多通』，
　　　達到『雖謝天才，且表學問』的目的，最好的方式即是在作品中隸
　　　事用典。」（臺北：花木蘭文化出版社，2007年9月），頁22～23。

來歷爲高』的風氣，完全是王儉一手造成的」。〔註77〕其時隸事博物之風既「浸以成俗」，也就容易成爲文人創作的共同準則，並且形成了一種時代的詩風。《南齊書・文學傳論》云：

> 今之文章，作者雖眾，總而爲論，略有三體。一則啓心閑繹，託辭華曠，雖存巧綺，終致迂回。宜登公宴，本非准的。而疎慢闡緩，膏肓之病，典正可采，酷不入情。此體之源，出靈運而成也。次則緝事比類，非對不發，博物可嘉，職成拘制。或全借古語，用申今情，崎嶇牽引，直爲偶說。唯睹事例，頓失清采。此則傅咸五經，應璩指事，雖不全似，可以類從。次則發唱驚挺，操調險急，雕藻淫豔，傾炫心魂。亦猶五色之有紅紫，八音之有鄭、衛。斯鮑照之遺烈也。〔註78〕

所謂「緝事比類，非對不發，博物可嘉，職成拘制」之體，正是指這種以典故大量入詩的作品。此體詩雖然「博物可嘉」足以見出寫作者的博學多識，但缺點則是過多的典故入詩，容易喧賓奪主形成「唯睹事例，頓失清采」的情況。〈文學傳論〉的見解可謂十分準確。

　　蔡英俊認爲：「使事用典在某種程度上能夠深切反應文士階層潛在的集體心理機制。」〔註79〕最後也推斷出「援引典故事例是展示士族與知識階層所謂『博雅』的一種文化素養，而士族與知識階層也藉

〔註77〕方師鐸：《傳統文學與類書的關係》：「（王儉）是位了不起的覆雨翻雲人物：開創齊、梁以來『詞不貴奇，競須新事』局面的正是此公。我們甚至不妨大膽說：齊、梁文人的『捃拾細事，爭疏僻典，以一事不知爲恥，以字有來歷爲高』的風氣，完全是王儉一手造成的。」（臺中：私立東海大學，民國 60 年 8 月初版），頁 157。

〔註78〕〔梁〕蕭子顯：《南齊書》，頁 233。

〔註79〕蔡英俊〈「擬古」與「用事」：試論六朝文學現象中「經驗」的借代與解釋〉：「就魏晉以降文學現象的發展而言，典故的使用不應被視爲祇是一種單純的修辭手法，而是反應此一階段文士階層共通的一種語言操作模式，其作用除了彰顯文士階層所必須具備的文化素養之外，更是要在言談或書寫的活動中能透過對於既往的事例的借用與解釋來證顯當下的經驗，因而使事用典在某種程度上能夠深切反應文士階層潛在的集體心理機制。」頁 86。

此取獲或保障其在政治社會上的優勢地位」以及「是知識階層用以彰顯身份並藉此相互認同的一種文化上的象徵形式。」〔註80〕這個論點也充分說明了隸事雖多以遊戲形式進行，但早已在不知不覺中成為六朝的時代風氣與文化象徵了。

四、政治動盪的氛圍

　　政治動盪不安，可能是影響六朝各種觀念發展，最巨大的外緣因素。凡是有關六朝議題的討論，幾乎都會涉及這個部分。這主要是因為自漢末到南朝陳代滅亡期間，有勢者爭權奪利，外患內亂所導致的戰爭不斷，政治權力又幾度易主。這些一再發生的重大政治事件，也漸漸的改變了文人整體的思想觀念。

　　首先，發生在東漢桓、靈之世的「黨錮之禍」，是改變文人觀念的轉捩點。尤其是第二次「黨錮之禍」發生後，幾乎將當時所有舉足輕重的「清流」處死或流放。〔註81〕其餘文士人人自危，不再議論、批評政治，也深切影響了漢末文人的價值觀。朱熹〈答劉子澄書〉云：

> 近看溫公論東漢名節處，覺得有未盡處。但知黨錮諸賢趨死不避爲光武、明、章之烈，而不知建安以後，中州士大夫只知有曹氏，不知有漢室，却是黨錮殺戮之禍有以敺之也。〔註82〕

朱熹直接點明漢末士人之所以放棄「以天下爲己任」的觀念，便是因爲黨錮之禍的緣故。余英時贊同朱熹之說，並認爲在黨錮之禍後，「士大夫既知『大樹將顚，非一繩所維』，其所關切者亦唯在身家之保全，

〔註80〕同前註，頁88～89。

〔註81〕王仲犖：《魏晉南北朝史》：「公元一六六年、公元一六九年兩次黨錮之禍的結果，幾乎把當時統治階層內部較有統治經驗的所謂『清流』──士夫一網打盡，全部摒諸政權之外。」（臺北：漢京文化事業有限公司，1992年9月1日臺版一刷），頁14。

〔註82〕參見《晦庵先生朱文公文集》，頁1538。收入《朱子全書·第二十一冊》（上海：上海古籍出版社、合肥：安徽教育出版社，2002年12月一版一刷）。

而道術遂爲天下裂矣。」〔註83〕這樣的推論或許仍有爭議，但黨錮之禍對漢末文人價值觀所造成的影響，確實是不可忽視的事實。加上沒過多久，天下群雄並起，戰火不斷。過著顛沛流離生活的文人，逐漸確立了一種有別於兩漢大一統時期的生命價值觀。此種價值觀即是透過「憂生懼死、依戀人生」而產生的「遷逝感」。〔註84〕

　　之後的曹魏政權，雖然爲北方中原地區帶來短暫的和平，但在魏齊王芳正始十年（249 年，同年改元嘉平），司馬氏發動「高平陵」政變，正式掌控曹魏政權。據《三國志・魏書・卷九・曹眞附曹爽傳》記載：

> （正始）十年正月，車駕朝高平陵，爽兄弟皆從。宣王部勒兵馬，先據武庫，遂出屯洛水浮橋。……初，張當私以所擇才人張、何等與爽。疑其有姦，收當治罪。當陳爽與晏等陰謀反逆，並先習兵，須三月中欲發，於是收晏等下獄。會公卿朝臣廷議，以爲「春秋之義，『君親無將，將而必誅』。爽以支屬，世蒙殊寵，親受先帝握手遺詔，託以天下，而包藏禍心，蔑棄顧命，乃與晏、颺及當等謀圖神器，範黨同罪人，皆爲大逆不道」。於是收爽、羲、訓、晏、颺、謐、軌、勝、範、當等，皆伏誅，夷三族。〔註85〕

在這場政變中，司馬氏將曹爽兄弟以及何晏、鄧颺、丁謐、畢軌、李勝、桓範、張當等當時名士殺害，並誅及三族。「同日斬戮，名士減

〔註83〕余英時：〈漢晉之際士之新自覺與新思潮〉，收入氏著《中國知識階層史論》（臺北：聯經出版事業公司，1997 年 4 月初版五刷），頁217。

〔註84〕王力堅〈建安遊宴風氣與詩壇風尚之嬗變〉：「所謂『遷逝感』，即是自東漢後期以來，人們面對政治黑暗，誅戮交加，戰亂頻繁，疫癘並生的末世現實，驚駭地意識到人生之短促，生命之脆弱，因而產生的一種憂生懼死、依戀人生的凝重淒哀的自然生命意識。」收入氏著：《中古文學的文化思考》（新加坡：新社 Island Society，2003 年 7 月），頁45。

〔註85〕〔晉〕陳壽：《三國志・魏書・卷九・曹眞附曹爽傳》（北京：中華，1997 年 11 月一版），頁 81～82。

牛」〔註86〕的慘況，讓文人再度體驗到生命轉瞬即逝的恐懼。「高平陵」事件後，司馬氏逐步的剷除異己。嘉平三年（251）司馬懿殺楚王曹彪與王淩，諸相連者悉夷三族；嘉平六年（254）司馬師殺夏侯玄、李豐、張緝、樂敦、劉賢，皆夷三族，廢齊王曹芳，改立高貴鄉公曹髦；正元二年（255）司馬師斬毌丘儉、擊走文欽；甘露三年（258）司馬昭斬諸葛誕；甘露五年（260，同年改元景元）高貴鄉公曹髦親自討伐司馬昭，爲司馬昭部下賈充、成濟所殺，尚書王經亦在事後遭到殺害。恐怖的氣氛，在這十餘年間不斷的籠罩在文人的生活中。

西元 265 年，司馬炎代魏稱帝，建立西晉政權，並於 15 年後滅吳，統一天下，獲得了短暫的安定。晉武帝有鑑於曹魏以孤立而亡，故大封同姓爲王。這個措施本是爲了穩定司馬家的政權，但由於繼位的惠帝在治理國政能力上，普遍受到質疑，《晉書‧惠帝紀》記載：

> 帝之爲太子也，朝廷咸知不堪政事，武帝亦疑焉。嘗悉召東宮官屬，使以尚書事令太子決之，帝不能對。賈妃遣左右代對，多引古義。給事張泓曰：『太子不學，陛下所知。今宜以事斷，不可引書。』妃從之。泓乃具草，令帝書之。武帝覽而大悅，太子遂安。及居大位，政出群下，綱紀大壞，貨賂公行，勢位之家，以貴陵物，忠賢路絕，讒邪得志，更相薦舉，天下謂之互市焉。……帝又嘗在華林園，聞蝦蟆聲，謂左右曰：『此鳴者爲官乎，私乎？』或對曰：「在官地爲官，在私地爲私。」及天下荒亂，百姓餓死，帝曰：『何不食肉糜？』其蒙蔽皆此類也。〔註87〕

治國的能力不足，又受到身旁親近之人的蒙蔽，而無法掌握外在的資訊，再加上分封的諸王皆擁兵權且駐守重鎮，種種因素導致諸王無不覬覦皇帝之位。諸王底下的文武幕僚爲求自身的利益、理想或安危，

〔註86〕〔晉〕陳壽：《三國志‧魏書‧卷二十八‧王淩傳》裴松之注引《漢晉春秋》，頁 201。

〔註87〕〔唐〕房玄齡等：《晉書‧惠帝紀》（北京：中華，1997 年 11 月一版），頁 39。

自然也就各為其主，盡力輔佐。其中趙王司馬倫便率先藉機廢帝自立，開啓了長達 16 年（291～306）且成爲西晉滅亡主因的「八王之亂」。

　　八王之亂所帶來不僅僅是皇室宗親之間的內鬥，也由於諸王爲求勝利引入外族爲援，而造成中原地區的大混戰，直接導致西晉的衰亡。晉懷帝永嘉五年（311）三月，十六國中的漢趙部將石勒，殲滅晉軍主力部隊於苦縣寧平城。據《晉書》記載：「數十萬眾，勒以騎圍而射之，相踐如山。王公士庶死者十餘萬」，〔註88〕可見當時死傷之慘烈。同年六月，劉聰遣大將呼延晏、劉曜等人攻破洛陽，俘虜懷帝，宗室、官員及士兵百姓死傷無數，此即「永嘉之禍」。永嘉之禍後，西元 316 年，長安城破，愍帝被俘，結束了西晉政權。

　　在西晉滅亡前後，大量難民湧入長江流域，文人自然不能倖免於難。例如：《晉書・鄧攸傳》記載：

> 石勒過泗水，攸乃斫壞車，以牛馬負妻子而逃。又遇賊，掠其牛馬，步走，擔其兒及其弟子綏。度不能兩全，乃謂其妻曰：「吾弟早亡，唯有一息，理不可絕，止應自棄我兒耳。幸而得存，我後當有子。」妻泣而從之，乃棄之。其子朝棄而暮及。明日，攸繫之於樹而去。〔註89〕

鄧攸爲了能夠儘早逃離石勒的追捕，不得已犧牲自己的小孩，以保全其他家人。可以見出當時逃難之慘況。文人面對這種無能爲力的悲慘困境，也只能茫然的繼續爲了活命而行。此心態即如《世說新語・言語》所記載：

> 衛洗馬初欲渡江，形神慘頗，語左右云：「見此芒芒，不覺百端交集。苟未免有情，亦復誰能遣此！」〔註90〕

衛玠在逃難的途中，面對茫然無知的未來，百感交集而無法擺脫這種煩悶之情，故在看到廣漠的河水後，不禁有感而發。余嘉錫解釋此則

〔註88〕〔唐〕房玄齡等：《晉書・東海王越傳》，頁 420。
〔註89〕〔唐〕房玄齡等：《晉書・鄧攸傳》，600。
〔註90〕〔南朝宋〕劉義慶著、余嘉錫箋疏：《世說新語箋疏》，頁 111。

時認爲：

> 然則叔寶南行，純出於不得已。明知此後轉徙流亡，未必
> 有生還之日。……當將欲渡江之時，以北人初履南土，家
> 國之憂，身世之感，千頭萬緒，紛至沓來，故曰不覺百端
> 交集，非復尋常逝水之嘆而已。〔註91〕

余嘉錫之說可謂詳切且貼近衛玠之心。

　　東晉建立後，雖然政局相較之下較爲穩定，但依舊是內憂外患夾
雜。對外，五胡十六國的威脅仍在；對內，前期有王敦〔註92〕、蘇峻
〔註93〕的起兵反叛，後有桓溫、桓玄的跋扈掌權，以及孫恩盧循之亂
〔註94〕，身處其中的文人，無時無刻不在強權的夾縫中求生存。

　　到了南朝，這種情形並沒有改變，反而變本加厲。統治者爲了保
有權力，不惜誅殺兄弟、親人，位居下位的文人，更是動輒得咎，隨
時會有生命的危險。例如：宋文帝劉義隆殺了功高震主的北府名將譚
道濟，之後又殺其弟劉義康而開啓了南朝骨肉相殘之事。宋文帝後來
被其子劉劭所弑。弑父的劉劭則被其弟劉駿所殺。劉駿即位而爲宋孝

〔註91〕〔南朝宋〕劉義慶著、余嘉錫箋疏：《世說新語箋疏》，頁 112。

〔註92〕〔唐〕房玄齡等：《晉書‧王敦傳》：「永昌元年，敦率眾內向，以誅
　　　　（劉）隗爲名……諸將與敦戰，王師敗績。既入石頭，擁兵不朝，
　　　　放肆兵士劫掠內外。」頁 655。

〔註93〕〔唐〕房玄齡等：《晉書‧蘇峻傳》：「（蘇峻）謀爲亂，而以討（庾）
　　　　亮爲名。……峻自率渙、柳眾萬人，乘風濟自橫江，次於陵口，與
　　　　王師戰，頻捷，遂據蔣陵覆舟山，率眾因風放火，臺省及諸營寺署
　　　　一時蕩盡。遂陷宮城，縱兵大掠，侵逼六宮，窮凶極暴，殘酷無道。
　　　　驅役百官，光祿勳王彬等皆被捶撻，逼令擔負登蔣山。裸剝士女，
　　　　皆以壞席苫草自鄣，無草者坐地以土自覆，哀號之聲震動內外。時
　　　　官有布二十萬匹，金銀五千斤，錢億萬，絹數萬匹，他物稱是，峻
　　　　盡廢之。」頁 673。

〔註94〕〔唐〕房玄齡等：《晉書‧孫恩傳》：「恩據會稽，自號征東將軍，
　　　　號其黨曰『長生人』，宣語令誅殺異己，有不同者戮及嬰孩，由是
　　　　死者十七八。畿內諸縣處處蜂起，朝廷震懼，內外戒嚴。」頁 673
　　　　～674。《晉書‧盧循傳》：「循娶孫恩妹。及恩作亂，與循通謀。恩
　　　　性酷忍，循每諫止之，人士多賴以濟免。恩亡，餘眾推循爲主。」
　　　　頁 674。

武帝。宋孝武帝對於兄弟手足更是毫不留情，在位期間，就殺了其弟南平王劉鑠、武昌王劉渾、海陵王劉休茂，以及竟陵王劉誕。《南史》曾引蕭衍評論宋孝武帝劉駿之語，便可見出其殘忍：

> 宋孝武為性猜忌，兄弟粗有令名者，無不因事鴆毒，所遺唯景和。至朝臣之中疑有天命而致害者，枉濫相繼。〔註95〕

孝武帝之後，前廢帝劉子業殺叔祖劉義恭及其四子，又殺弟劉子鸞、劉子師。對於許多名將大臣也照樣誅殺，例如：興郡公沈慶之、尚書令柳元景、尚書左僕射顏師伯等，都死於其手中。接著繼位的宋明帝也殺了劉子勛、劉子頊等十四位孝武帝之子，以及自己的四個弟弟。代劉宋而立的齊也有同樣這類爭權奪利的情形。例如：齊武帝死後，原由太孫蕭昭業嗣位，但被蕭鸞殺害而立蕭昭業之弟蕭昭文。蕭鸞隨即又殺了蕭昭文自立，是為齊明帝。其在位五年，就將齊高帝十九個兒子，以及齊武帝二十三個兒子殺戮殆盡。〔註96〕

六朝文人長期處在這樣的社會環境中，很容易產生消極的價值觀。對於人生終極價值的思考，在生命隨時可能消逝的影響下，便容易導向及時行樂、厚生嗜欲一途。趙輝即認為：

> 魏晉時期，由於社會的動亂，人們對於人生短暫的感受尤為強烈，縱慾享樂以度一生成為一種普遍的心態。〔註97〕

觀念如此，所創作出的思想及文學作品，自然容易如此。這就是為什麼現代學者談論到六朝文人的心態以及其作品時，常常以「縱慾享樂」或「任情放蕩」等詞形容之。李豐楙曾以「暫解我憂」來形容六朝文人的這種心態：

> 由於六朝的世事多變，王朝僅能短暫承平，為時不長，這種隨時覆業的不安全感，何嘗不是亂世文人放蕩其心境的

〔註95〕〔唐〕李延壽：《南史‧齊高帝諸子列傳上》，頁285。
〔註96〕關於劉宋至南齊君王誅殺宗室及臣子的種種事蹟，可參見王仲犖：《魏晉南北朝史》，頁392～399；趙輝：《六朝社會文化心態》（臺北：文津出版社，民國85年元月初版），411～412。
〔註97〕趙輝《六朝社會文化心態》，頁136。

　　　　無奈，這也是世變中另一種惶恐心境的曲折表現。……故
　　　　頹廢、放蕩也者實是世變日亟中的暫解我憂。〔註98〕
「暫解我憂」的觀念即是希望能在頻繁的世變中，消除心中的苦悶。
雖然縱慾享樂、任情放蕩或思想頹廢未必與文學遊戲有絕對的關係，
不過一旦這些價值觀成爲了當時文人普遍的心理狀態，就容易形成一
股社會風氣。那麼，文人在日常生活中，進行各式各樣的「遊戲」行
爲當作「暫解我憂」的方式，也就不足爲奇了。

〔註98〕李豐楙：〈嚴肅與遊戲：六朝詩人的兩種精神面向〉，頁 53。

第三章　六朝「詩歌遊戲化」
與文學集團的關係

第一節　文學集團的定義

詩歌「遊戲化」的產生和興盛，與文學集團的發展有很大的關聯性。一般論述文學集團的形成，通常會從先秦的養士之風開始談起。當時掌握權力的王公貴族，爲了培養及鞏固自己的勢力，大量的網羅文士；位於下層的文士，亦藉此以攀升高位，因而形成了龍蛇混處的士人集團。[註1] 這種養士風氣延續到了西漢初年，諸侯國仍可見到許多類似的集團，其中又以吳王劉濞、梁孝王劉武、淮南王劉安三個集團最爲顯著。[註2] 在這類的集團中，不乏以文學長才投效的士人，例

〔註1〕詳細論述可參見胡大雷：《中古文學集團》（桂林：廣西師範大學出版社，1999年5月1版2刷），頁1～18；呂光華：《南朝貴遊文學集團研究》，國立政治大學中文所博士論文，民國79年5月，頁11～14。

〔註2〕〔漢〕班固：《漢書・鄒陽傳》（北京：中華書局，1997年11月一版）：「漢興，諸侯王皆自治民聘賢。吳王濞招致四方游士，陽與吳嚴忌、枚乘等俱仕吳，皆以文辯著名。」頁597；《漢書・梁孝王傳》：「（孝王）招延四方豪傑，自山東游士莫不至：齊人羊勝、公孫詭、鄒陽之屬。」頁565；《漢書・伍被傳》：「伍被，楚人也。或言其先伍子胥後也。被以材能稱，爲淮南中郎。是時淮南王安好術學，折節下士，招致英儁以百數，被爲冠首。」頁554。

如：戰國時楚襄王底下的宋玉、唐勒、景差；〔註3〕西漢時游於吳、梁的枚乘、鄒陽、嚴忌等人。〔註4〕雖然這些文人只是整個集團底下的一部分，但因為聚集了相當的人數，所以是否能將其視為文學集團，近代研究者常有不同的意見。贊同者，例如呂光華便直接以「貴遊文學集團」稱之。〔註5〕不贊同者，例如胡大雷就認為不能稱這些諸侯王的門客群體為文學集團，因為他們是由各種技藝才能的人員的集合。而另以「門客集團中的賦家集團」稱之。〔註6〕這二人的說法，正好呈現目前學界對於文學集團定義的差異。近幾年則有沈凡玉試圖在這兩種觀點下，尋求更完善的定義。他不僅贊同胡大雷的說法，還進一步指出，自先秦至兩漢帝王所聚集的文士團體，都只能視為文學集團的雛形。其理由有二：第一，當時文士雖有群聚現象，但「文學自覺」尚未興起，未必能嚴肅的看待文學創作；第二，當時的辭賦作家未必具有明確的群體意識，或以寫作展開與他人互動的自覺。〔註7〕這些不同的意見，其實都指向了一個問題：「文學集團」的定義究竟是什麼？

　　三位研究者在其論述中，各自對於「文學集團」下了定義。胡大雷認為：

> 所謂「集團」，即指為了一定目的而組成的共同活動的團體。而「文學集團」，即指為了從事文學創作、文學評論或其他文學活動而組成的、共同進行文學活動的團體。〔註8〕

〔註3〕〔漢〕司馬遷：《史記·屈原賈生列傳》：「屈原既死之後，楚有宋玉、唐勒、景差之徒者，皆好辭而以賦見稱。」（北京：中華書局，1997年11月一版），頁372。亦可參見呂光華：《南朝貴遊文學集團研究》，頁14～21。

〔註4〕〔漢〕班固：《漢書·鄒陽傳》：「是時，景帝少弟梁孝王貴盛，亦待士。於是鄒陽、枚乘、嚴忌知吳不可說，皆去之梁，從孝王游。」頁599。

〔註5〕參見呂光華：《南朝貴遊文學集團研究》，頁14～38。

〔註6〕胡大雷：《中古文學集團》，頁22。

〔註7〕沈凡玉：《六朝同題詩歌研究》，國立台灣大學中文所博士論文，民國100年7月，頁23～24。

〔註8〕胡大雷：《中古文學集團》〈前言〉，頁1。

呂光華則認為：

> 所謂貴遊文學集團，係指對文學有興趣的天子王侯朝貴，
> 與其所招攬以文學技藝事上的侍從文士此一群體組合。
>
> 〔註9〕

沈凡玉的說法則是：

> 「文學集團」一詞，更突顯文人互動對於創作活動與作品
> 風貌造成的影響，以及不同於抒情為主的「個人文學」之
> 處……所謂的「文學集團」，並非均為成員固定的嚴密組
> 織……所謂「集團」，甚至可能是結構很鬆散的，與「文會」
> 界線模糊的文人聚集……筆者所界定的「文學集團」，並非
> 嚴格強調其組織與隸屬關係，而是著重其相對於個人抒情
> 的「群」性質。〔註10〕

我們回頭來看「文學集團」這個詞，從字面上來看，可以分成「文學」
與「集團」兩部分。這兩部分正是構成「文學集團」的充要條件，缺
一不可。從所引的文來看，胡大雷和呂光華並沒有特別針對「文學」
下定義，這應該是因為以現代研究的角度而言，楚騷及漢賦自是中國
文學不可或缺的一部分，所以不需特別解釋。也因此兩人都著重在解
釋「集團」之義。胡大雷認為「集團」是為了「一定目的而組成的共
同活動的團體」。而先秦、西漢的文士集團，並非為了文學所組成的，
因此即使有以文學創作為主的次團體存在，但就整體而論，仍不能算
是「文學集團」。呂光華則特別強調了「貴遊」的部分，認為只要符
合以「文學技藝」為主的「群體組合」，即可視為「文學集團」。胡大
雷與呂光華之所以意見紛歧，主要是因為對於「集團」組成的認定不
同。至於沈凡玉雖然沒有直接、明確的說法，但配合前述其視先秦兩
漢文士團體為文學集團雛形的理由，仍舊可以看出他與另外二人的不
同之處：沈凡玉較不重視「集團」的組織性與隸屬關係，而把焦點放
在文人的「文學自覺」與「群體意識」二個條件上。也就是說，此一

〔註 9〕呂光華：《南朝貴遊文學集團研究》，頁 2。

〔註10〕沈凡玉《六朝同題詩歌研究》，頁 21～22。

團體是否為「文學集團」，最大的關鍵在於文人們有沒有嚴肅的看待文學創作？以及有沒有贊同其他文人是集團的一部分，而與之產生互動關係？

其中，沈凡玉的說法十分特別。目前學界多以現代對於文學的定義來判斷歷史上的「文學集團」，但她卻以當時文人的自我意識為準則，來判斷「文學集團」的成立與否，可說是挑戰了多數研究者的看法。不過「文學自覺」是否自魏晉始，已有學者提出不同的意見，〔註11〕這裡暫且不論，但如果要求文人必須「嚴肅的看待文學創作」，才能視為「文學集團」成立的條件之一，可能忽略了文學集團在創作上所呈現的多樣性。因為即使是六朝之後的文學集團，以文學作為娛樂或是獲得政治地位的工具，屢見不鮮。至於必須要贊同其他文人是集團的一部分，並產生互動關係的說法，同樣是較為狹隘的觀點。因為「作家單方面的獻言，在上位者並不與之酬答」〔註12〕的行為，在六朝普遍被視為「文學集團」的團體（包含沈凡玉自己所贊同的），尤其是在以君主為首的文學集團中，也算是常見的情況。

經由上述的討論後，本文在「文學集團」的定義上，雖然較為傾向胡大雷與呂光華的說法，但也認為文學集團確實是一種鬆散的組織，集團內並沒有任何嚴格的制度，所以文人可以隨時由一個集團轉換至另一個集團。底下將以此定義為基準，探討六朝時期「文學集團」與「詩歌遊戲化」的現象。

第二節　六朝文學集團與詩歌創作動機「遊戲化」

所謂的創作動機，簡單的說，就是指作者為何會進行文學創作。

〔註11〕龔鵬程：「魯迅論魏晉風度時，曾說魏晉是個文學自覺的時代……此說，後來大部分文學史著均予以沿用。其實大謬。……藝術的獨立、文學的自覺，不是這樣談的；其自覺與獨立，也不始於魏晉，乃是自漢朝開始的。」參見氏著《中國文學史》〈文學創作的自覺〉（台北：里仁書局，2009 年 1 月 5 日初版），頁 51。

〔註12〕沈凡玉：《六朝同題詩歌研究》，頁 24。

這自然也涉及了作者對於文體本質與功能的觀念。在目前中國文學批評史的論述中，對於詩歌創作動機的敘述，往往從先秦兩漢「言志」論至魏晉「緣情」。但隨著近代與西方理論的互動，我們也開始理解作者的創作動機，並非單純的只有一種可能。〔註13〕從這個觀點來看，當我們詮釋一首詩歌時，透過對字詞解釋、典故運用的詳細分析，或許可以從中獲得「言志」或「緣情」的情志感發，但若從外緣的歷史、社會背景考察，很可能會發現促使作者創作的動機，僅是出於一種「遊戲」、「競賽」或「模擬」的心態。這種奇特的關係，其實常見於六朝時期的詩歌中。舉例來說，曹丕和曹植各有一首詩題爲〈代劉勳妻王氏雜詩〉：

> 翩翩牀前帳，張以蔽光輝。昔將爾同去，今將爾同歸。緘藏篋笥裏，當復何時披？（曹丕）

> 誰言去婦薄，去婦情更重。千里不唾井，況乃昔所奉。遠望未爲遙，踟躕不得共。（曹植）〔註14〕

兩首詩皆以女子口吻寫對男子的思念。從內容來看，曹丕之詩以床帳爲喻，透過「緘藏篋笥裏，當復何時披」表達出婦人對於丈夫的深情；曹植之詩則是直接說出「誰言去婦薄，去婦情更重」，展現婦人強烈的情感。雖然這兩首詩都可以讓我們感受到女子心裡的沉痛悲哀，但

〔註13〕 舉例來說，美國社會學家舒茲（A.Schutz，1899～1959）把「動機」區分爲「目的動機」（in-order-to motive）與「原因動機」（because motive）二項。所謂「目的動機」「是指行動導致的事態結果及目的」，「從行動者的角度來看，這類動機指向未來；而若以術語所指的意思來看，則我們可以說，被計畫的行爲，也就是未來行動所促成的預想之事態結果，構成了行動的目的動機」。至於「原因動機」，「從行爲者的角度來看，原因動機指向他的過去經驗，這些經驗決定了他之所以如此行爲」。由此可見，針對同一件作品，作者的創作動機至少可以就其「過去經驗」及「未來目的」的時間性，而有不同的詮釋方向。〔美〕舒茲著、盧嵐蘭譯《舒茲論文集（第一冊）》（台北：桂冠圖書股份有限公司，2002年6月初版二刷），頁92。

〔註14〕 逯欽立：《先秦漢魏晉南北朝詩·上》（北京：中華書局，1998年5月北京一版四刷），頁402、455。本文後面所引之漢、魏晉、南北朝詩皆引自此書，故附上題目及作者後，不另贅注。

是我們卻很難直接將其歸類於「言志」、「緣情」的傳統論述架構中，
這當中的原因，就在於詩中所表現的情感是否真實？根據記載，此詩
背後有相關的本事：

> 王宋者，平虜將軍劉勳妻也。入門二十餘年。後勳悅山陽
> 司馬氏女，以宋無子出之，還於道中作詩。〔註15〕

由此可知，詩中發言的女子，即是平虜將軍劉勳的妻子王宋。因為劉
勳有了新歡，便以無子為由，休了入門二十餘年的王宋。這兩首詩所
描寫的情境，正是王宋被休，在返回娘家的途中發出悲嘆。然而，詩
題〈代劉勳妻王氏雜詩〉中的「代」，是「代擬」、「替代」之意，既
是「代作」，那就明顯不是詩人自身的情感，而是利用「同理心」的
思考，模擬他人面對此種情境「應有」的態度或感受。猜測他人的想
法，本就不是一件易事；揣摩異性的心態，又隔了一層難以突破的障
礙。曹丕與曹植皆為男性，雖然在詩中假藉女子口吻表達濃烈的愛
情，但換個角度來想，二人所傳達的情感，其實只是一種對異性內心
感受的想像。因此，在這二首詩中所呈現的情感，僅是一種虛擬的想
像，不是詩人親身的遭遇。雖然在詩詞創作中，許多作者常有想像對
方應該正在作什麼，或是應該也在思念自己的表述手法，來加深自身
的情感。但曹氏兄弟這種「虛上加虛」的「代擬」方式，卻已經近乎
一種憑空想像的創作了。二人所創作出來的情感，極有很可能只是一
種幻想，而與現實情況脫節。這樣的詩在內容上，雖然有部分可以解
釋為情志感發，但從創作動機來說，二人之詩不僅同時而做，而且題
目相同，反倒更像是一種命題式的考試、競賽或遊戲。又如曹丕所寫
的〈寡婦賦〉亦是如此。據曹丕〈寡婦賦序〉云：

> 陳留阮元瑜，與余有舊，薄命早亡。每感存其遺孤，未嘗
> 不愴然傷心，故作斯賦，以敘其妻子悲苦之情，命王粲並
> 作之。〔註16〕

〔註15〕逯欽立：《先秦漢魏晉南北朝詩·上》，頁402。
〔註16〕〔清〕嚴可均：《全上古三代秦漢三國六朝文·全三國文·卷四》（京

從序來看，曹丕似乎是因爲心中對於阮瑀的遺孤有所悲痛，因而寫賦，但卻又命令王粲以同題共作之。如果說曹丕確實是「愴然傷心」，那麼受命而寫的王粲，其心中也是如此嗎？更有趣的是，曹丕同時還著有〈寡婦詩〉，而且在〈序〉中亦云：「友人阮元瑜早亡，傷其妻孤寡，爲作此詩。」〔註17〕與其所寫賦應是同時之作。爲何同一個題目要同時使用賦體及詩體書寫呢？加上曹植亦有〈寡婦詩〉，很可能也是受曹丕命所作。若是如此，則曹丕不僅以詩、賦書寫同一題目，也同時命其他人共作。雖然這些作品當中或存有「情志」，但難道不覺得這更像是一種命題式的考試、競賽或遊戲嗎？

這種情形的產生，又與六朝時期的文學集團有很大的關聯。因此，底下將透過對六朝文學集團的討論，以了解「詩歌遊戲化」的發展脈絡。

一、鄴下文學集團所開啓的轉變

雖然文學集團的產生至少可以上溯至漢代，〔註18〕但六朝時期的文學集團，無論是組成的方式，還是主從之間的關係，都與前代有很大的差異。鍾嶸《詩品序》記載：

> 降及建安，曹公父子，篤好斯文；平原兄弟，鬱爲文棟；
> 劉楨、王粲，爲其羽翼。次有攀龍託鳳，自致於屬車者，
> 蓋將百計。彬彬之盛，大備於時矣。〔註19〕

從鍾嶸這段記載來看，建安時期的「鄴下文學集團」，以曹氏父子爲首，以劉楨、王粲、應瑒等人爲核心創作文人，再加上來自全國各地「攀龍託鳳，自致於屬車者，蓋將百計」的文人，可以知道此文學集

都：中文出版社，1981年6月三版），頁1073。
〔註17〕逯欽立：《先秦漢魏晉南北朝詩・上》，頁403。
〔註18〕關於漢代文學集團的討論，可參考胡大雷：《中古文學論集》，頁19
～35；郭英德：《中國古代文人集團與文學風貌》（北京：北京師範
大學出版社，1998年一版一刷）頁29～56。
〔註19〕〔南朝梁〕鍾嶸著、王叔岷箋證：《鍾嶸詩品箋證稿》（台北：中央
研究院中國文哲研究所，民國81年3月初版），頁58。

團的人數非常龐大。造成這種盛況的原因，雖然與曹操愛好文學，並且在穩定北方政權後，積極網羅各地文人有關。但眞正能夠形成一龐大的文學集團，關鍵之處還是在於他的兩個兒子：曹丕和曹植身上。

《三國志‧魏書‧武帝紀》記載：

> （建安）十六年春正月，天子命公世子丕爲五官中郎將，
> 置官屬，爲丞相副。〔註20〕

雖然「五官中郎將」的主要職責是管理「宿衛諸殿門」的五官郎，〔註21〕但因爲曹丕還兼任了副丞相之職，故有了可以「置官屬」的權力，這也讓其得以延攬天下文士。「建安七子」中的徐幹、應瑒及劉楨，皆曾先後擔任其底下的「五官將文學」之職。〔註22〕而曹植則先在建安十六年（211 年）被封爲平原侯，之後又在建安十九年（214 年）改封臨菑侯，〔註23〕同樣因此得以「高選官屬」，選任家吏。〔註24〕除前面提到的徐幹和應瑒之外，其餘如：毋丘儉、邯鄲淳等人，亦曾擔任過其底下「文學」或「庶子」的職位。〔註25〕由於曹丕、曹植獲得延攬僚屬的權力，致使許多文人得以匯聚於一地，進而形成了集

〔註20〕〔晉〕陳壽：《三國志》（北京：中華書局，1997 年 11 月一版），頁 18。

〔註21〕〔晉〕范曄：《後漢書‧百官志二》：「五官中郎將一人，比二千石。本注曰：『主五官郎』。……凡郎官皆主更直執戟，宿衛諸殿門，出充車騎。」（北京：中華書局，1997 年 11 月一版），頁 919～920。

〔註22〕〔晉〕陳壽：《三國志‧魏書‧王粲傳》：「（徐）幹爲司空軍謀祭酒掾屬，五官將文學。……（應）瑒轉爲平原侯庶子，後爲五官將文學。」又引《典略》：「其後太子嘗請諸文學，酒酣坐歡，命夫人甄氏出拜。坐中眾人咸伏，而楨獨平視。」頁 161。

〔註23〕〔晉〕陳壽：《三國志‧魏書‧武帝紀》引《魏書》：「庚辰，天子報：減戶五千，分所讓三縣萬五千封三子，植爲平原侯，據爲范陽侯，豹爲饒陽侯，食邑各五千戶。」；《三國志‧魏書‧任城陳蕭王傳》：「（曹植）建安十六年，封平原侯。十九年，徙封臨菑侯。」頁 18、150。

〔註24〕〔晉〕陳壽：《三國志‧魏書‧邢顒傳》：「是時太祖諸子高選官屬，令曰：『侯家吏，宜得深淵法度如邢顒輩。』」頁 106。

〔註25〕〔唐〕房玄齡：《晉書‧鄭袤傳》：「魏武帝初封諸子爲侯，精選賓友，袤與徐幹俱爲臨淄侯文學，轉司隸功曹從事。」（北京：中華書局，1997 年 11 月一版），頁 326。

團。除此之外，身為集團主人的曹氏父子，尤其是曹丕、曹植兄弟，
不僅「篤好斯文」，更是直接參與寫作活動，以親自創作的模式，帶
動一種群體間互動的寫作風潮。《文心雕龍・時序》云：

> 魏武以相王之尊，雅愛詩章；文帝以副君之重，妙善辭
> 賦；陳思以公子之豪，下筆琳琅：並體貌英俊，故俊才雲
> 蒸。〔註26〕

曹氏父子雖然擁有「相王之尊」、「副君之重」、「公子之豪」的尊貴地
位，卻不僅止於「雅愛詩章」，更能「妙善辭賦」、「下筆琳琅」。這與
漢代帝王貴族，多以旁觀者的角色主導活動，並且視文人為俳優之
流，享受其所帶來的耳目愉悅，截然不同。〔註27〕也因為如此，集團
的主從關係便不是單向的寫作與閱讀，而是一種雙向的互動交流。在
這種日日朝夕相處、時時賦詩論文的情形下，即便身為集團主人的曹
丕和曹植，也很自然的與其他文人產生親密、深厚的友誼。曹植常以
詩贈人，顯現雙方之情誼。例如〈贈徐幹詩〉：

> 寶棄怨何人，和氏有其愆。彈冠俟知己，知己誰不然。良
> 田無晚歲，膏澤多豐年。亮與璠璵美，積久德愈宣。親交
> 義在敦，申章復何言。

曹植連用「和氏之璧」〔註28〕及「王陽在位，貢公彈冠」〔註29〕的典

〔註26〕　〔南朝梁〕劉勰著、周振甫注：《文心雕龍注釋》（台北：里仁書局，
　　　　民國87年9月28日初版三刷），頁815。

〔註27〕　參見呂光華：《南朝貴遊文學集團研究》，頁41。

〔註28〕　《韓非子・和氏十三》：「楚人和氏得玉璞楚山中，奉而獻之厲王。厲
　　　　王使玉人相之。玉人曰：『石也。』王以和為誑，而刖其左足。及厲王
　　　　薨，武王即位。和又奉其璞而獻之武王。武王使玉人相之。又曰：『石
　　　　也。』王又以和為誑，而刖其右足。武王薨，文王即位。和乃抱其璞
　　　　而哭於楚山之下，三日三夜，泣盡而繼之以血。王聞之，使人問其故，
　　　　曰：『天下之刖者多矣，子奚哭之悲也？』和曰：『吾非悲刖也，悲夫
　　　　寶玉而題之以石，貞士而名之以誑，此吾所以悲也。』王乃使玉人理
　　　　其璞而得寶焉，遂命曰：『和氏之璧。』」〔清〕王先慎：《韓非子集解》
　　　　（台北：藝文印書館，民國72年6月三版），頁162～164。

〔註29〕　《漢書・王吉傳》：「吉與貢禹為友，世稱『王陽在位，貢公彈冠』，
　　　　言其取舍同也。」（北京：中華書局，1997年11月一版），頁780。

故，來安慰徐幹擁有天生的才能，只是在仕宦之路上，缺乏賞識之人。
然後用「良田無晚歲，膏澤多豐年」來鼓勵徐幹，以其才能絕對不會
沈寂太久的。接著再說「亮與璠璵美，積久德愈宣」以寶玉比喻其才
美，也以沈澱愈久，其德散播愈廣來安慰徐幹。最後以「親交義在敦，
申章復何言」作結，重申彼此情誼之篤厚。詩中處處以朋友的立場安
慰、勉勵徐幹。其他如〈贈丁儀詩〉：「思慕延陵子，寶劍非所惜。子
其寧爾心，親交義不薄。」用吳公子季札贈寶劍之事，〔註30〕來表示
自己的對於朋友的重視，勝過一切外在的物質。〈贈丁儀王粲詩〉：「丁
生怨在朝，王子歡自營。歡怨非貞則，中和誠可經。」勸告丁儀要行
中和之道。〈離友詩〉更是直接在序中說出夏侯威的離去讓自己「心
有眷然，爲之隕涕」。從這些詩作中，的確可以感受到曹植對於這些
文人的深切情誼。至於曹丕與文人之間的交遊情誼，主要可從〈與吳
質書〉和〈又與吳質書〉二篇文章中看出：

> 每念昔日南皮之遊，誠不可忘。既妙思六經，逍遙百氏；
> 彈棊閒設，終以六博，高談娛心，哀箏順耳。馳騖北場，旅
> 食南館，浮甘瓜於清泉，沈朱李於寒水。白日既匿，繼以
> 朗月，同乘竝載，以游後園，輿輪徐動，參從無聲，清風夜
> 起，悲笳微吟，樂往哀來，淒然傷懷。余顧而言，斯樂難
> 常，足下之徒，誠以爲然。今果分別，各在一方。元瑜長
> 逝，化爲異物，每一念至，何時可言！方今……節同時異，
> 物是人非，我勞如何！今遣騎到鄴，故使枉道相過。（曹丕
> 〈與吳質書〉）
>
> 昔年疾疫，親故多離其災。徐陳應劉，一時俱逝，痛可言
> 邪？昔日遊處，行則連輿，止則接席；何曾須臾相失。每
> 至觴酌流行，絲竹竝奏，酒酣耳熱，仰而賦詩。當此之時，

〔註30〕《史記‧吳太伯世家》：「季札之初使，北過徐君。徐君好季札劍，
口弗敢言。季札心知之，爲使上國，未獻。還至徐，徐君已死，於
是乃解其寶劍，繫之徐君冢樹而去。從者曰：『徐君已死，尚誰予乎？』
季子曰：『不然。始吾心已許之，豈以死倍吾心哉！』」頁372。

> 忽然不自知樂也。謂百年已分，可長共相保；何圖數年之
> 間，零落略盡，言之傷心！頃撰其遺文，都為一集。觀其
> 姓名，已為鬼錄。追思昔遊，猶在心目。而此諸子，化為
> 糞壤，可復道哉！（曹丕〈又與吳質書〉）〔註31〕

根據目前所流傳下來的史料，並沒有看見曹丕贈與文人的詩作。但從
這兩篇書信，卻更能感受到曹丕與這些文人之間的情感。在這兩封信
中，具體的寫出當時他與文人們「南皮之遊」的情景。他們「行則連
輿，止則接席」的四處遊樂。一邊高談闊論，一邊賦詩聽曲，日以繼
夜的悠遊在文學與義理的玄妙境界。正因為這段日子如此親密的相
處，才會讓曹丕在「徐陳應劉，一時俱逝」時，感到難以接受。

　　曹丕、曹植此種與文人親密的交遊行為，不僅在情感上與漢代帝
王貴族將文人視為「言語侍從之臣」的態度有些差異；也因為朝夕舉
辦「酒酣耳熱，仰而賦詩」的團體聚會，文人們往往「傲雅觴豆之前，
雍容衽席之上，灑筆以成酣歌，和墨以藉談笑」〔註32〕，將吟詠、撰
寫詩賦當作酒宴上的娛樂活動。曹植〈娛賓賦〉：「文人騁其妙說兮，
飛輕翰而成章」〔註33〕、劉楨〈贈五官中郎將〉：「賦詩連篇章，極夜
不知歸」，以及阮瑀〈公讌詩〉：「辯論釋鬱結，援筆興文章」都清楚
的描述了這種情形。在這種場合中，詩歌脫離了「情志」的功能，而
成為一種「藉談笑」的工具。因此，那些「憐風月、狎池苑、述恩榮、
敘酣宴」〔註34〕有別於詩歌「言志」傳統的創作題材，也應運而生。
當時文人們因應聚會場合所寫的「公讌詩」，便是很好的例子：

> 高會君子堂，並坐蔭華榱。嘉肴充圓方，旨酒盈金罍。……
> 願我賢主人，與天享巍巍。克符周公業，奕世不可追。（王
> 粲〈公讌詩〉）

〔註31〕〔清〕嚴可均：《全上古三代秦漢三國六朝文・全三國文・卷七》，
　　　　頁1089。
〔註32〕《文心雕龍・時序》之語。參見周振甫：《文心雕龍注釋》，頁815。
〔註33〕〔清〕嚴可均：《全上古三代秦漢三國六朝文・全三國文・卷七》，
　　　　頁1126。
〔註34〕《文心雕龍・明詩》語。參見周振甫：《文心雕龍注釋》，頁84。

永日行遊戲，歡樂猶未央。遺思在玄夜，相與復翱翔。輦
車飛素蓋，從者盈路傍。……生平未始聞，歌之安能詳。
投翰長嘆息，綺麗不可忘。（劉楨〈公讌詩〉）

陽春和氣動，賢主以崇仁。布惠綏人物，降愛常所親。上
堂相娛樂，中外奉時珍。五味風雨集，杯濁若浮雲。（阮瑀
〈公讌詩〉）

巍巍主人德，佳會被四方。開館延群士，置酒于斯堂。辯
論釋鬱結，援筆興文章。穆穆眾君子，好合同歡康。促坐
褰重帷。傳滿騰羽觴。（應瑒〈公讌詩〉）

公子敬愛客，終宴不知疲。清夜遊西園，飛蓋相追隨。……
飄颻放志意，千秋長若斯。（曹植〈公讌詩〉）

「公讌」一詞，《昭明文選》呂延濟注云：「公讌者，臣下在公家侍讌
也。」﹝註35﹞可知內容主要為臣下侍宴之作。既是侍宴，則詩的內容
多半是應宴會主人之要求，為此次聚會所作。所以可能在一場宴會中
有多人同時執筆，亦有可能同一人在不同場合中皆有創作。但無論是
何種情形，內容通常都大同小異。我們從所引的四首詩來看，確實皆
是在描述當時眾人聚會遊樂之景。而且每首詩起筆的模式幾乎一樣：
都是寫宴會主人召集文人們聚集的盛況。結尾部分除曹植「飄颻放志
意，千秋長若斯」尚帶有個人對逍遙生命的追求之外，其他亦多為遊
宴的陳述，王粲甚至直接以讚美宴會主人作結。由此可見，在「鄴下
文學集團」中，對詩歌的認知逐漸開始轉向了。這種認知，一方面使
詩歌的本質觀逐漸跳脫漢代「言志」的傳統，轉向新的進路；另一方
面，因為文人之間互動頻繁，集團活動已然成形，造成了文人將詩歌
視為遊戲、娛樂或競賽，並且彼此較勁的心態。由於這二個方面的影
響，使得此時期的詩歌中，有許多作品的創作動機，並不完全是後世
學者所提出「言志」、「緣情」那種「為情而造文」的理想狀態，反而

﹝註35﹞﹝南朝梁﹞昭明太子、六臣注：《增補六臣註文選》（台北：華正書
局，民國94年5月初版二刷），頁367。

是一種經由「遊戲化」後，所產生的「爲文而造情」的詩歌作品。這種創作動機近於「遊戲」、「競賽」類型的詩歌，有時內容看似爲「抒情」的型態（如前面所引曹氏兄弟的〈代劉勳妻王氏雜詩〉），有時又是在宴會上看似文人間彼此競賽或視爲一種趣味的作品（如上述所引〈公讌詩〉），之所以如此游移不定，正是因爲此時的詩歌遊戲化尚處於初始的發展階段，文人往往在有意無意間創作出這種類型的詩歌。雖然這種現象並不是當時文人自覺創作的結果，但卻使得太康以降的文學集團，在創作上逐漸產生類似的現象，故可說是開啓了六朝詩歌「遊戲化」的發展。

二、太康時期文學集團所呈現的模糊觀念

自「鄴下文學集團」改變了詩歌的創作動機，形成明顯的「詩歌遊戲化」現象後，從西晉至南朝期間，凡是與文學相關的聚會或文學集團的活動，幾乎都可見到這種情形。尤其是兩晉時期文學集團的組成核心，雖然已由王室轉移至權貴世家，但也沒有影響「詩歌遊戲化」的發展。西晉的賈謐權傾一時，也形成了以其爲首的「二十四友」文學集團。《晉書・賈謐傳》記載：

> 開閣延賓。海內輻湊，貴游豪戚及浮競之徒，莫不盡禮事之。或著文章稱美謐，以方賈誼。渤海石崇歐陽建、滎陽潘岳、吳國陸機陸雲、蘭陵繆徵、京兆杜斌摯虞、琅邪諸葛詮、弘農王粹、襄城杜育、南陽鄒捷、齊國左思、清河崔基、沛國劉瓌、汝南和郁周恢、安平牽秀、潁川陳眕、太原郭彰、高陽許猛、彭城劉訥、中山劉輿劉琨皆傅會於謐，號曰二十四友，其餘不得預焉。〔註36〕

這個文學集團包含了當時多位知名的文人。而這些文人又多以「文才降節事（賈）謐」〔註37〕。爲了諂事集團主人賈謐，同時亦向其他集

〔註36〕〔唐〕《晉書・賈謐傳》（北京：中華書局，1997 年 11 月一版），頁307。
〔註37〕〔唐〕《晉書・劉琨傳》：「秘書監賈謐參管朝政，京師人士無不傾心。

團成員展示自身的文才，集團成員產生了許多以非自我「情志」爲創作動機的詩歌作品。潘岳有〈爲賈謐作贈陸機詩〉十一章，即是揣摩賈謐的心思與語氣所作。姑且不論詩作內容的好壞，但從創作動機來看，因其所寫之思皆非實際作者之情，故實可視爲「詩歌遊戲化」下的產物。潘岳〈於賈謐坐講漢書詩〉、陸機〈講漢書詩〉，二首，很有可能是賈謐請左思講漢書時，〔註38〕由在場的文人以「講漢書」爲題，一同寫作切磋，甚至是相互比試、一較高下的作品。另外，「二十四友」之一的石崇在其金谷園中「引致賓客，日以賦詩」〔註39〕，此即有名的「金谷園聚會」。張愛波綜合數位學者的說法，認爲於石崇金谷園的聚會，大部分的「二十四友」應有參與。〔註40〕依據此說，則「金谷園聚會」亦可說是「二十四友」文學團體的延伸。此團體在金谷園多次聚會，其中最著名的一次即是元康六年（296 年）眾人餞別王詡的聚會。《世說新語・品藻》注引石崇〈金谷詩敘〉清楚的描述了此次聚會的起因與過程：

> 余以元康六年，從太僕卿出爲使，持節監青、徐諸軍事、征虜將軍。有別廬在河南縣界金谷澗中，或高或下。有清泉茂林、眾果竹柏、藥草之屬，莫不畢備。又有水碓、魚池、土窟，其爲娛目歡心之物備矣。時征西大將軍祭酒王詡當還長安，余與眾賢共送往澗中，晝夜遊宴，屢遷其坐。或登高臨下，或列坐水濱，時琴瑟笙筑，合載車中，道路並作。及住，令與鼓吹遞奏，遂各賦詩，以敘中懷。或不能者，罰酒三斗。感性命之不永，懼凋落之無期。故具列

石崇、歐陽建、陸機、陸雲之徒，並以文才降節事謐，琨兄弟亦在其間，號曰『二十四友』。」頁 434。
〔註38〕〔唐〕《晉書・左思傳》：「秘書監賈謐請講《漢書》，謐誅，退居宜春里，專意典籍。」，頁 610。
〔註39〕〔唐〕《晉書・劉琨傳》：「時征虜將軍石崇河南金谷澗中有別廬，冠絕時輦，引致賓客，日以賦詩。」頁 43。
〔註40〕張愛波：《西晉士風與詩歌 —— 以「二十四友」研究爲中心》（濟南：齊魯書社，2006 年 11 月一版一刷），頁 218～219。

> 時人官號、姓名、年紀，又寫詩箸後。後之好事者，其覽
> 之哉！」〔註41〕

此次的送別宴會通宵達旦，而且眾人還在金谷園內四處遊走玩樂。最後在音樂聲中「各賦詩，以敘中懷」。有趣的是，在座文人本來應該是藉詩以表達離別之情緒，但卻又另訂罰則，若是無法即席作詩者，便「罰酒三斗」。這很明顯的是將即席寫詩當成一種遊戲了。所以此次聚會所寫之詩，乍看之下，創作動機似乎應是「敘中懷」，但卻又像是酒酣耳熱之際，眾人爲了延續歡樂氣氛而舉行遊戲競賽的作品。可見此時期的詩歌，「情志」與「遊戲」兩種觀念的界線，往往呈現出模糊的狀態，就像兩個產生交集的圓形，有些範圍是互相隸屬的部分。

晉室渡江後，由獨攬東晉大權的桓溫所組成的文學集團，依然可見「詩歌遊戲化」的現象。《世說新語・排調》記載：

> 郝隆爲桓公南蠻參軍，三月三日會，作詩。不能者，罰酒
> 三升。隆初以不能受罰，既飲，攬筆便作一句云：「娵隅躍
> 清池。」桓問：「娵隅是何物？」答曰：「蠻名魚爲娵隅。」
> 桓公曰：「作詩何以作蠻語？」隆曰：「千里投公，始得蠻
> 府參軍，那得不作蠻語也？」〔註42〕

古人在三月三日有到河邊洗浴，以去惡消災的「修禊」習俗，後來演變爲文人雅士至水邊飲酒遊宴的活動。桓溫在舉辦修禊時，命在場者作詩，若不能即席作出者，便罰酒三升。這同樣是將創作詩歌視爲宴會場合上的遊戲。而郝隆以「娵隅」一詞入詩，來調侃桓溫之不識才，更凸顯出詩歌摻入了遊戲性質的一面。除了文學集團具有這種現象外，在其餘文人固定或非固定的的聚會中，同樣可以見到「詩歌遊戲化」的現象。《世說新語・企羨》注引王羲之〈臨河敘〉：

> 永和九年，歲在癸丑，莫春之初，會于會稽山陰之蘭亭，

〔註41〕余嘉錫：《世說新語箋疏》（北京：北京中華書局，2011 年 3 月二版五刷），頁 628。

〔註42〕余嘉錫：《世說新語箋疏》，頁 946。

修禊事也。群賢畢至，少長咸集。此地有崇山峻嶺，茂林修竹；又有清流激湍，映帶左右。引以爲流觴曲水，列坐其次。是日也，天朗氣清，惠風和暢，娛目騁懷，信可樂也。雖無絲竹管弦之盛，一觴一詠，亦足以暢敍幽情矣。故列序時人，錄其所述。右將軍司馬太原孫丞公等二十六人，賦詩如左，前餘姚令會稽謝勝等十五人，不能賦詩，罰酒各三斗。〔註43〕

文人聚集在一起，即使名爲祓禊，但在遊山玩水、飲酒作樂之際，不忘以詩歌爲遊戲競賽。而且寫不出詩者，依舊以罰酒三斗作爲懲戒。由此可見，在此時期的文人聚會，同樣將宴會中的即席作詩，視爲一種常態性的遊戲娛樂。不過，從王羲之認爲所詠之詩足以「暢敍幽情」之語來看，此時詩的內容大多仍具有某種情感。茲以王羲之兩首〈蘭亭詩〉爲例：

代謝鱗次，忽焉以周。欣此暮春，和氣載柔。詠彼舞雩，異世同流。迺攜齊契，散懷一丘。

三春啓群品，寄暢在所因。仰望碧天際，俯磐綠水濱。寥朗無厓觀，寓目理自陳。大矣造化功，萬殊莫不均。群籟雖參差，適我無非新。

這兩首詩的內容皆是描述詩人透過時序之變化，進而發出對自然之感觸與契合。前一首四言詩，前四句「代謝鱗次，忽焉以周。欣此暮春，和氣載柔」先點出四季的更迭密集，轉瞬間又周而復始的時間變化，以及此刻風和日麗的季節。在這美好的時刻，不禁想起曾點「浴乎沂，風乎舞雩」〔註44〕的愉悅，竟與現在心情相同。「迺攜齊契」是指尋

〔註43〕余嘉錫：《世說新語箋疏》，頁743。

〔註44〕《論語・先進》：「子路、曾晢、冉有、公西華侍坐。子曰：『以吾一日長乎爾，毋吾以也。居則曰：「不吾知也！」如或知爾，則何以哉？』子路率爾而對，曰：『千乘之國，攝乎大國之間，加之以師旅，因之以饑饉；由也爲之，比及三年，可使有勇，且知方也。』夫子哂之。『求！爾何如？』對曰：『方六七十，如五六十，求也爲之，比及三年，可使足民。如其禮樂，以俟君子。』『赤！爾何如？』對曰：『非曰能之，願學焉。宗廟之事，如會同，端章甫，願爲小相焉。』『點！

找志同道合的朋友,「散懷一丘」則是指投入山水懷抱,一解鬱悶之氣。整首詩藉由體會天地萬物循環的變化,感悟出悠然自得的情懷,並親自投入山水之中以實踐此道。第二首五言詩的寫法頗為類似。同樣是透過對自然萬物的體悟,興感出天地造化之理。所以最後有「大矣造化功,萬殊莫不均。群籟雖參差,適我無非新」之感觸。這類以玄理為基調的詩,在此次蘭亭會所寫的詩中,可說是主流之一。謝安、孫統、庾友、庾蘊等人的〈蘭亭詩〉也是如此。〔註45〕雖然詩的內容呈現出對自然之理的體會,以及對山水的感悟,但王羲之的序言卻又說明了這些詩作皆是在遊戲的型態下,即席創作出來的。可見此時以詩歌為遊戲的觀念雖然已經存在於文人的心裡,但與「情志」的界線卻顯得有些模糊而難以區別。

　　除此之外,這種「詩歌遊戲化」的盛行,導致文人們愈來愈重視在這種娛樂場合中的創作。一方面是避免受到懲罰,使名譽受損;另一方面也可展現自己的才氣,藉機提升名聲。所以也很容易發生一些投機取巧之事。沈約的《俗說》曾記載:

> 陶夔為王孝伯參軍,三日曲水集,陶在前行坐,有一參軍督護在坐。陶於坐作詩,隨得三五句,後坐參軍督護隨寫取。詩成,陶猶更思補綴,後坐寫其詩者先呈,陶詩經日方成。王怪,笑陶參軍乃復寫人詩?陶愧愕不知所以。王後知陶非濫,遂彈去寫詩者。〔註46〕

爾何如?』鼓瑟希,鏗爾,舍瑟而作。對曰:『異乎三子者之撰。』子曰:「何傷乎?亦各言其志也。」曰:『莫春者,春服既成;冠者五六人,童子六七人,浴乎沂,風乎舞雩,詠而歸。』夫子喟然歎曰:『吾與點也!」參見〔宋〕朱熹:《四書章句集注》(台北:大安出版社,民85年11月第一版第二刷),頁179。。

〔註45〕謝安〈蘭亭詩〉:「相與欣佳節,率爾同褰裳。薄雲羅陽景,微風翼輕航。醇醪陶丹府,兀若遊羲唐。萬殊混一理,安復覺彭殤。」孫統〈蘭亭詩〉:「茫茫大造,萬化齊軌。邂悟玄同,竟異摽旨。平勃運謀,黃綺隱几。凡我仰希,期山期水。」庾友〈蘭亭詩〉:「馳心域表,寥寥遠邁。理感則一,冥然玄會。」庾蘊〈蘭亭詩〉:「仰想虛舟說,俯嘆世上賓。朝榮雖云樂,夕弊理自因。」

〔註46〕〔宋〕李昉:《太平御覽·卷249》(臺北:臺灣商務印書館,民國

由參軍督護冒險竊取陶夔之詩、王恭先「笑陶參軍」而後「知陶非濫，遂彈去寫詩者」，以及陶夔「愧愕」這些行爲舉止來看，不難想像在當時的聚會中，即席作詩的遊戲不僅已爲文人們所重視，彼此較勁的意味也愈趨濃厚。

三、南朝文學集團對「詩歌遊戲化」的確立

　　進入南朝後，文學集團大爲盛行。其數量之多，遠勝於前面各個朝代。〔註47〕文學集團組成的核心也再度轉移至皇室手中。在經歷了漢末魏初以及兩晉的發展，加上南朝皇室多重視文學，「詩歌遊戲化」的現象至此時達到了鼎盛。《宋書‧沈慶之傳》記載：

> 上嘗歡飲，普令群臣賦詩，慶之手不知書，眼不識字，上逼令作詩，慶之曰：「臣不知書，請口授師伯。」上即令顏師伯執筆，慶之口授之曰：「微命值多幸，得逢時運昌。朽老筋力盡，徒步還南崗。辭榮此聖世，何媿張子房。」上甚悅，眾坐稱其辭意之美。〔註48〕

沈慶之雖然「手不知書，眼不識字」，但卻是劉宋時期非常重要的武將，征戰沙場，屢獲功勳。不過在愛好文學的宋孝武帝劉駿的要求下，也不得不以口授之法即席作詩。可見這種遊戲活動，在當時的宴會場合中十分普遍。就連劉駿自己也曾在宴會場合中，與群臣玩起聯句詩的遊戲。〔註49〕這種情形到了宋明帝劉彧時更爲嚴重。裴子野〈雕蟲論序〉記載：

---

　　　　63 年 10 月臺三版），頁 1308。另魯迅《古小說鉤沈》亦收有本文，但文字稍有出入。

〔註47〕請參見呂光華：《南朝貴遊文學集團研究》第三章〈南朝的貴遊文學集團（一）〉與第四章〈南朝的貴遊文學集團（二）〉，頁 101～280。

〔註48〕〔南朝梁〕沈約：《宋書‧沈慶之傳》（北京：中華書局，1997 年 11 月一版），頁 512。

〔註49〕〈華林都亭曲水聯句效栢梁體詩〉便是由宋孝武帝劉駿、揚州刺史江夏王劉義恭、南徐州刺史竟陵王劉誕、領軍將軍柳元景、太子右率暢、吏部尚書謝莊、侍中倕、御史中丞顏師伯等八人共同創作。參見逯欽立：《先秦漢魏晉南北朝詩‧中》，頁 1224。

> 宋明帝博好文章，才思朗捷，常讀書奏，號稱七行俱下。
> 每有禎祥，及幸讌集，輒陳詩展義，且以命朝臣。其戎士
> 武夫，則託請不暇，困於課限，或買以應詔焉。於是天下
> 向風，人自藻飾，雕蟲之藝，盛於時矣。〔註50〕

宋明帝喜愛在宴會時即席作詩，並且往往命令朝臣一同寫作。這就像
是一種即興的考試。文官或許可以勉強應付，但對武官來說卻可能是
場惡夢。因此，找人代筆以應皇帝之詔，便成為兩全其美的辦法。這
些代寫的詩，主要是為了向皇帝交差，所以內容描述的情志不僅與原
作者無關，也可能與代擬對象無關。從創作動機來看，已完全脫離「情
志」傳統的範圍了。

　　在皇帝的帶動下，劉宋其餘諸王亦對文學有所偏愛，使得文學集
團林立。其中最具規模的當以劉義慶為首的文學集團。在這個文學集
團中，曾發生一件因為詩歌的遊戲性質而造成的不幸之事：

> 臨川王義慶招集文士，長瑜自國侍郎至平西記室參軍。嘗
> 於江陵寄書與宗人何勗，以韻語序義慶州府僚佐云：「陸
> 展染白髮，欲以媚側室，青青不解久，星星行復出。」如
> 此者五六句。而輕薄少年遂演之，凡人士並為題目，皆加
> 劇言苦句，其文流行。義慶大怒，白文帝，除廣州所統曾
> 城令。及義慶薨，朝士並詣第敘哀，何勗謂袁淑曰：「長
> 瑜便可還也。」淑曰：「國新喪宗英，未宜以流人為念。」
>
> 〔註51〕

何長瑜身為劉義慶文學集團的一份子，卻因為寫了一首嘲弄同集團成
員的詩，而遭到了懲處，遠調廣州。之所以會有如此嚴重的影響，便
是因為當時的「輕薄少年」見到這首語帶嘲諷的詩後，覺得十分有趣，
遂以這首詩為基礎，開始一連串加字、加句、加題目的競賽遊戲，相
互比試誰能改得更尖酸、更刻薄。這種遊戲甚至還成為當時的一股風

〔註50〕〔唐〕杜佑：《通典・卷十六・選舉四》（臺北：臺灣商務印書館，
　　　　民國76年12月臺一版），頁90。
〔註51〕〔唐〕李延壽：《南史・謝靈運傳》（北京：中華書局，1997年11月
　　　　一版），頁152。

潮。只是這股愈演愈烈的風潮也激怒了劉義慶及集團下的文人,故導致了何長瑜一直到劉義慶死後,都無法調回的憾事。透過這件事情,我們可以看出「詩歌遊戲化」的現象,透過文學集團的影響,已經逐漸深入到了整個社會文化之中。

　　劉宋之後,齊、梁二朝的文學集團開始提出創作理論及綱領。集團成員對文學的想法愈趨接近,集團內的凝聚力及親密度也因此逐漸增強。這種情形使得「詩歌遊戲化」的現象,開始大量出現在集團成員之間的互動。《南史·江淹任昉王僧孺傳》記載:

> 竟陵王子良嘗夜集學士,刻燭爲詩,四韻者則刻一寸,以此爲率。文琰曰:「頓燒一寸燭,而成四韻詩,何難之有。」乃與令楷、江洪等共打銅鉢立韻,響滅則詩成,皆可觀覽。
> 〔註52〕

竟陵王蕭子良與其文學集團成員,在夜宴中進行詩歌創作競賽。原本眾人是以蠟燭燃燒一寸爲時限,但蕭文琰卻認爲時間還是太長,難以分出高下,所以和丘令楷、江洪等人以擊銅鉢之聲響爲時限,銅鉢之聲滅而詩亦成。這則記載反映了兩個現象:第一,從宴會的主軸來看,以詩歌爲遊戲不再是宴會的附屬活動,而是宴會聚集的主要目的;第二,從遊戲的方式來看,「燒一寸燭」的時間限制與「成四韻詩」的寫作規範,顯示了嚴格規則的確立。這兩個現象不僅顯示了詩歌的「遊戲」性質已然確立,同時也代表著「詩歌遊戲化」的發展,已臻成熟。

　　此時期不僅文人創作遊戲性詩歌的數量大增,在題材與作法上也大爲開展。舉例來說:同爲「竟陵八友」〔註53〕的王融、沈約和范雲,皆有〈奉和竟陵王郡縣名詩〉(范雲之詩題在「竟陵王」前多一「齊」字)。而題目既爲「奉和竟陵王」可見首作者應爲蕭子良,只是其作

〔註52〕〔唐〕李延壽:《南史·謝靈運傳》,頁384。
〔註53〕〔唐〕姚思廉:《梁書·武帝紀》:「竟陵王子良開西邸,招文學,高祖與沈約、謝朓、王融、蕭琛、范雲、任昉、陸倕等並遊焉,號曰八友。」(北京:中華書局,1997年11月一版),頁6。

今已不傳。所謂「郡縣名詩」即是以郡縣之名嵌入詩中，並且在意義上不顯突兀。例如：「撫戈金城外，解珮玉門中」（范雲之詩）兩句以「金城」、「玉門」之地名嵌入詩中，但在解釋詩句時，也可以將這兩個詞單純解釋爲「城」和「門」。以此類推，誰能夠嵌入最多的郡縣名，而且詩意平順，便是此次遊戲競賽中的佼佼者。這類的遊戲詩作非常多，而且連「州名」、「星名」、「數名」（以數字由小到大的順序入詩）等都可以作爲題目。沈約〈奉和竟陵王藥名詩〉、王融〈藥名詩〉以及王融〈四色詠〉、范雲〈四色詩〉四首、〈擬古四色詩〉（「四色」詩是以赤、青、黑、白四種顏色入詩）等題目近似之詩，皆可能是在這種團體遊戲競賽下所產生的作品。除了將字詞嵌入詩句外，也常以詠眼前之物作爲遊戲題目，此名之爲「同詠」。例如：謝朓、柳惲、王融和虞炎的〈同詠坐上所見一物〉，以眼前所見「席」、「幔」、「簾」爲題，即席創作；〔註54〕謝朓、王融與沈約的〈同詠樂器〉；〔註55〕謝朓、沈約的〈同詠坐上玩器〉，亦是如此。〔註56〕其他如王融〈奉和纖纖詩〉更是明顯的遊戲之作。所謂「奉」自然是奉集團主人之命，所「和」之詩則是漢代的〈古兩頭纖纖詩〉。從「奉和」二字，以及當時文學集團盛行的情況來判斷，應該還有其他集團文人共同寫出的作品，只是目前僅存王融之詩。「兩頭纖纖詩」可說是一種填空體，每句前四個字不換，只重新填寫最後三個字，而且所更動的後三字，其意義必須與前四字連貫。我們將〈古兩頭纖纖詩〉和王融〈奉和纖纖詩〉並置比較，便能了解：

> 兩頭纖纖月初生，半白半黑眼中睛。膃膃膪膪雞初鳴，磊磊落落向曙星。（〈古兩頭纖纖詩〉）

> 兩頭纖纖綺上文，半白半黑燕翔群。膃膃膪膪鳥迷曛，磊

〔註54〕謝朓〈同詠坐上所見一物・席〉題下注：「柳惲詠同。王融詠幔詩，虞炎詠簾詩。各見本集。」參見逯欽立：《先秦漢魏晉南北朝詩・中》，頁1454。

〔註55〕謝朓〈同詠樂器・琴〉、王融〈詠琵琶詩〉、沈約〈詠箎詩〉。

〔註56〕謝朓〈同詠坐上玩器・烏皮隱几〉、沈約〈詠竹檳榔盤詩〉。

　　磊落落玉石分。(〈奉和纖纖詩〉)

首句的「兩頭纖纖」四字沒有更動，底下「月初生」則改爲「綺上文」。而「綺上文」亦能與「兩頭纖纖」的意義相合。以此類推，而完成四句之詩。雖然名之爲詩，但實則爲一種更字換詞的遊戲。想出更符合、更貼切每句前四字的詞彙，是這個遊戲的重點，至於完成的四句詩有沒有傳達作者某種情感或想法，甚至四句之間的意義有沒有連貫，都不是重點。這種類似初級學詩的遊戲之作，一直到唐代都還能見到。〔註57〕這類只重遊戲而不顧內容情志的作品，正顯現了詩歌的遊戲性，在文人觀念中已經完全的確立了。

　　原爲蕭子良文學集團中「竟陵八友」之一的蕭衍，代齊登基爲梁武帝後，仍延續其對於文學的愛好。《南史・文學傳》：

　　　　自中原沸騰，五馬南度，綴文之士，無乏於時。降及梁朝，
　　　　其流彌盛。蓋由時主儒雅，篤好文章，故才秀之士，煥乎
　　　　俱集。于時武帝每所臨幸，輒命群臣賦詩，其文之善者賜
　　　　以金帛。是以縉紳之士，咸知自勵。〔註58〕

《梁書・文學傳上》：

　　　　高祖雅好辭賦，時獻文於南闕者相望焉，其藻麗可觀，或
　　　　見賞擢。〔註59〕

以及《梁書・劉峻傳》記載：

　　　　高祖招文學之士，有高才者，多被引進，擢以不次。〔註60〕

由以上所引之事皆可見出，蕭衍幾乎每到一處，都要舉辦即席賦詩的比賽，優秀者不但可以獲得金帛的賞賜，甚至還可以獲取官位。爲了得到豐厚的獎賞與晉升機會，當時文人無不爭相學習、鑽研詩歌。詩

〔註57〕例如王建〈兩頭纖纖〉：「兩頭纖纖青玉玦，半白半黑頭上髮。逼逼
　　　　仆仆（一作膈膈膊膊）春冰裂，磊磊落落桃花（一作初）結。」參
　　　　見〔清〕彭定求等編：《全唐詩・卷298》（北京：中華書局，2003
　　　　年7月北京一版七刷），頁3384。
〔註58〕〔唐〕李延壽：《南史・文學傳》，頁459。
〔註59〕〔唐〕姚思廉：《梁書・文學傳上》，頁179。
〔註60〕〔唐〕姚思廉：《梁書・文學傳下》，頁182。

風之盛，就連軍事將領也不願在宴會賦詩中缺席：

> 景宗振旅凱入，帝於華光殿宴飲連句，令左僕射沈約賦韻。
> 景宗不得韻，意色不平，啓求賦詩。帝曰：「卿伎能甚多，
> 人才英拔，何必止在一詩。」景宗已醉，求作不已，詔令
> 約賦韻。時韻已盡，唯餘競、病二字。景宗便操筆，斯須
> 而成，其辭曰：「去時兒女悲，歸來笳鼓競。借問行路人，
> 何如霍去病。」帝歎不已。約及朝賢驚嗟竟日，詔令上左
> 史。於是進爵爲公，拜侍中、領軍將軍。（《南史‧曹景宗傳》）
> 〔註61〕

曹景宗一直以軍事聞於世，蕭衍怕他會作不出來而當眾出糗，所以
找了很多理由推辭其作詩的請求。但曹景宗竟能在以僅剩之韻腳，作
出符合自身武將心境的詩作。這不僅技驚四座，讓沈約等文人「驚嗟
竟日」，也因此獲得梁武帝的嘉獎，晉官加爵。另外，此時期以指定韻
腳來寫作詩歌的方式，也可說是「詩歌遊戲化」的一個新的發展方向。

　　雖然詩歌寫作之風因而大盛，但從隨機命題、指定韻字以及限時
寫作的情形來看，詩歌的創作動機已確實轉向「遊戲化」的途徑了。
蕭衍有兩首作品更凸顯這種「遊戲化」的傾向：

> 居中負扆寄纓綏。言惭輻湊政無術。至德無垠愧違弼。爕贊
> 京河豈微物。竊侍兩宮惭樞密。清通簡要臣豈汨。出入帷扆
> 濫榮秩。複道龍樓歌棫樸。空班獨坐慚羊質。嗣以書記臣敢
> 匹。謬參和鼎講畫一。鼎味參和臣多匱。（〈清暑殿效柏梁體〉）
> 後牖有榴柳，梁王長康強。偏眠船舷邊，載七每礙埭。六
> 斛熟鹿肉，暯蘇姑枯盧。（〈五字疊韻詩〉）

相傳漢武帝與群臣以聯句的方式吟詩於柏梁臺，後世便稱此種聯合創
作詩歌的方式爲「柏梁體」。〔註62〕「柏梁體」的特色是每人即席寫
作一句，每句皆用相同之韻，而且所寫詩句的內容又必須符合自身所

〔註61〕〔唐〕李延壽：《南史‧曹景宗傳》，頁357。
〔註62〕《東方朔別傳》曰：「孝武元封三年，作柏梁臺。詔群臣二千石有能
　　　　爲七言者，乃得上坐。」參見逯欽立：《先秦漢魏晉南北朝詩》「漢
　　　　武帝劉徹」〈柏梁詩〉題下注，頁97。

任之官職。〈清暑殿效柏梁體〉便是依照此種方式，分別由梁武帝蕭衍、任昉、徐勉、劉汎、柳惲、謝覽、張卷、王峻、陸杲、陸倕、劉洽和江茸所共同寫成的。而〈五字疊韻詩〉同樣是由多人（梁武帝、劉孝綽、沈約、庾肩吾、徐摛、何遜）共同完成。但不同的是每句之字皆必須為同一韻部，也就是要符合「疊韻」的形式。〔註63〕例如：梁武帝所作「後牖有榴柳」，五個字皆屬上聲第 25 有部；劉孝綽的「梁王長康強」五字，皆屬下平聲第 7 陽部；沈約的「偏眠船舷邊」五字，則全屬下平聲第 1 先部。這二首由蕭衍發起的集體創作詩，著重的乃是詩人的臨場反應與才氣學識，所以只要寫出的詩句能符合題旨（「柏梁臺」和「疊韻」）即可。至於每一句的內容是否能夠前後貫通，是否具有抒情的意義，並不是考量的重點。這種寫詩的本意與評詩的方式，已經完全從遊戲的角度看待，而與造句接龍之類的娛樂沒有太多分別了。

　　受到了蕭衍的影響，梁代以皇室為首的文學集團數量更多。尤其是蕭衍從小刻意栽培的太子蕭統，不僅才思敏捷，更建立了盛況空前的東宮文學集團。《梁書・昭明太子傳》記載：

> （蕭統）讀書數行並下，過目皆憶。每遊宴祖道，賦詩至十數韻。或命作劇韻賦之，皆屬思便成，無所點易。……引納才學之士，賞愛無倦。恒自討論篇籍，或與學士商榷古今，閒則繼以文章著述，率以為常。于時東宮有書幾三萬卷，名才並集，文學之盛，晉、宋以來未之有也。〔註64〕

〔註63〕王國維：「雙聲、疊韻之論盛于六朝，唐人猶多用之。至宋以後則漸不講，並不知二者為何物。乾嘉間吾鄉周松靄先生春著《杜詩雙聲疊韻譜括略》，正千餘年之誤，可謂有功文苑者矣。其言曰：『兩字同母謂之雙聲，兩字同韻謂之疊韻。』余按：用今日各國文法通用之語表之，則兩字同一子音者謂之雙聲。……兩字同一母音者，謂之疊韻。（如梁武帝『後牖有朽柳』，後、牖、有三字雙聲而兼疊韻。有、朽、柳三字其母音皆為 u。劉孝綽之『梁王長康強』，梁、長、強三字，其母音皆為 ian 也。」滕咸惠注：《人間詞話新注》（台北：里仁書局，民國 83 年 11 月 30 日初版三刷），頁 42。

〔註64〕〔唐〕姚思廉：《梁書・昭明太子傳》，頁 47、48。

目前學界論及蕭統文學集團時，大多會以蕭統所提出「事出於沉思、義歸乎翰藻」的文學定義、「文質彬彬」的理想創作原則，以及《昭明文選》等大型書籍的編纂，作爲主要討論範圍。但在人數如此龐大的文學集團中，集體的遊戲性詩作其實也十分常見。其中最爲特別的是〈大言〉、〈細言〉系列之詩作。蕭統以集團主人身份首作〈大言〉、〈細言〉二詩：

> 觀脩鵬其若轍鮒，視滄海之如濫觴。經二儀而踊躍，跨六合以翱翔。（〈大言〉）

> 坐臥鄰空塵，憑附蟭螟翼。越咫尺而三秋，度毫釐而九息。（〈細言〉）

而同集團的沈約、王錫、王規、張纘及殷鈞等人也有應令 [註65] 之作：

> 臨此大汎庭，方知九陔局。窮天豈彌指，盡地不容足。（沈約〈大言應令詩〉）

> 開館尺棰餘，築榭微塵裏。蝸角列州縣，毫端建朝市。（沈約〈細言應令詩〉）

> 欲遊五岳，迫不得申。杖千里之木，繪橫海之鱗。（王錫〈大言應令詩〉）

> 冥冥藹藹，離朱不辨其實。步蝸角而三伏，經針孔而千日。（王錫〈細言應令詩〉）

> 俯身望日入，下視見星羅。噓八風而爲氣，吹四海而揚波。（王規〈大言應令詩〉）

> 針鋒於焉止息，髮杪可以翱翔。蚊眉深而易阻，蟻目曠而難航。（王規〈細言應令詩〉）

> 河流既竭，日月俱騰。置羅微物，動落雲鵬。（張纘〈大言應令詩〉）

> 遨遊蟻目辨輕塵，蚊睫成宇蝨如輪。（張纘〈細言應令詩〉）

〔註65〕胡大雷：《中古文學集團》：「應皇帝之令爲『應詔』，應皇太子之令爲『應令』，應諸王之令則叫『應教』。」頁162。

噫氣爲風，揮汗成雨。聊灼戴山龜，欲持探遼古。（殷鈞〈大言應令詩〉）

汎舟毛滴海，爲政蝸牛國。逍遙輕塵上，指辰問南北。（殷鈞〈細言應令詩〉）

謝榛《四溟詩話》云：「（蕭統二詩）祖宋玉而無謂，蓋以文爲戲爾。」〔註66〕即是認爲蕭統〈大言〉與〈細言〉二詩是模仿宋玉的〈大言賦〉和〈小言賦〉，但蕭統之詩純粹是文字的遊戲，不似宋玉之賦具有深意。先不論宋玉二賦是否確有託寓，蕭統之詩的確明顯帶有遊戲之意味。所謂「大言」即是以文字極其所能描繪出「至大」的概念；而「細言」則恰好顛倒，以文字描繪出「至小」的概念。依照這種限定所寫出來的詩，就其創作動機而言，既非言志，亦不屬於緣情，僅是一種馳騁於現實之外的想像。由於「至大」和「至小」本來就難以用具體的物象形容之，加上當時文壇非常流行「隸事用典」之風，故詩人多半會透過引經據典來表達大小的概念。例如：蕭統〈大言〉中的「脩鵾」與張纘〈大言應令詩〉中的「雲鵬」，應該都是用莊子〈逍遙遊〉「鯤化爲鵬」的典故。〔註67〕「鯤」、「鵬」本已是「不知其幾千里」之大，蕭統卻用斗升之水即可存活的「轍鮒」〔註68〕形容「鯤」，張

〔註66〕〔明〕謝榛：《四溟詩話》：「宋玉〈大言賦〉……〈小言賦〉……二賦出於列子，皆有託寓。梁昭明太子〈大言詩〉……〈細言詩〉……此祖宋玉而無謂，蓋以文爲戲爾。」（北京：人民文學出版社，2001年10月一版二刷），頁39。

〔註67〕《莊子·逍遙遊》：「北冥有魚，其名爲鯤。鯤之大，不知其幾千里也。化而爲鳥，其名爲鵬。鵬之背，不知其幾千里也；怒而飛，其翼若垂天之雲。」〔清〕郭慶藩：《莊子集釋》（台北：天工書局，民國78年9月10日），頁2。

〔註68〕《莊子·外物》：「莊周家貧，故往貸粟於監河侯。監河侯曰：『諾。我將得邑金，將貸子三百金，可乎？』莊周忿然作色曰：『周昨來，有中道而呼者。周顧視車轍中，有鮒魚焉。周問之曰：『鮒魚來！子何爲者邪？』對曰：『我，東海之波臣也。君豈有斗升之水而活我哉？』周曰：『諾。我且南遊吳越之王，激西江之水而迎子，可乎？』鮒魚忿然作色曰：『吾失我常與，我無所處。吾得斗升之水然活耳，君乃言此，曾不如早索我於枯魚之肆！』」〔清〕郭慶藩：《莊子集釋》，

續也用網住「翼若垂天之雲」的鵬鳥，雙雙凸顯出「至大」的觀念。另外，沈約、王錫、王規、殷鈞都使用了巨人（可能爲盤古）的概念來表現「至大」。關於「至小」的表述，沈約「蝸角列州縣，毫端建朝市」、殷鈞「爲政蝸牛國」都用了《莊子‧則陽》「蝸角國」的典故。〔註69〕原本是用來比喻所爭者之細小，在這裡則純粹用來指極度微小之概念。王錫「冥冥藹藹，離朱不辨其實」則用了「離朱」的典故。〔註70〕離朱能於百步見秋毫之末，於千里視針鋒。連離朱都不辨其實，可想見其微小。至於其他人也使用了「蚊」、「蟻」、「塵」甚至是「屯蚊眉之中」的蟭螟〔註71〕等細微之物，來呈現「至小」。這種運用想像力、典故並且相互較勁的作品，便是典型文學集團的遊戲詩歌。

　　接續蕭統爲太子且短暫繼承帝位的梁簡文帝蕭綱，雖然提出「新變」的文學觀念，而與蕭統的主張並不一致，但其文學集團依舊沿襲了詩歌遊戲的風氣，共同創作了許多具有遊戲性之詩歌。例如：蕭綱、庾肩吾皆有〈藥名詩〉（庾肩吾爲〈奉和藥名詩〉），蕭綱、王臺卿、庾肩吾等人亦有〈曲水聯句詩〉等遊戲詩作。但是最具特色的當屬由蕭綱、庾肩吾、徐防、孔燾、諸葛嶄、王臺卿、李鏡遠等人所共作的〈八關齋夜賦四城門更作四首〉。八關齋是佛教八戒法和齋法的合稱。這是一種讓在家信徒學習出家生活的戒律。所謂的「八」，是指所受持的八種戒〔註72〕；「關」是禁閉之意，嚴禁不正當的行爲，使

〔註69〕《莊子‧則陽》：「有國於蝸之左角者曰觸氏，有國於蝸之右角者曰蠻氏，時相與爭地而戰，伏尸數萬，逐北旬有五日而後反。」〔清〕郭慶藩：《莊子集釋》，頁891～892。

〔註70〕陸德明《經典釋文》引司馬彪：「（離朱）黃帝時人，百步見秋毫之末，一云：見千里針鋒。《孟子》作離婁。」〔清〕郭慶藩：《莊子集釋‧駢拇》，頁314。

〔註71〕〔晉〕葛洪《抱朴子外篇‧刺驕》：「蟭螟屯蚊眉之中，而笑彌天之大鵬。」參見楊明照《抱朴子外篇‧下》（北京：中華書局，1997年10月一版一刷），頁27。

〔註72〕八戒爲：一、不殺；二、不盜；三、不淫；四、不妄語；五、不飲

之不犯;「齋」指過午不食。合此九條戒律,稱爲「八關齋」。「四城門」則是指佛教〈悉達多太子遊四城門〉的故事。故事內容是敘述悉達多太子在遊四城門時,體悟到生命的「生、老、病、死」。蕭綱等人便是在實行八關齋時,以「生、老、病、死」爲主題輪流寫詩。這些詩雖涉及佛理,但從眾人以聯句詩的型態,依次賦詩四輪來看,這應該是爲了打發齋戒儀式的空閒時間,所產生的遊戲作品。

在梁代大量出現的「賦得」體,也顯示了詩歌遊戲化的發展。「賦得」是梁陳兩代獨特的詩體,在此之前並未得見相同之名。這種詩體多以古人之名、外在之物、古代事蹟、古詩句、樂府名等爲題,透過抽籤或指定後,由在場文人即席而作。劉漢初認爲「賦得」體「與蕭氏兄弟的文學集團極有關係,……後代的文人,沿襲著這條遊戲的路子,在分題分韻上增加了林林總總的變化,使『賦得』發展成洋洋大觀的體裁」。〔註73〕可見「詩歌遊戲化」在梁代文學集團的推波助瀾下,不僅創作次數增加許多,也在確立遊戲規則中,建立了新的詩歌體裁,使得寫作內容亦更加的豐富及多元了。

梁代之後的陳代,主要的文學集團爲陳後主文學集團。依其時間又可約略分成兩個階段:第一個階段爲太子東宮時期。《陳書·姚察傳》記載:

> (姚察)補東宮學士。於時濟陽江總、吳國顧野王、陸瓊、從弟瑜、河南褚玠、北地傅縡等,皆以才學之美,晨夕娛侍。〔註74〕

陳後主在東宮時,招攬了一批以文學見長的文人,作爲酒宴上的「言語侍從之臣」。故此時期的遊戲詩作與前面文學集團相同,多在遊宴時以同題共作、即席賦詩之方式產生。較爲特別的是,此時的詩作有

酒;六、不坐高廣大床;七、不著花鬘瓔珞;八、不習歌舞伎樂。

〔註73〕劉漢初:〈論「賦得」〉,收入氏著《蕭統兄弟的文學集團》,國立台灣大學中文所碩士論文,1975年6月,頁146。

〔註74〕〔唐〕姚思廉:《陳書·姚察傳》(北京:中華書局,1997年11月一版),頁92。

些會在詩題下標明同賦者之姓名，而且在用韻限制上也更爲嚴格。例如：陳後主〈立春日汎舟玄圃各賦一字六韻成篇〉題下注：座有張式、陸瓊、顧野王、謝伸、褚玠、王縚、傅緯、姚察等九人上。〈獻歲立春光風具美泛舟玄圃各賦六韻詩〉題下注：座有張式、陸瓊、顧野王、殷謀、陸琢、岑之敬等六人上。有些詩作雖然沒有題下注，但從題目來看，也可以得知是眾人同題共作的作品。例如：陳後主〈上巳宴麗暉殿各賦一字十韻詩〉、〈春色禊辰盡當曲宴各賦十韻詩〉、〈祓禊汎舟春日玄圃各賦七韻詩〉；陸瓊〈玄圃宴各詠一物須箏詩〉等。

　　陳後主繼位後，與江總等人所組成的「狎客」團體，可說是此階段集團的核心：

> （後主）常使張貴妃、孔貴人等八人夾坐，江總、孔範等十人預宴，號曰「狎客」。先令八婦人襞采箋，製五言詩，十客一時繼和，遲則罰酒。君臣酣飲，從夕達旦，以此爲常。（《南史・陳本紀下》）〔註75〕

> 後主之世，（江）總當權宰，不持政務，但日與後主遊宴後庭，共陳暄、孔範、王瑳等十餘人，當時謂之狎客。（《陳書・江總傳》）〔註76〕

從「狎客」團體的活動來看，與一般文學集團賦詩作樂本無不同，但因爲加入了大量的女性陪侍及參與創作，所寫的內容也多轉向對女子容色體態的讚美或戲謔，〔註77〕故多被視爲荒淫糜爛的文學集團。〔註78〕雖然我們可以解釋這種情形是受到蕭綱宮體詩風的影響，但其實

〔註75〕〔唐〕李延壽：《南史》，頁93。
〔註76〕〔唐〕姚思廉：《陳書・江總傳》，頁92。
〔註77〕〔唐〕姚思廉：《陳書・後主張貴妃傳》：「（後主）以宮人有文學者袁大捨等爲女學士。後主每引賓客對貴妃等遊宴，則使諸貴人及女學士與狎客共賦新詩，互相贈答，採其尤豔麗者以爲曲詞，被以新聲，選宮女有容色者以千百數，令習而哥之，分部迭進，持以相樂。其曲有〈玉樹後庭花〉、〈臨春樂〉等，大指所歸，皆美張貴妃、孔貴嬪之容色也。」頁37。
〔註78〕胡大雷《中古文學集團》：「陳後主等人，如此荒淫侈靡，後主所組織的文學集團完全墮落成爲享樂集團。」頁179。

正也是因爲「詩歌遊戲化」發展至此，以臻成熟，並足以搭配其他娛樂活動達到更富趣味的效果，所以才會出現此種情形。

　　詩歌作爲文學團體遊宴場合上的娛樂工具，雖然並非始自六朝，但卻發展且興盛於六朝。本節將六朝區分爲三個時期，並從文學集團的角度切入討論，發現詩歌的創作動機逐漸朝向「遊戲」移動：從一開始不自覺的摻入「遊戲」性質，到「情志」與「遊戲」產生模糊的界線，最後則確立了詩歌的「遊戲」性質。這顯示了「詩歌遊戲化」的轉變與六朝文學集團息息相關。而「遊戲化」的發展，也從較爲簡單的宴會娛樂，逐漸轉變爲具有嚴格制度規範的性質。遊戲的型態，也從原本以訂定題目爲主的方法，加入了以韻腳爲主的方式。而只重遊戲且不顧內容情志作品的出現，更代表了「詩歌遊戲化」的興盛。這種現象也深切的影響了初唐乃至於盛唐詩歌的發展。

第三節　六朝文學集團透過「詩歌遊戲化」增強社會功能

　　透過前面一節的討論中，我們可以發現詩歌的創作動機，在六朝文學集團的推波助瀾下，逐漸轉爲「遊戲」的性質。不過若從另一個角度來看，「詩歌遊戲化」其實也增進了文學集團間的互動關係。雖然我們現在已把詩歌視作一種文體，並從其本身的意象、結構、修辭、聲律等藝術性價值，進行詮釋。但在中國古代社會中，文人卻普遍的將詩當作一種媒介而用於群體社會的互動關係上。關於這部分，顏崑陽已有清楚的論述：

> 在古代知識階層的社會活動場域中，「詩」無所不在，知識分子普遍地將它當作特殊的言語形式，「用」於各種社會「互動」行爲。因此，「詩之用」是中國古代既普遍又特殊的社會文化現象。依此而言，在中國古代，「詩」不只是一種文學「類體」，而且更是一種不離社會生活的「文化」現象或產物，可稱爲「詩文化」。……中國古代知識階層以「詩式

語言」進行互動，既是具有「意象性」的「社會行爲」，又
是並時性甚而歷時性多數人反覆操作的「文化行爲」，故我
將它們複合爲「詩式社會文化行爲」（poetry as sociocultural
act）概念。〔註79〕

這種「詩式社會文化行爲」的起源與盛行很早。孔子云：「不學詩，
無以言」〔註80〕便明顯指出了這種行爲，在先秦春秋時已爲常見。這
種行爲大致可以分爲兩個層次：第一，春秋時運用於國家外交的「賦
詩言志」，這是一種政治型態的「詩式社會文化行爲」。其互動關係的
產生是先由一國以「詩式語言」做爲表達媒介，另一方再同樣以「詩
式語言」或相關的概念性語言回應。〔註81〕第二，日常生活中文人群
體以詩作爲互動關係的媒介，則是另一種型態的「詩式社會文化行
爲」。孔子所說「詩可以群」，西漢的孔安國解釋爲「群居相切磋」之
義，指的正是這種文人群體的互動關係。

　　但隨著文人看待詩歌的思考及發言位置不同，這種群體的互動
關係亦有改變。先秦至漢代的詩學，由於思考及發言位置主要是站
在「讀詩者」、「用詩者」的角度，所以其群體互動的基礎，便是建
立在透過閱讀詩、使用詩（此時的詩主要指《詩經》）所具有的深切
涵義，進而達到群體和樂的境界。朱熹所言「和而不流」，與劉寶楠
解釋孔安國之義云：「案詩之教，溫柔敦厚。學之則輕薄嫉忌之習消。
故可以群居相切磋」，〔註82〕均是由此角度進行闡釋。六朝之後，對

〔註79〕顏崑陽：〈用詩，是一種社會文化行爲方式——建構「中國詩用學」
　　　　芻論〉，《淡江中文學報》第18期，2008年6月，頁284～285、288。
〔註80〕《論語·季氏·13》：「陳亢問於伯魚曰：『子亦有異聞乎？』對曰：
　　　　『未也。嘗獨立，鯉趨而過庭。曰：「學詩乎？」對曰：「未也。」「不
　　　　學詩，無以言。」鯉退而學詩。他日又獨立，鯉趨而過庭。曰：「學
　　　　禮乎？」對曰：「未也。」「不學禮，無以立。」鯉退而學禮。聞斯
　　　　二者。』陳亢退而喜曰：『問一得三，聞詩，聞禮，又聞君子之遠其
　　　　子也。』」參見〔宋〕朱熹：《四書章句集注》，頁243。
〔註81〕詳細論述可參見顏崑陽：〈論「先秦詩社會文化行爲」所展現的「詮
　　　　釋範型」意義〉，《東華人文學報》第8期，2006年1月，頁55～88。
〔註82〕〔宋〕朱熹：《四書章句集注》，頁249；〔清〕劉寶楠：《論語正義·

於詩學的思考及發言位置出現轉變。此時期的文人開始以「作詩者」
的角度去應對群體間的互動關係。如何能夠透過自身所寫出的詩，
在群體之中獲得回應及提升地位，成為文人所關注的重點。黃宗羲
解釋孔安國之義：「群是人之相聚，後世公讌、贈答、送別之類皆是
也」，﹝註83﹞則明顯是從此角度說明詩的社會功能。尤其是在六朝時
期，「由於文學觀念的自覺，詩歌創作地位提高了，詩歌既成為抒發
個人性靈的工具，也開始成為公共社會關係的潤滑劑」。﹝註84﹞而且
這種以詩為媒介來增進群體之互動交流，更是隨著「詩歌遊戲化」
的演變而愈來愈盛行，在文學集團之間所扮演的角色也愈顯重要。
黃亞卓曾云：

> 漢魏六朝公宴詩將「詩可以群」的社會功能推向極致，其
> 在詩學史上的最大價值和意義，就是將日常生活詩意化，
> 人與人之間的交際，不再僅僅靠互相傳達信息和問候的單
> 一方式來實現，而可以通過群體游宴賦詩的活動，或舉行
> 專門的詩會作詩的游戲方式，在娛樂氛圍中，在紛紛展示
> 自己的創作才能中，實現群體間的交流。公宴詩成為一種
> 顯示語言藝術魅力的「詩信」，群體之間的交際成為一種「詩
> 歌交際」。﹝註85﹞

雖然黃亞卓指的是公讌詩，但實際上這種以詩歌為社交媒介的情形，
在六朝的文學集團中，屢見不鮮。

　　關於六朝「詩歌遊戲化」在文學集團中所加強的社會功能，大致
可以分為兩種：第一是政治權力的依附；第二則是同儕之間的交遊。

　　　下》（台北：世界書局，民81年4月八版），頁689。
﹝註83﹞﹝清﹞黃宗羲：〈汪扶晨詩序〉，收入薛鳳昌編：《梨洲遺著彙刊・下・
　　　南雷文定四集卷一》（台北：永吉出版社，民國58年10月10日臺
　　　初版），頁2。
﹝註84﹞吳承學、何志軍：〈詩可以群──從魏晉南北朝詩歌創作型態考察
　　　其文學觀念〉，《中國社會科學》，2001年第5期，頁174。
﹝註85﹞黃亞卓：《漢魏六朝公宴詩研究》（上海：華東師範大學出版社，2007
　　　年5月一版一刷），頁156～157。

底下將分別論述之。

一、政治權力的依附

　　從上一節的討論中，不難發現六朝文學集團的盛衰，與政治權力有相當大的關聯性。無論集團主人本身是否因爲愛好文學而組成集團，或是希望藉著集團以招攬人才、培養羽翼，只有當他具有一定的政治權力時，文學集團才可能成立且具有規模。因此，從各地聚集起來的文人，很多都是爲了靠近政治權力的核心而參與集團。由於集團主人掌握了實質的政治權力，並且足以左右集團文人的政治地位，在這種政治生態下，文人爲了能夠穩固或追求更高的政治位階，多數文人勢必要在適當的時機，積極的配合集團主人在文學創作上的要求，並且同時展現自身的才華及忠誠，才能夠獲得集團主人的賞識，進而得到升遷的機會。所以當集團主人命作賦詩時，文人若能準確的掌握題目的主旨與主人的喜好，甚至還適度的寫出對主人的忠誠與情感，就容易達成目的。在這種情形下，詩的自我抒情性大幅降低甚至完全消失，而社會性功能則顯現出來，此時的詩也成爲一種與集團主人應對的媒介。由於集團主人命作賦詩的時機，往往是遊宴之類的聚會場合，眾人多在酒酣耳熱或輕鬆歡樂的氛圍下，進行集體創作。因此，這種類型的詩歌在創作動機上，多半都帶有某種程度的遊戲性。上一節所提到「鄴下文學集團」在遊宴中所寫的〈公讌詩〉，就是很好的例子。不僅所有參與創作的文人皆能確實作出符合遊宴題旨的詩歌，而王粲「願我賢主人，與天享巍巍。克符周公業，奕世不可追」、阮瑀「陽春和氣動，賢主以崇仁」，以及應瑒「巍巍主人德，佳會被四方」三人的詩句，更是不約而同的頌揚了集團主人，藉著詩歌表示自己的忠誠及愛慕之意。不過，也因爲公讌詩常帶有這種兼有遊戲性及政治社交辭令的涵義，所以多爲後世文人所批評。清代賀貽孫《詩筏》便云：

　　　　公讌詩，在酒肉場中，露出酸餡本色。寒士得貴遊殘杯冷

炙，感恩至此，殊爲可笑；而滿篇搬數他人富貴，尤見俗
態。〔註86〕

賀貽孫雖然猛烈抨擊公讌詩，但其所謂「酒肉場中」，卻是公讌詩產
生時的必要條件之一；「感恩至此」則是文人欲傳達給集團主人的政
治社交辭令。所以賀貽孫認爲詩中充滿著「酸餡本色」、「可笑」及「俗
態」，反而可能是公讌詩在寫作上的常態。也就是說，在宴會場合中
寫出兼有遊戲性及政治社交辭令的內容，正是公讌詩的標準型態，所
以才會常常出現作者不同，但寫法和內容卻千篇一律的作品。

在「鄴下文學集團」之後，這種兼具遊戲性及政治上社交辭令涵
義的詩歌愈來愈多，兩晉時期已爲常見。梅家玲在研究陸機、陸雲的
贈答詩時就發現：

> 若翻檢西晉文士們現存的詩作，當會發現：非但其詩集中，
> 普遍皆出現應制、應詔之作，史傳之中，亦對其時文士攀
> 附王室、結交權貴的情形，多有記述。〔註87〕

這種情形到了南朝時期更是盛行。王鍾陵論及南朝齊代詩風時，便認
爲此時期之詩「諛詞較多」：

> 作爲高等士族文人，謝朓、沈約、王融都有許多侍宴宮殿
> 的機會，奉敕、應詔作詩，以至於代人作應詔詩，都是他
> 們所必有的經歷。這一類詩當然是以諂諛帝王功德爲其內
> 容的。……永明詩人，不僅諛詞數量多，且往往表現出一
> 種俗媚以至肉麻之態。〔註88〕

對於詩歌的價值判斷究竟是否一定要有「眞實的情感」，或者是必須
具備道德教化作用的議題，我們暫且先擱置一旁，從另一個角度來
看，王鍾陵所舉的謝朓、沈約、王融三人，都先後參與文惠太子蕭長

〔註86〕〔清〕賀貽孫：《詩筏》，收入郭紹虞：《清詩話續編》（台北：藝文
印書館，民國74年9月初版），頁156。

〔註87〕梅家玲〈二陸贈答詩中的自我、社會與文學傳統〉，見氏著《漢魏六
朝文學新論》（臺北：里仁書局，民國86年4月15初版），頁239。

〔註88〕王鍾陵：《中國中古詩歌史》（北京：人民出版社，2005年8月一版
一刷），頁435、437

懋與竟陵王蕭子良二個文學集團，可見他們對於政治活動的熱衷與積極。而且所謂「有許多侍宴宮殿的機會」，也顯示他們賦詩時多在遊宴場合。因此，王鍾陵「諛詞太多」之說，正反映出當時在遊宴場合中，以詩作爲政治上的社交辭令，已是一種十分普遍的現象。事實上，這類現象在整個南朝都極爲常見，並非只有蕭齊永明時期才有。從上一節的論述便可知道，劉宋、蕭齊的皇帝在遊宴時以即席賦詩的優劣進行賞賜，已是司空見慣之事。到了梁武帝時，更是常見以賦詩最工而獲得升遷的文人。例如：《梁書・王僧孺傳》：

> 是時高祖製〈春景明志詩〉五百字，敕在朝之人沈約已下
> 同作，高祖以僧孺詩爲工。遷少府卿，出監吳郡。〔註89〕

以及《梁書・劉孝綽傳》記載：

> 及高祖爲〈籍田詩〉，又使勉先示孝綽。時奉詔作者數十
> 人，高祖以孝綽尤工，即日有敕，起爲西中郎湘東王諮議。
> 〔註90〕

王僧孺「遷少府卿」、劉孝綽「起爲西中郎湘東王諮議」，都是在眾文人奉詔賦詩的情況下，脫穎而出，快速晉升高位的例子。而陳後主在位時，不僅常常批閱他人文章，若是遇見令人激賞的作品，更是直接以加官進爵作爲獎勵，也致使「搢紳之徒，咸知自勵」，激起了當時文學創作的風氣。〔註91〕這些情形都逐步加深集團文人視詩歌爲一種政治上社交辭令的想法，導致文人愈來愈積極的透過詩歌與集團主人產生對話，並獲得更高的政治地位或賞賜。在集團主人的愛好與整個時代風氣的推波助瀾下，文人於遊宴場合奉命而作的「公讌」、「奉和」、「應令」（或「應教」、「應詔」）、「侍宴」、「賦得」等題型之詩，也在南朝時期呈現愈來愈多的趨勢。

〔註89〕　〔唐〕姚思廉：《梁書・王僧孺傳》，頁124。
〔註90〕　〔唐〕姚思廉：《梁書・劉孝綽傳》，頁127。
〔註91〕　〔唐〕姚思廉：《陳書・文學傳》：「後主嗣業，雅尚文詞，傍求學藝，
　　　　煥乎俱集。每臣下表疏及獻上賦頌者，躬自省覽，其有辭工，則神
　　　　筆賞激，加其爵位，是以搢紳之徒，咸知自勵矣。」頁118。

隋代的李諤曾上書隋文帝抨擊六朝這種風氣：

> 降及後代，風教漸落。魏之三祖，更尚文詞，忽君人之大
> 道，好雕蟲之小藝。下之從上，有同影響，競騁文華，遂
> 成風俗。江左齊、梁，其弊彌甚，貴賤賢愚，唯務吟詠。
> 遂復遺理存異，尋虛逐微，競一韻之奇，爭一字之巧。連
> 篇累牘，不出月露之形，積案盈箱，唯是風雲之狀。世俗
> 以此相高，朝廷據茲擢士。祿利之路既開，愛尚之情愈篤。
> 於是閭里童昏，貴遊總丱，未窺六甲，先制五言。〔註92〕

李諤認爲六朝文人之所以「競騁文華」，主要是因爲受在上位者喜好
的影響，風行草偃、遂成流行。久而久之，「世俗以此相高，朝廷據
茲擢士」，致使多數文人已視作詩爲仕宦升遷之道。雖然李諤反對這
股潮流，但從其說法正可看出六朝文人（尤其是集團文人）十分清
楚君主（或集團主人）在命作賦詩時的特殊地位。爲了能夠獲得賞
識，集團文人一方面必須迎合集團主人在文學方面的喜好，並適度
的表達忠誠及愛慕之意，另一方面也必須在眾多競爭者中凸顯自身
的才氣，再加上南朝賦詩之題，多以詠現場之物爲主，所以「競一
韻之奇，爭一字之巧。連篇累牘，不出月露之形，積案盈箱，唯是
風雲之狀」的情形，自然就容易發生了。這種爲了自身的政治地位，
而特別針對集團主人所創作的詩歌，實則正是一種利用詩歌作爲政
治上社交辭令的型態。後世的批評家，較少深入體會六朝文人的生
活與處境，也忽略了當時詩歌遊戲化的演變，以及在政治社交上所
具有的涵義，而逕自以道德、風骨或眞實情感等價值面向，否定這
類詩歌的存在意義。但評論者若是可以發現此類詩歌在政治社會功
能上的功用，就不會輕易說出「體製聲色，都如一轍……雅、頌之
皮毛，阿諛之圭臬，而四言之奴隸」〔註93〕的嚴厲批評，而能對六

〔註92〕 〔唐〕魏徵：《隋書・李諤傳》（北京：中華書局，1997 年 11 月一版），
頁 394。

〔註93〕 〔清〕潘德輿：《養一齋詩話・卷7》：「四言如潘安仁〈關中詩〉，陸
士衡〈皇太子宴玄圃〉詩，陸士龍〈大將軍宴會〉詩，應吉甫〈華

朝詩歌的價值有更全面性的理解。

二、同儕之間的交遊

　　詩歌的社會性功能，在六朝的文學集團中，除了用於政治上的社交辭令外，也常用在與平輩同儕交遊時的社交辭令。這從此時期「唱和」、「贈答」等類型之詩歌大幅增加，可見一斑。不過由於文學集團中的文人，存在著彼此既是交遊對象也是競爭對手的複雜關係，所以作為社交話語的詩歌，雖然常是個人情感的抒發，但創作時若是在眾人同題共作的情形下，卻也可能多少隱含了一些互相競技的成分。加上隨著詩歌朝向遊戲化的發展，處於文學集團中的文人，不再侷限於以詩的內容、詞彙作為交際的重點，在宴會上即席創作詩的競賽行為，也成為了同儕交際的一部份。集團中的文人透過這種競賽行為，一方面切磋詩藝，一方面也增進了彼此的情誼。此時的詩歌幾乎等同於娛樂交際的工具。也因此，創作詩的重點便在於是否符合題旨，修辭用意是否貼切，至於個人情感甚至可以不需顯露。由於這類詩歌通常以臨場摹寫的詠物為主，所以文人多在詞彙細膩、新奇或典故的應用上爭勝。我們可以「鄴下文學集團」的劉楨、應瑒和曹植皆有的〈鬥雞詩〉為例：

> 丹雞被華采，雙距如鋒芒。願一揚炎威，會戰此中唐。利爪探玉除，瞋目含火光。長翹驚風起，勁翮正敷張，輕舉奮勾喙，電擊復還翔。（劉楨）
>
> 戚戚懷不樂，無以釋勞勤。兄弟遊戲場，命駕迎眾賓。二部分曹伍，群雞煥以陳。雙距解長緤，飛踊超敵倫。芥羽張金距，連戰何繽紛。從朝至日夕，勝負尚未分。專場驅眾敵，剛捷逸等群。四坐同休贊，賓主懷悅欣。博弈非不

林園集詩〉，顏延年〈應詔讌曲水〉詩，〈皇太子釋奠〉詩，體製聲色，都如一轍。顏雖琢鏤較甚，然亦無甚高下。蓋皆雅、頌之皮毛，阿諛之圭臬，而四言之奴隸也。」收入郭紹虞：《清詩話續編》，頁2115。

樂，此戲世所珍。(應瑒)

遊目極妙伎，清聽厭宮商。主人寂無爲，眾賓進樂方。長
筵坐戲客，鬥雞間觀房。群雄正翕赫，雙翹自飛揚。揮羽
激清風，悍目發朱光。觜落輕毛散，嚴距往往傷。長鳴入
青雲，扇翼獨翱翔。願蒙貍膏助，常得擅此場。(曹植)

應瑒以「戚戚懷不樂，無以釋勞勤」說明觀賞鬥雞活動是他們工作之
後的娛樂活動。然後描寫雞群的勇猛奮戰，以及圍觀群眾的熱鬧場
面。接著以「四坐同休贊，賓主懷悅欣」寫出賓主盡歡的氣氛。最後
再說「博弈非不樂，此戲世所珍」，將鬥雞活動的娛樂價值與博奕遊
戲相比擬。曹植的寫法幾近於應瑒。他同樣先說出之所以會舉辦鬥雞
活動，是因爲「主人寂無爲，眾賓進樂方」，由賓客主動提出的建議。
然後描述鬥雞的昂揚風采以及戰鬥的場面。「貍膏」是指貍的脂膏。
古代鬥雞時將其塗抹於雞頭，使對方聞到氣味後畏怯，進而戰勝對
方。曹植最後以「願蒙貍膏助，常得擅此場」作結，希望藉助貍膏的
效用，讓自己與鬥雞都可以成爲鬥雞場上的常勝軍。這當然也顯示了
曹植對於鬥雞活動的喜愛。相較之下，劉楨則顯得簡單許多，只有描
寫鬥雞的英姿與戰鬥時的場景。雖然三首〈鬥雞詩〉的寫法有些許不
同，但無論從題目或內容來看，很明顯的只是集團文人以觀賞鬥雞爲
題，進行競賽或娛樂的作品。

這種以詩爲戲來增進彼此情誼的行爲，在漢末兩晉時期，屢見不
鮮。到了南朝，雖然時代風尚有些差異，但卻更爲盛行。前面曾提及
的謝朓、柳惲、王融和虞炎〈同詠坐上所見一物〉，謝朓、王融與沈
約〈同詠樂器〉，謝朓、沈約〈同詠坐上玩器〉等詩，從題目「同詠」
一詞即可理解，此類詩正是集團文人在社交場合中，以詩歌爲遊戲娛
樂，分題後即席創作，在切磋文學技巧的同時，亦可促進彼此情感的
產物。

相較於前面在宴會場合上即席而作的方式，謝朓的〈阻雪聯句遙

贈和〉則呈現另一種型態：

> 積雪皓陰池。北風鳴細枝。九逵密如繡。何異遠別離。（謝
> 脁）風庭舞流霰。冰沼結文漪。飲春雖以燠。欽賢紛若馳。
> （江秀才革）珠霙條間響。玉溜檐下垂。杯酒不相接。寸
> 心良共知。（王丞融）飛雲亂無緒。結冰明曲池。雖乖促席
> 讌。白首信勿虧。（王蘭陵僧孺）飄素縈檐溜。嚴結噎通岐。
> 樽罍如未瀣。況乃限音儀。（謝洗馬昊）原隰望徙倚。松筠
> 竟不移。隱憂惡萱樹。忘懷詩山戺。（劉中書繪）初昕逸翩
> 舉。日昃駑馬疲。幽山有桂樹。歲暮方參差。（沈右率約）

這首詩是謝脁和同一文學集團成員的江革、王融、王僧孺、謝昊（本
集作「異」）、劉繪及沈約等人，以聯句詩的形式共同創作而成。〔註
94〕聯句詩是一種以詩接力的創作型態，多發生於宴會社交場合之
中，作為文人間相互較勁並引以為樂的方式。此詩每人各作五言四
句，就寫作順序而言，由謝脁首作，眾人再唱和續作。就寫作內容而
言，謝脁先寫因為大雪阻礙交通，即使道路眾多，卻無異於相隔遠地
的離愁，所以其他文人的和詩，幾乎都是先寫冬天之景（如：「風庭
舞流霰。冰沼結文漪」、「珠霙條間響。玉溜檐下垂」、「飛雲亂無緒。
結冰明曲池」），再寫思念對方的情感（如：「杯酒不相接。寸心良共
知」、「雖乖促席讌。白首信勿虧」、「樽罍如未瀣。況乃限音儀」等）。
因此，雖然整體統稱為〈阻雪聯句遙贈和〉，但每人所寫詩的內容及
意義卻可獨立成篇。更為特別的是，這首詩並非七人同時同地而作，
而是以通信方法相互贈和，與一般聯句詩發生的時機與場合不同。這
也讓我們了解「詩歌遊戲化」的觀念，已完全深入了文人的生活中。
即便在外出行動不便的氣候下，文人還是可以在家中透過詩歌創作當
成
遊戲消遣，同時也能藉著詩歌遊戲的傳遞，相互表達思念的訊息，或

〔註94〕胡大雷：《中古文學集團》：「此中只是謝昊一人未見記載為此文學集
團中的成員，其餘都是此集團的成員。」頁130。

是完成社交問候的禮儀。

第四節　六朝文學集團「同題共作」的創作方式

六朝具有遊戲性質的詩歌，最常見的創作方式即是「同題共作」。
而「同題共作」又多產生於文學集團。因此，底下將就「同題共作」
進行討論，以理解這種創作方式在詩歌遊戲化發展的重要性。

一、「同題共作」釋義

所謂「同題共作」指的是由一人指定或眾人共同決定一個題目
後，眾人再以此題目各自寫作的創作方式。不過，因爲歷來學者的
研究角度不同，或者是將此方式作更爲細膩的劃分，所以產生了許
多近似的名稱。例如：胡大雷根據出題之人而分爲兩種型態：第一
種是「命題創作」。這種方式是由一人出題，眾人則因題而作。出題
之人常常是集團的核心角色或是具有相當權威之人。第二種是「同
題共作」。也就是指同一個題目大家同時作。〔註95〕鄭良樹則透過對
建安文學集團賦作的討論，區分爲「出題奉作」和「同題奉和」二
種型態：「出題奉作」是指在同一時空的作家，對某個人所出的題目，
以同一種體裁進行創作的方式。「同題奉和」則超越時空的限制，無
論是否在同一個時空之下，只要針對同一個題目進行相同體裁的創
作。〔註96〕這類的分法也持續多年。近年來，已有學者嘗試跳脫前

〔註95〕胡大雷：《中古文學集團》（桂林：廣西師範大學出版社，1999 年 5
　　　　月一版二刷），頁 45～47。

〔註96〕鄭良樹〈出題奉作 ── 曹魏集團的賦作活動〉：「『出題奉作』和『同
　　　　題奉和』雖然都是一種集體的文學活動，卻有相當大的差別。『同
　　　　題奉和』可以指一群作家在不同時代、不同地點，對一個共同題目
　　　　進行相同體裁的文學創作；『出題奉作』卻指一群作家在相同的時
　　　　間及空間內，對某人倡導的一個題目進行相同體裁的文學創作。」
　　　　收入香港中文大學中國語文學系主編：《魏晉南北朝文學論集》（臺
　　　　北：文史哲出版社，民國 83 年 11 月初版），頁 181。

人的格局，而以新的角度重新分類。例如：沈凡玉以「同題」爲主
題進行討論，並將其區分爲「共作」（「同作」）與「和作」二種方式。
他特別強調「後輩詩人對前作自然只能以『遙和』的形式與之同題，
但與時人同題則有『和作』與『共作』兩種形式」。〔註97〕基於此點，
他也指出了鄭良樹所說的「同題奉和」的盲點，並認爲：「除了指涉
異代同題之外，也可以是在同樣時空下，針對前人或共作中的先成
之作，共同進行模擬或對話的創作。」〔註98〕

　　胡大雷的分類標準其實不夠準確，因爲從其對「命題創作」及「同
題共作」的定義來看，二者同樣都是眾人因題而作，不同處僅在於「命
題創作」是由一人出題，「同題共作」則沒有說明出題者爲何人。所
以「命題」與「同題」的差異，應是建立於是否有確實的史料，足以
確認出題者。若能判斷出出題之人，則爲「命題」；反之，則爲「同
題」。如此看來，則「同題共作」實際上是可以包含「命題創作」的。
二類型態實可合爲一類。

　　而鄭良樹的分法，也存在著與胡大雷類似的問題。若按照鄭良樹
的定義，那麼「出題奉作」和「同題奉和」其實也都是針對同一個題目
進行創作。亦即「出題」與「同題」的差異，同樣只是在於能否確認出
題者的身份。因此，二者最大的不同，還是要從「奉作」與「奉和」的
意義來判斷。「奉作」是文人並時性的創作，「奉和」則可以是歷時性也
可以是並時性的創作。由此定義來看，「同題奉和」應該可以涵蓋「出
題奉作」的範圍。所以鄭良樹雖然分成二種類型，但實際上與胡大雷一
樣，合併爲一類即可。而且「奉作」與「奉和」之名稱，並無法直接判
斷出創作上的歷時性與共時性，所以不能算是很完善的分類。

　　相較於胡大雷與鄭良樹的分類，沈凡玉以「同題」爲主軸，就去

〔註97〕沈凡玉：《六朝同題詩歌研究》，頁7。
〔註98〕沈凡玉：《六朝同題詩歌研究》，頁8。不過從鄭良樹在談「同題奉和」
　　　　時，所用「可以指」之語來看，雖然作者沒有明說，但卻可能已意
　　　　識到共時性的創作部分。

除了「命題」、「出題」、「同題」三者在性質上過於雷同的困擾。不過即使沈凡玉認爲「共作」與「和作」在定義上有差異，卻又無法否認二者在實際創作中，常常互相交涉、難以切割。〔註99〕如此看來，「同題共作」所牽涉的範圍頗大，若想在此範圍內重新分類，往往容易左支右絀，似乎不是一件易事。但這其實是討論者將問題複雜化了。從他們的論述來看，無論是使用「命題」還是「出題」之詞，最後所呈現的皆是「同題」之義。差別僅在於出題者的身份是否獲得確認罷了。同樣的，無論是「奉和」、「奉作」還是「和作」、「共作」，論述者所想呈現的意思，都是眾人圍繞在一個題目上創作。只是在文體形式及時間順序上，略有差異。所以這些名詞雖然看似有某種程度的區分，但究其所欲表達的意義來說，其實都非常接近。因此，只要掌握幾個共通的關鍵點，應可用一個名詞爲這種文學行爲下一定義。從上述幾位研究者的定義來看，「同題共作」應是容納涵義最廣之詞。因爲「同題」點出了題目的一致性，「共作」則包含了寫作的集體性與共時性。當然，除了這些最基本的定義外，還可以再透過一些其他的條件，使「同題共作」的定義更爲完整。例如馬予靜即認爲：

> 同題共作是一項集體性的創作活動，它應當包括了兩個方面的要素，其一是寫作的共時性，其二是題目的一致性。這當然不指以仕進爲直接目的的科場應試，而主要是一種具有邀約參與性質的文化創作活動。〔註100〕

他指出「同題共作」除了是集體性的創作活動外，也是一種具有邀約參與性質的文化創作活動。以「邀約性質」作爲「同題共作」的條件

〔註99〕沈凡玉：《六朝同題詩歌研究》：「『共作』理論上應該沒有成詩時間差，而是競技般的各自寫作，但事實上卻往往並非如此。在許多並未標明唱和的文學團體同題共作中，卻可以發現一作回應另一作的關連性對話，……或可推測，同題『共作』有時也可能是時間差較短的『和作』，先成之作會被誦讀或傳閱，致使後成詩人受到影響，或故意針對它來加以回應、戲謔。」頁8。

〔註100〕馬予靜：〈論魏晉南北朝的同題共作賦〉，收入《河南大學學報（社會科學版）》，第43卷第5期，2003年9月，頁56。

之一，確實亦能成立。陳恩維則是以時代爲斷限，而認爲建安同題共作具有「即興而作」的特點，〔註101〕同樣能夠視爲建安時代獨特的「同題共作」條件之一。

　　至於雖然是「同題」，但並非同時期而作的情形，就應直接以能夠明確區別的名稱取代，或是在「同題」上面冠以其他足以識別的名稱。例如：韓高年以時代爲標準分成「同體繼作」和「同題共作」二類：

> 同體繼作，就是不同時期或時代的作家對前人創作的文章體式予以模仿，相繼進行創作的文學現象。……同題共作範式是產生於文人雅集活動的一種特殊的創作範式。它始於詩歌的創作，是文人借助於宴飲儀式就某一特定主題或題材而進行的詩歌創作活動，其具體方式是在宴會上由尊者命題並規定一種特定的形式，在場的文人依次按要求進行創作。〔註102〕

雖然「同體」所包含之範圍較「同題」更爲廣大，但將「繼作」定義爲「不同時期或時代的作家對前人創作的文章體式予以模仿」，便與「共作」的共時性有了顯著的區隔。除此之外，沈凡玉在「同題」上冠以「異代」二字，以凸顯「異代同題」的異時性與「同題共作」的共時性，〔註103〕這種作法同樣能夠清楚識別二者的差異性。

二、「同題共作」在六朝的發展及其對六朝詩體的影響

〔註101〕　陳恩維〈創作、批評與傳播──論建安同題共作的三重功能〉：「建安同題共作或因物起、或因事起、或因情興，即興而作是其共同特點。」收入《中國文學研究》，2004 年第 4 期（總第 75 期），頁 40。

〔註102〕　韓高年：〈「繼作」、「共作」與「贈答」──魏晉賦創作範式的轉變及其意義〉，收入《甘肅社會科學》，2009 年第 6 期，頁 20、21。

〔註103〕　參見沈凡玉《六朝同題詩歌研究》之第三章「異代同題：文學傳統的形成與嬗變」，以及第四章「同題共作：文學集團的對話與時空凝聚」。沈凡玉也清楚的說道：「同題的諸人多爲同一時空情境的參與者，或同一事件、事物的見證者、分享者，而且具有強烈的集體存在的『共時性』。」頁 329。

關於「同題共作」的起源，王芑孫《讀賦卮言·獻賦》云：

> 自魏以來，君臣之際多云同作，或命某作，或被詔作。
> 〔註104〕

可見在漢末魏初時，已多有「同題共作」的行為。因此，一般亦多認為曹操在銅爵臺完成時，「悉將諸子登臺，使各為賦」，〔註105〕即是此種風氣的開端。〔註106〕但曹操所命題之作幾乎全為賦體，這自然是因為當時文人創作仍以賦體為主，所以一直到曹丕時，仍有許多命賦共作之文。例如：曹丕〈馬腦勒賦序〉云：

> 瑪瑙，玉屬也，出自西域，文理交錯，有似馬腦，故其方人因以名之。或以繫頸，或以飾勒。余有斯勒，美而賦之，命陳琳、王粲並作。

以及曹丕〈槐賦序〉云：

> 文昌殿中槐樹。盛暑之時，余數遊其下，美而賦之。王粲直登賢門小閣外，亦有槐樹，乃就使賦焉。〔註107〕

可見曹丕常在不同的情境下，命令他人共同寫賦。不過，此時的「同題共作」尚未嚴格規定題目需完全一致，有時只是規定一個大致的題

〔註104〕 轉引自王冠輯：《賦話廣聚·三》（北京：北京圖書館出版社，2006年12月一版一刷），頁330。

〔註105〕 〔晉〕陳壽：《三國志·魏書·曹植傳》：「時鄴銅爵臺新成，太祖悉將諸子登臺，使各為賦，植援筆立成，可觀，太祖甚異之。」（北京：中華書局，1997年11月一版），頁150。

〔註106〕 例如：胡大雷：《中古文學論集》：「此風始自曹操。」頁45。魏宏燦：〈同題並作：鄴下文學繁榮的促進力〉：「曹操乃是第一個倡導同題並作者。」收入《黃岡師範學院學報》，第23卷第2期，2003年4月，頁25。鄭良樹則認為早在建安十二年（207年）曹操北征烏桓時，即有此種活動。詳見氏著：〈出題奉作——曹魏集團的賦作活動〉，頁184～185。

〔註107〕 以上皆引自〔清〕嚴可均：《全上古三代秦漢三國六朝文·全三國文》，頁1074～1075。另外，〈馬腦勒賦〉亦可見參見陳琳〈馬腦勒賦序〉：「五官將得馬腦以為寶勒，美其英絒之光豔也，使琳賦之。」參見余紹初輯校：《建安七子集》（北京：中華書局，2012年7月北京二版五刷），頁46。

材範圍。〔註 108〕例如《古文苑・卷七》王粲〈羽獵賦〉章樵注引摯
虞〈文章流別論〉記載：

> 建安中，魏文帝從武帝出獵，賦命陳琳、王粲、應瑒、劉
> 楨並作。琳爲〈武獵〉，粲爲〈羽獵〉，瑒爲〈西狩〉，楨爲
> 〈大閱〉。凡此各有所長，粲其最也。〔註 109〕

在這種文學風氣的帶動下，其他文類難免受到影響，〔註 110〕當時新
興的詩體自然也不例外，故命詩共作之舉，也開始出現。曹丕〈敘詩〉
云：

> 爲太子時，北園及東閣講堂並賦詩。命王粲、劉楨、阮瑀、
> 應瑒等同作。〔註 111〕

可見曹丕在當太子時，就已經在集團中以命題之方式，令眾人寫詩。
鄴下文學集團「同題共作」的詩作，除了前面所舉〈代劉勳妻王氏雜
詩〉、〈公宴詩〉、〈鬥雞詩〉之外，徐幹〈於清河見挽船士新婚與妻別
詩〉與曹丕〈清河作〉、〈見挽船士兄弟辭別詩〉，曹丕〈芙蓉池作詩〉
和曹植〈芙蓉池詩〉，以及阮瑀、王粲、曹植均有的〈七哀詩〉，〔註
112〕由於題目雷同、內容類似，所以也可能爲「同題共作」之詩。〔註

〔註 108〕　程章燦：《魏晉南北朝賦史》：「（同題共作）這種活動顯然不限於曹
　　　　　　氏家族內部，也並不嚴格限定賦題完全一致。……所謂同題共作只
　　　　　　是規定一個大致的題材範圍，賦家有一定的自由發揮餘地。」（江
　　　　　　蘇：江蘇古籍出版社，2001 年 6 月一版一刷）頁 46。

〔註 109〕　《古文苑・卷七》（臺北：鼎文書局，民國 62 年元月初版），頁 181。

〔註 110〕　例如：摯虞〈文章流別論〉：「建安中，文帝、臨淄侯各失稚子，命
　　　　　　徐幹、劉楨等爲之哀辭。」參見〔宋〕李昉：《太平御覽・卷596》
　　　　　　（臺北：商務印書館，民國 63 年 10 月臺三版），頁 2817。

〔註 111〕　〔清〕嚴可均：《全上古三代秦漢三國六朝文・全三國文・卷七》，
　　　　　　頁 1091。

〔註 112〕　以上詩題均引自逯欽立：《先秦漢魏晉南北朝詩》（北京：中華書局，
　　　　　　1998 年 5 月北京一版四刷）。本文後面所引之漢、魏晉、南北朝詩
　　　　　　皆引自此書，故附上題目及作者後，不另贅注。

〔註 113〕　馬予靜：〈論魏晉南北朝的同題共作賦〉：「雖無明確的史料記載，
　　　　　　但作家之間有過共同的創作活動，他們那些題目近同、內容風格一
　　　　　　致的賦作，也很有可能是同題共作。」頁 57。雖然馬予靜所談論的
　　　　　　是賦作，但用於詩作亦爲適合。

113)雖然此時「同題共作」的詩作並不算多，但開創了這種以團體性為主的創作方式，其重要性自然不言而喻。龔鵬程便認為：

> （建安文學集團）這種一夥人同作一題的現象，過去也是沒有的。漢人之擬題擬作，固然不少，可是都是前後相繼，非同時並作。建安文人此等作品，就跟他們的唱籌應和詩一樣，形成於他們的團體性中。因是一夥人彼此切磋，彼此呼應，所以才有那麼多應答，那麼多同題共作。〔註114〕

除了開啓新的創作方式外，同時也把「遊戲」的觀念導入詩中，成為「言志」之外的另一種本質與功能觀。不過也因為如此，導致後人在解讀這類詩作時，常常不能接受當時文人僅是為了遊戲而寫，很多作品並沒有太多深切的涵義。即使有時候題目明明已經露出端倪，卻還是要透過「知人論世」之法，以尋求更有意義的答案。這自然是因為沒有掌握「同題共作」在文學集團中的特性，所造成的結果。〔註115〕

　　漢末魏初之後，隨著詩體創作的大量增加，「同題共作」之風也更為盛行。西晉程咸〈平吳後三月三日從華林園作詩〉與王濟〈平吳後三月三日華林園作詩〉，從題目所提及的事件與地點來看，此二首應是晉武帝在平定東吳後，於華林園舉行宴會時的「同題共作」作品。〔註116〕陸機〈為顧彥先贈婦詩二首〉、陸雲〈為顧彥先贈婦往返詩四首〉則更為特別。依據逯欽立的說法，陸機之詩題應與陸雲之詩題相同，而有「往返」二字。〔註117〕如此，則二人之詩很可能是「同題

〔註114〕　龔鵬程：《中國文學史》〈建安文學的新變〉（臺北：里仁書局，2009年1月5日初版），頁103。

〔註115〕　龔鵬程：《中國文學史》〈建安文學的新變〉：「後人看建安，一方面豔羨他們有一票文人共同論文角技之樂，一方面又常抓不住這種團體性，有時仍不免由個別作者的角度去看他們，……附會於個人之身世心境以解之。」頁103。

〔註116〕　胡大雷：《中古文學集團》：「程咸所述與王濟所述，當是同一次華林園宴集之事。」頁75。

〔註117〕　逯欽立：《先秦漢魏晉南北朝詩》陸機〈為顧彥先贈婦詩二首〉題下注云：「陸士龍亦有為顧彥先贈婦之作。題作〈為顧彥先贈婦往返四首〉。稱往返則知有贈婦、有婦答，題旨明確。《文選》此目蓋

共作」下的產物。而且兩人之詩，皆是一人分飾二角之作，不僅模擬顧彥先贈婦，還同時模擬妻子的回贈。從「同題共作」到模擬兩個角色往來贈詩的寫作模式，再加上陸機、陸雲爲兄弟的身份，不得不令人懷疑這兩組詩或許在開始寫作時，就已經成爲兄弟之間的遊戲競賽了。關於陸機、陸雲這兩組詩，由於涉及擬代體的問題，所以在第五章還會有更詳細的討論。除此之外，以「二十四友」爲主的金谷園聚會，應該也舉行過多次「同題共作」的活動。雖然這些詩鮮少流傳下來，但從前引石崇〈金谷詩敘〉所云：「遂各賦詩，以敘中懷。或不能者，罰酒三斗。……故具列時人官號、姓名、年紀，又寫詩箸後。」還需要一一記錄寫詩的文人來看，當時參與者的數量不在少數。

　　渡江之後，東晉的蘭亭聚會，亦是一次大規模的「同題共作」遊戲競賽。根據前面所引王羲之〈臨河敘〉的記載，此次以「蘭亭」爲題的賦詩遊戲競賽，41 位與會的文人，共有 26 人完成，其詩作目前亦大致可見。〔註 118〕這種盛況也顯示了「同題共作」在文人之間的風行。而且即使是隱逸之人亦有所涉及。東晉末的劉程之、王喬之、張野等人皆有〈奉和慧遠遊廬山詩〉。既云「奉」，便代表這些詩是在某種場合上，眾人接受某人的指示而依其指定題目，同時而作。既然如此，眾人所「奉和」之詩，就難免具有一種娛樂遊戲的性質了。

　　到了南朝，「同題共作」的創作方式，其盛行較之前代，更是有過之而無不及。透過「同題共作」而產生的詩作，不勝枚舉。前面曾提過以「縣名」爲主題的王融、沈約和范雲〈奉和竟陵王郡縣名詩〉（范雲之詩題在「竟陵王」前多一「齊」字）、以「藥名」爲主題的沈約〈奉和竟陵王藥名詩〉和王融〈藥名詩〉、以「顏色」爲主題的王融〈四色詠〉和范雲〈四色詩〉四首、〈擬古四色詩〉、以詠眼前之物爲主題的「同詠」系列，〔註 119〕以及蕭統文學集團的〈大言〉、〈細

有刪節處。贈婦下應有往返二字。」頁 682。
〔註 118〕　諸人詩作可見於逯欽立《先秦漢魏晉南北朝詩》。
〔註 119〕　例如：謝朓〈同詠坐上所見一物・席〉題下注：「柳惲詠同。王融

言〉，都是「同題共作」下具有遊戲競賽意義的作品。尤其是蕭統文學集團〈大言〉、〈細言〉系列的詩作，即使有學者認為作者們在「同題共作」中「透顯關於政治、信仰或認知能力的『弦外之音』」（關於這些詩是否具有「弦外之音」，其實我也有些存疑，畢竟在證據上略嫌不足），但卻也無法否認他們寫作的目的還是在於遊戲。〔註120〕

除了以上這些詩作之外，沈約〈和竟陵王遊仙詩〉二首，題下云：「王融、范雲同賦」，所以雖然目前王融、范雲之詩已亡佚，但仍可確定是「同題共作」的詩作。另外像是蕭綱、蕭綸、蕭祗的〈和湘東王後園迴文詩〉，也同樣是「同題共作」下的作品。這三首詩應該是回應蕭繹〈後園迴文詩〉〔註121〕所作。所謂迴文詩是指詩中的字句，無論前後往復皆可讀之的詩體。這種詩體本就屬於一種遊戲型態的詩歌，再加上「同題共作」的方式，更顯現出詩歌遊戲化已經從各個層面，深切的影響詩歌的創作。

不過，雖然「同題共作」的現象，常常發生在宴會場合之上，酒酣耳熱之際，並多帶有遊戲、競賽的性質，但有時從所寫詩的內容來看，卻又看似具有真實情感的流露。例如：王融、虞炎、范雲、劉繪、沈約的〈餞謝文學離夜詩〉〔註122〕與蕭琛的〈餞謝文學〉

詠慢詩，虞炎詠簾詩。各見本集。」還有謝朓〈同詠樂器‧琴〉、王融〈詠琵琶詩〉、沈約〈詠箎詩〉，以及謝朓〈同詠坐上玩器‧烏皮隱几〉、沈約〈詠竹檳榔盤詩〉等。

〔註120〕 祁立峰：〈遊戲或教育：論蕭統文學集團同題共作詩賦的「互文性」〉：「我們從『互文性』的角度觀察蕭統集團的同題共作，就會發現——這些目的雖不離遊戲目的，在風格上也相似，但其中仍出有差異，彼此仍有對話關係，作者們更在同題共作中，透顯關於政治、信仰或認知能力的『弦外之音』」、「當然，從這些幾篇同題共作的寫作目的而言，應該還是語言遊戲。筆者發現的『認知訓練』，或許只是當作附帶意義。」收入《彰化師大國文學誌》第19期，2009年12月，頁247、239。

〔註121〕 逯欽立《先秦漢魏晉南北朝詩》注引《詩紀》云：「此詩《藝文》次王融迴文詩後，然觀簡文諸人和詩，知此詩為元帝作，《藝文》逸名耳。今列於此，俟再考也。」逯按：馮說是。頁2058。

〔註122〕 所知共歌笑，誰忍別笑歌。離軒思黃鳥，分渚蔓青莎。

〔註123〕，以及王延、宗夬、任昉的〈別蕭諮議〉〔註124〕、王融〈蕭
諮議西上夜集詩〉〔註125〕和蕭琛〈別蕭諮議前夜以醉乖例今晝由
醒敬應教〉〔註126〕，這二組「同題共作」的餞別詩，就呈現出這
樣的情形。

> 翻情結遠旆，灑淚與行波。春江夜明月，還望情如何。（王融〈餞
> 謝文學離夜詩〉）
> 差池燕始飛，冪歷草初輝。離人悵東顧，游子愴西歸。
> 清潮已駕渚，湷露復沾衣。一乖當春聚，方掩故園扉。（虞炎〈餞
> 謝文學離夜詩〉）
> 陽臺霧初解，夢渚水裁渌。遠山隱且見，平沙斷還緒。
> 分絃饒苦音，別唱多淒曲。爾拂後車塵，我事東皋粟。（范雲〈餞
> 謝文學離夜詩〉）
> 汀洲千里芳，朝雲萬里色。悠然在天隅，之子去安極。
> 春潭無與窺，秋臺誰共陟。不見一佳人，徒望西飛翼。（劉繪〈餞
> 謝文學離夜詩〉）
> 漢池水如帶，巫山雲似蓋。㶁汩背吳潮，潺湲橫楚瀨。
> 一望沮漳水，寧思江海會。以我徑寸心，從君千里外。（沈約〈餞
> 謝文學離夜詩〉）

〔註123〕　蕭琛〈餞謝文學〉：「執手無還顧，別渚有西東。荊吳眇何際，煙波
千里通。春筍方解籜，弱柳向低風。相思將安寄，悵望南飛鴻。」

〔註124〕　霏雲承永夜，皓燭驚離軒。執酒愴誰與，舉袖默無言。忍茲君為別，
如此歲方暄。
年深北峀時，鳥思南國園。江上愁別日，階下樹芳蓀。（王延〈別
蕭諮議〉）
別酒正參差，乖情將陸離。悵焉臨桂苑，憫默瞻華池。輕雲流惠采，
時雨亂清漪。
眇眇追蘭逕，悠悠結芳枝。眷言終何托，心寄方在斯。（宗夬〈別
蕭諮議〉）
離燭有窮輝，別念無終緒。歧言未及中，離目已先舉。揆景巫衡阿，
臨風長楸浦。
浮雲難嗣音，徘徊悵誰與。儻有關外驛，聊訪狎鷗渚。（任昉〈別
蕭諮議〉）

〔註125〕　王融〈蕭諮議西上夜集詩〉：「徘徊將所愛，惜別在河梁。衿袖三春
隔，江山千里長。寸心無遠近，邊地有風霜。勉哉勤歲暮，敬矣事
容光。山中殊未懌，杜若空自芳。」

〔註126〕　蕭琛〈別蕭諮議前夜以醉乖例今晝由醒敬應教〉：「落日總行轡，薄
別在江干。游客無淹期，晨川有急瀾。分手信云易，相思誠獨難。
之子兩特達，伊余日盤桓。俟我式微歲，共賞階前蘭。」

　　〈餞謝文學離夜詩〉這一組詩的寫成背景，是隨王蕭子隆在永明八年（490年）時，被任命爲「使持節、都督荊雍梁寧南北秦六州、鎮西將軍、荊州刺史」，並在永明九年（491年）時，赴荊州「親府州事」。〔註127〕當時在其底下任職的謝朓也跟著隨王至荊州。〔註128〕在即將離開建康之前，竟陵王蕭子良文學集團的成員，舉行了一場送別宴席。席間以餞別爲題，分別寫下了這些詩作。而謝朓也寫了〈和別沈右率諸君詩〉〔註129〕作爲回應。大約於此同時，蕭衍也在隨王蕭子隆底下任職鎮西諮議參軍，而且大概也在永明九年時與隨王同赴荊州。〔註130〕竟陵王蕭子良文學集團的成員，同樣舉行了一場送別宴席。蕭衍也寫了〈答任殿中宗記室王中書別詩〉〔註131〕回應。由此可見〈別蕭諮議〉這一組詩，與〈餞謝文學離夜詩〉的寫作背景，幾乎一致。〔註132〕

〔註127〕　〔南朝梁〕蕭子顯：《南齊書・隨郡王子隆傳》（北京：中華書局，1997年11月一版）：「（永明）八年，代魚復侯子響爲使持節、都督荊雍梁寧南北秦六州、鎮西將軍、荊州刺史，給鼓吹一部。其年，始興王鑑罷益州，進號督益州。九年，親府州事。」頁183。

〔註128〕　〔南朝梁〕蕭子顯：《南齊書・謝朓傳》：「朓少好學，有美名，文章清麗。解褐豫（章）王太尉行參軍，度隨王東中郎府，轉王儉衛軍東閤祭酒，太子舍人、隨王鎮西功曹，轉文學。」頁212。

〔註129〕　謝朓〈和別沈右率諸君詩〉：「春夜別清樽，江潭復爲客。歎息東流水，如何故鄉陌。重樹日芬蒀，芳洲轉如積。望望荊臺下，歸夢相思夕。」

〔註130〕　蕭衍〈答任殿中宗記室王中書別詩〉題下注：「武帝初仕齊，爲隨王鎮西諮議參軍。隨王鎮荊州。帝赴鎮時，同列以詩送別。」參見逯欽立：《先秦漢魏晉南北朝詩》，頁1528。〔唐〕姚思廉：《梁書・武帝紀》（北京：中華書局，1997年11月一版）：「累遷隨王鎮西諮議參軍。」頁6。據前引《南齊書・隨郡王子隆傳》知蕭子隆於永明八年爲鎮西將軍，並於永明九年赴荊州「親府州事」。故蕭衍離開建康之日期，應與謝朓十分相近。

〔註131〕　蕭衍〈答任殿中宗記室王中書別詩〉：「問我去何節，光風正悠悠。蘭華時未晏，舉袂徒離憂。緩客承別酒，鳴琴和好仇。清宵一已曙，藐爾泛長洲。眷言無歇緒。深情附還流。」

〔註132〕　謝朓與蕭衍皆爲「竟陵八友」之一，故一般視之爲蕭子良文學集團的成員。因此，送行者自然也多爲集團中的文人。至於爲何蕭子良

　　我們若將這些詩作個別解讀，則其內容表達了作者對於謝朓與蕭衍即將離別，而感到的不捨與悲傷。劉躍進解讀這批作品時，就以「詞清句麗，意邈深遠」稱賞之。他並從當時險惡的政治背景推斷，這些文人「開始真正感受到友情的珍重與別意的綿長」。〔註133〕事實上，若從詩所使用的詞彙與意象來看，確實可以看出送行者的深刻情感。無論是〈餞謝文學離夜詩〉中，王融所說的「所知共歌笑，誰忍別笑歌」、虞炎所說的「離人悵東顧，游子愴西歸」、范雲所說的「分絃饒苦音，別唱多淒曲」，還是〈別蕭諮議〉中，王延說道「執酒愴誰與，舉袖默無言」、任昉訴說「離燭有窮輝，別念無終緒」，都充分顯現了依依不捨之情。尤其像是王融以「春江夜明月，還望情如何」、「山中殊未懌，杜若空自芳」、劉繪以「不見一佳人，徒望西飛翼」、蕭琛以「相思將安寄，悵望南飛鴻」結尾，都藉由景物襯托出一種悠遠孤寂的意境，令讀者對於人世間的悲歡離合，悵然若失、不勝唏噓。

　　然而，當我們脫離個別詩作所呈現的情感及意境，而從「同題共作」的創作動機來解讀這些詩時，就會有截然不同的觀點。就創作詩而言，「同題共作」其實是一種限制。這種限制使作者不得不在已經規定的題目範圍裡，盡量納入自己的情感，無論這份情感原本存有多少。所以即使對於離別者的情感再多、再複雜，也只能在這個限制範

文學集團的文人，能夠隨意離開並任職於其他王室之下，王淑嫻認為：「由該集團成員之出身背景及隨時可加入的時間彈性上看來，該集團是有相當大的開放性的。由此亦可推知蕭子良集團雖是一組織龐大但結構鬆散的學術團體，但在文學成就上卻屢有貢獻，或即因其組織鬆散，有極大的開放性，而致不斷有新血加入之故。」其說可為參考。參見氏著〈蕭子良文學集團之組成及其政治意義試探〉，收入《中正歷史學刊》，第七期，民國93年，頁15。

〔註133〕劉躍進《永明文學研究》：「這些作品稱得上詞清句麗，意邈深遠。特別是上文所引范雲詩句，音苦曲淒，尤為細膩委婉。隨著上層統治者內部矛盾的加劇，轉瞬之間，故友親朋，凋零離散，執手話別，前途未卜。這時他們開始真正感受到友情的珍重與別意的綿長。」（臺北：文津出版社，民國81年3月初版）頁94。

圍內，尋求適當完美的表達，以符合題旨。相對的，就算對於離別者沒有太多的情感，但因爲已經有了限制範圍的題目，所以也能夠輕易掌握要點，同樣寫出符合題旨的詩作。以上述兩組同題的詩來說，題目中的「餞」與「別」，便已經限定了共作的範圍：內容必須符合「餞行」、「別離」的主旨。而情感自然多呈現依依不捨與眷戀。另外，由於〈餞謝文學離夜詩〉還多設定了「離夜」之場景，所以作品也就容易顯示爲晚上至清晨的時間。以上這種創作的情形，很容易令人聯想到作詩競賽的場景。不僅類似命題作文，而且由於多半是即席創作，在結構內容上就容易出現許多近似之處。祁立峰曾以「互文性」來詮釋〈餞謝文學離夜詩〉與〈別蕭諮議〉二組詩，我們節錄其部分的論述，來幫助我們更了解這種情形：

> 我們合四詩〔註134〕觀之，謝朓從京師往荊州赴任，乃向西行，故虞炎詩曰：「離人悵東顧，遊子愴西歸」，劉繪「徒望西飛翼」；又由於餞別宴設於夜晚江畔，故我們也可以發現「夜宴」與「臨江」這兩個意象，以各種語言邏輯在詩句中重新組合，一方面類似、一方面展現作者的特性……這是出於共同的書寫時空背景，詞彙複製、置移與挪用的表層「互文性」。
>
> 王融詩（指王融的〈別蕭諮議〉）的整體結構感，與替謝朓餞別的詩作相差不多，他兩次餞別詩的結尾……都在營造景物依舊、情感變遷而生的悲涼感。任昉、蕭琛的詩（指任昉的〈別蕭諮議〉與蕭琛的〈別蕭諮議前夜以醉乖例今畫由醒敬應教〉）在意象營造相去不大，都是從眼前的觸目所見的離別場景寫起，中段鋪陳景物，末段歸乎對離人的傾訴，以及對未來景觀的幻設。〔註135〕

〔註134〕 祁立峰只討論四首〈餞謝文學離夜詩〉，作者分別爲王融、劉繪、虞炎和沈約。

〔註135〕 祁立峰：〈相似與差異：論蕭子良文學集團同題共作的「書寫習性」與「互文性」〉，收入《興大中文學報》，第 26 期，民國 98 年 12 月，頁 13～15。

從祁立峰的討論中確實可以發現，在這兩組餞別詩中，不斷出現類似的構詞、意象與結構。面對這種情形，祁立峰嘗試以「互文性」的角度來解釋。雖然這種論述亦有其邏輯性，但如果從「同題共作」的角度來看，則這種情形的大量出現，就更顯得合理了。正因為是以「同題共作」的方式進行創作，面對即席創作的壓力，文人必須在短時間內迅速聯想到相關的詞彙、典故及意象，而最容易的切入點即為當時所處的場合及周邊景物。這就解釋了祁立峰所言「『夜宴』與『臨江』這兩個意象，以各種語言邏輯在詩句中重新組合」的現象。至於其所謂「詞彙複製、置移與挪用」，其實也正是受到「同題共作」具有的即時性質影響，所產生的狀況。又由於「同題共作」的場合愈來愈普遍，為了講求創作的迅速與完美，文人很容易發展出一套創作模式。這種創作模式雖然讓文人得以在「同題共作」時，快速完成具有一定水準的詩作，卻也容易產生在整體結構感上的相似。這也正是何以祁立峰在分析王融的〈餞謝文學離夜詩〉與〈蕭諮議西上夜集詩〉兩首餞別詩時，會出現整體結構感相似的結論。

　　另外，在〈別蕭諮議〉這組餞別詩中，蕭琛〈別蕭諮議前夜以醉乖例今畫由醒敬應教〉一詩的題目，更凸顯了「同題共作」的遊戲競賽性質。蕭琛因為酒醉之故，無法當場交出詩作而「乖例」。雖然當晚沒有接受懲罰，但隔日酒醒後，即使神智尚未清醒，身體也還不太舒服，卻還是必須補交一篇。當然，或許我們仍可為其辯解：蕭琛在隔天酒醒後，依舊有著前夜離別之情緒，故寫下之詩還是具有深切的情感。但從題目最後的「應教」二字，可以知道蕭琛之所以會在隔日寫此首詩，最主要的原因，恐怕還是接受了竟陵王蕭子良的要求。〔註136〕蕭衍與蕭琛同屬蘭陵蕭氏的世家子弟。雖然輩份有別，不過年齡

〔註136〕　應諸王之命而和的詩文，稱為「應教」。由於此時的聚會，是以竟陵王蕭子良文學集團的成員為主，所以這裡所稱「應教」，應是指應蕭子良的要求而作。

應該相差不多，彼此的感情也不錯。〔註 137〕但即使如此，蕭琛不僅沒在當晚的宴席上跟著大家一起寫詩，就連隔天所寫的餞別詩，都還是受人之命才作。這種情形就說明了，遊戲性、競賽性在「同題共作」的作品中，佔有一定的比例。若只是眾人純粹因為離別傷感而寫下詩篇，又怎麼會有所謂「乖例」之事呢？

到了陳代，以「同題共作」為創作方式的作品，大量產生。不僅透過詩題標便可知道同賦者之姓名，而且在用韻限制上也更為嚴格。這部分在前面已有相關的討論，此處不再贅述。

上述這種「同題共作」的方式，不但逐漸成為一種流行風氣，也深切的影響了六朝詩體的發展。

從整體風格的層面來看，其影響力造成了集團文人作品風格的類同化。龔鵬程曾對前面所提及的〈餞謝文學離夜〉這組詩進行討論，而得到「整體風格是清麗，遣辭用字，乃至情感也都很相似」的結論。他並認為「同題或相同情境的集團性因素，對文學風格之制約，不可謂不大」。〔註138〕可見「同題共作」對於創作風格確實具有一定的影響力。

除了風格上的影響之外，由於創作方式具備了遊戲競賽的性質，題目內容又多已設限，為了能夠獨領風騷、壓倒群雄，所以文人也開始著重在意象構思與設詞造語之上。關於這點，其實已有學者注意到這種情形。例如：馬予靜〈論魏晉南北朝的同題共作賦〉：

> 開展集體性的創作活動，目的不外乎遣興娛懷、切磋技藝，
> 最終引向彼此之間的觀賞品評。所以同題共作往往就意味
> 著同一表現領域中的競勝比高，由此而明顯增強了創作主
> 體的較量爭勝意識，於是構思之巧、設詞之妙、造語之工

〔註137〕 〔唐〕姚思廉：《梁書·蕭琛傳》：「高祖在西邸，早與琛狎，每朝讌，接以舊恩，呼為宗老。」頁106。

〔註138〕 龔鵬程所舉之詩為：蕭琛〈餞謝文學〉、王融和沈約〈餞謝文學離夜〉、謝朓〈和別沈右率諸君詩〉四首。參見氏著：《中國文學史》〈永明文學的風貌〉，頁228。

的追求就成爲必然的結果。〔註139〕

以及祁立峰〈相似與差異：論蕭子良文學集團同題共作的「書寫習性」
與「互文性」〉：

> 文學集團成員於貴遊活動時，依據同題或同動機進行創
> 作，其主要目的確實有遊戲性或應酬性的功能。但如果我
> 們從「因難見巧」的「限制性美學」來看，這一類的作品
> 需在高度相似的韻部、典故、意象營造、詞彙排列中，創
> 作出篇篇不同的作品，這比創作者根據主體意識並自由選
> 擇題目的創作法更加高難度。於是貴遊活動就成爲鍛鍊文
> 字的場所，成爲創作者競技逞能的舞台。〔註140〕

馬予靜的文章主要是論賦體，祁立峰則是以竟陵王蕭子良文學集團的
「同題共作」爲討論對象，辭賦與詩歌皆有涉及。兩人的論述對象雖
有些許差異，但卻有著近乎相同的結論，那就是「同題共作」的創作
方式，不但具有遊戲競賽的性質，而且也使得參與的文人，愈來愈重
視作品所直接呈現出的構思與文字部分。這也顯示出此時的文人之所
以會特別重視構思之巧、造語之妙，正是受到了「同題共作」的影響。

　　章滄授曾經討論過建安諸子的辭賦作品，而認爲在同題共作的創
作風氣下，創作自由受到制約，並形成了「藝術構思的單一化」、「抒
情格調的雷同化」、「藝術形式的類型化」等結果。〔註141〕雖然章滄

〔註139〕馬予靜：〈論魏晉南北朝的同題共作賦〉，頁58。

〔註140〕祁立峰：〈相似與差異：論蕭子良文學集團同題共作的「書寫習性」
　　　　　與「互文性」〉，頁22。

〔註141〕章滄授：〈建安諸子辭賦創作的重新審視〉：「首先是藝術構思的單
　　　　　一化。由主人命題作賦的方式，將創作思路限制於既定的藝術框架
　　　　　之內，必然制約著者的思維活動，因而失去了創作的主動權……
　　　　　其次是抒情格調的雷同化。同題共作的創作方式，決定著命題的主
　　　　　人多帶有先入爲主的創作動機，有形無形地制約著賦文的感情基
　　　　　調；受命作賦的唱和者只有順應主人的感情脈絡，方可達到同歡共
　　　　　樂的爲賦目的……其三是藝術形式的類型化。建安諸子同題共作的
　　　　　賦篇，儘管有各自的特點存在，但作者的創作心理受到壓抑，藝術
　　　　　思路受到制約，不免淹沒了個性特徵而出現藝術形式的類型化。」

授所談的「藝術構思」與「藝術形式」十分接近，應可合為一類探討，但其說實可視為「同題共作」對於六朝各類文體的影響。另外，祁立峰也曾經想試著另闢蹊徑解釋，而認為這些「同題共作」的作品，在高度相似性之外，不僅存在著意想不到的對話、呼應，以及悖反的論述，同時也仍保有屬於作家個別的「習性」。〔註142〕這種說法雖然有其合理性，但從另一個角度來說，在宴席上、短時間內所謂的「對話、呼應，以及悖反的論述」，其實不也正是一種亟欲壓倒對方、凸顯自己作品的表現嗎？至於所謂的「習性」，雖然看似能夠展現作者的獨特性，但在「同題共作」的限制之下，最後所呈現的獨特性，卻依舊在於構思與字詞之中。整體來說，祁立峰所提出的說法，實際上還是可以「同題共作」的影響來解釋。

收入《中國文化研究》，1998 年第 3 期，頁 80～81。

〔註142〕 祁立峰：〈相似與差異：論蕭子良文學集團同題共作的「書寫習性」與「互文性」〉，頁 22。

第四章　六朝之前文體對六朝 「詩歌遊戲化」的影響

　　徐公持認為建安詩歌受到了兩種文體的影響，一個是漢賦，另一個則是漢樂府詩。〔註1〕若將這個說法放大至整個六朝時代來看，其實也十分貼切。因此，本文將在第一節討論賦體對於六朝「詩歌遊戲化」的影響。接著，在第二節就樂府詩的部分，進行論述。

第一節　賦體與六朝「詩歌遊戲化」的關係

　　賦在中國文學的發展史中，一直是文人創作的主要文體之一。尤其從兩漢到六朝初期，更是一枝獨秀，文人幾乎將所有寫作的精力投入賦中。〔註2〕既然漢賦的創作風潮盛行，並引領文壇近四百

〔註1〕徐公持：〈賦的詩化與詩的賦化——兩漢魏晉詩賦關係之尋蹤〉：「詩至漢末魏初，五言勃興，七言亦趨成熟。建安詩歌呈現兩個趨勢，一是對漢樂府民歌傳統的繼承，……二是對漢賦若干藝術因素的吸收。」收入《文學遺產》，1992 年第 1 期，頁 20。

〔註2〕曹道衡：〈試論漢賦和魏晉南北朝的抒情小賦〉：「我國的韻文從《詩經》、《楚辭》開始，到建安時代詩歌的再度繁榮，中間差不多有四百年左右，在這個時期中，除了樂府民歌以外，文人作家的精力幾乎全部投到了賦上。」收入氏著《中古文學論文集》（臺北：洪葉文化事業有限公司，1996 年 10 月初版一刷），頁 12。

年之久，那麼六朝的詩體，在寫作上或多或少會受其影響。因此，本節將透過討論漢賦的觀念，以了解漢賦如何對六朝「詩歌遊戲化」產生影響。

一、漢代賦論的兩種觀念

　　對於賦的研究，往往在討論賦的源流與定義時，就會形成頗為複雜的情況。這是因為透過討論漢代及六朝的文論，所得到答案，與直接觀察漢賦在當時社會上，實際所呈現的樣貌，往往會有不同的結論。萬光治有一段論述，頗能藉以說明這種情形：

> 賦的地位與詩文比較起來，總有無法擺脫的尷尬。這裡所說的尷尬，並不在於它的數量少於詩文，也不在於它在文學史上的實際地位不如後者，而是因它在文人正統的文學觀念之中，獲得的始終是曖昧的身份和曖昧的評價。正是這樣的尷尬，不僅影響到賦體文學的創作，影響到賦體文學的歷史地位，也影響到古代的賦學研究。〔註3〕

萬光治認為賦體之所以會有尷尬情形產生，是因為「賦以其獨特的文體功能和表現方式，進不足以經世治國，退不足以充分實現人更為內在的精神需求。」〔註4〕若先不論此說是否有問題，其所認為賦具有「曖昧的身份和曖昧的評價」的說法，很值得我們注意。所謂「曖昧」，指的是含混不清、幽暗不明之義，這正說明了賦體在漢代具有不同的意義與價值。根據簡宗梧的研究：「漢賦的遊戲意義和諷喻價值，是漢代評估辭賦的兩個核心，也是體認漢賦最重要的兩個文學觀念。」〔註5〕可見漢賦至少具有「遊戲娛樂」與「諷諭言志」二種文學觀念，並且相互影響，才形成了所謂「曖昧」的情形。底下將就這兩種觀念，進行討論，以清楚理解賦體在漢代所呈現的樣貌與意義。

〔註3〕萬光治：《漢賦通論》（北京：華齡出版社，2004年10月1版1刷），頁1。

〔註4〕萬光治：《漢賦通論》，頁5。

〔註5〕簡宗梧：〈漢賦文學思想源流〉，收入氏著《漢賦源流與價值之商榷》（臺北：文史哲出版社，民國69年12月初版），頁3。

（一）「遊戲娛樂觀」

首先，從賦體在漢代所呈現的樣貌來看，漢賦明顯具有「遊戲娛樂」的性質，尤其是在剛開始盛行的西漢。此時的漢賦主要是「繁盛於宮廷的文學，是侯門清客文學侍從，跟愛好文學的帝王諸侯，在遊處應對時的作品。」〔註6〕因此，辭賦具有「遊戲娛樂」的性質，與西漢皇室的愛好有很大的關係。其中，漢武帝又是最重要的關鍵人物之一。

漢武帝非常喜好辭賦，根據《漢書・枚乘傳》的記載：

> 武帝自爲太子聞乘名，及即位，乘年老，乃以安車蒲輪徵乘，
> 道死。詔問乘子，無能爲文者，後乃得其孽子皋。〔註7〕

武帝本就十分仰慕枚乘之名。即位後，特地徵召枚乘前來。可惜枚乘年老體衰而死於途中，使武帝終究無緣見上一面。而從武帝「詔問乘子」，卻得到「無能爲文者」的答案，可以推知其自太子時所仰慕的應是枚乘之辭賦。枚乘之辭賦，流傳下來的不多，〈七發〉可視爲其代表之作品。〔註8〕枚乘作〈七發〉的用意爲何？歷來的說法不一。

〔註6〕 簡宗梧：〈漢賦文學思想源流〉，頁11。簡宗梧：〈從專業賦家的興衰看漢賦特性與演化〉：「早期漢賦，依附貴遊而興，因列侯帝王獎倡而盛。」收入氏著《漢賦史論》（臺北：東大圖書股份有限公司，民國82年5月初版），頁208。

〔註7〕 〔東漢〕班固：《漢書・枚乘傳》（北京：中華書局，1997年11月一版），頁604。

〔註8〕 雖然六朝文人將枚乘〈七發〉歸爲「七」體，並視之爲源頭，但目前學者皆視其爲賦體的一種。例如：鈴木虎雄《賦史大要》：「（枚）乘之賦，雖於《古文苑》收梁王〈菟園賦〉、忘憂館〈柳賦〉，然前者，錯脫難讀；後者，眞僞難斷。獨至《文選》所收〈七發〉，其問答之體，以及於散文中隨時使用駢語韻語，可稱賦之先聲。」（臺北：正中書局，民國65年4月臺二版）頁32。簡宗梧〈枚乘〈七發〉與漢代貴遊文學之發皇〉：「儘管在漢魏六朝人心目中，〈七發〉是否爲賦，不免有不同的看法，但原被歸之於「七」的文類，其發展與賦相依隨；而〈七發〉以今人的標準，則其爲賦，而且對賦體發展有深遠的影響，殆無可疑。」收入兩漢文學學術研討會籌備委員會主編：《兩漢文學學術研討論文集：舊學商量加邃密》（臺北：華嚴出版社，民國84年5月初版），頁357。

〔註9〕但從劉勰《文心雕龍‧雜文》:「腴辭雲構,夸麗風駭」〔註10〕之語,不難想像其文辭之華麗豐富。而後世之模仿者亦多此處著手,也使得這類作品的文辭愈加華麗。劉勰《文心雕龍‧雜文》云:

> 自〈七發〉以下,作者繼踵,觀枚氏首唱,信獨拔而偉麗矣。及傅毅〈七激〉,會清要之工;崔駰〈七依〉,入博雅之巧;張衡〈七辨〉,結采綿靡;崔瑗〈七厲〉,植義純正;陳思〈七啟〉,取美於宏壯;仲宣〈七釋〉,致辨於事理。自桓麟〈七說〉以下,左思〈七諷〉以上,枝附影從,十有餘家。或文麗而義暌,或理粹而辭駁。觀其大抵所歸,莫不高談宮館,壯語畋獵。窮瑰奇之服饌,極蠱媚之聲色。甘意搖骨髓,艷詞洞魂識,雖始之以淫侈,而終之以居正。然諷一勸百,勢不自反:子雲所謂「先騁鄭衛之聲,曲終而奏雅」者也。〔註11〕

雖然眾家作品各有所長,但從整體來看,多半還是「高談宮館,壯語畋獵。窮瑰奇之服饌,極蠱媚之聲色。甘意搖骨髓,艷詞洞魂識」的風格。也就是這種充滿誇飾、華麗的風格,而且「強調貴遊文學的功能」,「引領貴遊文學的趣味」的作品,〔註12〕才獲得了漢武帝的仰慕。

〔註9〕 〔梁〕劉勰:《文心雕龍‧雜文》:「枚乘摛豔,首製七發,腴辭雲構,夸麗風駭。蓋七竅所發,發乎嗜欲,始邪末正,所以戒膏粱之子也。」參見周振甫注:《文心雕龍注釋》(臺北:里仁書局,民國87年9月28日初版三刷),頁137。李善《文選注》:「七發者,說七事以起發太子也,猶楚詞〈七諫〉之流。」參見〔南朝梁〕昭明太子撰、〔唐〕李善注:《文選》(臺北:藝文印書館,民87年12月初版13刷),頁487。李善又云:「孝王時,恐孝王反,故作〈七發〉以諫之。七者,少陽之數,欲發陽明於君也。」〔南朝梁〕蕭統撰、六臣注:《增補六臣註文選》(臺北:華正書局,民國94年5月初版二刷),頁632。

〔註10〕 參見〔梁〕劉勰著、周振甫注:《文心雕龍注釋》,頁255。

〔註11〕 參見〔梁〕劉勰著、周振甫注:《文心雕龍注釋》,頁256。

〔註12〕 簡宗梧:〈枚乘〈七發〉與漢代貴遊文學之發皇——論〈七發〉為貴遊文學之說帖〉:「〈七發〉的內容,原本就在鋪敘七種貴遊,七種不同於「甘餐毒藥,戲猛獸之爪牙」的休閒活動,而其終極目的在倡導厚招游學。……它不但倡導厚招游學,強調貴遊文學的功能;更展現才學,引領貴遊文學的趣味。」收入《兩漢文學學術研討論

由於漢武帝喜愛辭賦，純粹只是因爲辭賦能夠提供娛樂耳目的效果，而不是著重於辭賦其他的功用。〔註13〕所以後來枚乘的庶子枚皋，也才能夠以其「不通經術，詼笑類俳倡，爲賦頌，好嫚戲，以故得媟黷貴幸」的行爲舉止及作品風格，而得到漢武帝的喜愛。〔註14〕反過來說，枚皋之所以多「嫚戲」的作品，正是投武帝之所好，作爲帝王閒暇時娛樂遊戲之用。〔註15〕所以漢武帝雖然喜好辭賦，卻只是將辭賦家視爲「言語侍從之臣」，而以「倡優蓄之」。這從漢武帝對司馬相如賦作的態度，亦可看出。司馬相如以善賦而獲得漢武帝的喜愛，其〈天子游獵賦〉、〈大人賦〉皆讓漢武帝醉心不已。但使漢武帝高興的原因，絕對不是「歸之於節儉，因以風諫」的部分，漢武帝甚至還可能刻意忽視此部分。這從漢武帝在聽、讀〈大人賦〉過後的神情便可推知。〈大人賦〉所蘊含的主旨，雖然在內容上並沒有清楚顯示，但學者大多認同此賦具有諷諫的意義。〔註16〕不過漢武帝最後卻是愉悅的說：

　　文集：舊學商量加邃密》，頁 349。

〔註13〕龔克昌：〈評漢代的兩種辭賦觀〉：「漢武帝把辭賦創作視爲消愁解悶、尋歡作樂、繁榮文化、粉飾太平的手段，與班固所說的『抒下情而通諷諭，宣上德而盡忠孝』絕然不同。」收入氏著《中國辭賦研究》（濟南：山東大學出版社，2005 年 10 月一版二刷），頁 139。

〔註14〕〔東漢〕班固：《漢書・枚皋傳》：「（枚皋）上書北闕，自陳枚乘之子。上得之大喜，召入見待詔，皋因賦殿中。詔使賦平樂館，善之。拜爲郎，使匈奴。」頁 604。

〔註15〕龔鵬程：《中國文學史》：「辭命之士，作文是應付帝王之需的，跟表演蹴鞠給人家欣賞沒什麼不同，所以枚皋有『尤嫚戲』的許多作品。這些作品不僅無微言大義，抑且可能根本沒什麼正經的意思，不過是一時君臣戲樂、湊趣漫筆。」（臺北：里仁書局，2009 年 1 月 5 日初版），頁 48。簡宗梧：〈漢賦文學思想源流〉：「（漢賦）本來就是主上與游士謀臣之間休閒遊戲的性質，也就難怪以後的人，常將它與博奕相提並論了。」頁 7。

〔註16〕〔清〕姚鼐：「此賦多取於〈遠遊〉。……末六句與〈遠遊〉語同，然屈子意，在遠去世之沈濁，故云至清，而與太初爲鄰；長卿則謂帝若果能爲仙人，即居此無聞、無見、無友之地，亦胡樂乎此耶？與屈子語同而意別矣。」參見瀧川龜太郎：《史記會注考證》（高雄：麗文文化事業股份有限公司，1997 年元月初版），頁 1229。簡宗梧：

「飄飄有淩雲之氣，似游天地之閒意。」﹝註17﹞可見武帝只注意到賦中所呈現的如夢似幻之境，完全忽略了諷刺的涵義。所以武帝對於司馬相如的重視，與枚氏父子一樣，也只是基於其寫作的辭賦可產生娛耳悅目之效果。

武帝之後的皇帝，大致沿襲此風，辭賦的創作也愈趨盛行。《文心雕龍‧詮賦》記載：「繁積於宣時，校閱於成世，進御之賦，千有餘首。」﹝註18﹞可見當時文人作賦獻給帝王，已蔚為風潮。其中，漢宣帝不僅愛好辭賦，還在與臣子的對談中，顯示其視辭賦為遊戲娛樂的觀念。《漢書‧王褒傳》中記載：

> 上令褒與張子僑等並待詔，數從褒等放獵，所幸宮館，輒為歌頌，第其高下，以差賜帛。議者多以為淫靡不急，上曰：「『不有博弈者乎，為之猶賢乎已！』辭賦大者與古詩同義，小者辯麗可喜。辟如女工有綺縠，音樂有鄭衛，今世俗猶皆以此虞說耳目，辭賦比之，尚有仁義風諭，鳥獸草木多聞之觀，賢於倡優博弈遠矣。」﹝註19﹞

〈對漢賦若干疵議之商榷〉：「就以揚雄所批評的大人賦來說，其諷諫意義之所存，是被一致公認的。……神仙生活如此蕭瑟寂寞，不足羨慕，說得多麼坦白！」收入氏著《漢賦源流與價值之商榷》（臺北：文史哲出版社，民國69年12月初版），頁138～139。龔克昌〈漢賦的墊基者司馬相如〉：「對漢武帝這種荒唐無稽的行徑（按：指武帝求仙之事），相如上〈大人賦〉來表示自己對這事的批判。……從字面看，相如寫〈大人賦〉好像是為了滿足漢武帝的好仙欲，其實那是說反話，就像他寫〈天子游獵賦〉那樣……表面上是為迎合漢武帝的淫欲，實則在對漢武帝進行委婉的譏刺。〈大人賦〉的描寫也正是這樣。」收入氏著《中國辭賦研究》，頁343～344。

﹝註17﹞〔漢〕司馬遷：《史記‧司馬相如傳》：「相如既奏〈大人之頌〉，天子大說，飄飄有淩雲之氣，似游天地之閒意。」頁775。

﹝註18﹞〔東漢〕班固：〈兩都賦序〉：「故孝成之世，論而錄之，蓋奏御者，千有餘篇。」參見〔南朝梁〕昭明太子撰、〔唐〕李善注：《文選》，頁22。〔梁〕劉勰著、周振甫注：《文心雕龍注釋》，頁137。〔日〕鈴木虎雄《賦史大要》：「我革囊據〈藝文志〉計成帝時，指示有賦七十八家，千零四篇之事實。」，頁37。

﹝註19﹞參見〔東漢〕班固：《漢書》（北京：中華書局，1997年11月一版），

漢宣帝每到一處宮館，便令跟隨之文人作賦歌頌，這種行爲對於漢代帝王來說，是一件稀鬆平常之事。因爲漢代賦家本來就多爲皇帝身邊的言語侍從，這部分已有許多前輩學者進行專論，故不必贅述。值得注意的是宣帝「第其高下，以差賜帛」的行爲，其實正表現了一種以文學作爲競技的行爲。文人在一定的時間內，完成皇帝所出的題目，然後由皇帝判定高下優劣，並以此爲賞賜之依據。這已經十分接近六朝時期文人集團間「同題共作」的遊戲行爲了。而且在面對臣子以「淫靡不急」爲由勸諫時，漢宣帝以孔子之語：「不有博弈者乎，爲之猶賢乎已」回應，更是直接顯示了文學在當時的地位與作用。宣帝所引之語原出於《論語・陽貨・22》：

> 子曰：「飽食終日，無所用心，難矣哉！不有博弈者乎，爲
> 之猶賢乎已。」〔註20〕

孔子之說是強調「無所用心之不可爾」〔註21〕，所以與其整日無所事事，還不如去玩博弈一類的遊戲。漢宣帝引用此說的意思，很明顯的已經將文學與博弈一類的遊戲劃上了等號。之後他再以「女工有綺縠，音樂有鄭衛，今世俗猶皆以此虞說耳目」爲例，更顯示了在他的觀念裡，文學也是一種愉悅耳目的遊戲行爲。且其與「倡優博弈」更有不同之處，文學還具有「仁義風諭」以及「鳥獸草木多聞」等附加功能。但附加功能畢竟是額外所得，無論有無，皆不影響其「以文爲戲」的娛樂型態。龔鵬程曾對漢宣帝說法，有一詳細的論述，正可作爲參考：

> 也就是説：看辭賦，比起聽曲看戲打牌，還算得上是個高
> 級娛樂，……以鄭衛之音相擬，著眼點正在其好聽好看，
> 所謂辯麗可喜。此外若還有仁義諷諭草木鳥獸多聞之觀，

頁 721。

〔註20〕〔宋〕朱熹：《四書章句集注》（臺北：大安出版社，民國 85 年 11
　　　　月一版二刷），頁 254。

〔註21〕李郁：「聖人非教人博弈也，所以甚言無所用心之不可爾。」參見〔宋〕
　　　　朱熹：《四書章句集注》，頁 254。

> 乃是分外所得。如若文章連好看都不好看,仁義諷諭云云,
> 還有誰會去理會?猶如我們去看戲,常可於戲中獲得許多
> 倫理教訓並增益對人情世態的知識,可是誰是爲了受教誨
> 才去看戲的呢?〔註22〕

西漢的皇帝之所以熱愛辭賦,正是因爲抱持著這種娛樂遊戲的心態。
而創作辭賦的文人,爲了迎合皇帝,無論是否想藉此機會摻入諷諭、
勸誡的想法,都不得不以具備遊戲娛樂的性質爲寫作手段。王夢鷗即
認爲:

> (裴子野〈雕蟲論〉)把斐爾爲功的雕飾文體推源於楚詞漢
> 賦一個系統,而這系統的文章正是宮廷與侯門所提倡的作
> 風。他們本非心有鬱陶而從事於寫作,所以文辭所欲傳達
> 的意思遠不及文辭本身的工巧來得重要;同時作者與讀者
> 的趣味也就繫在這一方面,使文學的價值觀從實務的功用
> 移向娛樂的功用,與其他足供娛樂的技藝合流。〔註23〕

正是因爲寫賦的重點在於文辭之工巧,使得辭賦的價值觀完全偏向遊
戲娛樂層面。因此,在許多文人的心目中,寫作辭賦自然也就容易與
其他遊戲、技藝相提並論了。

(二)「諷諭言志觀」

　　相較於「遊戲娛樂」的價值觀,是西漢辭賦發展時,受到帝室喜
好的影響而呈現的現象,漢賦另一種「諷諭言志」的價值觀,則是文
人自覺的想以此擺脫遊戲娛樂之層次,所產生的判斷。

　　西漢時許多文人在寫賦時,常蘊含許多諷諫之義於其中。希望能
透過帝王愛好之文體,達到勸誡之目的。只是諷諫的效用並不顯著,
而且大多時候反而還促成「勸進」的結果。即使是自身賦作十分傑出
的揚雄,也曾認爲「賦勸不止」「非法度所存」而「輟不復爲」。〔註24〕

〔註22〕龔鵬程:《中國文學史》,頁45。
〔註23〕王夢鷗:〈從雕飾到放蕩的文章論〉,收入氏著《古典文學論探索》(臺
　　　　北:正中書局,民國76年8月臺初版二刷),頁140。
〔註24〕揚雄:《法言‧吾子》:「或問『吾子少而好賦』。曰:『然。童子雕蟲

但即使如此，揚雄還是認爲賦體確實具備了「諷諭」的價值，並將無法達成此效用的過錯，歸咎於「辭人麗以淫」的寫作技巧。〔註25〕可見漢代文人並沒有因爲漢賦「諷諭」的效用不彰，而停止這種書寫模式，甚至還成爲文人寫作的主流文體。不過，將辭賦「諷諭言志」的觀念，明確的表述出來，還是要到東漢班固的手上才完成。

　　班固對賦體的論述，主要集中於〈兩都賦序〉與《漢書‧藝文志‧詩賦略》中：

> 或曰：賦者，古詩之流也。昔成康沒而頌聲寢，王澤竭而詩不作。大漢初定，日不暇給。至於武宣之世，乃崇禮官，考文章，內設金馬石渠之署，外興樂府協律之事，以興廢繼絕，潤色鴻業。……故言語侍從之臣，若司馬相如、虞丘、壽王、東方朔、枚皋、王褒、劉向之屬，朝夕論思，日月獻納；而公卿大臣，御史大夫倪寬、太常孔臧、太中大夫董仲舒、宗正劉德、太子太傅蕭望之等，時時間作。或以抒下情而通諷諭，或以宣上德而盡忠孝。雍容揄揚，著於後嗣，抑亦雅頌之亞也。故孝成之世，論而錄之，蓋奏御者千有餘篇，而後大漢之文章炳焉，與三代同風。（〈兩都賦序〉）〔註26〕

篆刻。』俄而，曰：『壯夫不爲也。』或曰：『賦可以諷乎？』曰：『諷乎！諷則已，不已，吾恐不免於勸也。』」參見〔清〕汪榮寶撰、陳仲夫點校《法言義疏‧上》（北京：中華書局，1997年10月1版3刷），頁45。〔東漢〕班固：《漢書‧揚雄傳》：「雄以爲賦者，將以風之，必推類而言，極靡麗之辭，閎侈鉅衍，競於使人不能加也。既迺歸之於正，然覽者已過矣。往時武帝好神仙，相如上〈大人賦〉欲以風，帝反縹縹有凌雲之志。繇是言之，賦勸不止，明矣。又頗似俳優淳于髡、優孟之徒，非法度所存，賢人君子，詩賦之正也，於是輟不復爲。」，頁908。
〔註25〕揚雄：《法言‧吾子》：「或問：『景差、唐勒、宋玉、枚乘之賦也，益乎？』曰：『必也淫。』『淫、則奈何？』曰：『詩人之賦麗以則，辭人之賦麗以淫。如孔氏之門用賦也，則賈誼升堂，相如入室矣。如其不用何？』」參見〔清〕汪榮寶撰、陳仲夫點校《法言義疏‧上》，頁49～50。
〔註26〕參見〔南朝梁〕昭明太子撰、〔唐〕李善注：《文選》，頁21～22。

傳曰：「不歌而誦謂之賦，登高能賦可以爲大夫。」言感物
造耑，材知深美，可與圖事，故可以爲列大夫也。古者，
諸侯卿大夫交接鄰國，以微言相感，當揖讓之時，必稱詩
以諭其志，蓋以別賢不肖而觀盛衰焉！故孔子曰：「不學
詩，無以言也。」春秋之後，周道寖壞，聘問歌詠不行於
列國，學詩之士，逸在布衣，而賢人失志之賦作矣！大儒
孫卿及楚臣屈原，離讒憂國，皆作賦以風，咸有惻隱古詩
之義。其後，宋玉、唐勒；漢興，枚乘、司馬相如，下及
揚子雲，競爲侈麗閎衍之詞，沒其風諭之義，是以揚子悔
之曰：「詩人之賦麗以則，辭人之賦麗以淫，如孔氏之門人
用賦也，則賈誼登堂，相如入室矣。如其不用何？」(《漢書·
藝文志·詩賦略論》) 〔註27〕

班固花了很大的力氣在嘗試連結賦體與《詩經》系統。他認爲賦體是
「古詩之流」、「雅頌之亞」，與《詩經》一脈相承，所以賦體當然也
應該具備古詩的本質與功能：「抒下情而通諷諭」、「宣上德而盡忠
孝」。若是賦作呈現「競爲侈麗閎衍之詞，沒其風諭之義」的現象，
就是屬於「麗以淫」的末流之作。

關於班固這兩篇論述，歷來學者已多有研究。尤其是針對將賦體
起源連結至詩體的部分，意見甚多。其中爭議最大的即是將文體之
賦，與《詩經》六義之賦，以及先秦「不歌而誦謂之賦」的行爲，等
同比附。徐復觀就認爲「辭賦之賦，與賦比興之賦，屬於兩種不同意
義及兩種不同的作品，並無直接關連」。〔註28〕羅根澤更是直接批評

〔註27〕 參見〔東漢〕班固：《漢書·藝文志·詩賦略論》，頁451。由於《漢
書·藝文志》之說出於劉歆《七略》，故〈詩賦略論〉的說法，是否
能代表班固的意見，歷來學者多有討論。但班固自己不僅在〈藝文
志〉中，清楚的交代了其論點的來源是出於《七略》，並且還陳述其
「刪其要，以備篇籍」的方法。對於引用者來說，在選擇與取捨之
時，其實就反映了其標準與認識，所以自然能夠代表引用者本身的
意見。因此，我們當然可以說〈藝文志〉的內容，代表了班固對於
文體的觀念。

〔註28〕 徐復觀：〈西漢文學論略〉：「班固〈兩都賦序〉『賦者古詩之流亞也』
的說法，本可以承認。但班氏及孳乳於班氏的這類說法，皆以有六

班固將「賦誦之賦」解釋爲「辭賦之賦」，「以今視之，全出附會。」
〔註29〕不過班固這種看似「穿鑿附會」的觀點，若從整個漢代文學觀
的發展來看，便可以理解其何以如此解釋。

　　漢代的文學觀，由於受到漢武帝「獨尊儒術」的影響，幾乎可以
說是等同於儒家的詩學觀。而儒家的詩學觀又與《詩經》有很大的關
係，所以漢代文人在創作時，難免會以《詩經》爲典範。龔克昌便認
爲：

> 漢人既是如此尊重《詩經》，處處把它作爲人們言論、行動、
> 寫作的典範，又如此強調《詩經》裡的美刺內容，那麼他
> 們在自己寫賦作詩中，自然要以《詩經》爲模式了。〔註30〕

其中，因爲〈詩大序〉〔註31〕的論述，包含了關於詩歌的性質、內容、
表現手法和效用，所以不僅可視爲先秦儒家詩學總結，也足以作爲漢
代儒家詩學觀的代表。而〈詩大序〉所認同的詩體功能，不但要有「正
得失，動天地，感鬼神」、「經夫婦，成孝敬，厚人倫，美教化，移風

義中的賦爲其立說的根據。但我以爲辭賦之賦，與賦比興之賦，是
　　屬於兩種不同意義及兩種不同的作品，並無直接關連。」收入氏著
　　《中國文學論集》（臺北：臺灣學生書局，2001 年 12 月 5 版 3 刷）
　　頁 357。

〔註29〕羅根澤：《周秦兩漢文學批評史》：「『賦詩』之『賦』，是動詞，不是
　　名詞，是賦誦之賦，不是辭賦之賦。班固卻用來解贊辭賦。以今視
　　之，全出附會。」（臺灣：臺灣商務印書館，1996 年 3 月臺二版一刷），
　　頁 159。

〔註30〕龔克昌：〈漢賦探源〉，收入氏著《中國辭賦研究》，頁 202。

〔註31〕〈詩大序〉：「詩者，志之所之也，在心爲志，發言爲詩。情動於中
　　而形於言，言之不足故嗟嘆之，嗟嘆之不足故永歌之，永歌之不足，
　　不知手之舞之，足之蹈之也。情發於聲，聲成文，謂之音。治世之
　　音安以樂，其政和；亂世之音怨以怒，其政乖；亡國之音哀以思，
　　其民困。故正得失，動天地，感鬼神，莫近於詩。先王以是經夫婦，
　　成孝敬，厚人倫，美教化，移風俗。故詩有六義焉：一曰風，二曰
　　賦，三曰比，四曰興，五曰雅，六曰頌。上以風化下，下以風刺上，
　　主文而譎諫，言之者無罪，聞之者足以戒，故曰風。至于王道衰，
　　禮義廢，政教失，國異政，家殊俗，而變風變雅作矣。」〔清〕阮元
　　校勘：《十三經注疏・詩經》（臺北：藝文印書館，民國 90 年 12 月
　　初版十四刷），頁 13～16。

俗」的教化作用，同時還需具備「上以風化下，下以風刺上，主文而
譎諫，言之者無罪，聞之者足以戒」的美刺諷諭。在這種觀念的影響
下，漢代文人對於文體價值的確立與判斷，常以「言志」本質與「諷
諫」功能為最高指道原則。除此之外，在政治上「獨尊儒術」的情況
下，有些文人為了迎合上意，亦有可能會在創作賦時，刻意攀附《詩
經》的「諷諭」價值。簡宗梧便從此角度切入而認為：

> 漢賦極盛於武帝定儒術於一尊之後，因此賦家極需儒家的
> 衣冠，以顯現儒者的形貌，乃攀附儒家解析古詩所強調的
> 價值，大行其美刺。因為三百篇是儒家所崇奉的經典，所
> 以賦家寫作，即使是基於求寵進身的機心，也要亦步亦趨
> 的，以聖賢之道諷時人之得失了。〔註32〕

此說亦可作為參考。

　　以班固同時身兼經學家、史學家與文學家的多重角色，自然容易
將「言志」本質與「諷諫」功能，導入賦的創作中，並嘗試形成一完
整而具體的論述。顏崑陽認為：

> 在班固的省察中，「周道寖壞」乃是「賦」這一文類之所以
> 被創造出來的外緣因素，而「賢人失志」乃是內在心理因
> 素。從這種「賦之所以發生」的觀點來看，在歷史的起點
> 上，「賦」最早的典範作品，都是文人在政教衰亂的時代背
> 景下，藉以抒發「情志」之用。這不就隱示了理想的賦作，
> 應該涵具關乎政教的主體「情志」？〔註33〕

可見班固的作法是：先使賦體能夠在溯源時，銜接至古詩，接著再以
此源流確認賦體具備「言志」本質與「諷諫」功能的合理性。班固在
〈司馬相如傳贊〉中，引用司馬遷評論司馬相如賦作之論：「相如雖

〔註32〕簡宗梧：〈漢代賦家與儒家之淵源〉，收入氏著《漢賦源流與價值之
　　　　商榷》，頁126。
〔註33〕顏崑陽：〈漢代「賦學」在中國文學批評史上的意義〉，收入國立政
　　　　治大學文學院編印：《第三屆國際辭賦學學術研討會論文集》，1996
　　　　年12月，頁115。

多虛辭濫說，然要其歸，引之於節儉，此亦詩之風諫何異。」〔註34〕更可以見出班固嘗試透過「諷諫」之效用，提升賦體的地位，拉近詩賦二者的關係，使當時為文人創作主流的賦體，脫離「遊戲」的性質，成為足以負擔經世治國理念的文體。〔註35〕

二、六朝時期賦體「遊戲」觀的興盛

　　漢賦二種價值觀，對於六朝文人影響深遠。從文論來看，六朝文人討論賦體的本質及功能時，常常建立在「諷諫」觀念上。例如：

> 賦者，敷陳之稱，古詩之流也。前世為賦者，有孫卿、屈原，尚頗有古詩義，至宋玉則多淫浮之病矣。(摯虞〈文章流別論〉)〔註36〕

> 然則賦也者，受命於詩人，而拓宇於楚辭也。……原夫登高之旨，蓋睹物興情。情以物興，故義必明雅；物以情觀，故詞必巧麗。麗詞雅義，符采相勝，如組織之品朱紫，畫繪之著玄黃。文雖新而有質，色雖糅而有本，此立賦之大體也。然逐末之儔，蔑棄其本，雖讀千賦，愈惑體要。遂使繁華損枝，膏腴害骨，無貴風軌，莫益勸戒，此揚子所以追悔於雕蟲，貽誚于霧縠者也。(劉勰《文心雕龍‧詮賦》)
> 〔註37〕

身處晉朝的摯虞與南朝梁的劉勰，即使二人相隔至少一百多年，但對於賦體的論述卻幾乎相同。摯虞先從《詩經》「六義」之說，點名賦

〔註34〕〔東漢〕班固：《漢書‧司馬相如傳贊》，頁665。
〔註35〕朱錦雄：〈論班固「賦論」中之體源觀〉：「賦體既是漢代韻文體創作的主流，那麼其所具有的影響力自然不言而喻。因此，若能將賦體的本質觀與功能觀確立為『言志』、『諷諭』的傳統，則流行於文人之間的賦體，便可以順理成章的負擔起經世治國的理念。而要達到這個理想目標，最好的方法即是與當時具有崇高地位的『詩』作一連結。」《國立臺北教育大學語文集刊》第18期，2010年7月，頁42～43。
〔註36〕〔宋〕李昉：《太平御覽‧卷587》(臺北：臺灣商務印書館，民國63年10月臺三版)，頁2774。
〔註37〕〔梁〕劉勰著、周振甫注：《文心雕龍注釋》，頁138～139。

爲「古詩之流」；劉勰同樣先以「受命於詩人」點出賦之起源，再從「登高能賦」之行爲，談論賦體應有的創作方法。二人的論述雖然看似有些差異，但其實皆與班固賦論的論點相似。接著，摯虞以具「古詩之義」與多「淫浮之病」，來評論賦體的典範與末流之弊病，很明顯是將賦的價值建立在「諷諫」的本質觀上。劉勰認爲那些「逐末之儔」，沒有掌握立賦之大體，反而產生「繁華損枝，膏腴害骨」的弊病。而從「無貴風軌，莫益勸戒」之語，亦可見出劉勰同樣視「諷諫」爲賦體的本質觀。由此可見，「諷諫」之說，已成爲許多六朝文人心目中所認同的賦體正統價值觀。但是若從文人實際創作層面來看，「遊戲」價值觀的影響，卻絲毫不遜於「諷諫」之說。

　　東漢末年在政治社會上的種種問題，讓原本作爲士人最高價值觀的儒家思想，開始瓦解崩壞。這使得原本加諸於賦體上的「諷諫」效用，在有意無意間，逐漸不爲文人所使用。另一方面，多數時間都沉潛於臺面下的「遊戲」觀念，也漸漸興起，成爲了文人創作觀的主流之一。我們從建安時期文人的賦作，大多於集團同歡共樂的宴會場合中，以「出題奉作」、「同題競采」的形式產生，就可以看出這種情形。舉例來說：曹丕、陳琳和王粲三人皆著有〈瑪（或「馬」）瑙勒賦〉：

> 有奇章之珍物，寄中山之崇岡。稟金德之靈施，含白虎之華章。扇朔方之玄氣，喜南離之焱陽。歙中區之黃采，曜東夏之純蒼。苞五色之明麗，配皎日之流光。命夫良工，是剖是鐫。追形逐好，從宜索便。乃加砥礪，刻方爲圓。沈光內炤，浮景外鮮。繁文縟藻，交采接連。奇章□□，的皪其間。嘉鏤錫之盛美，感戎馬之首飾。圖茲物之攸宜，信君子之所服。爾乃藉彼朱韅，華勒用成。騈居列跱，煥若羅星。(曹丕〈瑪瑙勒賦〉) 〔註38〕

> 遊大國以廣觀兮，覽希世之偉寶。總眾材而課美兮，信莫

〔註38〕參見〔清〕嚴可均：《全上古三代秦漢三國六朝文・全三國文・卷七》（京都：中文出版社，1981年6月三版），頁1075。

－120－

臧于馬瑙。被文采之華飾，雜朱綠與蒼皂。於是乃命工人，
裁以飾勒。因姿象形，匪彫匪刻。厥容應規，厥性順德。
御世嗣之駿服兮，表騄驥之儀則。（王粲〈馬瑙勒賦〉）

託瑤溪之寶岸。臨赤水之朱波。
帝道匪康，皇鑒元輔。顧以多福，康以碩寶。
四賓之筓，播以淳夏。色奮丹烏，明照烈火。
爾乃他山為錯。荊和為理。制為寶勒。以御君子。
督以鈎繩，規模度擬。雕琢其章，爰發絢絲。
瑰姿瑋質，紛葩豔逸。英華內照，景流外越。
令月吉日，天氣晏陽。公子命駕，教讌從容。
太上去華，尚素樸兮。所貴在人，匪金玉兮。初傷勿用，
俟慶雲兮。遭時顯價，冠世珍兮。君子窮達，亦時然兮。（陳
琳〈馬瑙勒賦〉）〔註39〕

根據曹丕及陳琳所寫的〈序〉，可以了解三人同寫此賦的原因，是緣
於曹丕得到了一塊作為飾品的瑪瑙寶玉。他不但自己寫賦以譽其美，
也命王粲及陳琳並作。從創作動機來看，王粲與陳琳並不是出於自身
對於瑪瑙之美的感動，而是奉曹丕命而寫賦。這可說是承繼了漢代以
賦為遊戲的觀念。再從內容來看，曹丕之賦固然全部針對瑪瑙之美下
筆，奉命同寫的王粲和陳琳，也未在內容中呈現任何一絲諷諫的意
味。不僅如此，王粲之作更是亦步亦趨的跟隨曹丕的筆法：先寫瑪瑙
之珍貴、育成環境之特殊，再寫工匠砥礪磨刻的過程，最後寫成品之
美。然後刻意在遣辭用意沒有超越曹丕作品的情形下，附和其對瑪瑙
的讚賞，以及滿足其炫耀的心理。至於陳琳之賦，雖然亡佚情形嚴重，
但從目前可見的殘篇來看，依舊可以看出其雕琢用力之深，而最後所
寫「遭時顯價，冠世珍兮。君子窮達，亦時然兮」，更是藉瑪瑙「顯
價」來凸顯曹丕之眼光及地位。王粲與陳琳都掌握了曹丕的預期心

〔註39〕參見余紹初輯校：《建安七子集》（臺北：文史哲出版社，民國79年
　　　4月初版），頁106、47。

態，遊戲娛樂的意味更加濃厚。相較於西漢之賦，這三篇賦作不僅窮物以寫貌，沒有任何深層的意義，就連揚雄所批評賦體微弱的「諷一」功能，也完全消失，純粹只是宴會上賓主間的娛樂遊戲。除了〈瑪瑙賦〉外，曹丕、曹植、王粲、陳琳、徐幹、應瑒皆有的〈車渠椀賦〉；曹丕、曹植、王粲、陳琳、應瑒的〈迷迭（香）賦〉等，也都是屬於這類爲遊戲娛樂而產生的作品。廖國棟論及此種現象時認爲：

> 建安賦家，一方面繼承貴遊文學的遊戲傳統，一方面由於
> 建安士人的通脫，擺脫加諸在文學上的種種限制。因此，
> 當君臣一起創作辭賦以爲助興時，可以恣意進行誇飾，競
> 相表現其才華，不必拘泥文學的政教功能。……它的動機
> 與目的只有一個：遊戲。〔註40〕

這更清楚的說明漢末與六朝初期的文人創作，正逐步遠離漢代儒家詩學所重的「諷諭」，而轉向「遊戲」的價值觀。面對這種現象，朱曉海甚至開始反省學界論建安文學時，所慣用的文學自覺說。〔註41〕由於這類作品通常帶有濃厚的騁才和競賽意味，所以在文學技巧及馳騁想像方面，也獲得文人極度的重視。而且對於技巧及想像的重視，有時甚至超越了內容的思想涵義與深度。〔註42〕六朝「海賦」類型的創作，便是很好的例子。「海賦」之題雖然始自東漢班彪的〈覽海賦〉，卻在六朝時期成爲文人大量創作的題材，成爲「異代同題」的範例之一。目前六朝時期以「海賦」爲名的作品至少有八篇：王粲〈游海

〔註40〕廖國棟：《建安辭賦之傳承與拓新 —— 以題材及主題爲範圍》（臺北：文津出版社，2000 年 9 月一版），頁 268。

〔註41〕朱曉海：〈讀兩漢詠物賦雜組〉，《漢學研究》第 18 卷第 2 期，民國89 年 12 月，頁 225～226。

〔註42〕徐公持：《魏晉文學史》：「（鄴下文士）大量以動物、植物，以及珍飾、玩物爲寫作體材，這一題材上的細小化傾向，以賦的創作最爲突出。……這類作品，一般篇幅短小，寄託或有或無，即使有所寄託，往往寓意不深，主要以描寫精細巧妙見長，逞詞使才的色彩很重，甚至令人感到文士們撰寫這些作品，是在互相比賽技巧和辭采。所以這一傾向，實際表現了作者們對於文學技巧的日益重視。」（北京：人民文學出版社，2006 年 7 月一版一刷），頁 8～9。

賦〉、曹丕〈滄海賦〉、木華〈海賦〉、潘岳〈滄海賦〉、庾闡〈海賦〉、孫綽〈望海賦〉、張融〈海賦〉、蕭綱〈海賦〉。〔註43〕其中木華〈海賦〉的評價頗高。《文選》李善注引傅亮〈文章志〉：

> 廣川木玄虛為〈海賦〉，文甚雋麗，足繼前良。〔註44〕

以及張融〈海賦序〉云：

> 吾遠職荒官，將海得地。行關入浪，宿渚經波。……壯哉！水之奇也，奇哉！水之壯也。故古人以之頌其所見，吾問翰而賦之焉。當其濟興絕感。豈覺人在我外。木生之作，君自君矣。〔註45〕

傅亮以修辭和風格的角度讚賞木華〈海賦〉。而張融「木生之作，君自君矣」的說法，表面上看似不願與其爭鋒，而欲尋求他徑，實則很可能是一種「無以過木華賦」的推託之辭。〔註46〕不過，這反倒顯示了木華〈海賦〉在當時文人心中無可比擬的地位。然而，若細看這些評價，基本上都是讚揚木華的文學技巧及豐富想像力，很少涉及到內容的思想涵義、社會價值的判斷或個人情感的抒發等部分。尤其木華〈海賦〉完全出於想像，並非自己實際的體會，〔註47〕更可以見出六朝的辭賦創作，確實已經有很大的部分是出自於作者馳騁想像的遊戲心態。另外，張融在〈序〉中特別提及木華，多少也令人感受到張融欲與其一較高下的競爭心理。辭賦創作有時就如同遊戲競賽一般，即

〔註43〕譚家健認為蕭綱〈大壑賦〉若從內容來看，亦可算是「海賦」，故六朝「海賦」共有九篇。參見氏著：〈漢魏六朝時期的海賦〉，收入《聊城師範學院學報（哲學社會科學版）》，2000 年第 2 期，頁 87。

〔註44〕參見〔南朝梁〕昭明太子撰、〔唐〕李善注：《文選》，頁 184。

〔註45〕〔清〕嚴可均：《全上古三代秦漢三國六朝文・全齊文・卷十五》，2872。

〔註46〕錢鍾書：《管錐編・第四冊》：「張融〈海賦〉。按融雅善自負，序曰：『木生之作，君自君矣』，示我用我法，不人云亦云，顧刻意揣稱，實無以過木華賦也。」（北京：中華書局，1999 年 11 月北京七刷）頁 1342。

〔註47〕譚家健：〈漢魏六朝時期的海賦〉：「木華的〈海賦〉提到舟人魚子如何如何，那是揣想他人的感受，並非自己的體會。」頁 87。

便對手是前代之人。又如郭璞的〈江賦〉，雖然其創作動機可能與東晉的地理和政治局勢有關，而具有某種寄託，〔註48〕但從《晉書‧郭璞傳》所云：「璞著〈江賦〉，其辭甚偉，為世所稱」〔註49〕來看，郭璞的〈江賦〉之所以為當時世人所稱道，恐怕主要還是在於其文辭之偉麗。

不過，這種馳騁想像的遊戲作品，若是過了頭，反而會招來惡評。《北齊書‧儒林傳》記載：

> （劉晝）舉秀才入京，考策不第。乃恨不學屬文，方復緝綴辭藻，言甚古拙。制一首賦，以「六合」為名，自謂絕倫，吟諷不輟。乃歎曰：「儒者勞而少工，見於斯矣。我讀儒書二十餘年而答策不第，始學作文，便得如是。」曾以此賦呈魏收，收謂人曰：「賦名六合，其愚已甚，及見其賦，又愚於名。」〔註50〕

所謂「六合」，語出《莊子‧齊物論》：「六合之外，聖人存而不論；六合之內，聖人論而不議。」〔註51〕原是指天地（上下）和四方（東西南北）。後來也與陰陽家的曆法有關。劉晝〈六合賦〉現已亡佚。雖然從題目及賦「體物而瀏亮」（陸機〈文賦〉語）的性質來看，大概可以判斷內容是以天地萬物或節令曆法為主體，但因為指涉的範圍太大且過於虛幻，所以很難明確的推論出具體寫作的方向。我想這應該也是魏收何以會有如此強烈的批評。「賦名六合，其愚已甚」，先批評以「六合」為題本身就是愚昧，然後「及見其賦，又愚於名」，更

〔註48〕《文選》注引《晉中興書》曰：「（郭）璞以中興，王宅江外，乃著江賦，述川瀆之美。」參見〔南朝梁〕昭明太子撰、〔唐〕李善注：《文選》，頁187。

〔註49〕〔唐〕房玄齡等《晉書》（北京：中華書局，1997年11月一版），頁490。

〔註50〕〔唐〕李百藥：《北齊書》（北京：中華書局，1997年11月一版），頁153。

〔註51〕〔清〕郭慶藩撰、王孝魚點校《莊子集釋》（臺北：天工書局，民國78年9月10日出版），頁83。

是直指賦的內容比愚昧的題目還要愚濫不堪。此事亦見於《北史・儒林傳上》〔註52〕與《續世說・品藻》篇，〔註53〕內容稍有不同。不僅多了魏收「君四體又甚於文」的人身攻擊言論，也還多了邢子才「君此賦，正似疥駱駝，伏而無斌媚」針對語言風格的批評。整體來看，從劉晝作〈六合賦〉，可見這種馳騁想像的遊戲性作品，到後學已走上極端之路。而從魏收的批評，亦可見出過於虛無縹緲的想像遊戲作品，並不見得會為時人所接受。

　　六朝文人有時會將辭賦視為馳騁想像的遊戲競賽，這種觀念也與他們認為辭賦創作，應該是漢代文人在宴席上的遊戲活動之一有關。我們看謝惠連《雪賦》中的描述，便可了解這種想法：

> 歲將暮，時既昏，寒風積，愁雲繁。梁王不悅，游於兔園。廼置旨酒，命賓友。召鄒生，延枚叟。相如末至，居客之右。俄而微霰零，密雪下。王廼歌北風於衛詩，詠南山於周雅。授簡於司馬大夫，曰：「抽子秘思，騁子妍辭，侔色揣稱，為寡人賦之。」〔註54〕

〈雪賦〉開頭先塑造出「歲將暮，時既昏，寒風積，愁雲繁」令人容易感到鬱悶的氣氛，然後帶出西漢梁孝王對此景感到「不悅」，故召門下文士一同「游於兔園」，以解心裡之鬱悶。接著再借司馬相如之手寫賦。謝惠連對於西漢梁孝王及其門下文士遊宴作賦的想像，大概

〔註52〕〔唐〕李延壽：《北史》：「（劉晝）舉秀才，策不第，乃恨不學屬文，方復緝綴辭藻，言甚古拙，制一首賦，以六合為名，自謂絕倫，乃歎儒者勞而寡功。曾以賦呈魏收而不拜。收忿之，謂曰：『賦名六合，已是大愚。文又愚於六合。君四體又甚於文。』晝不忿，又以示邢子才。子才曰：『君此賦，正似疥駱駝，伏而無斌媚。』」（北京：中華書局，1997 年 11 月一版），頁 705。

〔註53〕〔宋〕孔平仲：《續世說》：「東魏劉晝制〈六合賦〉一首，言甚古拙，自謂絕倫。以呈魏收而不拜。收忿之，曰：『賦名六合，已是大愚。文又愚於六合，君四體又甚於文。』晝不忿，以示邢子才。子才曰：『君此賦，正似疥駱駝，伏而無斌媚。』」收入《全宋筆記・第二編・五》（鄭州：大象出版社，2006 年 1 月一版一刷），頁 63。

〔註54〕〔南朝梁〕蕭統撰、李善注：《文選》，頁 198～199。

是從《西京雜記》記載梁孝王與其門下文人，以賦為遊戲的遊宴場合中，發想而來的。根據《西京雜記》記載：

> 梁孝王遊於忘憂之館，集諸學士，各使為賦：枚乘為〈柳賦〉…路喬如為〈鶴賦〉……公孫詭為〈文鹿賦〉……鄒陽為〈酒賦〉……公孫乘為〈月賦〉……羊勝為〈屏風賦〉……韓安國作〈几賦〉，不成，鄒陽代作……鄒陽、安國罰酒三升，賜枚乘、路喬如絹，人五匹。〔註55〕

從眾人皆作賦，然後對作賦不成的韓安國及代作的鄒陽「罰酒三升」，對賦作最好的枚乘、路喬如賞賜絹布的行為，可以了解梁孝王召集門下文人「各使為賦」，正是一種遊宴時的遊戲活動。雖然《西京雜記》記載的真實性，對現代學者來說猶有商榷的餘地，但身處於南朝劉宋的謝惠連，恐怕對於這則梁孝王文學集團活動的記載，深信不疑，所以才會產生這種想像的場景及活動。而謝惠連的想像，也反映了六朝文人在創作上，對於漢賦「遊戲」價值觀的接受與肯定。

三、賦體「遊戲」觀對六朝「詩歌遊戲化」的影響

透過前面的討論，我們知道賦體的「遊戲」觀，在六朝時期已經成為文人對於作賦的主流價值之一。漢末建安尤其是此觀念轉變的關鍵時期。

歷來學者在論述建安時期文人創作觀念的改變時，大部分都從「慷慨以任氣，磊落以使才」(《文心雕龍・明詩》)，或是「良由世積亂離，風衰俗怨，並志深而筆長，故梗概而多氣也」(《文心雕龍・時序》)的角度探討。並建立一套對於「建安風骨」的正面評價。但這種觀點卻忽略了其所注重《文心雕龍》之言，是承接著「並憐風月，狎池苑，述恩榮，敘酣宴」以及「灑筆以成酣歌，和墨以藉談笑」而

〔註55〕成林、程章燦譯注：《西京雜記》(臺北：地球出版社，民國83年9月一版) 173～188。

來。〔註56〕部分學者也注意到了這個問題，並提出一些說法，嘗試爲這看似衝突的兩段言論作解釋。〔註57〕其中，鄭毓瑜對此所提出的疑問，值得我們思考：

> 《文心雕龍》〈時序〉篇以「世積亂離，風衰俗怨」爲背景，將「志深筆長，梗概多氣」生動具顯於觴豆之前、袵席之上的筆墨談笑，又〈明詩〉篇，更獨取「憐風月，狎池苑，述恩榮，敍酣宴」這原本屬於遊讌獻酬的活動內容，來表徵建安文士的慷慨磊落，這就促使我們去重新思索在悲慨與歡宴的詩旨表現背後，各自涵蓋著什麼樣的心情底蘊，及彼此之間究竟誰才是眞正的大我社會面？其次，歷來被定位成積極立功、參與時世的建安詩人形象，又是否必須有所調整？最後，當然希望能儘量如實地還原出 建安文士

〔註56〕《文心雕龍·明詩》：「暨建安之初，五言騰踊，文帝陳思，縱轡以騁節，王徐應劉，望路而爭驅；並憐風月，狎池苑，述恩榮，敍酣宴，慷慨以任氣，磊落以使才。」《文心雕龍·時序》：「自獻帝播遷，文學蓬轉，建安之末，區宇方輯。魏武以相王之尊，雅愛詩章；文帝以副君之重，妙善辭賦；陳思以公子之豪，下筆琳琅：並體貌英逸，故俊才雲蒸。……傲雅觴豆之前，雍容袵席之上，灑筆以成酣歌，和墨以藉談笑。觀其時文，雅好慷慨，良由世績亂離，風衰俗怨，並志深而筆長，故梗概而多氣也。」參見周振甫：《文心雕龍注釋》（臺北：里仁書局，民國87年9月28日初版三刷），頁84、815。

〔註57〕例如：林文月：〈蓬萊文章建安骨——試論中世紀詩壇風骨之式微與復興〉：「建安詩人所表現的風骨，便是意味著這種正視社會大我、懷抱積極參與的進取態度，所出發的深沈之思想與熱烈之感情的文學作品而言：至於個人小我，建安詩也同樣表現了明朗剛健的人生態度，他們既不諱言立功建名，同時也意願盡情享樂；……所以整體看來，建安詩人給人一種正面積極的感覺，其思想感情的表現是鮮明爽朗的，其語言則精要遒勁，形成剛健有力的風格。」收入氏著《中古文學論叢》（臺北：大安出版社，民國78年6月初版），頁21～22。王力堅：〈建安遊宴風氣與詩壇風尚之嬗變〉：「建安文士雖然置身於局部的、相對安定和平環境中的遊宴生活，卻常常心懷整個時代所籠罩的『遷逝感』：他們的遊冶文學創作，便處處體現出歡愉與哀感交雜的『以悲爲美』的時代美學觀。」收入氏著《中古文學的文化思考》（新加坡：新社 Island Society，2003年7月），頁44～45。

　　對應曹魏政權所展現出的異於先秦、兩漢士人之生命型

態，而不只是籠統的比於縱橫家或貴遊清客而已。〔註58〕

鄭毓瑜的疑問，雖然是針對建安時期的「公讌詩」而發，不過若用來

指此時期的辭賦與詩體所共有的現象，或許更爲適合。首先，〈明詩〉

篇所談的固然是從詩體的角度出發，但〈時序〉篇的論述卻是以時代

風氣爲主，不應指單一的文體，所有當時創作的主流文體都應該涵蓋

在內。而且這兩篇所論述的觀點又如此接近，不免令人懷疑當時是否

有一個爲文人所普遍認同的創作觀。再來，建安文人雖然開始以詩歌

進行創作，但仍屬於剛興起的初期階段，創作觀念很容易受到主流文

體的影響。相較之下，辭賦歷經三、四百年的發展，到了漢末建安已

是非常成熟的文體。因此，若就建安文人心中的地位以及創作數量而

論，辭賦實際上並不遜於詩歌，甚至可以說是有過之而無不及。〔註

59〕從這個層面來看，六朝詩歌價值觀的建立，就難免受到此時辭賦

價值觀的影響。而此時辭賦的主流價值觀已經從「諷諭言志」轉變爲

「遊戲娛樂」。所以當建安文人以「遊戲娛樂」的價值觀創作辭賦，

自然也就容易直接套用到新興的詩體上，使得詩體也產生了「遊戲化」

的傾向，影響了之後詩體的發展。簡宗梧在〈六朝世變與貴遊賦的衍

變〉一文中也約略提到了這種情形：

　　六朝貴遊賦在那時雖極爲盛行，影響也非常深遠，甚至影

〔註58〕鄭毓瑜：〈試論公讌詩之於鄴下文士集團的象徵意義〉，收入國立成
　　　　功大學中文系編：《魏晉南北朝文學與思想學術研討會論文集（第二
　　　　輯）》（臺北：文津出版社，民國82年11月初版），頁395。
〔註59〕魏宏燦：〈建安文人創作以賦爲宗論〉：「論者們一致認爲建安文學的
　　　　主要成就是詩歌，這當然是有道理的，是正確的。但這是今人以現
　　　　代的文學眼光審視建安文學而得出的看法，其實，建安文人卻不以
　　　　爲然。他們認爲辭賦爲當時的文學之宗，且致力於辭賦的創作。」
　　　　魏宏燦並根據劉知漸《建安文學編年史》、程章燦《魏晉南北朝賦史》
　　　　附錄《先唐賦輯補》、《先唐賦存目考》等書，統計建安時期主要作
　　　　家詩、賦的創作數量，而認爲建安文人在進行創作時，數量相當，
　　　　賦足以和詩分庭抗禮。收入《安徽大學學報（哲學社會科學版）》，
　　　　第27卷第6期，2003年11月，頁70、73～74。

響詩的發展，但主流地位已有式微之勢。六朝文人雖然仍
十分重視賦的創作，也一直以賦爲騁才的工具，……只是
魏晉以後詩歌興起，一躍而有居上之勢，成爲一個時代最
有生命力的文類，不但賦的貴遊功能被詩歌所分霑，其主
流地位也就逐漸被它所取代。〔註60〕

簡宗梧從貴遊文學的視角討論，認爲詩歌在魏晉興起後，不僅成爲主
流文體，賦體原有的貴遊功能也被詩歌所分霑。從整體的發展現象來
看，這樣的說法十分正確。但如果只從詩體成爲六朝文體的主流，便
認定這是詩體之所以會「分霑」賦體貴遊功能的原因，就有些流於表
面的觀察，而沒有進行更細膩的分析。我們若從建安時期來探究這種
現象，便可以發現詩歌之所以具有貴遊功能，並不是突然瓜分或強搶
賦體而來的，而是文人創作時受到賦體價值觀的影響，才會於寫詩
時，在有意無意間將這種功能放入。因此，建安時期的詩體創作，受
到賦體價值觀的影響，顯而易見。

近代學者針對六朝詩、賦二體之間的特殊關係與交互影響，提出
了「詩的賦化」、「賦的詩化」或是「詩賦合流」現象的議題，進行討
論。論者眾多，成績斐然。而這些議題與本文所談的「詩歌遊戲化」，
又有一定程度的關連。所以接下來本文便從這些議題切入，以期更爲
了解賦體「遊戲」價值觀對六朝「詩歌遊戲化」的影響。

這些議題就論述主旨來說，「詩的賦化」及「賦的詩化」是指其
中一個文體滲入了另一個文體的外在形式、寫作方法或風格。這種具
有主從文體的關係，便涉及到了對於六朝主流文體的認定。至於以「詩
賦合流」現象爲議題，雖然看似避免了主從的問題，並強調詩、賦之
間的密切關係，但反而無法判定「合流」後究竟變爲哪個文體？而且
部分學者雖然使用「合流」一詞，但從其論述內容來看，其實大致還
是與「詩的賦化」或「賦的詩化」同義。例如：高莉芬曾考察六朝「詩

〔註60〕簡宗梧：〈六朝世變與貴遊賦的衍變〉，收入李豐楙主編：《文學、文化
　　　與世變》（臺北：中央研究院中國文哲研究所，2002 年），頁 31～32。

賦合流」的現象：

> 自漢末建安，隨著詩歌的蓬勃發展，……部分賦篇在形式
> 上也逐漸加入五、七言的句式。及至永明新體詩興起，詩
> 句逐漸律化，而融入賦中的詩句也逐漸律化，再加上文人
> 音律知識及技巧轉精，帶動了賦朝韻律化、精巧化演進，
> 形成詩賦合流的現象。〔註61〕

雖然高莉芬嘗試解釋了「詩賦合流」的現象，但從其內文「融入賦中
的詩句也逐漸律化」、「帶動了賦朝韻律化、精巧化演進」的論述來看，
所談者還是以賦為主體，而摻入了詩的作法。其義偏向「賦的詩化」。
〔註62〕

　　在這些議題當中，又以「賦的詩化」現象，討論最為熱烈。而
其討論的內容大多圍繞在「辭藻的雕飾與駢偶化」、「篇幅趨於短
小」、「內涵的抒情化」等部分。〔註63〕推就其原因，或許是因為歷來
文學史的論述，皆認為詩體在六朝時期從新興的文體一躍而為主流，
賦體則相對看似漸漸衰歇。而在強勢者併吞弱勢者的普遍觀點下，自
然容易產生賦體受到詩體的影響，並朝向「詩化」的推論。甚至有學
者更進一步的認為，「詩化」對賦體是種克服危機、恢復生命力的重
要援助。〔註64〕

　　雖然從文體的體製〔註65〕部分來看，六朝時期的賦體，在篇幅

〔註61〕高莉芬：〈六朝詩賦合流現象之一考察──賦語言功能之轉變〉，收
入《第三屆國際辭賦學學術研討會論文集》，頁188。

〔註62〕又如：祁立峰《六朝詩賦合流現象之新探》云：「賦經過兩漢的大鳴
大放、唯我獨尊，加上六朝的引領風騷，終於以一種非常深刻而細
膩的方式嵌合進入了更源遠流長的詩體中，並沒有消失。」從其文
所說「（賦體）嵌合進入了更源遠流長的詩體中」來看，所談者同樣
是以賦為主體，而摻入了詩的作法。其義亦偏向「賦的詩化」。國立
政治大學中國文學研究所碩士論文，2006年，頁8。

〔註63〕關於這部分的討論與分析，可參見祁立峰：《六朝詩賦合流現象之新
探》，頁12～23。

〔註64〕徐公持：〈賦的詩化與詩的賦化──兩漢魏晉詩賦關係之尋蹤〉，頁
25。

〔註65〕徐復觀：〈文心雕龍的文體論〉：「文體既是形相，則此種由語言文字

結構以及駢偶格律上的變化，確實十分明顯。但這種現象並不完全是因為「詩化」所造成的。在詩體初興，賦體仍為主流的建安時期，賦體的體製就已經呈現出篇幅短小的現象。之所以形成這種轉變的主要原因，簡宗梧認為是受到建安時期貴遊文學新興型態的影響：

> 建安貴遊文學的再興，他們以遊宴酒酣、灑筆酣歌、和墨談笑的方式進行，造成多產而題材多元、又多同題共作的現象，有些是限時或現場繳卷的，篇幅也就短小。〔註66〕

由此可見，賦體篇幅結構的縮小，與貴遊文學的發展息息相關。而多數學者所認同的「詩化」現象，反而不是影響賦體改變的關鍵因素。至於賦體轉向駢偶格律的問題，簡宗梧說的更為清楚了：

> 當賦不再口誦耳受去欣賞的時候，當他以繁密的隸事為工的時候，在口頭上規律反覆，講求多樣的統一與共相分化的排比，便為更進一步講求對比、勻稱、平衡、高密度的對偶所取代，當文辭駢儷以巧妙工穩是求，隔句對便逐漸增多。

> 自漢以後，賦的寫作已是貴遊文學活動的主要項目，這種近乎筆墨競技的節目，參加者既然是臨場為文而造情，不免要盡其所能在綴采摛文方面逞奇爭妍，使得每次貴遊文學活動鼎盛的時期，都不免因某些項目的鑽求而發生一些新變，從偶語形式的講究推展到偶語內容的講求，於是用典組詞，隸事取譬，愈鑽愈深，與一般直言鋪敘的文體也就越行越遠了。〔註67〕

之多少所排列而成的形相，乃人所最容易把握到的，這便是一般所說的體裁或體製。」收入氏著：《中國文學論集》（臺北：臺灣學生書局，2001 年 12 月 5 版 3 刷），頁 18～19。顏崑陽：〈論文心雕龍「辯證性的文體觀念架構」〉：「『體製』一詞，古來用法，大致是指格律、章句結構等語言形式概念，……『體製』指的是篇章結構，屬於形式意義。」《六朝文學觀念論叢》（臺北：正中，民82 年 2 月臺初版），頁 129。

〔註66〕簡宗梧：〈六朝世變與貴遊賦的衍變〉，頁 38。
〔註67〕簡宗梧：〈六朝世變與貴遊賦的衍變〉，頁 33、35。

簡宗梧的觀點，說明了賦體朝向駢偶格律之路，不但受到貴遊文學發展的影響，同時也是文體內部自我的轉變。

本文如此論述，並非否定六朝「賦的詩化」的現象。只是目前學者似乎已經過度渲染「賦的詩化」的現象，並一面倒的認同詩體在整個六朝時期的重要性與影響力。這個存在於六朝中後期的事實，反而掩蓋了賦體在初期對詩體所造成的影響。也就是說，在「賦的詩化」之前，「詩的賦化」不但已經產生，而且還深切影響了六朝詩體的發展，〔註68〕尤其是「遊戲化」的部分。

事實上，六朝其他文體的書寫方式及價值觀，或多或少也受到了「賦化」的影響。王夢鷗便曾針對這種現象，提出十分精闢的論述。他認為六朝文體之形成，實際上「只是『文章辭賦化』的現象」，「是歷代貴遊文學家『踵其事而增華，變其本而加厲』那樣經營下來的結果」。〔註69〕分析王夢鷗所謂「辭賦化」的實質涵義，其實指的即是貴遊文學之風。而此種風氣所帶來的影響，除了寫作方式之外，更重要的就是遊戲、娛樂的文學價值觀。如果說整個六朝時期的文體，或多或少都受到「辭賦化」的影響，那麼在六朝初期興起的詩歌，也就不可能獨自脫離這股風潮。所以王夢鷗所說的「文章辭賦化」，其實也應包含了「詩歌辭賦化」。「辭賦化」一詞，正顯示了漢代辭賦確實對六朝詩歌產生重大的影響。至此，已經可以明確的說：漢賦的「遊戲」價值觀，不僅在漢末魏初成為文人創作觀念的主流，也影響了當時剛剛興起的詩體，並造成後來「詩歌遊戲化」的傾向。

〔註68〕 李立信：〈論六朝詩的賦化〉：「六朝詩的幾項重要特色，基本上都是來自於賦。可見賦對六朝詩影響之大。但一般所謂影響，應該都只是局部的，可是賦對六朝詩的影響，竟然包括了形式與內容，甚至連寫作習慣都受到影響，所以，與其說是影響，還不如說是『賦化』來得更為貼切。」收入國立彰化師範大學國文學系主編：《第三屆中國詩學會議論文集 —— 魏晉南北朝詩學》（彰化：國立彰化師範大學國文學系，民國85年5月），頁23～24。

〔註69〕 王夢鷗：〈貴遊文學與六朝文體的演變〉，收入氏著：《古典文學論探索》（臺北：正中書局，民國76年8月臺初版二刷），頁118～122。

第二節 樂府詩與六朝「詩歌遊戲化」的關係

相較於賦體成為引領漢代文壇的主流，樂府詩則是潛藏於暗處的伏流，但卻同樣影響了六朝時期詩歌的發展。許多漢代樂府詩所帶有的娛樂表演性質，以及「同題共作」的創作方式，更是影響六朝「詩歌遊戲化」發展的主因之一。因此，底下將透過討論漢代樂府詩，以了解樂府詩如何影響六朝「詩歌遊戲化」的發展。

一、漢代樂府詩的發展與特質

「樂府」本指官署之名，後代文人將此官署所收之詩，稱為「樂府詩」，或簡稱為「樂府」。後來還成為一種文人創作的詩體。〔註70〕樂府詩的興盛與樂府官署的成立，有著很密切的關係。因此，若能掌握樂府官署的發展，應該就能更為理解樂府詩的特質。不過，樂府官署的起源，在近四十年的學術界卻掀起了一些波瀾。原本學術界是依照班固的說法，認為樂府成立於漢武帝之時：

> 大漢初定，日不暇給。至於武宣之世，乃崇禮官，考文章，內設金馬石渠之署，外興樂府協律之事，以興廢繼絕，潤色鴻業。（班固〈兩都賦序〉）〔註71〕

> 至武帝定郊祀之禮，祠太一於甘泉，就乾位也；祭后土於汾陰，澤中方丘也。乃立樂府，采詩夜誦，有趙、代、秦、楚之謳。以李延年為協律都尉，多舉司馬相如等數十人造為詩賦，略論律呂，以合八音之調，作十九章之歌。（班固《漢書·禮樂志》）

> 自孝武立樂府而采歌謠，於是有代趙之謳，秦楚之風，皆

〔註70〕王小盾：〈《文心雕龍·樂府》三論〉：「漢以來，人們的確在以下四個涵義上使用了『樂府』一名：其一，以它指稱漢魏六朝的宮廷音樂機關；其二，以它指稱在這種音樂機關中演唱的歌辭；其三，以它指稱通過樂府歌唱而形成的一種詩體，包括歷代文人對這種詩體的擬作；其四，以它指稱一般意義上的歌辭。」收入《文學遺產》，2010年第3期，頁26。

〔註71〕〔南朝梁〕昭明太子撰、〔唐〕李善注：《文選》，頁21。

感於哀樂，緣事而發，亦可以觀風俗，知薄厚云。(班固《漢
書·藝文志》) 〔註72〕

從這三段文獻的記載，可以知道班固確實認爲漢武帝成立了樂府官
署。而此官署的任務即是「采詩夜誦」。原本「武帝乃立樂府」可說
是學術界的共識，〔註73〕但根據近四十年在秦始皇陵園、西安近郊以
及戰國秦陵園遺址等地所出土文物，卻發現早在秦始皇時期，樂府就
已經是一個具有相當規模和成熟的官署，其源流甚至可以推到戰國時
代。〔註74〕這些證據似乎推翻了「武帝乃立樂府」的論點，後來的學
術界也開始改變對於樂府官署起源的說法。然而，即便證明了樂府官
署及其名稱源於秦代或戰國時期，卻也不會影響我們討論漢代樂府官
署的性質。因爲關於漢代樂府官署的職責、功能，已有許多的文獻紀
錄和後人討論可供參考。六朝文人對於樂府詩的觀念，也多半來自於
漢代樂府的影響。〔註75〕所以秦時雖已有樂府之名，但其對樂府研究
的突破，僅止於起源部分。至於對後世文人的影響，還是不得不談到
漢代樂府。此即如同韓國良所言：「『樂府』之名雖然秦時已有，但漢
時樂府與秦時樂府終屬兩事。」「漢代樂府至武帝始立，這仍然是一
個不可否認的實事。」〔註76〕尤其漢武帝所立的樂府官署，不僅延續

〔註72〕〔東漢〕班固：《漢書》，頁 272、451。

〔註73〕關於漢武帝設立樂府的說法，可參見王運熙：〈漢武始立樂府說〉，
收入氏著：《樂府詩述論》(上海：上海古籍出版社，1996 年 6 月一
版一刷)，頁 177～179。

〔註74〕陳四海：〈樂府：始於戰國〉一文便以近四十年的出土文物推論而認
爲：「從當時戰國系統『樂府』機構的設置、職能及它們之間的關係
來看：戰國時期的音樂機構存有兩套系統，及奉常所屬的『太樂』
和少府所轄的『樂府』，其間有著明確的分工。『太樂』主要掌管宗
廟祭祀、典禮儀式音樂 (爲雅樂)，『樂府』主要掌管供帝王享樂的
音樂 (爲俗樂)。」收入《音樂研究》，2010 年 1 月第 1 期，頁 78。

〔註75〕可參見王運熙：〈漢魏兩晉南北朝樂府官署沿革考略〉，收入氏著：
《樂府詩述論》，頁 169～176。

〔註76〕韓國良：〈「漢武乃立樂府」考〉，收入《河南師範大學學報 (哲學社
會科學版)》，第 30 卷第 6 期，2003 年，頁 93。在同一篇論文中，
韓國良於討論相關文獻後，得到三個結論：「(一) 西漢音樂府衙可

了秦代漢初舊有的禮樂活動，同時還創造了新的制度與職責。〔註77〕

關於漢武帝所立樂府官職的職責，一般多聚焦於採集民歌以「觀風俗」的一面，常常忽略了還有召集文人進行創作的部分（也就是班固所說的「舉司馬相如等數十人造爲詩賦」）。事實上，文人創作的詩歌不僅數量繁多，也可說是漢代樂府詩的特色。陸侃如、馮沅君的《中國詩史》一書，曾將漢代樂府依其性質分爲三組：

一、貴族特制的樂府：〈郊廟歌〉、〈燕射歌〉、〈舞曲〉。

二、外國輸入的樂府：〈鼓吹曲〉、〈橫吹曲〉。

三、民間采來的樂府：〈相和歌〉、〈清商曲〉、〈雜曲〉。〔註78〕

其中第一點「貴族特制的樂府」即是指召集文人創作詩歌的部分。陸侃如、馮沅君以「貴族」二字來指稱這個類別，也表明了文人創作樂府詩的動機，即是爲了貴族之用。前一節在談論賦體時，曾經提到漢代賦體在貴遊之風的影響下，主要是作爲皇室貴族娛樂耳目之用，而漢武帝又是其中的關鍵人物。事實上，在由漢代皇室掌握文學主導權的情形下，所有的文學發展幾乎都無法脫離貴遊之風的影響。尤其是樂府詩由官方指定文人創作，是自喜好以文學娛樂耳目的漢武帝的授意下開始，那麼其受到貴遊之風的影響，而逐漸轉向娛樂性質的發展歷程，亦可想而知。

　　　分太樂、樂府兩個部門，太樂在西漢之初即以存在，而樂府則是在武帝時期方才建立的；（二）太樂主管宗廟之樂，樂府主管祭祀之樂，在哀帝罷黜樂府以前，二者的分工是十分明確的；（三）由於二者同屬音樂管理部門，本屬同類，所以『樂府』一詞有時也可以泛指太樂，成爲樂府和太樂的通名。對樂府建立的時間學者們所以認識不一，其根本原因正在這裡。」頁93、95。

〔註77〕王小盾：〈《文心雕龍・樂府》三論〉：「漢初並非沒有樂工、樂官，並非沒有禮樂活動，但他們的活動只屬於『肄業』，及肄習舊業。……它並不意味著一種新事物的產生。只有到了漢武帝之時，同『立樂府』相對應，才出現了以定郊祀之禮並創制相關樂章爲中心的系統的禮樂建設。」頁27。

〔註78〕陸侃如、馮沅君：《中國詩史》（濟南：山東大學出版社，2000年8月二版二刷），頁144。

　　樂府詩這種從「觀風俗」轉向娛樂的性質，到了西漢後期，不僅更爲明顯，甚至還從皇室蔓延至民間。據《漢書・禮樂志》記載：

> （成帝）時，鄭聲尤甚。黃門名倡丙彊、景武之屬富顯於世，貴戚五侯定陵、富平外戚之家，淫侈過度，至與人主爭女樂。哀帝自爲定陶王時疾之，又性不好音，及即位，下詔曰：「惟世俗奢泰文巧，而鄭衛之聲興。夫奢泰則下不孫而國貧，文巧則趨末背本者眾，鄭衛之聲興則淫辟之化流，而欲黎庶敦朴家給，猶濁其源而求其清流，豈不難哉！孔子不云乎？『放鄭聲，鄭聲淫。』其罷樂府官。郊祭樂及古兵法武樂，在經非鄭衛之樂者，條奏，別屬他官。」丞相孔光、大司空何武奏：……大凡八百二十九人，其三百八十八人不可罷，可領屬大樂，其四百四十一人不應經法，或鄭衛之聲，皆可罷。」奏可。然百姓漸漬日久，又不制雅樂有以相變，豪富吏民湛沔自若。〔註79〕

在漢成帝時，富豪權貴之家已經大量的以樂府詩作爲娛樂之用。到了哀帝，雖然打算以裁撤樂府官署爲手段，希望能夠禁止此「淫侈」之風，但「百姓漸漬日久」，積習難改，加上中央沒有推行「雅樂」以替代樂府，故「吏民湛沔自若」，成效不彰。由此可以得知，西漢中後期樂府詩的發展，從「觀風俗」與「娛樂」二種性質，逐漸偏向「娛樂」一路，而且影響層面也從中央擴散到民間，成爲社會上普遍可見的娛樂活動。

二、樂府詩娛樂性質對六朝「詩歌遊戲化」的影響

　　從前面的記載，我們可以明顯看出，漢代樂府詩的娛樂性質，是以音樂及節奏爲主的娛樂表演。但樂府詩影響六朝詩歌並不在音樂，而在文字。這是因爲音樂本來就容易因爲一些因素而失傳（例如：戰爭動亂、大眾喜好的改變等），再加上漢代樂府詩雖然盛極一時，但

〔註79〕〔東漢〕班固：《漢書》，頁 279。

卻沒有與文化或教育體制結合，形成一種文化傳統。〔註80〕這些原因都使得六朝文人在面對漢代樂府詩時，較爲著重於文字所呈現的意義與美感，而容易忽略了原本爲主體的音樂。龔鵬程在其《中國文學史》一書中認爲：

> 漢代樂府歌曲雖也可能流行一時，但在文字藝術占主導勢力的時代，事實上已逐漸融攝入文字的體系中。樂曲易亡，文人對曲之相關音樂問題亦並不在意，逕自從文辭上去理解它。故漢樂府大抵到漢末曹魏時期便亡了或詩化了。〔註81〕

龔鵬程是從「以文字消攝音樂的歷史趨勢」觀點，談論漢代樂府詩的音樂特質，爲何至六朝之後不受重視。此說解釋了何以六朝文人（尤其是南朝文人），多從文字上來理解或模擬漢代樂府詩。而樂府詩由音樂爲主的作品，轉變成爲文字爲重的作品，其關鍵的轉折點便是在漢末建安時期。黃侃曾在其《文心雕龍札記·樂府》篇中，將樂府詩分爲四大類：

一、樂府所用本曲，若漢相和歌辭〈江南〉、〈東光〉之類是也。

二、依樂府本曲以制辭，而其聲亦被弦管者，若魏武依〈苦寒行〉以製〈北上〉，魏文依〈燕歌行〉以製〈秋風〉，是也。

三、依樂府題以製詞，而其聲不被管弦者，若子建士衡所作是也。

四、不依樂府舊題自創新題以製辭，其聲亦不被弦管者，若杜子美〈悲陳陶〉諸篇，白樂天新樂府是也。

他並且認爲「要之樂府四類，惟前二類名實相應。其後二類，但有樂府之名，無被管弦之實，亦視之爲雅俗之詩而已矣。」〔註82〕從

〔註80〕龔鵬程《中國文學史》：「相較於周朝的樂歌，我們就會發現漢樂府雖亦繁盛，可是它的壽命卻短，亦未如在周一般，受到整體社會的重視，更不曾與文化教育體制結合起來。」頁66。

〔註81〕龔鵬程：《中國文學史》，頁67～68。

〔註82〕黃侃：《文心雕龍札記》（臺北：文史哲出版社，民國62年6月再版），頁40。

黃侃分類的第二種「依樂府本曲以制辭，而其聲亦被弦管者」以及第三種「依樂府題以製詞，而其聲不被管弦者」類別來看，同是建安時期的曹操、曹丕與曹植父子三人，就已經創作入樂與不入樂的樂府詩作品了。可見建安時期確實是樂府詩文字與音樂的分水嶺。自此之後，文人寫作樂府詩便著重在文字內容，而非音樂性。〔註83〕而且逐漸不顧漢代樂府原有之樂曲或內容原本之義，逕自就辭、就題目發揮。〔註84〕後來風行於南朝的擬古樂府以及賦題樂府，都已經與音樂無實質性的關聯了。尤其是賦題樂府，緊扣住題目之義構思、寫作。〔註85〕舉例來說：吳均、王筠、王臺卿皆有作的〈陌上桑〉：

> 嫋嫋陌上桑，蔭陌復垂塘。長條映白日，細葉隱鸝黃。蠶饑妾復思，拭淚且提筐。故人寧知此，離恨煎人腸。（吳均〈陌上桑〉）

> 人傳陌上桑，未曉已含光。重重相蔭映，軟弱自芬芳。秋胡始倚馬，羅敷未滿筐。春蠶朝已老，安得久彷徨。（王筠〈陌上桑〉）

> 鬱鬱陌上桑，盈盈道傍女。送君上河梁，拭淚不能語。
> 鬱鬱陌上桑，遙遙山下蹊。君去戍萬里，妾來守閨闈。
> 鬱鬱陌上桑，皎皎雲間月。非無巧笑姿，皓齒爲誰發。

〔註83〕錢志熙認爲文人於樂府詩的趣味完全由音樂轉向文學，是自南朝的劉宋之後。其說可爲參考。見氏著：〈樂府古辭的經典價值——魏晉至唐代文人樂府詩的發展〉，收入《文學評論》，1998年第2期，頁69。

〔註84〕龔鵬程：《中國文學史》：「樂府不僅聲多湮滅，就是辭亦不可考，早期聲辭結合時究竟是何情狀，其實難知。這些現實條件，都令作樂府的人越來越不能照顧音樂部分，只能就辭、就題目去發揮。發揮的結果，一是就著題目作詩，……二是不管古辭或古題之涵意如何，自己放開了筆去寫，……三是由舊題輾轉相擬，別生新題。」頁204。

〔註85〕錢志熙：〈齊梁擬樂府詩賦題法初探——兼論樂府詩寫作方法之流變〉：「（賦題）是嚴格地由題面著筆，按著題面所提示的內容傾向運思庀材。」收入《北京大學學報（社會科學版）》，1995年第四期，頁61。

鬱鬱陌上桑，嫋嫋機頭絲。君行亦宜返。今夕是何時。（王
臺卿〈陌上桑〉四首）〔註86〕

〈陌上桑〉一名〈豔歌羅敷行〉。〔註87〕原本的內容是敘述羅敷如何
以言辭拒絕使君之邀約。〔註88〕高莉芬認為此詩的作者主要是凸顯
「羅敷的婦容及婦德之美，並進一步藉羅敷之口以嘲諷批判使君之失
德無行」。〔註89〕但吳均、王筠和王臺卿所寫的〈陌上桑〉卻與原詩
內容及主旨幾乎沒有關係。吳均和王筠的〈陌上桑〉，在起頭處皆緊
扣「陌上桑」之題。二人內容雖然都寫離思，但很明顯的皆以陌上桑
樹為主要描述對象，藉由描述「陌上桑」而帶出離別思念之意。原本
應為主角的「羅敷」，反而輕描淡寫的帶過，吳均更是整首未提其名。
王臺卿的〈陌上桑〉四首，起頭同樣扣著「陌上桑」之名，但僅作為
意象興起之用，而與下句的「道傍女」、「山下蹊」、「雲間月」、「機頭
絲」成為對句，先為底下營造出離思之氣氛。然後再藉此帶出思婦之
愁。「賦題樂府」這種以題目為重的寫法，與以往文人寫作樂府詩的
無題狀態，確實有著明顯的差異。

　　雖然樂府詩的音樂性，在六朝時期不受重視，但娛樂之性質卻反
而為文人所接受。《三國志‧鮑勛傳》記載：

文帝將出游獵，勛停車上疏曰：「臣聞五帝三王，靡不明本

〔註86〕逯欽立：《先秦漢魏晉南北朝詩》（北京：中華書局，1998 年 5 月北
京一版四刷），頁 1723、2010。

〔註87〕〔宋〕郭茂倩《樂府詩集》引《古今樂錄》曰：「〈陌上桑〉歌瑟調。
古辭〈豔歌羅敷行〉〈日出東南隅篇〉。」（臺北：里仁書局，民國 88
年 1 月 10 日初版二刷），頁 410。

〔註88〕〔宋〕郭茂倩《樂府詩集》：「崔豹《古今注》曰：『〈陌上桑〉者，
出秦氏女子。秦氏，邯鄲人有女名羅敷，為邑人千乘王仁妻。王仁
後為趙王家令。羅敷出採桑於陌上，趙王登臺見而悅之，因置酒欲
奪焉。羅敷巧彈箏，乃作〈陌上桑〉之歌以自明，趙王乃止。』《樂
府解題》曰：『古辭言羅敷採桑，為使君所邀，盛誇其夫為侍中郎以
拒之。』與前說不同。」頁 410。

〔註89〕高莉芬：〈敘事與抒情：從〈陌上桑〉到〈美女篇〉〉，收入氏著：《絕
唱：漢代歌詩人類學》（臺北：里仁書局，2008 年 2 月 29 日初版），
頁 172。

立教，以孝治天下。陛下仁聖惻隱，有同古烈。臣冀當繼
蹤前代，令萬世可則也。如何在諒闇之中，修馳騁之事乎！
臣冒死以聞，唯陛下察焉。」帝手毀其表而竟行獵，中道
頓息，問侍臣曰：「獵之爲樂，何如八音也？」侍中劉曄對
曰：「獵勝於樂。」勛抗辭曰：「夫樂，上通神明，下和人
理，隆治致化，萬邦咸义。移風易俗，莫善於樂。況獵，
暴華蓋於原野，傷生育之至理，櫛風沐雨，不以時隙哉？
昔魯隱觀漁於棠，春秋譏之。雖陛下以爲務，愚臣所不願
也。」因奏：「劉曄佞諛不忠，阿順陛下過戲之言。昔梁丘
據取媚於遄臺，曄之謂也。請有司議罪以清皇朝。」帝怒
作色，罷還，即出勛爲右中郎將。〔註90〕

曹丕將游獵與樂府詩相提並論，可見其觀念已受到漢人視樂府詩爲娛
樂活動的影響。劉曄的回答或許即如同鮑勛所說，是想詔媚曹丕，但
也有可能正是因爲接受了漢代樂府詩具有娛樂性質的觀念。反而是鮑
勛的觀念仍守著「觀風俗」的儒家詩學理想，完全否定漢代樂府詩流
行的娛樂性質。這種觀念當然引起正在娛樂興頭上的曹丕的厭惡，所
以在游獵活動結束後，鮑勛就遭到貶官了。蕭滌非《漢魏六朝樂府文
學史》亦提出樂府詩的觀念，在魏時已出現改變：

魏樂府之不采詩，並非厄於環境而不能，實由於樂府觀念
之改變而不爲。……今既以八音但爲耳目之觀好，根本否
認其政治效用。〔註91〕

蕭滌非的看法，更爲清楚的說明：樂府詩在魏代文人眼中，已不需具
備政治上的效用，用以娛樂耳目才是主流觀念。所寫的內容也就逐漸
朝向娛樂遊戲的層面。〔註92〕可見即使樂府詩的主體已經從音樂轉移

〔註90〕〔晉〕陳壽：《三國志》（北京：中華書局，1997 年 11 月一版），頁
　　　　107。
〔註91〕蕭滌非：《漢魏六朝樂府文學史》（臺北：長安出版社，民國 65 年 10
　　　　月初版）頁 113。
〔註92〕蕭滌非：《漢魏六朝樂府文學史》：「魏晉而下，代有樂府之制，不乏
　　　　識樂之人，或改用前調，或自度新曲，或因聲而作歌，或因歌而樂
　　　　聲，然其內容，大率不過食舉上壽之文，大會行禮之節，歌功頌德

至文字上，這種娛樂性質也都沒有隨之改變或消失。同時，享受這種娛樂性質的階層，也從原本屬於社會上普遍的娛樂，轉向為文人或文人群體之間自娛的遊戲。〔註93〕

　　建安之後，文學集團大為盛行，樂府詩原本所具有的娛樂性質，正適合在遊宴時作為娛樂遊戲之用。只不過將娛樂的主體，由音樂改為文字，從樂工歌者之表演轉為文人的寫作遊戲。這種風氣到了南朝尤為興盛，南朝邊塞詩的風行，即是最好的例子。

　　關於邊塞詩形成於南朝的說法，自王文進先生在民國 77 年於第九屆「古典文學會議」發表〈邊塞詩形成於南朝論：兼論文學史上南北朝詩風交融之說〉一文後，幾乎已成定論。他並以此為基礎，持續發表一系列的論文，〔註94〕在這之後較具代表性論述的論文，尚有劉漢初先生〈梁朝邊塞詩小論〉、閻采平〈梁陳邊塞樂府論〉、田曉菲《烽火與流星 —— 蕭梁王朝的文學與文化》、祁立峰〈經驗匱乏者的遊戲 —— 再探南朝邊塞詩的成因〉等。這些論文多半以論述南朝邊塞詩的成因為主。其中，祁立峰的論文因較為晚出，故透過討論而整理出前面幾位學者的說法，並區分為劉漢初「以文為戲說」、閻采平「北朝

之什，娛心悅耳之音，於民間樂府俱闕焉不采，竟千載而一轍。」頁 8。

〔註93〕錢志熙：〈樂府古辭的經典價值 —— 魏晉至唐代文人樂府詩的發展〉：「樂府詩由社會性的娛樂藝術變成文人自娛情志的個人性創作，其性質已經發生了變化。而曹植、陸機等魏晉詩人進一步脫離了曲調，其性質自然有了更為根本性的改變，音樂的性質漸趨淡化，而文學的性質則大大地增強了。」頁 68。

〔註94〕這些論文包括〈邊塞詩形成於南朝的原因〉、〈南朝邊塞詩的類型〉、〈初唐邊塞詩中的南朝體 —— 南朝邊塞詩對唐人邊塞詩影響的初步觀察〉、〈南朝邊塞詩中的時空思維問題〉、〈南朝文人的「歷史想像」與「山水關懷」—— 論「邊塞詩」的「大漢圖騰」與「山水詩」的「欣於所遇」〉、〈南朝與南宋邊塞詩的漢代圖騰：論南宋邊塞詩對於南朝邊塞詩架構的繼承〉、〈南朝邊塞詩的「貴遊性格」〉以及其他相關論文。他並將主要觀點集結為《南朝邊塞詩新論》（臺北：里仁書局，民國 89 年 12 月 31 日初版二刷）和《南朝山水與長城想像》（臺北：里仁書局，2006 年 6 月 30 日初版）二書。

樂府影響說」、王文進「心靈圖像說」、田曉菲「文化他者說」幾種類型。〔註95〕論述解析十分精闢，故本文不再贅述。至於他自己則認為南朝邊塞詩的成因應是「角色扮演」（「擬代」）與「遊戲」。〔註96〕雖然祁立峰將「擬代體」視為成因之一，但從其對於「擬代」的討論來看，其實還是偏向「遊戲」之義。〔註97〕

　　南朝邊塞詩的成因，確實與文學團體的「遊戲娛樂」，有很大的關係。在第三章的討論中，我們已經了解六朝文學團體常在遊宴時，以詩歌作為一種遊戲娛樂。而邊塞詩的主要作者，例如：鮑照、吳均、蕭綱、蕭繹、劉孝威、張正見、陳叔寶、徐陵、江總，又都是文學集團中的重要成員。〔註98〕這種情形絕對不能視為一種巧合。因為到了南朝，邊塞戰事的名詞典故，已經成了文人作詩常用的素材之一。劉漢初曾分析鮑照〈建除詩〉，而認為「邊塞」可能在劉宋時期即為一普遍的詩歌題材：

　　　運用了許多邊塞戰事的名詞故實，我們或可猜測，以邊塞
　　　的素材入詩，可能在劉宋時代已日漸普遍，所以鮑照會引
　　　以為戲。（鮑照〈建除詩〉）〔註99〕

〔註95〕祁立峰：〈經驗匱乏者的遊戲——再探南朝邊塞詩的成因〉，收入《漢學研究》第29卷第1期，民國100年3月，頁283～291。

〔註96〕祁立峰：〈經驗匱乏者的遊戲——再探南朝邊塞詩的成因〉，頁299～307。

〔註97〕祁立峰：〈經驗匱乏者的遊戲——再探南朝邊塞詩的成因〉：「我認為南朝邊塞詩的成因就是一種透過文學創作進行角色扮演的遊戲。」、「我們姑且不論這遊戲與歡樂的背後是否預視了那終將一切消逝的感傷，但至少前面談的『文學想像』、『角色扮演』，都可以放進廣義的『遊戲』這個脈絡。」頁299、306。這兩段的論述都談到了「遊戲」，可見其所認為的「角色扮演」，也是遊戲的一種。

〔註98〕祁立峰〈經驗匱乏者的遊戲——再探南朝邊塞詩的成因〉：「在談南朝邊塞詩時，我們會特別注意到幾個作者，像劉宋的鮑照；蕭梁的吳均、蕭綱、蕭繹、劉孝威；陳的張正見、陳叔寶、徐陵。他們的作品就佔了南朝邊塞詩幾乎二分之一，且他們都是貴遊文學集團中的領袖或重要成員。」頁304。

〔註99〕劉漢初：〈梁朝邊塞詩小論〉，收入香港中文大學中國語文學系主編：《魏晉南北朝文學論集》（臺北：文史哲出版社，民國83年11月初

鮑照這首〈建除詩〉，在本文的第一章已初略談論。雖然句首皆嵌入建除家之十二數，但其實只是一種文字遊戲，所以不僅內容平淡無奇，有些地方甚至較難理解。不過鮑照這種行為，可說是開啟了以邊塞題材作為詩歌遊戲的方式。既然以邊塞故實入詩，在南朝已逐漸成為一種風尚，那麼一向引領文學潮流的文學集團，在他們遊宴場合中，就免不了常常以此為遊戲題目，相互比試、競爭。這才使得邊塞詩大量的產生。

　　除此之外，南朝邊塞詩的成因，又與六朝時期樂府詩的發展，有著密切的關係。劉漢初與王文進在統計相關的詩作後，確認了南朝邊塞詩以樂府古題為主。〔註 100〕針對這個現象，劉漢初先生進一步提出疑問：

> 梁朝人寫邊塞詩絕大多數用樂府舊題，如果要寫真實的經歷為什麼不用普通五、七言體，那豈不是要自由得多？用樂府舊題不免多少受著原題和本辭的影響拘限。〔註 101〕

我們正好藉著這個問題來連接樂府詩與邊塞詩之間的關係。為什麼要用樂府詩而不用六朝新興的詩體？其原因即與當時文人如何看待樂府詩，以及撰寫樂府詩的方法有關。前面提過，南朝（尤其是齊梁）文人寫作樂府多以賦題為主。而樂府詩有許多題目，很容易直接聯想到邊塞戰事。例如：〈白馬篇〉、〈飲馬長城窟行〉、〈從軍行〉、〈隴頭〉、〈隴頭水〉、〈關山月〉、〈紫騮馬〉、〈入塞〉、〈出塞〉、〈出關〉、〈入關〉、〈折楊柳〉等。所以文人在寫作這類題目的樂府詩時，自然必須寫出邊塞故實，才能符合賦題樂府的作法，完美的切合題目之義。錢志熙便是從這個角度切入而認為：

> （沈約等人賦鼓吹曲）主要是因為這些曲名題面很美，很

　　版），頁 73。

〔註 100〕　劉漢初：〈梁朝邊塞詩小論〉：「南北朝的邊塞詩以樂府佔大多數。」頁 77。王文進：《南朝邊塞詩新論》：「南朝邊塞詩作的確是以樂府古題為主。」頁 40。

〔註 101〕　劉漢初：〈梁朝邊塞詩小論〉，頁 79。

符合永明詩人流連風光、吟咏情事的創作趣味。由於同樣的原因，賦橫吹十八曲的曲名，在齊梁陳時代也十分風行。……按照齊梁人的趣味來看，橫吹諸曲的曲名是一些很美麗的文字，並且內容上提示性強。如〈隴頭〉、〈出關〉、〈入關〉、〈出塞〉、〈入塞〉、〈折楊柳〉、〈關山月〉等曲，一望便知是有關邊塞征行、關山贈別等主題的樂曲。按照擬賦古題的作法，這批作品自然就成了描述征夫思婦之事的邊塞詩。可見邊塞詩在齊梁間興起，完全是擬樂府詩賦題法的產物，而沒有更多的現實原因。〔註102〕

若再加上此時文人盛行博物隸事之風，作品中能夠大量出現邊塞的名稱典故，也就不足為奇。此即是邊塞詩何以多為樂府詩的主要原因。

由於六朝文人已將「娛樂」視為樂府詩的性質之一，所以邊塞樂府詩的創作，便常常出現在文學集團的遊宴場合上。《周書·王褒傳》記載：

（王）褒曾作〈燕歌行〉，妙盡關塞寒苦之狀，元帝及諸文士竝和之，而競為淒切之詞。〔註103〕

「競為淒切之詞」顯示了王褒與梁元帝蕭繹等人，正在進行一場以〈燕歌行〉為題的作詩遊戲。誰的詩作最能道出邊塞淒切之苦，誰就能超越王褒而獲勝。可見邊塞樂府詩的寫作，已成為文學集團的一種遊戲娛樂。邊塞樂府詩所具有的遊戲娛樂性質，即便以「大漢圖騰」或「北都依戀」〔註104〕來解釋邊塞詩形成原因的王文進，也不得不說出「南

〔註102〕 錢志熙：〈齊梁擬樂府詩賦題法初探——兼論樂府詩寫作方法之流變〉，頁63。劉漢初也有類似的論述：「（梁人）據樂府舊題作詩，甚至以詩為戲，或者是梁人的習氣，他們所用的本題，如〈白馬篇〉、〈飲馬長城窟〉、〈從軍行〉、〈隴頭水〉、〈關山月〉、〈入塞〉、〈出塞〉等等，根據題名和本辭，本易引起邊塞的聯想，且自鮑照以後，語涉邊塞似已漸漸成為文人習性，而鮑照以邊塞題材為文字遊戲的態度，可能也產生一些影響。」〈梁朝邊塞詩小論〉，頁81。

〔註103〕 〔唐〕令狐德棻：《周書·王褒傳》（北京：中華書局，1997年11月一版），頁190。

〔註104〕 「大漢圖騰」出自其論文〈南朝文人的「歷史想像」與「山水關懷」——論「邊塞詩」的「大漢圖騰」與「山水詩」的「欣於所遇」〉。

朝邊塞詩本質上是一種貴遊性質的唱和之作。」〔註 105〕當然，文學集團以樂府詩作爲遊戲娛樂，並不限於邊塞的題材。舉例來說：王融、謝朓、劉繪皆著有〈同沈右率諸公賦鼓吹曲二首〉。〔註 106〕從題目來看，眾人寫作範圍皆限定爲「鼓吹曲詞」。這不僅清楚顯示是文學集團「同題共作」下的遊戲作品，也更加證實了樂府詩在南朝已成爲一種文人之間的遊戲娛樂。

　　漢代樂府詩即使面臨了表現方式從音樂轉成文字，但那些原本由文人所創造出的娛樂性質卻始終不變。這種娛樂性質不僅流傳到了六朝時代，還在南朝形成一股風潮。就如同前一節所論的漢賦，樂府詩的遊戲娛樂性質，既然已經影響六朝文人的創作觀念，那麼屬於新興的詩體，在本質上就難免有一部份往這種娛樂性質靠近。這種情形也使得「詩歌遊戲化」的發展，得到了更多且更有力的來源。而「詩歌遊戲化」發展到了南朝後，大爲盛行，樂府詩娛樂性質的影響絕對是關鍵因素之一。

　　　「北都依戀」則出於其《南朝邊塞詩新論》第三章第二節「南朝文
　　　士的北都依戀與京洛意象」。
〔註 105〕 王文進：《南朝邊塞詩新論》，頁 45。
〔註 106〕 王融〈同沈右率諸公賦鼓吹曲二首〉：〈巫山高〉、〈芳樹〉。謝朓〈同
　　　沈右率諸公賦鼓吹曲二首〉：〈芳樹〉、〈臨高臺〉。劉繪〈同沈右率
　　　諸公賦鼓吹曲二首〉：〈巫山高〉、〈有所思〉以上詩作參見逯欽立：
　　　《先秦漢魏晉南北朝詩・中》，頁 1388～1389、1417～1418、1468。

第五章　六朝遊戲化詩歌
所呈現的類型

第一節　六朝遊戲化詩歌的特質

由於這種充滿遊戲競賽性質的詩歌類型繁多,所以唐代之後的文人皆以「雜體詩」作爲總稱。所謂「雜體詩」,是指「體製繁雜,且體製不經,非詩體之正」的詩作。〔註1〕何文匯曾列出雜體詩的六項

〔註1〕 〔明〕吳訥:《文章辨體序說‧雜體詩》:「今總謂之雜者,以其終非詩體之正也。」收入《文體序說三種》(臺北:大安出版社,1998年6月一版一刷) 頁72。何文匯:《雜體詩釋例》:「雜體詩之云『雜』,當兼具二義:既爲體繁雜,且體制不經而非詩體之正。」(香港:中文大學出版社,1991年一版二刷) 頁7。何文匯所使用的「體制」義,是從徐復觀的論述而來。徐復觀在其〈文心雕龍的文體論〉伊文中云:「文體既是形相,則此種由語言文字之多少所排列而成的形相,乃人所最容易把握到的,這便是一般所說的體裁或體製。」收入《中國文學論集》(臺北:臺灣學生書局,2001年12月5版3刷),頁18~19。顏崑陽在其〈論文心雕龍「辯證性的文體觀念架構」〉一文中,有更爲清楚的論述:「『體製』一詞,古來用法,大致是指格律、章句結構等語言形式概念,……『體製』指的是篇章結構,屬於形式意義。」參見氏著:《六朝文學觀念論叢》(臺北:正中,民82年2月臺初版),頁129。相較於何文匯的以體製爲主說法,游志誠則討論的更爲詳細:「雜體之後出涵義,至少應有四種,一指題目

特質：

一、雜體詩統言之，乃具特殊體制之詩。

二、雜體詩之特殊體制皆有定式。

三、雜體詩之特殊體制皆關係全篇，於每聯或每句均可見之。

四、雜體詩體制不經，非詩體之正。

五、雜體詩獨樹一幟，非正體詩之坿庸。

六、雜體詩之體制較正體爲嚴，從理論上言，應較正體詩難

爲。〔註2〕

何文匯雖然列出六項特質，但論述重點其實是圍繞在雜體詩所呈現的「特殊體製」上。而之所以稱爲「特殊體製」，即是因其與傳統詩體所呈現的外在形式，迥然不同。關於這個部分，王慈鸞亦有清楚的論述：

> 作爲文人刻意經營的詩歌型態，雜體詩呈現出與傳統詩歌
> 迥然不同的風貌。就形式而言，雜體詩偏向於文字與修辭
> 技巧上的運用，具有競爭性、趣味性與求變性。就內容而
> 言，雜體詩跳離「詩言志」的舊框框，而圍繞著遊戲文學
> 這個層面而開展，雖然有一部分雜體詩也頗能抒情、言志，
> 但因加了一層遊戲的色彩而被冠以「文字遊戲」之名號。
> 遊戲性與形式主義似乎成了雜體詩最大的特色。〔註3〕

已明言雜，故曰雜題。二指詩中內容所涉爲雜，故曰雜物。三指形
式上字數句數未定之雜，故曰雜言。四指詩之體裁與體性有擬仿傾
向，或參取眾體多體而採雜爲一體之雜，故曰雜體。總此四義，大
約文學上之雜體概念無論作品本身或批評意識略可涵蓋。」參見〈〈雜
體詩〉在文學史上的意義〉，收入《昭明文選學述論考》（臺北：臺
灣學生書局，民國85年3月初版），頁182。游志誠之說雖區分詳
細，但主要是討論「雜」的概念，而非「雜體」。故其所論已有些失
焦。除此之外，對「雜體詩」的定義，還可見於王慈鸞：《宋代雜體
詩研究》：「雜體詩之『雜』字，實包含二義：一爲體製繁雜，二爲
詩體有別於傳統詩歌，非詩體之正也。」這與何文匯的定義相同。
中正大學中國文學研究所碩士論文，民國83年，頁2。

〔註2〕何文匯：《雜體詩釋例》，頁15。

〔註3〕王慈鸞：《宋代雜體詩研究》，頁5。

王慈嬡以遊戲性與著重外在形式來說明「雜體詩」的特色，可說準確的掌握了「雜體詩」與所謂傳統詩體的差異。由於解讀詩的內容，本就容易產生多義性，所以若要從此處著手，來判斷一首詩是否為遊戲之作，往往只能從創作動機窺見，才不至於因為缺乏證據效力，而產生自說自話之弊。相對來說，從外在形式來分辨一首詩是否為遊戲之作，就顯得容易許多。因為許多遊戲化的詩歌，為了充分符合寫作的規定與要求，反而會捨棄內容而著重於外在形式——尤其是在文字與修辭技巧上的運用，如何使其更富有競爭性、趣味性與求變性，成為文人殫精竭慮之處。由於唐代之後的文人，在談論「雜體詩」時，幾乎都從其外在形式與遊戲性質出發。因此，要討論六朝遊戲化詩歌所呈現的外在形式，從歷來文人對於「雜體詩」的論述與分類，就是一個很好的研究進路。

　　「雜體」二字起源自六朝時期。王融有〈雜體報范通直詩〉，江淹有〈雜體詩三十首〉並序，均有「雜體」之名。劉勰《文心雕龍・定勢》：「囊括雜體，功在詮別；宮商朱紫，隨勢各配。」〔註4〕鍾嶸〈詩品序〉：「庸音雜體，人各為容。」〔註5〕也都有提及。但王融之作為贈答詩之答詩；〔註6〕江淹名為雜體實為擬古之作；〔註7〕劉勰所云「囊括雜體」，意指包括各種體製；至於鍾嶸所說「庸音雜體」，則是批評當時文風，出現大量平庸之音、雜蕪之體。這些皆與唐代之後的涵義，大不相同。至於「雜體詩」一詞開始帶有遊戲的涵義，以

〔註4〕　〔南朝梁〕劉勰著、周振甫注：《文心雕龍注釋》（臺北：里仁書局，民國87年9月28日初版三刷），頁585。

〔註5〕　〔梁〕鍾嶸著、王叔岷箋證：《鍾嶸詩品箋證稿》（臺北：中央研究院中國文哲研究所，民國81年3月初版），頁81。

〔註6〕　《昭明文選・贈答四》范雲〈古意贈王中書〉「攝官青瑣闈，遙望鳳皇池」句下注：「王融答詩，題云〈雜軆報范通直雲〉。梁書曰：『雲為通直散騎侍郎。』」參見〔南朝梁〕蕭統撰、李善注：《文選》（臺北：藝文印書館，民國87年12月初版十三刷），頁380。

〔註7〕　江淹〈雜體詩三十首序〉：「今作三十首詩，斆其文體，雖不足品藻淵流，庶亦無乖商榷云爾。」

目前可見的文獻來說，要到唐代皮日休的〈雜體詩序〉才出現。皮日休〈雜體詩序〉云：

> ……案《漢武集》，元封三年，作柏梁臺，詔群臣二千石，有能爲七言詩者乃得上坐。帝曰：「日月星辰和四時」，梁王曰：「驂駕駟馬從梁來」，由是聯句興焉。孔融詩曰：「漁父屈節水，潛匿方作郡」，姓名字離合也。由是離合興焉。晉傅咸有迴文反覆詩二首云：反覆其文者，以示憂心展轉也。「悠悠遠邁獨煢煢」是也。由是反覆興焉。晉溫嶠有迴文虛言詩云：「寧神靜泊，損有崇亡。」由是迴文興焉。梁武帝云：「後牖有朽柳。」沈約云：「偏眠船舷邊。」由是疊韻興焉。《詩》云：「蟋蟀在東。」又曰：「鴛鴦在梁。」由是雙聲興焉。《詩》云：「維南有箕，不可以簸揚；維北有斗，不可以把酒漿。」近乎戲也，古詩或爲之，蓋風俗之言也。古有采詩官，命之曰風人。「圍棋燒敗襖，看子故依然。」由是風人之作興焉。《梁書》云：「昭明善賦短韻，吳均善壓強韻。」今亦效而爲之，存於編中。陸生與余，各有是爲。凡八十六首。至如四聲詩，三字離合，全篇雙聲疊韻之作，悉陸生所爲，又足見其多能也。案：齊竟陵王郡縣詩曰：「追芳承荔浦，揖道信雲丘。」縣名由是興焉。案：梁元藥名詩曰：「戍客恒山下，當思衣錦歸。」藥名由是興焉。陸與予亦有是作。至如鮑昭之〈建除〉，沈炯之〈六甲〉、〈十二屬〉，梁簡文之〈卦名〉，陸惠曉之〈百姓〉，梁元帝之〈鳥名〉、〈龜兆〉，蔡黃門之〈口字〉，〈古兩頭纖纖〉、〈薰砧〉、〈五雜組〉已降，非不能也，皆鄙而不爲。噫！由古至律，由律至雜，詩之道盡乎此也。近代作雜體，唯劉賓客集中有迴文、離合、雙聲、疊韻，如聯句則莫若孟東野與韓文公之多，他集罕見，足知爲之之難也。陸與予竊慕其爲人，遂合己作，爲雜體一卷，屬予序雜體之始云。

〔註8〕

〔註8〕〔清〕彭定求等編：《全唐詩・卷616》（北京：中華書局，2003年7月北京一版七刷），頁7101～7102。

這篇序文詳細的描寫了唐代以前遊戲化詩歌的發展與類型。其中有幾點特別值得注意：第一，除了聯句詩是起源自漢武帝〈柏梁臺〉外，其餘皆是發生於漢末至南朝之間。可見遊戲化確實是六朝詩歌的發展方向之一。第二，對皮日休與陸龜蒙而言，遊戲化詩歌有著等級的區分。像是「建除」、「六甲」、「十二屬」、「卦名」、「百姓」、「鳥名」「龜兆」、「口字」、「古兩頭纖纖」、「藁砧」、「五雜組」等類型的遊戲化詩作，便言：「非不能也，皆鄙而不爲。」不過皮、陸二人爲何鄙視這幾種類型之詩，並沒有明確的說明。但從現存的幾首詩，以及他對近代文人少寫雜體詩而云：「足知爲之之難也」的感嘆來看，很可能是這幾類詩的寫作方式，過於簡單而無挑戰性，故「鄙而不爲」。第三則是皮日休對詩體演變的看法。他認爲詩體是「由古至律，由律至雜」，所以雜體詩是接續律詩而發展的。但從本文前面的討論可知，遊戲化詩歌不僅在六朝初期就已開始，與詩體的格律化更是相互影響。與皮日休所言，差異甚大。

雖然這篇序文仍有些地方沒有說明清楚，但其列舉出唐代以前各種類的遊戲化詩歌，對於我們接下來的討論，不僅在選擇分類上有所助益，也能幫助我們了解這類詩歌的源流。唐代之後，文人針對「雜體詩」的論述愈來愈多。例如：宋代嚴羽的《滄浪詩話》〔註9〕、明代

〔註9〕〔宋〕嚴羽著、郭紹虞校釋：《滄浪詩話校釋‧詩體》：「論雜體，則有風人（上句述其語，下句釋其義。如古〈子夜歌〉、〈讀曲歌〉之類，則多用此體）、藁砧（古樂府「藁砧今何在，山上復安山；何當大刀頭，破鏡飛上天。」僻辭隱語也）、五雜組（見樂府）、兩頭纖纖（亦見樂府）、盤中（《玉臺集》有此詩，蘇伯玉妻作，寫之盤中，屈曲成文也）、廻文（起於竇滔之妻，織錦以寄其夫也）、反覆（舉一字而誦，皆成句，無不押韻，反覆成文也。李公《詩格》有此二十字詩）、離合（字相拆合成文。孔融「漁父屈節」之詩是也）。雖不關詩之重輕，其體製亦古。至於建除（鮑明遠有〈建除詩〉。每句首冠以「建除平定」等字。其詩雖佳，蓋鮑本工詩，非因建除之體而佳也）、字謎、人名、卦名、數名、藥名、州名之詩，只成戲謔，不足法也。（又有六甲十屬之類，及藏頭、歇後等體，今皆削之。）」（臺北：里仁書局，民國76年4月1日初版），頁100

胡震亨的《唐音癸籤》〔註10〕以及謝榛的《四溟詩話》〔註11〕等，〔註12〕都一一列舉出雜體詩的類別。《滄浪詩話》與《唐音癸籤》也同樣在這些遊戲化的詩歌中，下了優劣的評斷，而區分出「體製亦古」而「未至俚鄙」者，以及「只成戲謔，不足法」而「欲廢之」者二類。雖然歷來文論對於這類遊戲化詩歌的批評，總是呈現負面的說法，在明、清文人的論述裡，更是視此爲學詩之大戒，抨擊尤爲強烈。〔註13〕

〔註10〕〔明〕胡震亨：《唐音癸籤・談叢五》：「唐人雜體詩見各集及諸稗說中者，有五雜俎、兩頭纖纖、盤中詩、離合、迴文、集句、風人詩、迴波詞、大言、小言、了語、不了語、縣名、州名、藥名、古人名、四氣、四色、字謎之類。又有故犯聲病，全篇字皆平聲、皆側聲者，又一句全平、一句全側者，全篇雙聲、全篇疊韻者，律詩有側句並用韻故犯鶴膝者，縷舉不盡。以上並體同俳諧，然猶未至俚鄙之甚也。其最俚鄙者，有賀知章之輕薄，祖詠之渾語，賀蘭廣、鄭涉之詠字，蕭昕之寓言，李紓之隱語，張著之機警，李周、張彧之歇後，姚峴之謔語影帶，李直方、孤獨申寂、曹著之題目，黎瓘之翻韻，見國史補及雲溪友議諸書。皆古來滑稽餘派，欲廢之不得者。」（臺北：世界書局，民國66年8月四版）頁254～255。

〔註11〕〔明〕謝榛：《四溟詩話・卷二》：「孔融離合體，竇滔妻迴文體，鮑照十數體、建除體，謝莊道里名體，梁簡文帝卦名體，梁元帝歌曲名體、姓名體、鳥名體、獸名體、龜兆名體、鍼穴名體、將軍名體、宮殿名體、屋名體、車名體、船名體、草名體、樹名體，沈炯六府體、八音體、六甲體、十二屬體。魏晉以降，多務纖巧，此變之變也。」（北京：人民文學出版社，2001年10月北京一版二刷）頁51。

〔註12〕其餘古人對「雜體詩」的分類、論述，何文匯已有詳細的論述，可作爲參考。參見氏著：《雜體詩釋例》第二章〈辨體〉，頁17～24。

〔註13〕除了前面所舉之例外，又如：〔清〕王士禛：《師友詩傳續錄・48》：「問：『有一字至七字，或一字至九字詩，此舊格耶？抑俗體耶？』答：『格則於昔有之，終近游戲，不必措意。他如地名、人名、藥名，五音、建除體等，總無關於風雅，一笑置之可耳。』」〔清〕沈德潛：《說詩晬語・卷下・62》：「詩有大言、小言、兩頭纖纖、五雜組、離合姓名、五平、五仄、十二辰、回文等項，近於戲弄，古人偶爲之，然而大雅弗取。」以上參見〔清〕丁福保：《清詩話》（臺北：西南書局，民國68年11月1日初版），頁136、501。〔清〕毛先舒：《詩辯坻・卷二》：「大言小言，故屬詩派；了語危語，亦歸韻文。纖纖、雜組，詩謎肇端；離合、姓名，拆白緣起。又有五平、五仄、疊數、廻文，藥名、集句，連類莫殫。 近世復有牙籤湊字，八音限

～101。

但在文人的實際創作上，此類作品卻又相繼不絕。宋代文人更是大量參與此類詩的創作，而且不乏大家級詩人。〔註14〕這或許是因為即使文人心裡對於這類只重遊戲而不重情志，有違傳統的作品，視為不入流的詩體；但另一方面卻又在宴會或閒暇之時，著迷於其形式之巧妙，以及順利在種種限制下完成詩作時的成就感和滿足感，而忍不住進行創作。可見遊戲化詩歌的外在形式，正是吸引文人於此處著力的其中一個重要原因。這也是底下將就六朝時期遊戲化詩歌的外在形式，進行討論的主因。

　　遊戲化的詩歌，在六朝時期雖然多屬於初創階段，但仍舊種類繁多，若要一一進行論述，不僅耗時費力，也難免會有遺漏之處。因此，本文將就其最基本的差異，先區分為兩種類型，：第一種是「先有題後有詩」，第二種則是「先有韻後有詩」。兩者皆是先訂定一限制範圍，使創作者依其規定範圍，然後在一定的時間內完成詩作。兩者基本的差異，則是在於所謂的限制範圍是題材、內容？還是音韻部分？〔註15〕

韻，正復巧同楮葉，戲類棘門。文章儇習，雅道所戒。獨有〈子夜〉，雙關不厭，當由語質情長，不失雅調故耶？」參見郭紹虞：《清詩話續編》（臺北：藝文印書館，民國 74 年 9 月初版）頁 42。〔清〕陳廷焯：《白雨齋詞話・卷五》：「廻文、集句、疊韻之類，皆是詞中下乘，有志於古者，斷不可以此眩奇，一染其習，終身不可語於大雅矣。若友朋唱和，各言性情，各出機杼可也，亦不必以疊韻為能事。（就中疊韻尚可偶一為之，次則集句，最下莫如廻文，斷不可效尤也。）古人為詞，興寄無端，行止開合，實有自然而然。一經做作，便失古意。世人好為疊韻，強己就人，必競出工巧以求勝，爭奇鬥巧，乃詞中下品，余所深惡者也。作詩亦然。」（北京：人民文學出版社，2001 年 10 月一版二刷），頁 131。

〔註14〕王慈霙：《宋代雜體詩研究》：「（宋代）文人大量參與的現象又較其他時代略勝一籌。頗多大家級詩人，如范仲淹、蘇舜欽、司馬光、石曼卿、梅堯臣、歐陽修、洪邁、王安石、蘇軾、秦觀、宋伯仁、孔平仲、黃庭堅、陳與義、晁補之、陳亞、范成大、楊萬里、陸游、李綱、朱熹、邵雍、文天祥、張煌言、汪元量等人多有雜體詩作傳世。」頁 14。

〔註15〕祁立峰：〈相似與差異：論蕭子良文學集團同題共作的「書寫習性」與「互文性」〉：「大抵來說，分題與分韻在效果上差不多，都是對創

然後，在這兩種類型底下，再將幾種形式接近或創作規則相似的類型，歸為一類討論。如此，即使有遺漏而未討論到的類型，也可以從這些已經分類的基本型態中，大致確立其歸屬類別。所以底下的討論，將以兩大類型為討論進路，同時並參考歷來文論對於「雜體詩」所區分的種類，以呈現遊戲化詩歌各種的樣態。

第二節　六朝遊戲化詩歌的主要類型之一：「先有題後有詩」

　　「先有題後有詩」可說是六朝遊戲化詩歌的主要類型。若依據判斷是否為遊戲的標準，則又可再分成二種次類型：一種是以創作動機來判斷為遊戲化的詩歌。這類遊戲化的詩歌，其遊戲性質主要是存在於創作動機上，所以就內容或形式上而言，不一定能夠看見明顯的遊戲性。如果直接閱讀詩作內容，甚至還能從中發現許多具有情志的涵義。所以這種類型，必須具備充分的動機說明，才能被歸類為遊戲化詩歌。關於這個部分，本文在第三章已經有過詳細的討論了，此處就不再細論。另一種次類型，則是經由詩的題目、內容或形式即可判定為遊戲化的詩歌。這類遊戲化的詩歌，不需要透過創作動機的發掘，就可以直接從詩的內容、字詞理解其遊戲性質。這也是本小節所要討論的主要之處。

　　本節所討論的詩歌，分為四種詩歌遊戲化的特殊類型：「離合」、「嵌字」、「迴文」、「聯句」，以及兩種主要的模式：「擬代」以及「賦得」。四種特殊類型的分類依據，是將六朝許多不同的遊戲類型詩歌，歸納出其所具有共同的寫作準則而成。其中，「離合」、「迴文」、「聯句」、三類，因為題目即明確標示，故分類上較無太大的問題；但「嵌字」一類，因為涉及層面較廣，所以呈現出的次類型也最多。由於分

作者在書寫與神思的凝聚上，進行一限制與阻礙。只是分韻的限制性較偏於音律、偏於形式；而分題的限制性在於題材、內涵。」收入《興大中文學報》，第 26 期，民國 98 年 12 月，頁 17。

類標準是以將某些已經規定好的字詞或字句嵌入詩中，作為構成詩歌的條件，所以許多原本在歷代文人的論述中自成一體的類型，例如：「建除」、「數名」詩皆納入此類型中討論。不過，要先說明的是，但凡分類標準所指涉的範圍，難免有其模糊地帶，部分詩歌有時可同時歸納於兩種類型，不過本文仍儘量以最大範圍的類標準進行分類，並尋求最適當的類型予以歸納討論。至於「擬代」以及「賦得」可說是六朝詩歌遊戲化所大量呈現的主要模式。討論此兩種模式，則可以更為清楚的理解六朝詩歌的遊戲化現象。

一、六朝遊戲化詩歌的特殊類型

（一）「離合」詩

　　所謂「離合」詩，即是先離析不同詩句中的字，將重複的偏旁除去，然後重新合併為一個新的字；再將這些重新組成的字，合為一句。〔註16〕重新合成之句即為文人在這首詩中，所欲表達的真正用意。例如本文在第一章所提及孔融的〈離合作郡姓名字詩〉，以這種析合的方法解讀後，便可以得到「魯國孔融文舉」六個字。〔註17〕

〔註16〕〔宋〕嚴羽著、郭紹虞校釋：《滄浪詩話校釋》「離合」句下注：「字相拆合成文。孔融漁父屈節之詩是也。」頁93。陳新：〈離合詩雜考〉：「『離合詩』採用析字的方法，將一個合體字離析為兩個或兩個以上部分，前句詩中出現這個中心字，後句詩以暗示語消去這個中心字的一個部分。解讀時，將前兩句詩暗示留存的部分，與後兩句詩暗示留存的部分拼合成一個新字以切題，即先『相析』，而後『合成文』。」收入《閱讀與寫作》，1999年11期，頁34。

〔註17〕〔宋〕葉少蘊：《石林詩話》：「余讀《文類》得北海四言一篇云：『漁父屈節，水潛匿方。與時進止，出寺弛張。呂公磯釣，闔口渭旁。九域有聖，無土不王。好是正直，女回于匡。海外有截，隼逝鷹揚。六翮將奮，羽儀未彰。龍虵之蟄，俾也可忘。玟璇隱曜，美玉韜光。無名無譽，放言深藏。按轡安行，誰謂路長。』此篇離合『魯國孔融文舉』六字。徐而考之，詩二十四句，每四句離合一字。如首章云：『漁父屈節，水潛匿方。與時進止，出寺弛張。』第一句漁字，第二句水字，漁犯水字而去水，則存者為魚字。第三句有時字，第四句有寺字，時犯寺字而去寺，則存者為日字。離魚與日而合之，則為魯字。下四章類此。」參見〔清〕何文煥：《歷代詩話》（臺北：

關於「離合詩」的起源，雖然與漢代圖讖之說有很大的關聯，〔註18〕也有一說認為東漢袁康、吳平《越絕書‧越絕篇敘外傳記》，以及魏伯陽《參同契‧自序》中，〔註19〕以四言詩隱藏姓名、籍貫於內，是「離合」詩的濫觴。〔註20〕不過，後世文人對於《越絕書‧越絕篇敘外傳記》的解讀方法，與「離合」詩必須「先離後合」的方法不同。而《參同契‧自序》雖然較為接近，但畢竟「不似孔氏之整齊耳」。〔註21〕而且無論是《越絕書‧越絕篇敘外傳記》還是《參同契‧自序》

藝文印書館，民國 80 年 9 月五版），頁 249。

〔註18〕〔南朝梁〕劉勰著、周振甫注：《文心雕龍注釋》：「離合之發，則萌於圖讖。」頁 85。

〔註19〕《越絕書‧越絕篇敘外傳記》和《參同契‧自序》原文頗長，故不特別引出。可參見張仲清：《越絕書校注》（北京：國家圖書館出版社，2009 年 6 月一版一刷），頁 345～366。〔宋〕朱熹：《參同契考異》（臺北：臺灣中華書局，民國 55 年 3 月臺一版），頁 25。

〔註20〕〔明〕楊慎《升菴文集‧卷十‧跋越絕》：「或問：『《越絕》不著作者姓名，何也？』予曰：『姓名具在書中，覽者第不深考耳。子不觀其絕篇之言乎，曰：「以去為姓，得衣乃成。厥名有米，覆之以庚。禹來東征，死葬其鄉。不直自斥，托類自明。文屬辭定，自於邦賢。以口為姓，承之以天。楚相屈原與之同名。」此以隱語見其姓名也。去其衣乃袁字也。米覆以庚乃康字也。禹葬之鄉則會稽也，是乃會稽人袁康也。其曰：「不直自斥，托類自明。」厥旨昭然，欲後人知也。「文屬辭定，自於邦賢。」蓋所共著，非康一人也。以口承天吳字也。屈原同名平字也，與康共著此書者，乃吳平也。不然此言何為而設乎。或曰：『二人何時人也。』予曰：『東漢也。何以知之？曰：東漢之末，文人好作隱語，黃絹碑其著者也。又孔融以「漁父屈節，水潛匿方」云云，隱其姓名於離合詩。魏伯陽以「委時去害，與鬼為鄰」云云，隱其姓名於《參同契》。融與伯陽俱漢末人，故文字稍同，則茲書之著為同時，何疑焉？』問者喜曰：『二子名微矣，得子言乃今顯之，誰謂後世無子雲乎。』收入王文才、萬光治等編：《楊升庵叢書》（成都：天地出版社，2002 年 12 月一版一刷），頁 213。〔宋〕俞琰：《周易參同契發揮》：「（參同契‧自序）此乃魏伯陽三字隱語也。委與鬼相乘負，魏字也。百之一下為白，白與人相乘負，伯字也。湯遭旱而無水，為易，阨之厄際為卩，卩與易相乘負，陽字也。魏公用意，可謂密矣。」收入〔清〕永瑢、紀昀等：《景印文淵閣四庫全書》（臺北：臺灣商務印書館，75 年 3 月初版），頁 1058～730。

〔註21〕王運熙：〈雜體詩考〉：「案：離合詩格，須先離後合，《越絕書》：『以

的原文，都不算太短，俞琰、楊愼等人卻獨取這幾句來解釋，也易有穿鑿附會之嫌。〔註 22〕所以若就率先以詩歌型態呈現「離合」，內容具有一定的詩意，而非爲了拼字而硬湊，致使意義不全。詩的題目不但直接稱爲「離合」，同時全詩又皆符合「先離後合」之法者，一般還是將漢末孔融的〈離合作郡姓名字詩〉視爲首作。〔註 23〕然而，即使孔融之詩的「離合」方式已較爲整齊、固定，但一般解讀「離合」詩的方法，通常是以四句爲一單位，合併成爲一字，而且皆是以每句的第一字爲析合對象。而孔融之詩尚未呈現固定於每句第一字的解法，有些地方會析合每句的第二字。〔註 24〕一直要到潘岳的〈離合詩〉後，才建立了固定於每句第一字析合的型態。潘岳〈離合詩〉：

> 佃漁始化，人民穴處。意守醇樸，音應律呂。粜梓被源，
> 卉木在野。錫鸞未設，金石拂擧。害咎蠲消，吉德流普。

去爲姓，得衣乃成。厥名有米，覆之以庚。以口爲姓，承之以天。』僅有合無離，嚴格論之，實不足當離合之名。若《參同契》之『百世一下，遨遊人間』，『湯遭阨際，水旱隔并』，使備離合雛形，第不似孔氏之整齊耳。」收入氏著：《樂府詩述論》（上海：上海古籍出版社，1996 年 6 月一版一刷），頁 490。

〔註 22〕張仲清：《越絕書校注》：「自從明代學者楊愼作了破解，認爲是東漢會稽人袁康、吳平之後，似乎成爲『定論』。但歷來異議頗多。本人認爲，此段文字可能爲宋代以後文人所加，不可確信。」頁 346。張仲清之說，雖無具體證據，但足見以袁康、吳平爲作者之論，確實有疑慮。

〔註 23〕〔南朝梁〕任昉撰、〔明〕陳懋仁註：《文章緣起注》：「離合詩。孔融作四言離合詩。字可拆合而成文，故曰離合也。」（臺北：廣文書局，民國 59 年 1 月初版），頁 50。〔唐〕吳兢：《樂府古題要解·卷下》〈離合詩〉條下云：「漢孔融合其字以成文也。」收入〔清〕丁仲祐編：《續歷代詩話》（臺北：藝文印書館，民國 72 年 6 月四版），頁 70。陳新：〈離合詩雜考〉：「若從『嚴格』的規則和詩的角度看，《越絕書》所載有合無離，《參同契·自序》亦僅具『離合』雛形，且均缺乏詩意，不似孔融《離合作郡姓名字詩》離合字形嚴謹工整，詩意婉曲有致，且首著以『離合』之名，故若以詩體論，則仍應推孔融離合詩爲最早。」頁 34。

〔註 24〕何文匯：《雜體詩釋例》：「孔融離合，猶未爲後世之常體。後之離合詩，於每句首字析合。然孔氏則未盡然，且往往求諸指意。」頁 34。

　　谿谷可安，奚作棟宇。嫣然以憙，焉懼外侮。熙神委命，
　　已求多祜。嘆彼季末，口出擇語。誰能墨識，言喪厥所。
　　蠠歍之諺，龍潛巖阻。尠義崇亂，少長失敍。

這首詩從表面上來看，似乎是在描述上古人民的純樸生活。但是題目
已經告知我們此詩爲「離合」，所以就必須以析離合併的方法得出其
隱藏之字句。首先，第一句首字「佃」與第二句首字「人」爲一個單
位。「佃」字有「人」的偏旁，便與第二句首字「人」重複，故去掉
「人」而留下「田」。第三字句首字「意」與第四句首字「音」爲一
個單位。「意」字有「音」的偏旁，便與第四句首字「音」重複，故
去掉「音」而留下「心」。最後再將留下的「田」與「心」合併，便
得到了「思」字。底下解法，以此類推。最後可得到「思楊容姬難堪」
六字。這個答案與直接解讀詩作表面所呈現的意思，大相逕庭。楊容
姬是誰？我們目前無法確知，所以難以斷定其背後故事爲何。〔註25〕
有趣的是，潘岳在描述上古人民純樸生活的詩句底下，隱藏的是
「思」、是「難堪」之感。兩者相差甚遠，潘岳似乎是想刻意隱瞞這
份思念之情，不欲旁人發覺。但他卻又在題目直接表明此詩爲「離
合」，明顯就是希望讀者能看出眞正的涵義。這也讓我們不得不思考，
此詩是否可能爲潘岳欲展現自身才氣，以及語言的駕馭能力，而形成
的遊戲之作？而且就創作過程而言，我們可以合理的推斷，作者心中
應該是先有隱藏之字句，並以其爲題，然後再透過拆字之法，寫出符
合題旨之詩。整個程序與解讀應該正好相反。我們從後來南朝「詠物
詩」亦有以「離合」寫作，便可以理解：

　　冰容慚遠鑒，水質謝明暉。是照相思夕，早望行人歸。（王
　　融〈離合賦物爲詠火〉）

　　霰先集兮雪乃零，散輝素兮被簷庭。曲室寒兮朔風厲，州
　　陸涸兮群籟鳴。（王韶之〈詠雪離合詩〉）

─────────────

〔註25〕王運熙：〈雜體詩考〉：「案《潘安仁集》，岳娶楊肇女，卒，有〈悼
　　亡詩〉，容姬或是其妻名也。」頁494。不過，王運熙之說，純屬臆
　　測，難以作爲確切的證據。

既是詠物，當然是心中先有物才以詩句形容之。換句話說，因「離合」的緣故，而在詩中隱藏之字句，其實也可以說是整首詩的題目。我們再回過頭來，像潘岳這樣表面義與隱藏字句意義不一的情形，在六朝「離合」詩中，算是特例。因爲潘岳之後的「離合」詩，幾乎都呈現出表面義與隱藏字句意義一致。就如同前面所引王融〈離合賦物爲詠火〉和王韶之〈詠雪離合詩〉，詩的內容是以「火」與「雪」爲主，所呈現出來的情感或意象。這與隱藏之字：「火」、「雪」二字完全相符。又如：

> 古人怨信次，十日眇未央。加我懷繾綣，口詠情亦傷。劇哉歸遊客，處子勿相忘。(謝靈運〈作離合詩〉)
>
> 放棹遵遙塗，方與情人別。嘯歌亦何言，肅爾凌霜節。(各)
> (謝惠連〈離合詩〉二首之一)
>
> 促席宴閒夜，足歡不覺疲。詠歌無餘願，永言終在斯。(信)
> (賀道慶〈離合詩〉)
>
> 好仇華良夜，子歡我亦欣。昊穹出明月，一坐感良晨。(石道慧〈離合詩〉)
>
> 沈寥雲初淨，水木備春光。黿定方無遠，合浦不難航。(梁元帝蕭繹〈離合詩〉)

謝靈運的〈作離合詩〉，從詩的內容來看，所寫的是離愁。這與離合後所得之字：「別」，意義完全相同。同樣的，謝惠連以分別之內容，緊扣「各」字；賀道慶的「詠歌無餘願，永言終在斯」也緊扣「信」；石道慧寫夜宴之歡，則扣著「娛」樂之感。至於梁元帝蕭繹的〈離合詩〉，由於後兩句運用了典故，所以在解讀時就稍微複雜些。「黿定方無遠」是用了東晉淝水之戰的典故。沈德潛《古詩源》於謝靈運〈述祖德詩二首序〉〔註26〕底下注云：

〔註26〕謝靈運〈述祖德詩二首序〉：「太元中，王父龕定淮南，負荷世業，專主隆人。逮賢相徂謝，君子道消，拂衣蕃岳，考卜東山。事同樂生之時，志期范蠡之舉。」參見〔清〕沈德潛：《古詩源》（北京：北京中華書局，2007年7月北京一版十一刷），頁233。

> 王父，謂玄也。虧，同「戡」，勝也。虧定淮南，謂敗符堅
> 事。〔註27〕

可知「虧定方無遠」是指作出平定戰亂、對國家有功之事，指日可待。
而最後一句「合浦不難航」則是用了「合浦珠還」的典故。《後漢書・
循吏傳・孟嘗傳》記載：

> 嘗後策孝廉，舉茂才，拜徐令。州郡表其能，遷合浦太守。
> 郡不產穀實，而海出珠寶，與交阯比境，常通商販，貿糴
> 糧食。先時宰守並多貪穢，詭人採求，不知紀極，珠遂漸
> 徙於交阯郡界。於是行旅不至，人物無資，貧者餓死於道。
> 嘗到官，革易前敝，求民病利。曾未踰歲，去珠復還，百
> 姓皆反其業，商貨流通，稱爲神明。〔註28〕

合浦原本爲珍珠產地，當地百姓亦以此爲生。但因爲採集時「不知紀
極」，使得珍珠逐漸消失，最後導致百姓失去生存的依靠而「餓死於
道」。後來孟嘗任合浦太守後，積極的「革易前敝，求民病利」，不到
一年，就使得合浦又重新發展起來。所以「合浦不難航」一句，在這
裡即是指建立如孟嘗之功業，亦非難爲之事。所以「虧定方無遠，合
浦不難航」的意思其實非常相近。但要理解其涵義還是要回扣詩中隱
藏之字。這首詩隱藏之字爲「　」，亦即「寵」字。「寵」有尊敬、恩
惠之義。以此義解釋，則前二句「沈寥雲初淨，水木備春光」則是指
天空、雲以及水木皆受到了春光之恩惠。而後兩句「虧定方無遠，合
浦不難航」則可兼有二義：一是指建立如淝水之戰的軍事戰績，以及
「合浦珠還」的內政事業，對國家社會就算是一種恩惠。二是指建立
了軍事、內政的功業，當然也就會受到眾人的尊敬，以及皇帝的寵愛。
由此可見，蕭繹〈離合詩〉雖然在解讀過程中，迂迴曲折，但仍舊是
圍繞在隱藏的「寵」字之上。

　　「離合」詩的這種相互詮釋之法，不但使得作者才氣愈顯重要，

〔註27〕〔清〕沈德潛：《古詩源》，頁 233。
〔註28〕〔晉〕范曄：《後漢書》（北京：中華書局，1997 年 11 月一版），頁
　　643。

遊戲的意味也更為濃厚。至於潘岳〈離合詩〉並沒有形成相互詮釋的特殊情況，很可能只是因為初創時期，文人寫作此類型，尚未形成詩中內容與隱含字句，必須達到相互詮釋的共識。另外，值得一提的是謝靈運〈作離合詩〉的解讀方式，是以六句為一單位。這在六朝「離合」詩中，可說獨樹一格。也因此明代的徐師曾將謝靈運的〈作離合詩〉獨自分為一種類型。〔註29〕

　　除此之外，由於某些筆畫難以完全符合，所以往往以求形似為主。例如：潘岳〈離合詩〉的第九句首字「害」與第十句首字「吉」，原本「害」字去除「吉」後，不應為「宀」，但因為要與下面合成「容」字，所以解讀時不得不自動消去一畫。許多「離合」皆有相同的狀況。例如：

> 夫人皆薄離，二友獨懷古。思篤子衿詩，山川何足苦。(謝惠連〈離合詩〉二首之二)
>
> 四坐宴嘉賓，一客自遠臻。九言何所戒，十善故宜遵。(謝惠連〈夜集作離合詩〉)
>
> 秦青初變曲，未有逐秦心。明年花樹下，月月來相尋。
> 田家足閒暇，士友暫流連。三春竹葉酒，一曲鵾雞弦。(庾信〈春日離合〉二首)
>
> 宜然悅今會，且怨明晨別。肴蔌不能甘，有難不可雪 (何長瑜〈離合詩〉)

謝惠連〈離合詩〉隱藏之字為「念」。第一句與第二句所離之「人」

〔註29〕〔明〕徐師曾：《文體明辨序說》：「按離合詩有四體：其一，離一字偏旁為兩句，而四句湊合為一字，如『魯國孔融文舉』、『思楊容姬難堪』、『何敬容』、『閒居有樂』、『悲客四方』是也。其二，亦離一字偏旁為兩句，而六句湊合為一字，如『別』字詩是也。其三，離一字偏旁於一句之首尾，而首尾相續為一字，如〈松閒斟〉、〈飲嚴泉〉、〈砌思步〉是也。其四，不離偏旁，但以一物二字離於一句之首尾，而首尾相續為一物，如縣名、藥名離合是也。」收入《文體序說三種》，頁124～125。徐師曾所分的第三、四體，皆是唐代之後才有的離合詩。六朝時期的離合詩，尚未產生類似之體，故不在本文討論範圍之內。

好解，第三句與第四句要離析為「念」的下半部，就顯得勉強些。其另一首〈夜集作離合詩〉雖知隱藏之字為「此」，但如何經過離合而成此字，恐怕需要一點想像力了。庾信〈春日離合〉二首，雖在題目上已告知隱藏之字為「春」、「日」，但「禾」與「未」二字，總是差了一點。至於何長瑜的〈離合詩〉就更難以解釋了，故至今仍未有確切的答案。〔註30〕從此處亦可知創作「離合」詩之困難。

　　再從每句的字數來看。六朝「離合」詩，除孔融、潘岳為四言之外，幾乎全為五言。唯一例外的是宋孝武帝劉駿的〈離合詩〉：

> 霏雲起兮汎濫，雨靄昏而不消。意氣悄以無樂，音塵寂而
> 莫交。守邊境以臨敵，寸心屬於戎昭。閣盈圖記，門滿賓
> 僚。仲秋始戒，中圍初凋。池育秋蓮，水減寒漂。旨歸塗
> 以易感，日月逝而難要。分中心而誰寄，人懷念而必謠。

此詩以六言、四言穿插的騷體形式及風格寫成，故又可稱為「騷體離合」。〔註31〕但即使以六、四言的騷體寫成，其解法依然是以每句的第一字為析合對象，再以四句為一單位，合為一字。並不會因為六言、四言的字句而有所改變。整首詩所解讀出來的字句：「悲客他方」，亦與詩中內容所呈現出的情感，相互詮釋。

　　「離合」詩發展到六朝後期，甚至也運用到「贈詩」之上。例如：沈炯〈離合詩贈江藻〉以及蕭巡〈離合詩贈尚書令何敬容詩〉：

> 開門枕芳野，井上發紅桃。林中藤蔦秀，木末風雲高。屋
> 室何寥廓，至士隱蓬蒿。故知人外賞，文酒易陶陶。友朋
> 足諧晤，又此盛詩騷。朗月同攜手，良景共含毫。樂巴有

〔註30〕何文匯認為此隱藏之字似是「宀」，亦即「守」。參見氏著：《雜體詩釋例》，頁37。

〔註31〕陳新：〈離合詩雜考〉：「離合詩初創多為四言，南北朝至初唐，則以五言『離合詩』為多，其中還出現一種『騷體離合詩』。如南朝‧宋‧劉駿的〈離合〉：……以騷體形式離合『悲客他方』四字。」頁35；何文匯：《雜體詩釋例》：「宋孝武帝亦有騷體〈離合〉。」頁36。另外，王運熙認為王韶之的〈詠雪離合詩〉亦是「騷體離合」，而且是此體初創之作。參見氏著：〈雜體詩考〉頁，494。

妙術，言是神仙曹。百年肆偃仰，一理詎相勞。（沈烱〈離合詩贈江藻〉）

伎能本無取，支葉復單貧。柯條謬承日，木石豈知晨。狗馬誠難盡，犬羊非易馴。戢頓既不似，學步孰能眞。寔由柰朝典，是曰蠱彝倫。俗化於茲鄙，人塗自此分。（蕭巡〈離合詩贈尚書令何敬容詩〉）

沈烱〈離合詩贈江藻〉其實與前面所引的「離合」詩，在寫作形式與解讀上，並無太大差異。但因爲是「贈詩」，所以經由離合後所得出來的隱藏字句：「閑居有樂」，便成爲了沈烱稱讚或期許江藻的生活。因此，這首詩最特殊的地方，即在於明明是贈與並期許對方的詩作，卻偏偏加入了遊戲性質。除了展現自身的才氣外，也似乎在測驗對方是否能解釋正確自己的用意。沈烱的詩是正面的稱許，相對來說，蕭巡的〈離合詩贈尚書令何敬容詩〉，就具有負面的批評了。從詩的內容來看，這首詩通篇盡是明顯的諷刺與謾罵。到最後甚至還用了「人塗自此分」如此嚴重之語。由於題目已經表明此詩是贈與何敬容，所以詩中極盡所能的諷刺與謾罵，應該就是具體的指向何敬容這個人了。當我們再運用離合的方法來解這首詩時，也可以得到「何敬容」三字。如果依照前面所論，六朝「離合」詩的內容與隱藏之字句，在意義上通常是一致的，就可以使我們更加確定此詩是諷刺與謾罵何敬容的推論。那麼何敬容究竟是怎麼樣的人？蕭巡又爲何要刻意寫詩諷刺他？這在史書的記載中，可以找到解答：

敬容久處臺閣，詳悉舊事，且聰明識治，勤於簿領，詰朝理事，日旰不休。自晉、宋以來，宰相皆文義自逸，敬容獨勤庶務，爲世所嗤鄙。時蕭琛子巡者，頗有輕薄才，因制卦名、離合等詩以嘲之，敬容處之如初，亦不屑也。（《梁書·何敬容傳》）〔註32〕

敬容久處臺閣，詳悉晉魏以來舊事，且聰明識達，勤於簿

領，詰朝理事，日旰不休。職隆任重，專預機密，而拙於
草隸，淺於學術，通包苴餉饋，無賄則略不交語。自晉宋
以來，宰相皆文義自逸，敬容獨勤庶務，貪吝為時所嗤鄙。
其署名「敬」字，則大作「苟」，小為「文」，「容」字大為
「父」，小為「口」。陸倕戲之曰：「公家『苟』既奇大，『父』
亦不小。」敬容遂不能答。又多漏禁中語，故嘲誚日至。
嘗有客姓吉，敬容問：「卿與邴吉遠近？」答曰：「如明公
之與蕭何。」時蕭琛子巡頗有輕薄才，因制卦名、離合等
詩嘲之，亦不屑也。(《南史・何敬容傳》)〔註33〕

《梁書》與《南史》對於蕭巡何以作〈離合詩〉嘲笑何敬容的記載，
有些差異。依照《梁書》的記載，何敬容勤於政事，甚至到了「日旰
不休」的程度。但當時的文人階層十分注重文才，尤其是南朝以後，
皇室貴族更是親自參與並鼓勵文學創作。相對來說，何敬容「獨勤庶
務」，在文學創作上並不突出，甚至可能根本就不喜愛此道，因此不
僅為世所嗤鄙，也成為蕭巡寫詩嘲諷的對象。在得知蕭巡寫詩嘲諷
後，何敬容雖「處之如初」看似沒有強烈反應，但其實是不屑與之起
舞。不過，在《南史》的記載裡，卻不是如此。何敬容不僅無文學之
才，也「拙於草隸，淺於學術」。更重要的是，他雖然同樣勤於政事，
但卻「通包苴餉饋，無賄則略不交語」。所以時人不僅鄙夷其文才，
也厭惡其貪吝。《南史》還進一步記載了一些何敬容因拙於文才、淺
於學術，所造成的笑譚。因此，蕭巡之所以寫詩嘲諷，便是因為何敬
容在文才及為人上，令人不屑為伍。雖然二本史書對於蕭巡寫詩的動
機，不盡相同。但可以確知的是，蕭巡寫〈離合詩〉確實是在諷刺、
嘲笑何敬容。值得一提的是，蕭巡既已在題目明確告知嘲諷的對象，
又為何要刻意用「離合」寫詩呢？我想這應該是因為何敬容拙於文
才、淺於學術，所以故意使用這種必須具有一定能力學養，才能創作
與解讀的詩歌形式，一方面是嘲諷何敬容既無文才、又好貪吝，另一

〔註33〕 〔唐〕李延壽：《南史・何敬容傳》（北京：中華書局，1997 年 11 月
一版），頁 216～217。

方面也可藉此展現自身文學創作的能力，同時更加凸顯何敬容才氣的淺薄。

　　從以上的討論可知，「離合」詩的內容必須與隱藏的字句配合。因此，創作與閱讀的重點，並不是在於所寫之詩，有沒有寫出某種情志或意境，足以表現自身情感，且感動他人。而是在於詩所寫出的意義，有沒有與隱藏之字句相互詮釋。如何掌握這種遊戲性質，才是創作與閱讀「離合」詩的第一要務。整體來說，「離合」詩的內容絕不是最重要的部分，其背後所隱含的遊戲性、藉由隱藏之字句來展現「以文字示其巧也」〔註34〕的功力，才是這類詩的精神所在。過於重視「離合」詩的內容，而直接照表面字句來解釋詩的涵義，不但沒有抓住其要領，甚至可能成為閱讀者的自說自話，與作者原意毫無關聯。

（二）「嵌字」詩

　　「嵌字」詩是指在創作時，刻意將某些已經規定好的字詞或字句嵌入詩中，作為構成詩歌的條件。因為相關類型詩作所規定的範圍並不一致，而且字詞嵌入的位置亦不相同，所以也可稱之為「雜嵌」詩。何文匯曾針對此種類型作了說明，可為參考：

> 雜嵌體，總名嵌字及嵌詞、語於詩中之體也。約而分之，一為嵌古詩辭句體，一為嵌諸名體。嵌古詩辭句，舉其流體，有五雜組、兩頭纖纖、三婦豔、自君之出矣。後世或名此體曰「擬」；然其體須嵌原詩辭句，故與純擬古意不同。……嵌諸名體，則有建除、數名、八音、六甲之屬，為體最繁雜瑣碎。〔註35〕

何文匯的分類，是以被視為典範作品的產生時間為標準。「嵌古詩辭句」是以漢代舊有之古詩或樂府為準則，而「嵌諸名」則是以六朝新創之體為規範。不過，其特別列出「嵌古詩辭句」一類，亦或許是為

〔註34〕〔宋〕葉少蘊：《石林詩話》：「古詩有離合體，近人多不解此體。……殆古人好奇之過，欲以文字示其巧也。」參見〔清〕何文煥：《歷代詩話》，頁249。
〔註35〕何文匯：《雜體詩釋例》，123、144。

了凸顯此體與「擬古」的差別。但無論如何，此種分類實可包含了與嵌字相關的詩歌類型。就類標準而言，亦較明代徐師曾的分類，更爲妥切。徐師曾的《文章辨體》將與嵌字詩相關的類型，區分爲「雜體詩」、「雜數詩」以及「雜名詩」三種類體：

> 按詩有雜體：一曰拗體，二曰蜂腰體，三曰斷弦體，四曰隔句體，五曰偷春體，六曰首尾吟體，七曰盤中體，八曰迴文體，九曰仄起體，十曰疊字體，十一曰句用字體，十二曰薰砧體，十三曰兩頭纖纖體，十四曰三婦艷體，十五曰五雜組體，十六曰五仄體，十七曰四聲體，十八曰雙聲疊韻體，十九曰問答體，皆詩之變體也，故並列於此篇。（「雜體詩」）

> 按詩有以數爲題者，如四時、四氣、四色、五憶、六憶、六甲、六府、八音、十索、十離、十二屬、百年是也。有以數爲詩者，如數詩數名自一至十是也。今取而並列之。（「雜數詩」）

> 按詩有用建除名者，有用星宿名者，有用道里名者，有用州郡縣名者，有用斜冗名者，有用姓名者，有用將軍名者，有用古人名者，有用宮殿名者，有用船車名者，有用藥草樹名者，有用鳥獸名者，有用卦兆相名者，古集所載，僅見數端。然推而廣之，將不此也。故錄之爲此篇。〔註36〕（「雜名詩」）

其中「雜體詩」中的「兩頭纖纖」、「三婦艷」、「五雜組（組）」，即屬於「嵌字」詩，也就是何文匯所說的「嵌古詩辭句」一類。只不過缺少了「自君之出矣」一類。而「雜數詩」與「雜名詩」則是何文匯所分的「嵌諸名體」。本文即以何文匯的分類爲主，並參考徐師曾的說法作爲對照，以討論六朝時期的「嵌字」詩。

壹、「嵌古詩辭句」詩

「嵌古詩辭句」主要是以前代詩歌爲模擬對象。創作方式是：先

〔註36〕〔明〕徐師曾：〈文章辨體序說〉，收入《文體序說三種》，頁119、123～124。

將古詩或漢樂府的其中幾句或幾個詞彙留存，然後採用近似填空的手法，配合保留詞彙的涵義，將新詞填入空缺，完成作品。底下將分別論述「五雜組（俎）」詩、「兩頭纖纖」詩、「三婦豔」詩以及「自君之出矣」詩

　　先論「五雜組（俎）」詩。五雜組，或作五雜組，三言六句，以首句作為篇名。此類詩在六朝時期少有作品傳世。目前可見僅有王融的〈代五雜組詩〉〔註37〕以及范雲的〈擬古五雜組詩〉。兩人之作，皆是以〈古五雜組詩〉為藍本而來的。我們將三詩並列，便可看出之間的關係：

　　　　五雜組，岡頭草。往復還，車馬道。不獲巳，人將老。

　　　　（〈古五雜組詩〉）

　　　　五雜組，慶雲發。往復還，經天月。不獲巳，生胡越。

　　　　（王融〈代五雜組詩〉）

　　　　五雜組，會塗山。往復還，兩崤關。不得巳，孀與鰥。

　　　　（范雲〈擬古五雜組詩〉）

楊琳在分析歷史上的「五雜組」詩後，得出了三個特點：

　　第一，結構上三言六句，奇句都沿用〈五雜組〉的成句。

　　第二，在表意上成句「五雜組」只起詩體標誌的作用，並不參與表意；但「往復還」和「不獲（得）巳」都參與表意。

　　第三，整首詩表現的都是不如意或無可奈何的情調，承繼了〈五雜組〉詩固有的思想傾向。〔註38〕

　　楊琳所舉出的這三個特點，正可以作為本文的討論進路。將其用來對照上面所引的三首詩，便可以使我們更清楚三首詩之間的相關性與差異性。

〔註37〕〔宋〕曾慥：《類說》尚收入王融另兩首〈五雜組〉：「五雜組，處朝市。往復還，王良馭。不獲巳，昭君去。」、「五雜組，園中樹，往復還，虧盈數，不獲巳，邊城路。」收入〔清〕永瑢、紀昀等編：《景印文淵閣四庫全書》，頁 873～877。

〔註38〕楊琳：〈從五雜組詩到雜俎文 —— 談雜俎體詩文的發展過程〉，收入《古籍整理研究學刊》，2006 年 7 月第四期，頁 92。

　　首先，從詩句來看，王融、范雲之詩，保留了〈古五雜組詩〉的第一句「五雜組」、第三句「往復還」與第五句「不獲已」（范雲之詩的第五句作「不得已」，雖略有差異，但意義相同。唐代之後的文人兩句皆有人使用）〔註39〕。然後再將新作之詞填入第二句、第四句和第六句。這是寫作「五雜組」詩所必須遵循的首要規範。再從作者填入之句來看，第四句與第六句都與前一個句子在意義上具有聯繫。例如：范雲第四句所填「兩崤關」與第三句「往復還」，以及第六句「孀與鰥」與第五句「不得已」，在意義上都能夠有所連結。不過，第一句的「五雜組」與第二句「會塗山」之間的意義聯繫，在解釋上就產生問題了。而這個問題的關鍵，即是如何解釋「五雜組」一詞的意義。何文匯認為「組」才是原始本字，所以「五雜組」的意思是「雜五彩錦繡組織而成也」。〔註40〕楊琳則認為「組」（或「俎」）的本字應是葅（或「葅」），為雜草之義，「五」則泛指眾多之義，故「五雜組」之義即為眾多的雜草。〔註41〕不過，無論是哪一種解釋，在意義上都無法全面的連結王融與范雲所寫的第二句。所以，的確如楊琳所言，此類詩的第一句「五雜組」只作為起頭，往往不與底下詩句的意義連結。至於為何如此？目前也難以得到確切的答案。

　　至於為何王融與范雲所寫的「五雜組」詩，幾乎都是表現出「表現的都是不如意或無可奈何的情調」？這其實與不能更動的第五句有絕對的關係。因為第五句已經固定為「不得已（不獲已）」，所以結尾

〔註39〕楊琳：〈從五雜組詩到雜俎文 —— 談雜俎體詩文的發展過程〉：「『不獲已』或作『不得已』，當是原文傳本本有異文，故仿擬之者或作『不獲已』，或作『不得已』，但兩句的意思是相同的。」頁92。

〔註40〕何文匯：《雜體詩釋例》：「當以『組』字為正，謂雜五彩錦繡組織而成也。」頁123。

〔註41〕楊琳：〈從五雜組詩到雜俎文 —— 談雜俎體詩文的發展過程〉：「首句『五雜組』為何意，古來未見有闡釋之者。其最後一字，唐人多作『組』，宋代以後多作『俎』，但無論是『組』還是『俎』，原詩中都講不通。我們認為這兩個字都是借字，本字應該是葅（異體作葅）。葅有雜草之義，此義雖為古今辭書所不載，但不難從典籍用例中予以證明。……五在古漢語中有泛指眾多的用法。」頁91。

就一定會產生這樣的情調。

　　「嵌古詩辭句」中的「兩頭纖纖」詩，也與「五雜組」詩一樣，在六朝時期少有人作。目前可見的詩作，僅有王融的〈奉和纖纖詩〉。「兩頭纖纖」詩也是一種填空體，寫作的方式為將〈古兩頭纖纖詩〉每句的前四個字保留，只重新換寫最後三個字。而且所更動的後三字，在意義上必須與前四字有所聯繫。關於此類詩，本文在第三章第二節的地方，已經有過討論，故此處就不再贅述。

　　相較於前兩類「嵌古詩辭句」，六朝時期的「三婦豔」詩，就有多人作品流傳下來。「三婦豔」詩一般認為是起源自漢樂府〈相逢行〉以及〈長安有狹斜行〉：

> 相逢狹路間，道隘不容車。不知何年少，夾轂問君家。君家誠易知，易知復難忘。黃金為君門，白玉為君堂。堂上置樽酒，作使邯鄲倡。中庭生桂樹，華燈何煌煌。兄弟兩三人，中子為侍郎。五日一來歸，道上自生光。黃金絡馬頭，觀者盈道傍。入門時左顧，但見雙鴛鴦。鴛鴦七十二，羅列自成行。音聲何嘈嘈，鶴鳴東西廂。大婦織綺羅，中婦織流黃。小婦無所為，挾瑟上高堂。丈人且安坐，調絲方未央。（〈相逢行〉）

> 長安有狹斜，狹斜不容車。適逢兩少年，挾轂問君家。君家新市傍，易知復難忘。大子二千石，中子孝廉郎。小子無官職，衣冠仕洛陽。三子俱入室，室中自生光。大婦織綺紵，中婦織流黃。小婦無所為，挾琴上高堂。丈夫且徐徐，調絃詎未央。（〈長安有狹斜行〉）〔註42〕

根據郭茂倩《樂府詩集・相逢行》古辭題解云：「〈相逢行〉一曰：〈相逢狹路間行〉，亦曰：〈長安有狹斜行〉。」〔註43〕而〈三婦豔〉又是從〈相逢行〉以及〈長安有狹斜行〉獨立出來的。可見〈相逢行〉、〈相

〔註42〕〔宋〕郭茂倩：《樂府詩集・相和歌辭十》（臺北：里仁書局，民國88年1月10日初版二刷），頁508、514。

〔註43〕〔宋〕郭茂倩：《樂府詩集・相和歌辭九》，頁508。

逢狹路間行〉、〈長安有狹斜行〉以及〈三婦豔〉四組詩在內容與音調上，關係密切。〔註44〕從上面所引的二首詩來看，〈三婦豔〉的寫法確實來自於〈相逢行〉和〈長安有狹斜行〉的最後六句。雖然「三婦豔」詩在六朝時已可獨立創作，但由於六朝時期的文人依舊繼續撰寫〈相逢行〉、〈相逢狹路間行〉、〈長安有狹斜行〉等詩，所以還是常常可從這些詩的末端，看到與「三婦豔」詩相同的寫法。〔註45〕這也是「三婦豔」詩最為獨特之處。

　　至於第一個擷取「三婦」部分為詩者，以目前可見之詩作來看，當屬南平王劉鑠。其〈三婦豔詩〉云：

　　　大婦裁霧縠，中婦牒冰練。小婦端清景，含歌登玉殿。丈
　　　人且徘徊，臨風傷流霰。

將這首詩與前面兩首〈相逢行〉和〈長安有狹斜行〉的最後六句比較，可以發現其寫作的固定嵌入的部分是：第一句句首的「大婦」、第二句句首的「中婦」、第三句句首的「小婦」，以及第五句句首的「丈人」。就詩的內容而言，「大婦」、「中婦」的行為依舊與紡織、縫紉有關，「小婦」及「丈人」的舉止則有些變動。但整體而言，劉鑠的〈三婦豔詩〉大致遵循古辭末尾六句的寫作模式。劉鑠之後，王融雖亦有〈三婦豔詩〉，但其詩與前面所引〈相逢行〉與〈長安有狹斜行〉「三婦」部分，卻幾乎一致。其〈三婦豔詩〉云：

　　　大婦織綺羅，中婦織流黃。小婦獨無事，挾瑟上高堂。丈

〔註44〕吳大順透過比較〈長安有狹斜行〉與〈相逢行〉的結構、描寫及文辭，然後再比較歷史出現的先後次序，而認為「〈相逢行〉當是晉代荀勗等人正樂時採擷〈雞鳴〉、〈長安有狹斜行〉舊辭而成。」也因此認為「這四組詩在內容上互相關聯，當均緣於〈長安有狹斜行〉古辭。其中，〈相逢行〉與〈相逢狹路間〉當是同一個曲調，二者為同調異名，其曲名均來源於古辭第一句『相逢狹路間，道隘不容車』，〈相逢行〉取前二字為題，〈相逢狹路間〉取前一句為題。」參見氏著：〈從〈長安有狹斜行〉到〈三婦豔〉看清商三調在南朝的演變〉，收入《中國詩歌研究（第六輯）》，2009年，頁86。

〔註45〕相關例子可參見何文匯：《雜體詩釋例》，頁134～136。

　　　夫且安坐，調弦詎未央。

此詩眞正不同於古辭的地方，僅有第三句的「小婦無所爲」改爲「小婦獨無事」。第五句「丈夫」〔註46〕以及第六句「調弦詎未央」實則爲〈長安有狹斜行〉之詞。其餘句子，完全一樣。然而，即便替換了第三句的詞彙，在詩的意義上，也不會有什麼差別。由於王融本身極有文才，所以這種情況也造成了現代學者對此詩眞僞的討論。〔註47〕不過，無論此詩之眞僞，對於「三婦豔」詩的發展，影響不大。眞正使得「三婦豔」詩脫離古辭的寫作模式，要屬梁代的沈約、吳均、昭明太子蕭統等人。三人的〈三婦豔詩〉如下：

　　　大婦拂玉匣，中婦結羅帷。小婦獨無事，對鏡畫蛾眉。良人且安臥，夜長方自私。（沈約）

　　　大婦舞輕巾，中婦拂華茵。小婦獨無事，紅黛潤芳津。良人且高臥，方欲薦梁塵。（蕭統）

　　　大婦弦初切，中婦管方吹。小婦多姿態，含笑逼清卮。佳人勿餘及，殷勤妾自知。（吳均）

由於「三婦豔」詩是擷取〈相逢行〉和〈長安有狹斜行〉的末端而成，所以一旦獨立出來，對於「三婦」所指爲何，就可以產生不同的詮釋。因此，同樣是寫「三婦」，古辭原義本爲三兄弟的妻子，故「丈人」即指「舅姑」。但在沈約、蕭統的詩中，「三婦」卻變成「良人」的妻妾。對於「三婦」的描寫，也開始集中在容顏與神態部分。而吳均〈三婦豔詩〉中的「三婦」形象，更是類似歌妓之類的女子。這與古辭「三

〔註46〕王融〈三婦豔詩〉中的「夫」字，郭茂倩《樂府詩集》云：「亦作人」。頁518

〔註47〕何文匯：《雜體詩釋例》：「此與〈相逢行〉古辭差同，疑非王融所作。殆歌工相傳古辭之訛也。《南史‧王弘傳》謂融『少而神明警慧』，又謂其『有文才』，又云：『上以融才辯，使兼主客』當不至於拾古人涎沫如是。惜佐證不足，茲存疑。」頁137。吳大順：〈從〈長安有狹斜行〉到〈三婦豔〉看清商三調在南朝的演變〉：「作爲『竟陵八友』之一的王融，曾致力於詩體新變，不至於將古樂府歌辭掠爲己有吧。這一現象有兩種可能：一是此辭本是古辭，後人誤收入王融名下；二是這首詩曾經以王融的名義流傳過。」頁85。

婦」的原意，相差甚遠了。當時雖然也有如劉孝綽、王筠等文人，在寫作「三婦豔」詩時，尚存有古辭之意（不過，劉孝綽在第三句的格式上，稍有變動），〔註48〕但卻還是抵擋不了此類型的寫作，已轉向爲著重於女子的容貌與姿態上。陳代張正見與陳後主所寫的〈三婦豔詩〉，不僅在格式上作了改變，在內容上也全寫女子柔媚的嬌態。其中，陳後主的作品更是多達十一首，可見其對此類型的熱愛。茲將二人之詩列舉如下：

> 大婦避秋風，中婦夜床空。小婦初兩鬟，含嬌新臉紅。得意非霰日，可憐那可同。

> 大婦西北樓，中婦南陌頭。小婦初妝點，回眉對月鉤。可憐還自覺，人看反更羞。

> 大婦主縑機，中婦裁春衣。小婦新粧冶，拂匣動琴徽。長夜理清曲，餘嬌且未歸。

> 大婦妒蛾眉，中婦逐春時。小婦最年少，相望卷羅帷。羅帷夜寒卷，相望人來遲。

> 大婦上高樓，中婦蕩蓮舟。小婦獨無事，撥帳掩嬌羞。丈夫應自解，更深難道留。

> 大婦初調箏，中婦飲歌聲。小婦春粧罷，弄月當宵楹。季子時將意，相看不用爭。

> 大婦愛恆偏，中婦意常堅。小婦獨嬌笑，新來華燭前。新來誠可惑，爲許得新憐。

> 大婦酌金杯，中婦照粧臺。小婦偏妖冶，下砌折新梅。眾中何假問，人今最後來。

> 大婦怨空閨，中婦夜偷啼。小婦獨含笑，正柱作烏棲。河低帳未掩，夜夜畫眉齊。

〔註48〕劉孝綽〈三婦豔〉：「大婦縫羅裙，中婦料繡文。唯餘最小婦，窈窕舞昭君。丈人慎勿去，聽我駐浮雲。」王筠〈三婦豔〉：「大婦留芳褥，中婦對華燭。小婦獨無事，當軒理清曲。丈人且安臥，豔歌方斷續。」

> 大婦正當壚，中婦裁羅襦。小婦獨無事，淇上待吳妹。鳥
> 歸花複落，欲去却踟蹰。
>
> 大婦年十五，中婦當春戶。小婦正橫陳，含嬌情未吐。所
> 愁曉漏促，不恨燈銷炷。（陳後主叔寶〈三婦豔詞十一首〉）
>
> 大婦織殘絲，中婦妒蛾眉。小婦獨無事，歌罷詠新詩。上
> 客何須起，爲待絕纓時。（張正見〈三婦豔詩〉）

二人之詩都有一個顯著的特色，那就是對於「大婦」、「中婦」的描寫，
都是爲了襯托出「小婦」。也就是說，「小婦」才是詩中的主角，其餘
二人僅是陪襯。這從陳後主之詩有九首更改格式，自第三句至第六
句，皆爲描寫「小婦」之神情樣態，可見一斑。除此之外，詩中不僅
呈現「小婦」柔媚之態，也常暗指男女床笫之事。例如：「羅帷夜寒
卷，相望人來遲」、「河低帳未掩，夜夜畫眉齊」等皆是。尤其是最後
一首所寫：「小婦正橫陳，含嬌情未吐。所愁曉漏促，不恨燈銷炷」
更是極盡挑逗之能事，露骨的寫出男女魚水之歡的場景。張正見詩的
內容，大致與陳後主類似。而其詩云：「上客何須起，爲待絕纓時」，
則「小婦」似乎成爲了歌妓之流。

　　梁、陳文人所寫的「三婦豔」詩，之所以會如此鉅細靡遺的描
寫女子的容貌、樣態，以及男女床幃之事，並非偶然發生的，而是
與當時宮體詩風的流行，有著絕對的關係。所謂宮體詩，是指由梁
簡文帝於東宮時期，與徐摛所創造的一種詩風。〔註49〕洪順隆認爲
宮體詩應有三個特色：第一、在風格上，它是輕靡的；第二、在技
巧上，它是細雕深琢的；第三、在題材上，它是專寫女性在閨閣中
的情狀的。〔註50〕以此對照來看，此時的「三婦豔」詩，確實具有

〔註49〕〔唐〕姚思廉：《梁書・簡文帝紀》：「（簡文帝）雅好題詩，其序云：
　　　　『余七歲有詩癖，長而不倦。』然傷於輕豔，當時號曰『宮體』。」
　　　　頁33。又《梁書・徐摛傳》：「（徐摛）屬文好爲新變，不拘舊體。……
　　　　摛文體既別，春坊盡學之，『宮體』之號，自斯而起。」頁118。
〔註50〕洪順隆：《由隱逸到宮體》（臺北：文史哲出版社，民國73年7月文一
　　　　版），頁127。關於宮體詩的論述，除了洪順隆外，尚可參見劉漢初：《六
　　　　朝詩發展述論》第六章「宮體詩」，國立臺灣大學中文所博士論文，民

上述這些特點。可見此類型受時代風氣影響之深。也因爲如此，導致當時出現了批評反對的聲音。如《顏氏家訓·書證》云：

> 古樂府歌詞，先述三子，次及三婦，婦是對舅姑之稱。其
> 末章云：「丈人且安坐，調絃未遽央。」古者，子婦供事舅
> 姑，旦夕在側，與兒女無異，故有此言。丈人亦長老之目，
> 今世俗猶呼其祖考爲先亡丈人。又疑「丈」當作「大」，北
> 間風俗，婦呼舅爲大人公。「丈」之與「大」，易爲誤耳。
> 近代文士，頗作〈三婦詩〉，乃爲匹嫡並耦己之群妻之意，
> 又加鄭、衛之辭，大雅君子，何其謬乎？〔註51〕

顏之推所說的「三婦詩」即〈三婦豔〉。他從「丈人」這個詞彙談起，而認爲梁、陳兩代的文人改成「良人」、「丈夫」等詞，使原本的意思由對舅姑之敬重，轉爲夫妻之間的情感，處處充滿豔情、露骨的「鄭、衛之辭」，不僅十分荒謬，也是不懂古辭之義。〔註52〕

最後再論「自君之出矣」詩。此類型出自於徐幹〈室思詩〉第三章的最後四句：「自君之出矣，明鏡暗不治。思君如流水，何有窮已時。」〔註53〕經由後人大量的模仿此五言四句後，進而演變成爲「自

國72年5月，頁325～372；王力堅：《由山水到宮體——南朝的唯美詩風》下篇「宮體滔滔」（臺北：臺灣商務印書館，1997年12月初版一刷），頁165～248；歸青：《南朝宮體詩研究》（上海：上海古籍，2006年）；胡大雷：《宮體詩研究》（北京：商務印書館，2004年）；石觀海：《宮體詩派研究》（武昌：武漢大學出版社，2003年）等書。

〔註51〕〔北齊〕顏之推撰、王利器注：《顏氏家訓集解（增補本）》（北京：中華書局，2011年4月一版六刷），頁476～477。

〔註52〕《顏氏家訓集解·書證》注引盧文弨曰：「宋南平王鑠，始仿樂府之後六句作〈三婦豔〉詩，猶未甚猥褻也。梁昭明太子、沈約，俱有『良人且高臥』之句。王筠、劉孝綽尚稱『丈人』，吳均則云『佳人』，至陳後主乃有十一首之多，如「小婦正橫陳，含嬌情未吐」等句，正顏氏所謂鄭、衛之辭也。張正見亦然，皆大失本指。」參見〔北齊〕顏之推撰、王利器注：《顏氏家訓集解（增補本）》，頁479。

〔註53〕〔宋〕郭茂倩：《樂府詩集·雜曲歌辭九》「自君之出矣」題下注：「漢徐幹有〈室思詩〉五章，其第三章曰：『自君之出矣，明鏡暗不治。思君如流水，無有窮已時。』〈自君之出矣〉，蓋起於此。」頁987。郭茂倩雖云〈室思詩〉有五章，但其實應有六章。逯欽立〈室思詩〉

君之出矣」詩。

目前可見最早仿作「自君之出矣」詩的人，應該是宋孝武帝劉駿：

自君之出矣，金翠闇無精。思君如日月，迴還晝夜生。

〔註54〕

與徐幹〈室思詩〉相比，劉駿之詩保留了第一句的「自君之出矣」，以及第三句的「思君如」三字。之後文人寫作此類型，基本上亦與此相同。我們參看六朝時期文人所作的〈自君之出矣〉，便可明白：

自君之出矣，芳帷低不舉。思君如迴雪，流亂無端緒。

（顏師伯）

自君之出矣，筍錦廢不開。思君如清風，曉夜常徘徊。

（江夏王劉義恭）

自君之出矣，芳蕈絕瑤卮。思君如形影，寢興未曾離。

自君之出矣，金爐香不燃。思君如明燭，中宵空自煎。

（王融〈奉和代徐詩〉二首）

自君之出矣，羅帳咽秋風。思君如蔓草，連延不可窮。

（范雲）

自君之出矣，霜暉當夜明。思君若風影，來去不曾停。

自君之出矣，房空帷帳輕。思君如畫燭，懷心不見明。

自君之出矣，不分道無情。思君若寒草，零落故心生。

自君之出矣，塵網暗羅帷。思君如落日，無有暫還時。

自君之出矣，綠草遍堦生。思君如夜燭，垂淚著雞鳴。

自君之出矣，愁顏難復覯。思君如藥條，夜夜只交苦。

（陳後主陳叔寶）

題下注：「六章。《廣文》選於前五章作〈雜詩〉五首，後一章做〈室思〉。《詩紀》於後一章做〈室思〉，前二章作〈雜詩〉，於三、四、五章又作〈室思〉。」參見《先秦漢魏晉南北朝詩》，頁376。何文匯則認爲：「六章氣脈相乘，自是一首，實不應有〈雜詩〉及〈室思〉之分。」參見氏著：《雜體詩釋例》，頁141。

〔註54〕此詩與許瑤之〈擬自君之出矣〉所差無幾，僅最後一句「回還」改爲「迴環」。據何文匯考證，此詩爲劉駿所作的可能性較高。

　　自君之出矣，紅顏轉憔悴。思君如明燭，煎心且銜淚。

　　（賈馮吉）

由這些詩作可見，此類型即是固定於第一句嵌入「自君之出矣」，以及在第三句嵌入「思君如○○」。至於像鮑令暉〈題書後寄行人詩〉〔註55〕以及虞羲〈自君之出矣〉〔註56〕，雖然首句亦為「自君之出矣」，但從其格式來看，並非四句之詩，也沒有在第三句時使用「思君如○○」，所以本文就沒有將這些可能為「變格」的體例，列入「自君之出矣」詩的討論了。

　　由於「自君之出矣」為第一句開頭，所以基本上詩的創作方向也就固定了。整首詩的時序，必須建立在對方離開之後。內容也必須以對方離開後自己悲傷的心情為基底。接著，第三句固定的「思君如○○」格式，直接規定文人在此處必須使用譬喻法。而譬喻之物的屬性，又決定了第四句是否能令人耳目一新、餘味無窮。因此，整首詩好壞的關鍵，即在於三、四兩句的連結。例如：劉駿第三句的譬喻之物為「日月」，第四句即藉著「日月」交替循環不息的現象，來比喻自身的思念亦是如此。以永恆的自然景觀比喻無止盡的思念，使讀者的感受，頓時進入另一種境界。另一首顏師伯的詩，在第三句以「迴雪」為譬喻，以大雪紛飛的特性顯示自己的思緒如雪四處飄零。陳後主在第三句用「蘗條」為譬喻之物。蘗是植物名，亦即黃蘗。其特色是有特殊香氣及苦味。因此，第四句以蘗條之苦味來凸顯自己相思之苦。當然，這並不是說第二句就可以隨意寫作，因為第二句同樣必須僅扣第一句「自君之出矣」的所帶出的離別感受。只是由於第三句與第四句所帶出的意象，往往成為評價整首詩好壞的關鍵，才導致了第二句的重要性難以顯現。

〔註55〕鮑令暉〈題書後寄行人詩〉：「自君之出矣，臨軒不解顏。砧杵夜不發，高門晝恒關。惟中流熠耀，庭前華紫蘭。物枯識節異，鴻來知客寒。遊用暮冬盡，除春待君還。」

〔註56〕虞羲〈自君之出矣〉：「自君之出矣，楊柳正依依。君去無消息，唯見黃鶴飛。關山多險阻，士馬少光輝。流年無止極，君去何時歸。」

　　不過，由於譬喻之物往往以自然景物和周遭物品為對象，所以很容易造成意象類似或重複。例如：以「燭」為譬喻之物，就有王融、賈馮吉的「明燭」，以及陳後主的「晝燭」和「夜燭」。雖然看似有些差異，但實則皆是著重在蠟燭的特性：第一，蠟燭燃燒時會產生蠟淚。第二，蠟燭主要是照明之用。以此兩種特性，交互成為第四句引發的意象。陳後主「垂淚著雞鳴」是用蠟燭流蠟淚的特性。蠟燭整夜燃燒，不停的留下蠟淚，以此暗喻自己也整夜哭泣至天明。王融「中宵空自煎」是將蠟燭照明與燃燒合用。因為蠟燭通常於夜晚燃燒，所以點出「中宵」寂靜無人的時間；又蠟燭不停的燃燒卻無人重視、注意，彷彿獨自毀滅自己的生命。這種情形就像自己在夜深人靜時，不斷的接受相思的煎熬，雖然不停的思念，卻沒有人可以了解。賈馮吉「煎心且銜淚」則將前兩種意象合在一起，雖然看似具有繁複的情緒，但反而不如王融以「中宵」點出寂靜的空間，和陳後主以「雞鳴」帶出的漫長時間，對讀者所造成的深刻感受。至於陳後主的「懷心不見明」，雖然是用蠟燭作為照明的特性，但卻故意反其道而行，以白天點燃蠟燭，反而失去其光芒，來比喻自身的思念無法讓對方明白。這算是比較特別的用法。其他如：「清風」、「形影」、「風影」或是「蔓草」、「寒草」等類型，也都是如此。因為「自君之出矣」詩初創於六朝，所以這類情形於此時期尚不嚴重，但由此卻可看出此類型詩發展的侷限性了。

　　整體來說，「自君之出矣」詩就像是一種引導式的寫作，必須遵守部分固定的辭句、固定的情感模式。因此，相較於其他「嵌古詩辭句」詩來說，此類型在寫作上也較為容易。

　　除了以上這些之外，張衡的〈四愁詩〉，在六朝時也有傅玄和張載所擬作的〈擬四愁詩〉。不過，傅玄和張載之詩，雖然也分為四首以描寫四種哀愁，也在第一句嵌入「我所思兮在○○」，以及在後面的句子上嵌入類似的「佳人貽（遺）我」（張衡之詩為「美人贈我」），和「何以要（贈）之」（張衡之詩為「何以報之」）等，但從格式上來

看，差異甚大。因此，本文便不列入討論範圍。

貳、「嵌諸名」詩

六朝時期的「嵌諸名」詩種類繁雜，要如何分類以利討論，著實是一件難事。因此，本文打算以嵌入之字詞是否固定爲劃分基準，分爲「嵌入固定字詞」與「嵌入限制範圍內自選字詞」兩類，進行討論。

1、嵌入固定字詞

「嵌入固定字詞」一類包括「建除」、「數名」、「六府」、「六甲」、「八音」、「十二屬」等。

先論「建除」詩。所謂「建除」詩，簡單的說，即是將先秦建除家所訂定的建除十二辰（亦稱建除十二神、建除十二直或建除十二客）：建、除、滿、平、定、執、破、危、成、收、開、閉，分別嵌入奇句的首字。〔註57〕一般認爲首創「建除」詩者爲鮑照。〔註58〕其〈建除詩〉云：

> 建旗出燉煌，西討屬國羌。除去徒與騎，戰車羅萬箱。滿
> 山又填谷，投鞍合營牆。平原亘千里，旗鼓轉相望。定舍
> 後未休，候騎敕前裝。執戈無暫頓，彎弧不解張。破滅西
> 零國，生虜郅支王。危亂悉平蕩，萬里置關梁。成軍入玉
> 門，士女獻壺漿。收功在一時，歷世荷餘光。開壤襲朱紱，
> 左右佩金章。閉帷草太玄，茲事殆愚狂。

雖然詩的內容不算特別，用字遣辭也沒有突出之處，但從遊戲的層面來說，能夠在奇數句的首字，嵌入前面所引的建除十二辰，同時又可以保持整首詩詩意的完整性，已經算是達到目的了。至於整首詩在內容上是否具有新意或獨特，應該不是鮑照首要關注的地方。所以評價

〔註57〕關於「建除家」的說明，本文已於第一章第一節有所論述，故此處不再重複討論。另可參見何文匯：《雜體詩釋例》，頁145。孫占宇：〈戰國秦漢時期建除術討論〉，收入《西安財經學院學報》，第23卷第5期，2010年9月，頁88～92。

〔註58〕〔宋〕嚴羽《滄浪詩話》：「鮑明遠有〈建除詩〉。每句首冠以『建除平定』等字。」參見郭紹虞校釋：《滄浪詩話校釋》，頁101。

這首詩時，就要從形式上著手，也就是要就有無符合「建除」詩的要求來判斷。﹝註59﹞例如：嚴羽認爲：「其詩雖佳，蓋鮑本工詩，非因建除之體而佳也。」郭紹虞解釋嚴羽所謂的「佳」是指：「此詩雖嵌字而仍自然，所以爲佳。」﹝註60﹞可見只要能夠滿足「建除」詩的嵌字要求，並且形成一文意自然順暢之詩，即可謂之佳。

鮑照之後，尚有范雲、梁宣帝蕭詧以及沈炯著有〈建除詩〉：

> 建國負東海，衣冠成營丘。除道梁淄水，結駟登之罘。滿座咸嘉友，蘋藻絕時羞。平望極聊攝，直視盡姑尤。定交無恆所，同志互相求。執手歡高宴，舉白窮獻酬。破琴豈重賞，臨濠寧再儔。危生一朝露，螻蟻將見謀。成功退不處，爲名自此收。收名棄車馬，單步反蝸牛。開渠納秋水，相土播春疇。閉門謝世人，何欲復何求。（范雲）

> 建國惟神業，十世本靈長。除苛逾漢祖，徯后類殷湯。滿盈既虧度，否運理還康。平階今複觀，德星行見祥。定寇資雄畧，靜亂屬賢良。執訊窮郱魯，弔伐遍徐揚。破敵勳庸盛，佩紫日懷黃。危苗既已竄，妖沴亦云亡。成功勒雲社，治定理要荒。收戟歸農器，牧馬恣芻場。開山接梯路，架海擬山梁。閉愁同彭老，延壽等東皇。（蕭詧）

> 建章連鳳闕，藹藹入雲煙。除庭發槐柳，冠劍似神仙。滿衢飛玉軹，夾道躍金鞭。平明塵霧合，薄暮風雲騫。定交太學裏，射策雲臺邊。執事一朝謬，朝市忽崩遷。破家徒狗國，力弱不扶顛。危機空履虎，擊惡豈如鸇。成師鏊門

﹝註59﹞劉漢初：〈梁朝邊塞詩小論〉：「（鮑照）這一首詩論內容平平無奇，有些地方文義還不大通順。可注意的是它的題目。……鮑照這是嵌字句首的文字遊戲，其文學性不高，自然不足爲奇。」收入香港中文大學中國語文學系主編：《魏晉南北朝文學論集》（臺北：文史哲出版社，民國83年11月初版），頁73。勞翠勤：〈建除體初探〉：「（鮑照）該詩屬於傳統的戰爭題材，內容上並無多大的新意，它的獨特之處在於形式上的創新。」收入《新國學》第七卷，2008年，頁207。

﹝註60﹞〔宋〕嚴羽、郭紹虞校釋：《滄浪詩話校釋》，頁101、104。

去，敗績裏尸旋。收魂不入斗，抱景問穹玄。開顏何所說，
空憶平生前。閉門窮巷里，靜掃詠歸田。(沈炯)

這三首詩的內容雖然不一樣，但皆為平鋪直敘的寫作模式。這應該是
因為「建除」詩的規範較為嚴格，不但必須按照順序二句一組，在句
首處嵌入固定的十二字，還要力求整首詩意義的完整性，所以完成的
難度頗高。因此，雖然文學性不算太高，但若以遊戲性的層面而言，
皆是充分的完成「建除」詩的要求——而詩的價值也在於此。

接著論「數名」詩。「數名」詩，又可稱為「十數體」詩，〔註61〕
是一種將一至十的數目字，依照數字大小的順序，嵌入奇句詩的句首
中。一般認為此類型亦是由鮑照所創。鮑照〈數名詩〉：

一身仕關西，家族滿山東。二年從車駕，齋祭甘泉宮。三
朝國慶畢，休沐還舊邦。四牡曜長路，輕蓋若飛鴻。五侯
相餞送，高會集新豐。六樂陳廣坐，組帳揚春風。七盤起
長袖，庭下列歌鐘。八珍盈雕俎，綺餚紛錯重。九族共瞻
遲，賓友仰徽容。十載學無就，善宦一朝通。

就格式而言，鮑照此詩在嵌入數字後，不僅語意通順，而且所嵌入的
數字亦能配合詩句之義。而且表面上看似著重形式的遊戲之作，其實
暗含對於六朝門閥制度的諷刺意味（關於這個部分，本文將於下一章
再作更詳細的討論）。鮑照之後，六朝時期尚有范雲與虞羲著有〈數
名詩〉，〔註62〕不過，與鮑照之詩相比，不僅嵌入的數字語意常有硬
湊之嫌，詩的內容亦無特別之處。「數名」詩之難寫，由此可見一斑。

〔註61〕〔明〕謝榛：《四溟詩話‧卷二》：「鮑照十數體、建除體。」頁51。
〔註62〕范雲〈數名詩〉：「一鼓有餘氣，趫勇正紛紜。二廣無遺畧，雄虎自
為群。三河尚擾攘，楯櫓起檳榔。四巡駐青蹕，瘞玉曠亭云。五十
又舒旆，旗幟日繽紛。六郡良家子，慕義輕從軍。七獲美前載，克
俊嘉昔聞。八音佇繁律，將以安司勳。九命既斯復，金璧固宜分。
十難康有道，延首望卿雲。」虞羲〈數名詩〉：「一去濠水陽，連翩
遠為客。二毛颯已垂，家貧無所擇。三徑日荒疏，徭人心不懌。四
豪不降意，何事黃金百。五日來歸者，朱輪竟長陌。六郡輕薄兒，
追隨窮日夕。七發動音容，賓從紛奕奕。八表服英嚴，光光滿墳藉。
九流意何以，守玄遂成白。十載職不移，來歸落松柏。」

　　再論「四時」詩。此類型即是將春、夏、秋、冬四時嵌入詩中。
目前可見最早的作品爲顧愷之（341～402）的〈神情詩〉：

　　　　春水滿四澤，夏雲多奇峯。秋月揚明輝，冬嶺秀寒松。

此詩將四時嵌入於每句句首。從詩意來看，每句各自獨立——可說
是將四句描述季節景物的句子，串連起來而成爲一首詩。劉宋孝武帝
劉駿的〈四時詩〉也是類似的用法：

　　　　堇茹供春膳，粟漿充夏飡。炰醬調秋菜，白醝解冬寒。

此詩雖然在形式上更改了四時嵌入的位置，全部改嵌入每句的第四
字。但依舊是將四季所吃的食物，各自寫成一句，然後串連成一首詩。
這首詩不僅表面具有遊戲意味，其創作動機的遊戲心態更濃。逯欽立
《先秦漢魏晉南北朝》「四時詩」的題下注云：

　　　　南史曰：「孝武狎侮群臣，各有稱目。柳元景、桓護之雖
　　　　並北人，而王玄謨獨受老傖之目。嘗爲玄謨作四時詩。」
　　　　〔註63〕

可見此詩是劉駿寫來嘲笑王玄謨。至於王微的〈四氣詩〉，在形式上
與劉駿相同。同是將四時嵌入每句第四字：

　　　　蘅若首春華，梧楸當夏翳。鳴笙起秋風，置酒飛冬雪。

但相較於顧愷之與劉駿之詩，王微〈四氣詩〉所帶出的四時意境，更
爲深層。顧愷之以四時作爲主詞，雖然突出四時景物的特色，但斧鑿
痕跡過於明顯。王微則反其道而行，將四時至於尾端，則可不露痕跡
的帶出四時之境。就遊戲之作而言，此詩可謂佳作。

　　再論「爾汝歌」。根據《世說新語‧排調篇》記載：

　　　　晉武帝問孫皓：「聞南人好作〈爾汝歌〉，頗能爲不？」皓
　　　　正飲酒，因舉觴勸帝而言曰：「昔與汝爲鄰，今與汝爲臣。
　　　　上汝一栢酒，令汝壽萬春。」帝悔之。〔註64〕

由此可見「爾汝歌」在東吳時代曾流行一時。因此，晉武帝才會在宴

〔註63〕逯欽立：《先秦漢魏晉南北朝詩》，頁1223。
〔註64〕〔南朝宋〕劉義慶著、余嘉錫箋疏：《世說新語箋疏》（北京：北京
　　　　中華書局，2011年3月二版五刷），頁918。

會上要求孫皓即席賦詩。從孫皓之詩來看,「爾汝歌」以四句五言為主,而且必須在每一句中嵌入「汝」字。不過,「爾汝歌」在六朝並沒有形成流行。目前可見的繼作者,僅有劉宋時期的王歆之〈效孫皓爾汝歌〉。其詩題為「效孫皓」,可以想見當時此類型僅有孫皓之詩,故以孫皓之詩為模擬對象。其詩云:

> 昔為汝作臣,今與汝比肩。既不勸汝酒,亦不願汝年。

就格式上來說,這兩首詩的前兩句,皆於第三字嵌入「汝」字,但三、四句則不相同。孫皓於第二字嵌入「汝」字,王歆之則於第四字嵌入。或許此類型的規範是只需於句中嵌入「汝」字,而未限定於何字。值得注意的是,以此兩首〈爾汝詩〉來看,此類型在文人創作中,常具有某種諷刺之義。此部分將於下一章再作討論。

最後一起論「六府」、「六甲」、「八音」、「十二屬」等四種類型。之所以將這四種類型一併論之,是因為此四種類型同為沈烱所創,而且在六朝時期除了「六府」一類,尚有孔魚的〈和六府詩〉之外,其他並無文人作品流傳。

所謂「六府」,是將水、火、金、木、土、穀等六字,依次嵌入單數句的句首。〔註65〕「六府」之名出於《左傳・文公七年》:

> 六府、三事,謂之九功。水、火、金、木、土、穀,謂之
> 六府。」〔註66〕

又《尚書・大禹謨》記載:

> 禹曰:「於!帝念哉!德惟善政,政在養民。火、水、金、
> 木、土、穀,惟修;……帝曰:「俞!地平天成,六府三事
> 允治,萬世永賴,時乃功。」

孔穎達《疏》云:

> 養民者使水、火、金、木、土、穀,此六事惟當修治之。

〔註65〕〔唐〕吳兢:《樂府古題要解・卷下》「六府」條:「水、火、金、木、土、穀。」頁74。

〔註66〕〔清〕阮元校勘:《十三經注疏・左傳》(臺北:藝文印書館,民國90年12月初版十四刷),頁319。

〔註67〕
沈炯此種類型所用之典即出於此。其詩云：

> 水廣南山暗，杖策出蓬門。火炬村前發，林煙樹下昏。金
> 花散黃蕊，蕙草雜芳蓀。木蘭露漸落，山芝風屢翻。土高
> 行已冒，抱甕憶中園。穀城定若近，當終黃石言。

沈炯此詩即依據水、火、金、木、土、穀的順序，嵌入奇句詩的首字。這首詩語意雖然通順可解，但有句子明顯是爲了嵌字而硬湊，導致句意生硬。「火炬村前發，林煙樹下昏」兩句即是如此。尤其末兩句「穀城定若近，當終黃石言」用了張良與黃石老人相遇於圯上的典故。〔註68〕以前面的內容來看，此二句似乎意指欲往穀城山拜見黃石。但亦僅止於此義，難以有其他解釋。故此處明顯是爲了嵌入「穀」字，而不得不寫出之詩句。而孔魚的〈和六府詩〉〔註69〕除了在「六府」的排列順序上，略有不同外，其所顯現的問題，與沈炯如出一轍。

　　「六甲」本應指將天干地支相配以計算時日。其中因爲有甲子、

〔註67〕〔清〕阮元校勘：《十三經注疏・尚書》（臺北：藝文印書館，民國90年12月初版十四刷），頁53～54。

〔註68〕〔漢〕司馬遷：《史記・留侯列傳》：「良嘗閒從容步游下邳圯上，有一老父，衣褐，至良所，直墮其履圯下，顧謂良曰：『孺子，下取履！』良鄂然，欲毆之。爲其老，彊忍，下取履。父曰：『履我！』良業爲取履，因長跪履之。父以足受，笑而去。良殊大驚，隨目之。父去里所，復還，曰：『孺子可教矣。後五日平明，與我會此。』良因怪之，跪曰：『諾。』五日平明，良往。父已先在，怒曰：『與老人期，後，何也？』去，曰：『後五日早會。』五日雞鳴，良往。父又先在，復怒曰：『後，何也？』去，曰：『後五日復早來。』五日，良夜未半往。有頃，父亦來，喜曰：『當如是。』出一編書，曰：『讀此則爲王者師矣。後十年興。十三年孺子見我濟北，穀城山下黃石即我矣。』遂去，無他言，不復見。旦日視其書，乃《太公兵法》也。良因異之，常習誦讀之。」（北京：中華書局，1997年11月一版），頁516。

〔註69〕孔魚〈和六府詩〉：「金門朱軌躅，吾子盛簪裾。木舌無時用，萍流復在余。水鄉訪松石，蘭澤侶樵漁。火洲方可至，地肺即爲居。土牛自知止，貞心達毀譽。谷稼有時隙，乘植望白榆。」

甲寅、甲辰、甲午、甲申、甲戌，故稱爲「六甲」。〔註70〕但從沈炯
之詩來看，其所指的「六甲」實爲「天干」：

> 甲拆開眾果，萬物具敷榮。乙飛上危幕，雀乳出空城。丙
> 魏舊勛業，申韓事刑名。丁翼陳詩罷，公綏作賦成。戊巢
> 花已秀，滿塘草自生。已乃忘懷客，榮樂尚關情。庚庚聞
> 鳥囀，蕭蕭望鳬征。辛酸多憫惻，寂寞少逢迎。壬蒸懷太
> 古，覆妙佇無名。癸巳空施位，詎以召幽貞。

沈炯將甲、乙、丙、丁、戊、己、庚、辛、壬、癸等天干名嵌入奇句
句首。由於要將天干之字運用於詩中，有一定的難度，所以整首詩不
僅詩意不流暢，意義難以解釋，許多地方也不得不用諧音。

　　至於「八音」是指金、石、絲、竹、匏、土、革、木等八種材質
製成的樂器；〔註71〕「十二屬」則是以十二生肖：鼠、牛、虎、兔、
龍、蛇、馬、羊、猴、雞、狗、豬嵌入詩中。沈炯所作的〈八音詩〉
〔註72〕與〈十二屬詩〉〔註73〕便是將這「八音」與「十二生肖」嵌入
奇句詩的句首中。雖然沈炯成功的將這些字嵌入詩中，但產生的問題
與〈六甲詩〉一樣，文學性差，許多地方意義難解。因此，我們甚至

〔註70〕　〔漢〕班故：《漢書‧食貨志上》：「八歲入小學，學六甲五方書計之
　　　　　事，始知室家長幼之節。」（北京：中華書局，1997 年 11 月一版），
　　　　　頁 291。〔唐〕吳兢：《樂府古題要解‧卷下》「六甲」條：「十二辰是
　　　　　也。」頁 74。

〔註71〕　〔清〕阮元校勘：《十三經注疏‧周禮‧春官‧樂師》：「大師掌六律
　　　　　六同，以合陰陽之聲……皆文之以五聲：宮、商、角、徵、羽，皆
　　　　　播之以八音：金、石、土、革、絲、木、匏、竹。」（臺北：藝文印
　　　　　書館，民國 90 年 12 月初版十四刷），頁 354。〔唐〕吳兢：《樂府古
　　　　　題要解‧卷下》「八音」條：「金、石、絲、竹、匏、土、革、木。」
　　　　　頁 73～74。

〔註72〕　沈炯〈八音詩〉：「金屋貯阿嬌，樓閣起迢迢。石頭足年少，大道跨
　　　　　河橋。絲桐無緩節，羅綺自飄飄。竹煙生薄晚，花色亂春朝。匏瓜
　　　　　詎無匹，神女嫁蘇韶。土地多妍冶，鄉里足塵囂。革年未相識，聲
　　　　　論動風飆。木桃堪底用，寄以答瓊瑤。」

〔註73〕　沈炯〈十二屬詩〉：「鼠跡生塵案，牛羊暮下來。虎嘯坐空谷，兔月
　　　　　向窗開。龍隰遠青翠，蛇柳近徘徊。馬蘭方遠摘，羊負始春栽。猴
　　　　　栗羞芳果，雞跖引清杯。狗其懷物外，豬蠡窅悠哉。」

可以認為，此類詩作，最大的目的僅在於遊戲娛樂，所以能夠完滿的嵌入字詞，便是順利完成目標，至於句與句意義的連結，就不是那麼重要了。

2、嵌入限制範圍內自選字詞

「嵌入範圍內自選字詞」一類非常繁多。寫作的方式，大致上是自題目中所限定的範圍內，自由選取字詞嵌入詩句。故在創作上較為自由而多變。這一類的詩，徐師曾在其《文體明辨》中，幾乎都列入「雜名詩」類：

> 按詩有用建除名者，有用星宿名者，有用道里名者，有用州郡縣名者，有用斜冗名者，有用姓名者，有用將軍名者，有用古人名者，有用宮殿屋名者，有用船車名者，有用藥草樹名者，有用鳥獸名者，有用卦兆相名者，古集所載，僅見數端。然推而廣之，將不此也。故錄之為此篇。〔註74〕

徐師曾所提及的詩體，有許多皆是產生於六朝時期。故本小節即以此作為分類依據，並將相同的類別合併後，進行討論。而「建除」一體，本文已列入前面「嵌諸名」一類討論，故於此處排除。

首先論「地名」詩。所謂「地名」即是將州、郡、縣、里、道或山川名勝等地理名稱嵌入詩中。吳兢《樂府古題要解》云：

> 道謂漢孝文帝稱北走邯鄲道。里謂高祖中陽里之類。集以為詩也。（「道里名詩」條）
>
> 據地理志所載也。（「郡縣名」條）〔註75〕

可知六朝文人嵌入的地名皆有依據，並非胡亂編寫。而且使用的地名通常記載於史書中的〈地理志〉。

目前可見六朝時期最早的「地名」詩，應是劉宋時謝莊的〈自潯陽至都集道里名為詩〉：

> 山經亙旋覽，水牒勱敷尋。稽榭誠淹流，煙臺信遐臨。翔

〔註74〕〔明〕徐師曾：〈文章辨體序說〉，收入《文體序說三種》，頁124。
〔註75〕〔唐〕吳兢：《樂府古題要解·卷下》，頁71。

州凝寒氣，秋浦結清陰。眇眇高湖曠，遙遙南陵深。青溪如委黛，黃沙似舒金。觀道雷池側，訪德茅堂陰。魯顯闕微跡，秦良滅芳音。訊遠博望崖，採賦梁山岑。崇館非陳宇，茂苑豈舊林。

從題目可知，此詩所匯集的地名是作者由潯陽出發至金陵，沿途所經過之地。詩的前二句寫行前的準備與計畫，並沒有嵌入地名。自第三句起，始開始嵌入稽樹、煙臺、翔州、秋浦、高湖、南陵、青溪、黃沙、雷池、茅堂、魯顯、秦良、博望、梁山等十多個地名。然後結尾二句的「崇館」應非地名，「茂苑」雖可指為古代的長洲苑，但亦可純粹解釋為花木茂美的范圍。如此，頭尾四句作為開始與總結之用，皆無暗藏地名，似乎較為合理。要特別注意的是，此類型詩所出現的地名，通常不是用其本義，而是用其表面上的字義。例如：「青溪如委黛，黃沙似舒金」一句，「青溪」在這裡是指碧水，「黃沙」也是指黃色的沙子。不露痕跡的將專有名詞嵌入詩中，然後將詞彙轉換成字面義以配合詩義，這可以說是寫作「地名」詩的最高技巧。

謝莊之後，王融、范雲及沈約皆著有〈奉和竟陵王郡縣名詩〉：
追芳承荔浦，揖道訊盧丘。升裾臨廣牧，從望盡平洲。曾山陵翠坂，方渠縋清流。陽臺翻早茂，陰館懷名秋。歲晏東光弭，景反西華收。端溪慇昔彥，測水謝前脩。往食曲阜盛，今屬平臺游。燕棠缺初雅，鄭袞息遺謳。久傾信都美，乃結茂陵儔。河間誠可詠，南海果難遊。（王融）
撫戈金城外，解珮玉門中。白馬騰遠雪，蒼松壯寒風。臨涇方辯渭，安夷始和戎。取禾廣田北，驅獸飛狐東。新城多雉堞，故市絕商工。海西舟楫斷，雲南煙霧通。罄節疇盛德，宣力照武功。還飲漁陽水，歸轉杜陵蓬。（范雲）
西都富軒冕，南宮溢才彥。高闕連朱雉，方渠漸遊殿。廣川肆河濟，長岑繞嶠汧。曲梁濟危渚，平臯騁悠眄。清淵皎澄徹，曾山鬱蔥蒨。陽泉濯春藻，陰丘聚寒霰。西華不

可留，東光促奔箭。望都遊子懷，臨戎征馬倦。旣豫平臺
集，復齒南皮宴。一窺長安城，羞言杜陵掾。（沈約）

從題目皆用「和」字來看，竟陵王蕭子良也有〈郡縣名詩〉，但目前
已亡佚。這三首詩所使用的大多是秦漢時期即有的地名，例如：王融
詩的「荔浦」、「虖丘」、「廣牧」、「平洲」；范雲詩的「金城」、「玉門」、
「白馬」、「蒼松」；沈約詩的「西都」、「南宮」、「方渠」、「曲梁」等
等皆是。就詩的內容來看，范雲之詩可謂最佳。其詩能在寫將士戍守
邊疆和邊塞之景時，不露痕跡的嵌入地名，可見其工巧。不過，作此
類詩有時受限於字義不容易嵌入，所以難免會出現以諧音之字取代。
例如：范雲「安夷始和戎」一句，「安夷」可能是「安邑」的諧音。
有時也有地名本身即常常出現於詩歌中，並有一定的典故意義，所以
即使嵌入詩中，還是用其地名之義。例如：沈約「一窺長安城，羞言
杜陵掾」中的「長安」和「杜陵」，表面上雖是用地名之義，但「長
安」通常代指首都，「杜陵」即杜縣，是漢代以來世家大族居住之地。
所以此二詞在這裡即有仕宦之義。范雲所寫的「地名」詩，除了〈奉
和竟陵王郡縣名詩〉外，尚有〈州名詩〉：

司春命初鐸，青耦肆中樊。逸豫誠何事，稻梁復宜敦。徐
步遵廣隰，冀以寫憂源。楊柳垂場圃，荊棘生庭門。交情
久所見，益友能孰存。

此詩嵌入了當時的州名：司州、青州、豫州、梁州、徐州、冀州、揚
州、荊州、交州、益州等。就形式上來看，除了第三、第四句嵌入於
第二字之外，其餘皆嵌入每句的第一字。由於只嵌入一字，所以在寫
作上很容易創造出新的意思，就遊戲技巧而言，算是較爲容易的方
式。不過，此詩仍有諧音的部分：即「楊」字是「揚」的諧音，可見
即使是遊戲，爲了創作出佳作，文人還是會容許爲了配合詩義而採取
諧音的方式。除了上述的「地名」詩外，六朝時期還有梁元帝蕭繹的
〈縣名詩〉〔註76〕。其外在形式及創作方式的要求，也與上面所說的

〔註76〕蕭繹〈縣名詩〉：「長陵新市北，鄭衛好容儀。先過上蘭苑，還軍高

「地名」詩，完全一致，只是將嵌入之字改爲當時的縣名而已。

接著論「藥名」詩。所謂「藥名」詩即是以中藥之名嵌入詩中。
〔註77〕趙翼《陔餘叢考・卷24》「藥名爲詩」條云：

> 藥名入詩，三百篇中多有之，如「采采芣苢」、「言采其虻」、
> 「中穀有蓷」、「牆有茨」、「菫荼如飴」之類。此後惟文字
> 中用之。〔註78〕

雖然《詩經》中已出現藥名入詩，但這與六朝時期的「藥名」詩，
完全不同。六朝文人雖然同樣以藥名嵌入詩中，但與前面「地名」
詩的要求一樣，必須轉換成字面之義。也就是說，藥名嵌入詩中後，
其義就不是中藥的稱呼了。此種類型目前可見最早的寫作者爲王
融。其〈藥名詩〉云：

> 重臺信嚴敞，陵澤乃閒荒。石蠶終未繭，垣衣不可裳。秦芎
> 留近詠，楚蘅撮遠翔。韓原結神草，隨庭銜夜光。

此詩嵌入了重臺、陵澤、石蠶、垣衣、秦芎、楚蘅、神草、夜光等中
藥的名稱。不過，爲了切合詩義或更容易嵌入詩中，也可以使用中藥
的別名。例如此詩中的重臺即玄參之別名、夜光爲地錦草的別名。後
來沈約的〈奉和竟陵王郡藥名詩〉〔註79〕也大致依循這種方式。但要
論六朝「藥名」詩的佳作，不得不提到蕭綱所寫的〈藥名詩〉：

> 朝風動春草，落日照橫塘。重臺蕩子妾，黃昏獨自傷。燭
> 映合歡被，帷飄蘇合香。石墨聊書賦，鉛華試作粧。徒令

柳枝。薄粧宜入鏡，舒花堪照池。蒲洲涵水色，椒壁雜風吹。此時
方夜飲，平臺傳羽巵。」

〔註77〕〔唐〕吳兢：《樂府古題要解・卷下》「藥名」條：「據《本草》所載。」
頁 72。

〔註78〕〔清〕趙翼：《陔餘叢考・卷 24》（京都：中文出版社，1979 年 12
月出版），頁 480。

〔註79〕沈約〈奉和竟陵王郡藥名詩〉：「丹草秀朱翹，重台架危岊。木蘭露
易飲，射干枝可結。陽隰采辛夷，寒山望積雪。玉泉亞周流，雲華
乍明滅。合歡葉暮卷，爵林聲夜切。垂景迫連桑，思仙慕雲埒。荊
實剖丹瓶，龍芻汗奔血。照握乃夜光，盈車非玉屑。細柳空葳蕤，
水萍終委絕。黃符若可抱。長生永昭晳。」

惜萱草，蔓延滿空房。

蕭綱此詩每句各嵌入了一個中藥名。爲了讓詩意更爲流暢、動人，所以使用了許多諧音及別名。例如：春草是莽草的別名；橫塘其實是橫唐的諧音，指的是莨菪；黃昏與蔓延皆是用王孫的別名；鉛華則是鉛粉的別名。不過，這樣反而讓這首詩在敘事言情時，透過諧音雙關之義，使整首詩呈現出情景交融，完全不留痕跡的融入詩中。這也說明了蕭綱的華麗的文采與淵博的學識。而且，若非題目爲〈藥名詩〉，讀者或許還不一定能發覺詩中嵌入了中藥之名，甚至可能還被視爲具有言志之情的涵義。後來蕭繹的〈藥名詩〉〔註80〕作法基本上與蕭綱相同，運用了許多諧音與別名，使整首詩不因嵌字而顯得生硬難解。相較之下，庾肩吾的〈奉和藥名詩〉〔註81〕，雖然嵌入之字並沒有妨礙詩意，但在情景交融的表現手法上，卻遜色不少。

　　再論「占卜」詩。以算命之術語嵌入詩中，即可謂之「占卜」詩。目前六朝時期這類詩可見的有蕭綱〈卦名詩〉、張正見〈賦得山卦名詩〉，以及蕭繹的〈龜兆名詩〉、〈相名詩〉。

　　蕭綱的〈卦名詩〉與張正見的〈賦得山卦名詩〉是將《易經》六十四卦名嵌入詩中。〔註82〕茲以蕭綱之詩爲例：

　　櫛比園花滿，徑復水流新。離禽時入袖，旅谷乍依蘋。豐壺要上客，鵲鼎命嘉賓。車由泰夏聞，馬散咸陽塵。蓮舟雖未濟，分密已同人。

〔註80〕蕭繹〈藥名詩〉：「戍客恒山下，常思衣錦歸。況看春草歇，還見雁南飛。蠟燭凝花影，重臺閉綺扉。風吹竹葉袖，網綴流黃機。詎信金城裏，繁露曉沾衣。」

〔註81〕庾肩吾〈奉和藥名詩〉：「英王牧荊楚，聽訟出池臺。督郵稱蝗去，亭長說烏來。行塘朱鷺響，當道赤帷開。馬鞭聊寫賦，竹葉暫傾杯。」又其題下注：「簡文、元帝皆有藥名詩。」故蕭繹與庾肩吾之詩可能是和蕭綱之詩。參見逯欽立：《先秦漢魏晉南北朝詩》，頁1995。

〔註82〕〔唐〕吳兢：《樂府古題要解·卷下》「卦名」條：「據《周易》所載。」頁71～72。〔唐〕姚思廉：《梁書·何敬容傳》：「蕭琛子巡者，頗有輕薄才，因制卦名、離合等詩以嘲之。」可知更早期的蕭琛已有相關詩作，但今以亡佚。頁139。

此詩每句皆嵌入一卦名，依序爲：比、復、離、旅、豐、鼎、泰、咸、未濟、同人。由於並未要求嵌入第幾字，而嵌入亦多爲一字，加上詩中所用的卦名，並不是《周易》卦辭的原始意義，只需此詞的通常意義即可，所以在創作上較爲容易。但即使如此，在詩意上卻也沒有特別突出。張正見之詩亦是如此。〔註83〕而蕭繹的〈龜兆名詩〉雖然名爲「龜兆」，但實則亦是使用《易經》六十四卦。不同的是，其嵌入的並非卦名，而是解釋卦象意義的詞語。由於嵌入的詞語並非固定詞彙，意義也不容易理解，也導致了對於這首詩的解釋，更加困難。〔註84〕

至於蕭繹的〈相名詩〉〔註85〕則是將相術之名嵌入了詩中。〔註86〕同樣只是借用這些相術之名，而另具意義，與原本相術之義無關。

「建築名」詩則是將建築物的名稱嵌入詩中，目前可見的詩作有：蕭繹的〈宮殿名詩〉〔註87〕、〈屋名詩〉〔註88〕以及祖孫登的〈宮殿名登高臺詩〉〔註89〕。所謂「宮殿名」即是將宮殿名稱嵌入詩中，

〔註83〕張正見〈賦得山卦名詩〉：「蓬萊遁羽客，岩穴轉蒙蘢。雲歸仙井暗，霧解石橋通。影帶臨峰鶴，形隨雜雨風。尋師不失路，咸欲馭飛鴻。」

〔註84〕蕭繹：〈龜兆名詩〉「土膏春氣生，倡女協春情。魚游連北水，鵲作遼東鳴。折梅還插鬢，溫柱更移聲。銀燭含朱火，金爐對寶笙。百枝凝夕焰，卻月隱高城。」

〔註85〕蕭繹〈相名詩〉：「仙人賣玉杖，乘鹿去山林。浮杯度池曲，摩鏡往河陰。井内書銅板，竈裡化黃金。妻搖五明扇，妾弄一弦琴。暫遊忽千里，中天那可尋。」

〔註86〕〔唐〕吳兢：《樂府古題要解·卷下》「相名」條：「據相書所載。若《山庭》、《月角》是也。」頁72。

〔註87〕〔唐〕吳兢：《樂府古題要解·卷下》「宮殿名」條：「據《三輔黃圖》等所載。」頁72。蕭繹〈宮殿名詩〉：「林間花欲燃，竹逕露初圓。鬪雞東道上，走馬北場邊。合歡依暝卷，葡萄向日鮮。旗亭覓張放，香車迎董賢。定隔天淵水，相思夜不眠。」

〔註88〕蕭繹〈屋名詩〉：「梁園氣色和，斗酒共相過。玉柱調新曲，畫扇掩餘歌。深潭影菱菜，絕壁挂輕蘿。木蓮恨花晚，薔薇嫌刺多。含情戲芳節，徐步待金波。」

〔註89〕祖孫登〈宮殿名登高臺詩〉：「獨有相思意，聊敞鳳凰臺。蓮披香稍上，月明光正來。離鵑將雲散，飛花似雪廻。遙思竹林友，前窗夜夜開。」

例如：蕭繹詩「鬭雞東道上」嵌入的是鬭雞臺、祖孫登詩「獨有相思意，聊敞鳳凰臺」則嵌入相思宮與鳳凰臺；至於「屋名」則是將屋子建築體的細項嵌入詩中，例如：蕭繹詩「梁園氣色和，斗酒共相過。玉柱調新曲，畫扇掩餘歌」就嵌入了樑（梁為諧音）、斗、柱、扇。

　　「四色」詩有兩種寫法：一種是五言四句，並在每一句中嵌入任一種顏色；另一種則是寫成四首，一首描寫一種顏色。第一種為王融〈四色詠〉與范雲〈擬古四色詩〉：

　　　赤如城霞起，青如松霧澈。黑如幽都雲，白如瑤池雪。

　　（王融〈四色詠〉）

　　　丹如桓公廟，青如夕郎門。黑如南巖磺，白如東山猨。

　　（范雲〈擬古四色詩〉）

此類的寫法非常容易。四句詩的意義不須連貫。每句的結構也一致，皆為某色如何物的句式。就像是初學者的練習遊戲一般。而另一種寫法，難度較高：

　　　折柳青門外，握蘭翠疏中。綠蘋驃春日，碧渚澹時風。
　　　差池朱燕去，繽翻赤雁歸。瀲灔丹魚聚，聯翻血鳥飛。
　　　素鱗颺北渚，白水杜南宛。獻環潤玉塞，歸珠照瓊轅。
　　　烏林葉將實，墨池水就幹。玄豹藏暮雨，黑豹凌夜寒。

　　（范雲〈四色詩四首〉）

此詩每首皆嵌入一種顏色，每句又再寫出此色。例如：第一首第一句為「青」色，第二句為「翠」，第三句為「綠」，第四句為「碧」，皆是同一色系；第二首第一句「朱」、第二句「赤」、第三句「丹」、第四句「血」亦是同一色系。雖然四句詩的詩義不必連貫，但在同一詩中使用色系相同的不同字，確實稍微困難。但無論如何，與其說「四色」詩是詩體的一種，還不如說是寫作練習或寫作遊戲，更為恰當。

　　「姓名」詩是將姓名嵌入詩中。〔註 90〕目前可見的六朝詩作僅

〔註 90〕〔唐〕吳兢：《樂府古題要解》，頁 72。

有兩首：沈約〈和陸慧曉百姓名詩〉〔註91〕與蕭繹〈姓名詩〉〔註92〕。
根據吳兢《樂府古題要解・卷下》「姓名」條云：「據古人之知名者。」
可見嵌入的姓名，是以具有名氣的古人為主。但由於古人之姓名繁
多，流傳至今，也不知亡佚多少，即使是博學多聞者，也不容易全部
知道。所以對於這二首詩中究竟嵌入了幾個名字，實難以查考。

「星名」詩則是嵌入星宿之名稱。〔註93〕目前同樣僅存二首：
王融〈星名詩〉〔註94〕與張正見〈星名從軍詩〉。其中，張正見之詩
不但嵌入星宿之名，還於題目中指定內容為「從軍」，就遊戲規則而
言，實為雙重限制，可見出寫作之難度。其詩云：

　　　將軍定朔邊，刁斗出祁連。高柳橫遙塞，長榆接遠天。井
　　泉含凍竭，烽火照山燃。欲知客心斷，危旌萬里懸。

此詩嵌入了「將軍」、「斗」、「柳」、「榆」、「井」、「火」、「心」、「危」
等星宿名，算是完成了「嵌字」詩的部分，然後詩的內容又寫出邊塞
之景、從軍之情，雖然語意上有許多不通順的地方，但以遊戲來說，
算是及格了。〔註95〕

〔註91〕沈約〈和陸慧曉百姓名詩〉：「建都望淮海，樹闕表衡稽。井幹風雲
　　　出，柏梁星漢齊。皇王臨萬宇，惠化罩黔黎。吉士服仁義，宿昔秉
　　　華圭。庸賢起幽谷，欽言非象犀。端委康國步，偃息召邦攜。舉政
　　　方分策，易紀粲金泥。伊余沐嘉幸，由是別圍畦。曾微涓露答，光
　　　景遂雲西。方隨煉丹子，薄暮矯行迷。」據題目可知陸慧曉也應著
　　　有〈百姓名詩〉，但今已亡佚。
〔註92〕蕭繹〈姓名詩〉：「征人習水戰，辛苦配戈船。夜城隨偃月，朝軍逐
　　　避年。龍吟澈水渡，虹光入夜圓。濤來如陣起，星上似烽然。經時
　　　事南越，還復討朝鮮。」
〔註93〕〔唐〕吳兢：《樂府古題要解・卷下》「星名」條：「據《天文志》所
　　　載也。」頁71。
〔註94〕王融〈星名詩〉：「眇默屬辰移，端憂臨歲永。久漸入漢客，每愧遵
　　　河影。仙羽誠不退，蓬襟良未整。誰謂無正心，大陵有霜穎。」
〔註95〕祁立峰：〈經驗匱乏者的遊戲——再探南朝邊塞詩成因〉：「（張正見
　　　〈星名從軍詩〉）很明確的是首以遊戲為動機的作品。詩的用詞為了
　　　鑲嵌星名，以至於像『斗刁出祁連』、『井泉含凍竭』等意義都不甚
　　　通順。我們如果逆推作者的創作順序，大概是先預設了『刁斗』、『井
　　　泉』等詞彙，才決定選擇邊塞題材作為承載的體裁。」收入《漢學

　　至於蕭繹所作的〈宮殿名詩〉、〈將軍名詩〉、〈車名詩〉、〈船名詩〉、〈歌曲名詩〉、〈針穴名詩〉、〈獸名詩〉、〈鳥名詩〉、〈樹名詩〉、〈草名詩〉等類型，在六朝時期皆只有其一人之作品。其寫作方式亦不出於前面所提「嵌字」詩的模式，故此處不再一一細論。

　　透過以上的討論，我們可以知道「嵌字」詩的寫作方式，必須要將嵌入字的本義去除，接著在不露痕跡之下，融入詩句中。〔註96〕另一方面，我們也可以發現「嵌字」詩幾乎都是南朝人所作，更可以見出南朝以詩爲戲之風的盛行。

（三）「迴文」詩

　　吳兢《樂府古題要解‧卷下》「迴文詩」條云：

　　　迴復讀之，皆歌而成文也。〔註97〕

可見「迴文」詩本是一種將詩句順讀或逆讀皆可成詩的類型。〔註98〕但隨著時代的變化與發展，後世對於「迴文」的定義也愈發寬泛。〔註99〕目前學界對於「迴文」詩的解釋，除了整首詩可以逆讀之外，若是反覆迴旋、多角度解讀、縱橫交錯，或是從任一字皆可讀起者，都可被稱爲「迴文」詩。〔註100〕因此，「迴文」詩的形式，也可以

　　　研究》第 29 卷第 1 期，民國 100 年 3 月，頁 303。
〔註96〕　何文匯《雜體詩釋例》云：「嵌諸名體，蓋以能捝其名之本義，不著痕跡爲妙。所謂『字正則用，意須假借』也。」頁 186。
〔註97〕　〔唐〕吳兢：《樂府古題要解》，頁 71。
〔註98〕　郭焰坤：〈回文詩生成的語言及篇章結構條件〉：「回文詩得以成立，應由兩個條件構成，其一，句子可以倒序，沒有句子的倒序是不可能存在回文詩的，這詩最基本的條件……其二：篇章結構可以倒序。」收入《國文天地》，第 26 卷第 3 期（總 303），2010 年 8 月，頁 45。
〔註99〕　例如：譚友夏鑑定、游子六纂輯：《詩法入門‧卷一》「迴文詩體」：「迴文詩者，反覆成章，隨舉一字皆成詩。實滔妻蘇氏之迴文也。……今之作迴文，止順讀、倒讀，直可謂之迴文耳。」（臺北：新文豐出版公司，民國 63 年 12 月初版），頁 7～8。
〔註100〕　例如：魯淵：〈迴文詩「起源說」考辨〉：「迴文詩構思精巧，有的逆讀成誦，有的反覆迴旋，有的巧妙排列成各種因素，縱橫交錯得詩頗多。」收入《社科縱橫》總第 24 卷第 9 期，2009 年 9 月，頁 97；黎德銳：〈迴文詩解讀〉：「（迴文詩）既可以順讀；也可以倒讀，

區分爲多種。例如：陳世杰分爲「整體逆回」、「逐句迴文」、「連珠迴文」、「多方爲迴文」四種；〔註101〕黎德銳則依讀法分爲「整首詩的迴環倒讀」、「前半部順讀，後半部倒讀」、「後句是前句的倒讀」、「從任何一個字讀起皆可成詩」四種。〔註102〕「迴文」定義之所以會被擴大解釋的原因，與眾人對於「迴文」詩起源看法的差異，有很大的關係。

　　一般認爲「迴文」起源的說法有五種：第一，認爲起源於蘇伯玉妻的〈盤中詩〉；第二，認爲起源於竇滔妻蘇蕙的〈璇璣圖詩〉；〔註103〕第三，根據劉勰《文心雕龍・明詩》：「回文所興，則道原爲始」〔註104〕之說；第四，認爲起自於曹植〈鏡銘〉；〔註105〕第五，認爲源自於晉傅咸〈迴文反覆詩〉和溫嶠〈迴文虛言詩〉。〔註106〕

有的甚至可以從任意的一個字讀起。」收入《廣西教育學院學報》，2006年第3期（總第83期），頁134。陳世杰：〈迴文詩形式初探〉：「迴文體詩利用古漢語以單音詞爲主的特點，巧妙地組合成句，順讀、逆讀、反覆讀、多角度讀均能成文。」收入《商丘師範學院學報》第21卷第1期，2005年2月，頁54。

〔註101〕　陳世杰：〈迴文詩形式初探〉，頁54～55。

〔註102〕　黎德銳：〈迴文詩解讀〉，頁134～136。

〔註103〕　〔宋〕桑世昌：《回文類聚原序》：「《詩苑》云：『回文始於竇滔妻，反覆皆可成章。』舊爲二體，今合而爲一。止兩韻者謂之回文；而舉一字皆可讀者，謂之反覆。」參見〔清〕永瑢、紀昀等編：《景印文淵閣四庫全書・集部八》，頁1351～795。〔宋〕嚴羽著、郭紹虞校釋：《滄浪詩話校釋》：「『廻文』：起於竇滔之妻，織錦以寄其夫也。」頁100。

〔註104〕　〔南朝梁〕劉勰著、周振甫注：《文心雕龍注釋》，頁85。

〔註105〕　〔清〕紀昀等撰：《欽定四庫全書總目・卷一百四十八》：「〈鏡銘〉八字，反復顛倒，皆叶韻成文，實爲回文之祖。見《藝文類聚》。皆棄不載。」《欽定四庫全書總目・卷一百八十七》：「《藝文類聚》載曹植〈鏡銘〉八字，回環讀之，無不成文，實在蘇蕙以前，乃不標以爲始，是亦稍踈。」（臺北：藝文印書館，民國86年9月初版七刷），頁2936、3895。

〔註106〕　皮日休〈雜體詩序〉：「晉傅咸有迴文反覆詩二首云：反覆其文者，以示憂心展轉也。『悠悠遠邁獨煢煢』是也。由是反覆興焉。晉溫嶠有迴文虛言詩云：『寧神靜泊，損有崇亡。』由是迴文興焉。」〔清〕彭定求等編：《全唐詩・卷616》，頁7101～7102。

對於這五種起源說的討論，學者已多有論述。〔註 107〕關於第一種起源自蘇伯玉妻〈盤中詩〉的說法，除了對於作者的時代有疑慮外，最關鍵的還是從形式上來看，〈盤中詩〉僅可順讀，無法逆讀。這就已經不符合「迴文」詩的定義了。〔註 108〕對於第二種起源說，學者大多認爲如此精巧之作品，怎麼可能是此體初創之作？所以難以令人相信。而且〈璇璣圖詩〉的讀法，並不是單純的順讀、逆讀，還包含了更多特殊的讀法。明代梁橋的《冰川詩式》就認爲「織錦詩體裁不一，其圖如璿璣，四言、五言、六言，橫讀斜讀皆成章，不但回文」，〔註 109〕郭紹虞認爲梁橋是「以蘇若蘭錦織回文爲璇璣體。」〔註 110〕也就是說，此體在形式上比「迴文」更加深奧、難解，甚至可以獨自列爲一體，即「璇璣體」。〔註 111〕第三種劉勰說法，由於「道原」是

〔註 107〕 相關討論可參見于廣元：〈回文詩起源考辨〉，收入《中國典籍與文化》，2008 年（總第 64 期），頁 35～39。魯淵：〈迴文詩「起源說」考辨〉，頁 97～99。

〔註 108〕 陳望道：《修辭學發凡》：「〈盤中詩〉實際還不是正式的回文，因爲它還不能回讀。」（上海：上海教育出版社，2006 年 7 月四版一刷），頁 193。饒少平：《雜體詩歌概論‧盤中體》：「自古以來，總有些人，如南宋桑世昌等，將盤中體視作回文體。宋嚴羽《滄浪詩話‧詩體》曰：『論雜體，則有風人、藁砧、五雜組、兩頭纖纖、盤中、回文、反覆、離合。』宋魏慶之《詩人玉屑》、明徐師曾《詩體明辨》等亦持此說。可見盤中體和回文體是兩個不同的詩體。就產生的年代看，盤中體早於回文體。」（北京：北京中華書局，2009 年 6 月北京一版一刷），頁 70。

〔註 109〕 〔明〕梁橋：《冰川詩式‧卷二》：「回文詩，自晉溫嶠始。或云起自寶滔妻蘇氏，于錦上織成文，順讀與倒讀皆成詩句。今按：織錦詩，體裁不一，其圖如璇璣，四言、五言、六言，橫讀斜讀皆成章，不但回文。」（臺北：廣文書局，民國 62 年 9 月初版），頁 86。

〔註 110〕 郭紹虞：「案《冰川詩式》卷二，以蘇若蘭錦織回文爲璇璣體。」參見〔宋〕嚴羽著、郭紹虞校釋：《滄浪詩話校釋》，頁 103。

〔註 111〕 除此之外，郭焰坤認爲〈璇璣圖詩〉「解讀出的詩多以情、理爲內容，沒有敘述描寫的成份。且其詩如同謎語，作爲一種語言智慧欣賞則可，儘管蘇作對回文詩形式的成熟有所啓發，但無法與眞正的詩歌相聯繫。眞正的回文詩都是劉宋以後的作品。」〈回文詩生成的語言及篇章結構條件〉，頁 48。

什麼，並沒有一個明確的答案。雖然明代梅慶生認爲「道原」是「道慶」之誤，但這種純屬臆測之推論，亦難以令人信服。〔註112〕近人胡耀震提出「道原」乃指老子《道德經》。〔註113〕此說雖有新意，但若按照此解釋，則劉勰所說的起源，就不是詩體的起源，而是修辭上的起源。那麼劉勰之語，還是無法讓我們了解「迴文」詩的起源。至於第四種的說法，由於曹植〈鏡銘〉不傳，而《藝文類聚》亦無記載曹植此詩，〔註114〕加上清代以前皆無人提及此說，故此論疑點甚多。依據目前可見的作品來說，僅有第五種說法較爲可信。不過，傅咸〈迴文反覆詩〉雖題爲「詩」，但實際僅有一句，而且皮日休云：「由是反復興焉」，明確的歸爲「反復體」，與溫嶠「由是迴文興焉」成對比。嚴羽《滄浪詩話·詩體》也將「迴文」與「反覆」列爲二體，〔註115〕如此更可證明「迴文」與「反覆體」在形式上應該是有些差異，而可以區分爲不同的詩體。再參照目前六朝可見的「迴文」詩，若先排除

〔註112〕 黃侃：《文心雕龍札記·明詩》：「道慶以前，回文作者已眾，不得定原字爲慶字之誤。」（臺北：文史哲出版社，民國62年6月再版），頁38。以及前面注釋104所引《欽定四庫全書總目》之文，亦爲此說。另外，趙翼《陔餘叢考·卷23》云：「迴文詩，世皆以爲始於蘇蕙。然劉勰謂：『回文所興，道原爲始。』則非起於蘇蕙矣。道原不知何姓、何時人，按梅慶生註《文心雕龍》云：『宋有賀道慶，作四言迴文詩一首，計十二句，從尾至首，讀亦成韻。勰所謂道原，或即道慶之訛也。』但道慶宋人，而蘇蕙符秦人，則蕙仍在道慶前。而勰謂始自道原，意或當時南北朝分裂，蕙所作尚未傳播江南，而道慶在南朝實創此體，故以爲首耳。今道慶迴文不傳，唯蕙詩見於記載，亦名《璇璣圖》，……此迴文之祖也。」趙翼雖然替梅慶生「道原」是「道慶」之誤進行解釋，但卻認爲《璇璣圖》才是回文之祖。頁461～462。

〔註113〕 參見胡震耀：〈回文詩的起源和劉勰有關說法釋疑〉，收入《中國典籍與文化》，1999年第1期，頁16～17。

〔註114〕 〔清〕丁晏：《曹集詮評》：「謹案：今本《藝文類聚》七十三有殷仲堪〈酒盤銘〉八字，顛倒成文。並無〈鏡銘〉。未知所據何本。」（臺北：廣文書局，民國50年11月初版）何文匯《雜體詩釋例》：「《藝文》云云，當是《四庫提要》誤記。」頁63。

〔註115〕 〔宋〕嚴羽著、郭紹虞校釋：《滄浪詩話校釋》，頁100。

蘇伯玉妻的〈盤中詩〉，以及蘇若蘭的〈璇璣圖詩〉的話，其他之詩都與溫嶠〈迴文虛言詩〉一樣，是屬於順讀、逆讀這種較爲單純的讀法。因此，我們大概可以推論，至少在六朝時期，「迴文」詩尚屬於「倒讀亦成文」這種單純讀法的詩體。〔註116〕我們先看溫嶠之詩：

　　寧神靜泊，損有崇無。

此詩逆讀爲「無崇有損，泊靜神寧」，意義與順讀相同，由於爲四言二句，故可說是最簡單的「迴文」詩。後來王融的〈春遊迴文詩〉形式上就呈現五言十句，結構上較爲複雜，創作上也較爲困難：

　　枝分柳塞北，葉暗榆關東。垂條逐絮轉，落蘂散花叢。池
　　蓮照曉月，慢錦拂朝風。低吹雜綸羽，薄粉豔粧紅。離情
　　隔遠道，歎結深閨中。

此詩題爲「春遊」，故內容以春遊爲主展開，前半寫景，後半則轉爲寫情。詩意平順，較無令人驚艷之處。但既名爲「迴文」，則倒讀亦可爲詩。此時原本情景之序顛倒，然而意義並沒有差異。不過，此詩倒讀時仍有一些詩句意義生硬，例如：「中閨深結歎」、「羽綸雜吹低」語意明顯不順。顯見當時「迴文」詩的發展，尚未成熟。

　　梁代時，湘東王蕭繹寫了一首〈後園作迴文詩〉，他的兄弟、堂兄弟與庾信等人也隨著寫了和詩，形成一組龐大數量的迴文詩：

　　斜峰繞徑曲，聳石帶山連。花餘拂戲鳥，樹密隱鳴蟬。

　　（蕭繹〈後園作迴文詩〉）〔註117〕

　　枝雲間石峰，脈水浸山岸。池清戲鵲聚，樹秋飛葉散。

　　（蕭綱〈和湘東王後園迴文詩〉）

　　燭華臨靜夜，香氣入重幃。曲度聞歌遠，繁弦覺舞遲。

　　（蕭綸〈和湘東王後園迴文詩〉）

〔註116〕郭紹虞注引王瑋慶《補注》：「按迴文，倒讀亦成文也。」參見〔宋〕嚴羽著、郭紹虞校釋：《滄浪詩話校釋》，頁103。

〔註117〕逯欽立「蕭繹〈後園作迴文詩〉題下注」：「《詩紀》云：『此詩《藝文》次王融迴文詩後。然觀簡文諸人和詩，知此詩爲元帝作。藝文逸名耳。今列於此。俟再考也。』逯按：『馮說是。』」參見《先秦漢魏晉南北朝詩》，頁2058。本文從此說。

　　危臺出岫迥，曲澗上橋斜。池蓮隱弱荚，徑篠落藤花。

　　（蕭祗〈和迴文詩〉）〔註118〕

　　旱蓮生竭鑊，嫩菊養秋鄰。滿池留浴鳥，分橋上戲人。

　　（庚信〈和迴文詩〉）〔註119〕

這五首迴文詩皆為五言四句，與王融之詩相比，形式明顯短小許多。由於蕭繹之詩題為「後園」，所以其他四人之和詩亦多寫「後園」之情景。蕭繹之詩，全寫後園之景，無論順讀、逆讀，皆為一首頗具意境之詩。細觀其詩，每句前後二字皆為景物。這是因為如果敘述人物行為或事件的話，就要考慮的時間的前後性，否則在倒讀就無法成立。因此，每句首尾皆寫景物，中間以一動詞聯繫，那麼無論在順讀或逆讀時，都容易成立。我們參看其他四人所寫之詩，也都依照此種寫法。雖然仍有生硬不順的詩句，如：蕭綱「枝雲間石峰」、蕭綸「燭華臨靜夜」、蕭祗「曲澗上橋斜」、庚信「旱蓮生竭鑊」等在逆讀時皆難以解釋，但這種寫法幾乎已經成為後人寫「迴文」詩的範例。由此推斷，「迴文」詩的成熟，與山水詩或許也有一定的關係。〔註120〕另外，當「迴文」詩可以成為眾人和詩的對象時，我們也大概可以推測此時的「迴文」詩已經成為文人所常作之詩體了。

（四）「聯句」詩

　　「聯句」詩，亦可稱為「連句」詩。與其他雜體詩相比，「聯句」詩的特殊之處，不在於詩本身的外在形式，而是在於寫作時是由兩人或多人各寫一句或數句，然後再將這些詩句連結成為一首詩。〔註121〕

〔註118〕　逯欽立「蕭祗〈和迴文詩〉題下注」：「和湘東王後園。」參見《先秦漢魏晉南北朝詩》，頁 2259。

〔註119〕　逯欽立「庚信〈和迴文詩〉」：「詩紀云：『和湘東王後園。』」參見《先秦漢魏晉南北朝詩》，頁 2409。

〔註120〕　郭焰坤：〈回文詩生成的語言及篇章結構條件〉：「成熟的回文詩在南北朝齊梁以後。這與文學史上山水詩在劉宋之後興起有很大的關係。……從整個回文詩產生與發展的歷史考察，回文詩產生的先決條件是山水詩的產生。」頁 48。

〔註121〕　何文匯《雜體詩釋例》：「若聯句者，人各一句、一聯或數聯，屬以

「聯句」詩的起源，歷來多認為是始自漢武帝時的〈柏梁臺詩〉：

〔註122〕

　　日月星辰和四時。（漢武帝）駿駕駟馬從梁來。（梁王）

　　郡國士馬羽林材。（大司馬）總領天下誠難治。（丞相）

　　和撫四夷不易哉。（大將軍）刀筆之吏臣執之。（御史大夫）

　　撞鐘伐鼓聲中詩。（太常）宗室廣大日益滋。（宗正）

　　周衛交戟禁不時。（衛尉）總領從官柏梁臺。（光祿勳）

　　平理請讞決嫌疑。（廷尉）修飾輿馬待駕來。（太樸）

　　郡國吏功差次之。（大鴻臚）乘輿御物主治之。（少府）

　　陳粟萬石揚以箕。（大司農）徼道宮下隨討治。（執金吾）

　　三輔盜賊天下危。（左馮翊）盜阻南山為民災。（右扶風）

　　外家公主不可治。（京兆尹）椒房率更領其材。（詹事）

　　蠻夷朝賀常會期。（典屬國）柱枅欂櫨相枝持。（大匠）

　　枇杷橘栗桃李梅。（太官令）走狗逐兔張罘罳。（上林令）

　　齧妃女脣甘如飴。（郭舍人）迫窘詰屈幾窮哉。（東方朔）

據學者研究，〈柏梁臺詩〉應非偽作。〔註123〕因此，以時代而論，此詩應是「聯句」詩最早的起源。此詩作法為一人一句，由漢武帝始，自東方朔止，共二十六人作二十六句。就形式上而言，雖然與「聯句」詩的作法無異，但若細讀之，則會發現除了都是七言之外，詩句與詩句之間，並無意義上的關聯。換句話說，每個人的詩句都是獨立的句子，即使連結起來，也無法構成一首意義完整的詩。所以〈柏梁臺詩〉雖名為詩，卻無詩義可言。但無論如何，〈柏梁臺詩〉的創作型態，確實影響了六朝文人寫作「聯句」詩。這從宋孝武帝劉駿〈華林都亭

　　　　成詩，其異處在作者不止一人。然此詩外之事耳，詩中體制無殊也。」
　　　　頁25。
〔註122〕　例如：《文心雕龍・明詩》：「聯句共韻，則〈柏梁〉餘製。」參見
　　　　〔南朝梁〕劉勰著、周振甫注：《文心雕龍注釋》，頁85。〔明〕徐
　　　　師曾《文體明辨》：「按聯句詩起自〈柏梁〉。」
〔註123〕　參見方祖燊：《漢書研究》第二章〈漢武帝柏梁臺詩考〉（臺北：正
　　　　中書局，民國68年6月臺二版），頁86～128。王暉：〈柏梁臺詩真
　　　　偽考辨〉，收入《文學遺產》，2006年第1期，頁35～45。

曲水聯句效栢梁體〉、梁武帝蕭衍〈清暑殿效柏梁體〉，以及蕭繹〈宴清言殿作柏梁體詩〉等皆題爲「效柏梁體」便可知其影響力。帝王似乎尤好此體，就連北魏帝王也有相關詩作。〔註124〕這或許與漢武帝作〈柏梁體詩〉時，召集群臣而彰顯帝王之尊有關。但這些詩無論在題目中，是否含有「效柏梁體」之名，從創作形式與內容來看，都與〈柏梁臺詩〉一樣：詩句各自獨立，意義難以串連。

不過〈柏梁臺詩〉一人一句的形式，其實在六朝並不常見。除了上述所引之詩外，只剩下東晉謝安與謝朗、謝道蘊的〈詠雪聯句〉。〔註125〕此詩先由謝安作一句爲題，謝朗、謝道蘊再依據此題而接續。因爲每人只各作一句，所以重點即在於詩句是否切合題義，並以此判別高低。這種創作方式不僅與〈柏梁臺詩〉相近，而且在娛樂效果外，更多了競賽性質。至於六朝其他「聯句」詩，幾乎全是每人各作四句的形式。僅有賈充的〈與妻李夫人聯句〉（一云〈定情聯句〉），以及北魏孝文帝元宏的〈縣瓠方丈竹堂侍臣聯句詩〉〔註126〕二詩，是一人兩句的創作方式。元宏的〈縣瓠方丈竹堂侍臣聯句詩〉，基本上與謝道蘊的〈詠雪聯句〉性質相同，北魏孝文帝所作第一句的內容即爲題旨，其他人再依循此旨繼作。而賈充之詩，則是目前六朝時期可見的最早「聯句」詩——此詩由賈充與其妻李夫人一人兩句，相互贈

〔註124〕 例如：北魏孝文帝元宏〈縣瓠方丈竹堂侍臣聯句詩〉、北魏孝明帝元詡〈幸華林園宴群臣於都亭曲水賦七言詩〉以及北魏節閔帝元恭〈聯句詩〉

〔註125〕 《世說新語·言語》：「謝太傅寒雪日內集，與兒女講論文義。俄而雪驟，公欣然曰：『白雪紛紛何所似？』兄子胡兒曰：『撒鹽空中差可擬。』兄女曰：『未若柳絮因風起。』公大笑樂。」參見余嘉錫《世說新語箋疏》，頁155。

〔註126〕 元宏〈縣瓠方丈竹堂侍臣聯句詩〉：「白日光天兮無不曜，江左一隅獨未照。（帝）願從聖明兮登衡會，萬國馳誠混內外。（彭城王勰）雲雷大振兮天門闢，率土來賓一正曆。（鄭懿）舜舞干戚兮天下歸，文德遠被莫不思。（鄭道昭。《北史》作邢巒）皇風一鼓兮九地匝，戴日依天清六合。（邢巒。《北史》作鄭道昭）遵彼汝墳兮昔化貞，未若今日道風明。（帝）文王政教兮暉江沼。寧如大化光四表。（宋弁）」

答。〔註127〕雖然在詩的內容與意義上，已經能夠連結起來，不過對話性質過強，反而類似歌謠形式的對唱。〔註128〕我們也可以由此看出六朝「聯句」詩，在初期發展的某些特色。

　　賈充之後，一直要到陶淵明才又見到「聯句」詩。這中間不知是亡佚了，還是寫作此種類型的風氣未盛，所以不見其他作品。陶淵明〈聯句〉：

　　鴻鵾乘風飛，去去當何極。念彼窮居士，如何不歎息。（淵明）

　　雖欲騰九萬，扶搖竟何力。遠招王子喬，雲駕庶可飭。（愔之）

　　顧侶正徘徊，離離翔天側。霜露豈不切，徒愛雙飛翼。（循之）

　　高柯擢條幹，遠眺同天色。思絕慶未看，徒使生迷惑。（淵明）

此詩在形式上每人各作五言四句。在詩的內容上，以「鴻」爲主題，每人作品的意義相互契合，既可合而爲詩，亦可獨立成篇。自陶淵明〈聯句〉之後，南朝的「聯句」詩的形式全爲五言四句，內容上亦儘量達至意義相稱，可能也多少受到此詩的影響。或許這正是吳訥爲何認爲聯句詩始於陶淵明所作的〈聯句〉，〔註129〕因爲〈柏梁臺詩〉缺乏詩義；賈充之詩，又近似對話。而陶淵明〈聯句〉一詩，可說確立了六朝「聯句」詩的寫作形式與要領。明代徐師曾與吳訥皆曾指出此要領：

　　然必其人意氣相投，筆力相稱，然後能爲之，否則狗尾續
　　貂，難乎免於後世之議矣。（徐師曾《文體明辨》）〔註130〕

<hr />

〔註127〕 逯欽立《先秦漢魏晉南北朝詩》賈充〈與妻李夫人聯句〉題下注：「《晉書》曰：『充初娶李豐女，淑美有才行。豐被誅，李氏坐流徙。復娶郭配女，即廣城君。後李以赦得還。帝特詔充置左右夫人，郭恕不許。充乃爲李築室於永年里，而不往來。』李名婉，字淑文。郭名槐，一云名玉璜。」頁587。

〔註128〕 賈充〈與妻李夫人聯句〉：「室中是阿誰，歎息聲正悲。（賈）歎息亦何爲，恐但大義虧。（李）大義同膠漆，匪石心不移。（賈）人誰不慮終，日月有合離。（李）我心子所達，子心我亦知。（賈）若能不食言，與君同所宜。（李）」

〔註129〕 〔明〕吳訥：《文章辨體序說》：「按聯句始著於《陶靖節集》。」頁72。

〔註130〕 〔明〕徐師曾：《文體明辨序說》，頁62。

其要在於對偶精切，辭意均敵，若出一手，乃爲相稱。

（吳訥《文章辨體》）〔註131〕

不但共同寫作「聯句」詩之人必須要「意氣相投」，而且文才亦需相稱，否則有時難以合而成詩。何遜與江革就發生過這種情形。面對無法完成「聯句」詩，江革先以「疇昔似翩翩，今辰何乙乙」嘲諷，何遜則以「工拙既不同，神氣何由拔」回覆解釋。〔註132〕無法順利完成「聯句」詩的原因，最關鍵的地方，應該是因爲所寫之詩句一經比較，高下立判。所以不能輕易爲之。正是因爲「聯句」詩具備這些潛藏的特質，所以也在有意無意間，逐漸成爲文人群體中的一種遊戲競賽。〔註133〕因此，無論是遊覽寫景〔註134〕、送別寄贈〔註135〕、寫景詠物〔註136〕、心情感觸〔註137〕，皆可入詩。六朝時期寫作「聯句」詩最多的何遜，其題材更是多樣，不但有擬古〔註138〕、宮體〔註139〕之作，就連剛寫出新曲亦能入詩。〔註140〕梁代的到溉有〈儀賢堂監

〔註131〕　〔明〕吳訥：《文章辨體序說》，頁72。

〔註132〕　江革有〈贈何記室聯句不成詩〉：「龍鱗無復彩，鳳翅於茲鎩。疇昔似翩翩，今辰何乙乙。」而後何遜也以〈答江革聯句不成〉回覆：「日余乏文幹，逢君善草札。工拙既不同，神氣何由拔。」

〔註133〕　吳承學、何志軍：〈詩可以群——從魏晉南北朝詩歌創作型態考察其文學觀念〉：「一方面，詩人們往往以聯句形式表達彼此之間的相契相知、意氣相投的友情；另一方面，在聯句創作中，因爲詩人們有相同的創作背景，面臨相同的形式要求，所以比起其他形式的詩歌創作，在評價詩人方面更具可比度，於是聯句也就順理成章地成爲文人之間自覺或不自覺的『友誼比賽』。」收入《中國社會科學》，2001年第5期，頁173。

〔註134〕　例如：鮑照〈月下登樓連句〉，謝朓〈還塗臨渚〉、〈紀功曹中園〉、〈往敬亭路中〉、〈祀敬亭山春雨〉，何遜〈范廣州宅聯句〉，蕭綱〈曲水聯句詩〉等。

〔註135〕　例如：謝朓〈阻雪連句遙贈和〉，何遜〈往晉陵聯句〉、〈相送聯句〉三首、〈臨別聯句〉等。

〔註136〕　例如：何遜〈至大雷聯句〉。

〔註137〕　例如：謝朓〈閒坐〉、〈侍筵西堂落日望鄉〉。

〔註138〕　何遜〈擬古三首聯句〉。

〔註139〕　何遜〈照水聯句〉、〈折花聯句〉、〈搖扇聯句〉、〈正釵聯句〉。

〔註140〕　何遜〈增新曲相對聯句〉。

策秀才聯句詩〉，<u>可見當時以用此類型作爲一種考試</u>。至此，「聯句」詩的競賽性質已完全顯現出來。不過，<u>六朝時期也有少數詩作明顯不具有遊戲競賽的性質</u>。例如：<u>謝晦、謝世基二人的〈連句詩〉</u>，以及蕭繹〈遺武陵王詩〉和蕭圓正〈獄中連句〉，皆有深切的涵義。這部分留待下一章再談。

若我們翻閱逯欽立《先秦漢魏晉南北朝詩》的「聯句」詩，還有一種雖然題爲「聯句」，但卻沒有共作者之名，或是知道名字，卻沒有對方所寫詩句的情形。例如：顏測〈七夕連句詩〉、〈九日坐北湖聯句詩〉，鮑照〈在荊州與張使君李居士聯句〉、〈與謝尚書莊三連句〉，蕭衍〈聯句詩〉，何遜〈送褚都曹聯句詩〉、〈送司馬□入五城聯句詩〉以及庾信〈東狩行四韻連句應詔詩〉、〈集周公處連句詩〉等。這可能是因爲共作者所寫的部分已經亡佚，或者是混入了掛名者所寫之詩中，無法區分出來。

二、六朝遊戲化詩歌的主要模式

（一）「擬代」

「擬代」又可區分爲「擬作」與「代言」二種。梅家玲曾爲二者作了詳細的定義：

> 所謂的「擬作」，乃是依據既有作品進行仿擬，其情意內涵和形式技巧皆須步伍原作，並儘可能逼肖原作的體格風貌，以求「亂眞」。因此，它是一種以具有特定內容和形式的「書寫品」爲法式的模仿行爲。「代言」，則是「代人立言」，所代言的內容和形式俱無具體規範可循，於是只能根據自己對於所欲代言之對象的了解，以「設身處地」、「感同身受」的方式，來替他說話。
>
> 不論是擬作、抑或代言，都必須根據一個既有的「文本」去發揮、表現；此「文本」不僅是以書寫型態出現的特定「原作」，也包括一切相關的人文及自然現象。所不同的，僅在

於擬作須以一定的文字範式爲據,代言於此則闕如。〔註141〕
以此說法,則「擬作」與「代言」皆是設想他人之情、揣摩他人之辭
的作品。而兩者最大的差異,即在於「擬作」必須要細微的呈現模擬
對象詩作的體貌,〔註142〕亦即作品要「逼眞」;〔註143〕而「代言」
則是要完全化身爲模擬對象,用其感情與口吻作詩。因此,題爲「擬
作」之詩,所重視的是詩歌整體所呈現樣貌,是否能夠符合模擬對
象。只要詩歌整體所呈現的樣貌、風格,能夠讓讀者感覺如同模仿對
象所寫,即使讀者明明知道是他人刻意模擬之作,即使內容所述的事
蹟與情感不一定眞實的發生過,都無損於此詩作的價值。例如:謝道

〔註141〕 梅家玲:〈漢晉詩賦中的擬作、代言現象及其相關問題〉,收入《漢
魏六朝文學新論》(北京:北京大學出版社,2004 年 11 月一版一
刷),頁 11、43。對於「擬作」與「代言」的定義,亦可見於龔
鵬程:《中國文學史》〈擬古而生的創造〉:「擬代之體,本有假擬
代言之性質,如上述(鮑照)擬曹植陸機者,是仿其體制,作類
如他們詩體那樣的詩。內中之情與事,均是摹仿陸機曹植曾在他
們詩中表現過的,那樣才算擬古得體。若屬代作,更要假設自己
就是另一個人,以那個人的聲口身分說話,似演戲一般。」(臺北:
里仁書局,2009 年 1 月 5 日初版),頁 205。涂光社:〈漢魏六朝
的文學模擬——從六朝文學的「擬」「代」談起〉:「『代』與『擬』
不盡相同,被『擬』者,多爲前代的曲調、名作,或依其格律章
法,或仿其風格、情調。『代』一般是代人抒寫心聲,所代之人不
一定是詩人,甚至可能是沒有作品也不會寫作的人。」收入《遼
寧大學學報(哲學社會科學版)》,第 34 卷第 1 期,2006 年 1 月,
頁 37。
〔註142〕 顏崑陽:〈中國古典文學批評論述 10 則・體勢〉:「一切文學作品,
在『體製』與『體要』的配合操作而被具體表現出來之後,不管是
寫景狀物,或抒情說理,都必然會呈現作品整體性的藝術形相。
這就是『體貌』。故『體貌』非一抽象概念,而是具現之風格。若
以『作家』而言,是爲『個人風格』,……若以『作品』而言,則
有某類或某篇作品之個別風格。」收入氏著:《六朝文學觀念叢論》
(臺北:正中書局,民國 82 年 2 月臺初版),頁 363。
〔註143〕 王瑤:〈擬古與作僞〉:「擬作的理想本來就是要『逼眞』,則『逼眞』
到了『亂眞』的程度,自然也是有的。」參見氏著:《中古文學論
集(重排本)》(北京:北京大學出版社,2008 年 5 月二版二刷),
頁 161。

韞有一首模擬嵇康詠松的〈擬嵇中散詠松詩〉〔註144〕。此詩明顯以嵇康〈遊仙詩〉〔註145〕爲模擬藍本。但謝道韞在題目上卻強調嵇康「詠松」部分，把嵇康〈遊仙詩〉「遙望山上松」的開頭部分，轉變爲詠物詩。而後以詠物體的方式，寄託「時哉不我與，大運所飄颻」的感嘆。謝道韞在詩體的體貌上盡力揣摹嵇康，也達到一定的水準。但嵇康是否眞的有「詠松」之事？是否眞的有深情感嘆？還是只是謝道韞在模擬時所發揮的想像？反而不是欣賞這首詩的重點。謝靈運〈擬魏太子鄴中集詩八首〉也是一樣。梅家玲曾分析此詩後認爲：

> （〈擬魏太子鄴中集詩八首〉）不唯可以「逼近」原作，並且還可能體現出比原作更豐富的内涵。……眞正的鄴下諸作，其所充斥者，盡是大規模的朝遊夕宴、賓主交歡；在其中，我們看不到諸子殊異的身世懷抱，也不盡然了解其「所以」會如此感激恩榮的緣由。其原因，自是當事者爲其本身所處的時空所限，故所著眼者，僅爲一時一地一人的感懷。但靈運，則於「外在於他者」的位置，看到了「他」之所不能看——也是就當事人不易「自覺」的、彼此互動的因由，以及個體生命和整體時代間的輘輷。〔註146〕

這段文字細膩的說明，謝靈運此詩在「擬作」上所具有的特色與優點。但從另一個角度來看，這種超越當事者侷限於時空的說法，不正是指出謝靈運的這組詩，在許多地方，其實是他自己對於鄴下文學集團的想像。因此，「擬作」之詩就產生了一個模糊的空間：作者

〔註144〕謝道韞〈擬嵇中散詠松詩〉：「遙望山上松，隆冬不能凋。願想游下憩，瞻彼萬仞條。騰躍未能升，頓足俟王喬。時哉不我與，大運所飄颻。」

〔註145〕嵇康〈遊仙詩〉：「遙望山上松，隆谷鬱青葱。自遇一何高，獨立迥無雙。願想遊其下，蹊路絕不通。王喬棄我去，乘雲駕六龍。飄颻戲玄圃，黃老路相逢。授我自然道，曠若發童蒙。採藥鍾山隅，服食改姿容。蟬蛻棄穢累，結友家板桐。臨觴奏九韶，雅歌何邕邕？長與俗人別，誰能覩其蹤。」

〔註146〕梅家玲：〈漢晉詩賦中的擬作、代言現象及其相關問題〉，收入《漢魏六朝文學新論》，頁42。

在模擬的過程中，是否也藉機寄託了自身之情志、評論？林文月就認為擬古詩的作者：「一方面摹擬前人之內容、語氣，卻又一方面或寓意寄託，或綜論批判，出於單純習作之目的者甚少，反倒是各家的寫作技巧成熟之後，嘗試與前人一較長短的傾向更濃厚。」〔註147〕「擬作」這種模糊的空間，也導致明明是一種遊戲或競賽的詩體，〔註148〕卻為何許多詩作常有歧義的原因。因此，要論述「擬作」詩是否為遊戲詩作，便很難有共識。故本文僅討論相較之下詮釋證據較多的「代言」。

龔鵬程論述鮑照詩時，曾將「代言」之「代」分三層意思：「一是擬代之代，……皆擬古。二是代別人作。即是代人作詩之例。……三是代替之代。這是指它本來是樂府，如今以詩代之。〔註149〕第一種意思，即是指「擬作」，本文前面已討論過。第三種意思，是鮑照獨特的用法，故不在本文討論範圍之內。〔註150〕而第二種意思：代別人作，就是本文接下來要討論的部分。為什麼這類「代言」詩可以被視為遊戲化的詩歌呢？原因很簡單，因為代人寫作的最大宗旨，即是要將自己轉化為他人。不僅口吻、用語要一致，就連情感也要成為他人，絕不容許摻入一點自身的情感。這可說是「代言」最基本的要求。若是加入非代言對象的情感，即可視為失敗之作。這就像是幫朋友寫情書，信中所傳達的情感，一定是代言對象，否則不僅會令收信

〔註147〕 林文月：〈陸機的擬古詩〉，收入《中古文學論叢》（臺北：大安出版社，民國78年6月初版），頁156～157。

〔註148〕 王瑤：〈擬古與作偽〉：「（擬作）本來是一種主要學習屬文的方法，正如我們現在的臨帖學書一樣。前人的詩文是標準的範本，要用心的揣摩，模仿，以求得其神似。……這種風氣既盛。作者也想在同一類的題材上，嘗試著與前人一較短長，所以擬作的風氣便越盛了。」收入氏著：《中古文學論集（重排本）》，頁161、163。

〔註149〕 龔鵬程：《中國文學史》〈擬古而生的創造〉，頁205。

〔註150〕 詳細的討論可參見葛曉音：〈鮑照「代」樂府體探析——兼論漢魏樂府創作傳統的特徵〉，收入《上海大學學報（社會科學版）》，第16卷第2期，2009年3月，頁21～31。

者產生誤會，也無法完整、確實的將代言對象的情感傳達。雖然這個定義看似簡單清楚，但為什麼仍有許多「代言」詩作被視為具有寄託之義呢？這就與詮釋者過份注重作者的生平背景，而忽略了題目所具有的明確指示性。我們以前一章曾提及的陸機〈為顧彥先贈婦詩二首〉〔註151〕，和陸雲的〈為顧彥先贈婦往返詩四首〉〔註152〕為例，來說明這個問題。陸氏兄弟的這兩組詩，本文在第三章曾提到：「兩人之詩，皆是一人分飾二角之作，不僅模擬顧彥先贈婦，還同時模擬妻子的回贈。從『同題共作』到模擬兩個角色往來贈詩的寫作模式，再加上陸機、陸雲為兄弟的身份，不得不令人懷疑這兩組詩或許在開始寫作時，就已經成為兄弟之間的遊戲競賽了。」但在現代學者的討論中，這兩組詩卻還是可能具有某種寄託。以孫明君和梅家玲的論述為例：

> 陸機的〈為顧彥先贈婦二首〉、〈為周夫人贈車騎〉，陸雲的
> 〈為顧彥先贈婦往返詩四首〉等作品一向被人看作「游戲」
> 之作，但我們發現陸機兄弟「游戲」的對象主要是和自己
> 身世相同的東南士族，這些遊戲之作中未嘗沒有寄予二陸

〔註151〕 陸機〈為顧彥先贈婦詩二首〉：「辭家遠行遊，悠悠三千里。京洛多風塵，素衣化為緇。循身悼憂苦，感念同懷子。隆思亂心曲，沈歡滯不起。歡沈難克興，心亂誰為理。願假歸鴻翼，翻飛浙江汜。」「東南有思婦，長嘆充幽闥。借問歎何為，佳人渺天末。遊宦久不歸，山川修且闊。形影參商乖，音息曠不達。離合非有常，譬彼弦與筈。願保金石軀，慰妾長飢渴。」

〔註152〕 陸雲〈為顧彥先贈婦往返詩四首〉：「我在三川陽，子居五湖陰。山海一何曠，譬彼飛與沈。目想清惠姿，耳存淑媚音。獨寐多遠念，寤言撫空衿。彼美同懷子，非爾誰為心。」「悠悠君行邁，煢煢妾獨止。山河安可逾，永路隔萬里。京師多妖冶，粲粲都人子。雅步嫋纖腰，巧笑發皓齒。佳麗良可美，衰賤焉足紀。遠蒙眷顧言，銜恩非望始。」「翩翩飛蓬征，郁郁寒木榮。游止固殊性，浮沈豈一情。隆愛結在昔，信誓貫三靈。秉心金石固，豈從時俗傾。美目逝不顧，纖腰徒盈盈。何用結中欸，仰指北辰星。」「浮海難為水，游林難為觀。容色貴及時，朝華忌日晏。皎皎彼姝子，灼灼懷春粲。西城善稚舞，總章饒清彈。鳴簧發丹唇，朱弦繞素腕。輕裾猶電揮，雙袂如霞散。華容溢藻幄，哀響入雲漢。知音世所希，非君誰能讚。棄置北辰星，問此玄龍煥。時暮復何言，華落理必賤。」

> 本人的思鄉之情。(孫明君〈二陸贈答詩中的東南士族〉) 〔註153〕
>
> 所謂的「(代為) 贈答往返」,其所贈、所答者,實不盡然是單一的個人,而是涵括了此一個人所處身的整個政治社會環境與文化背景。以是,擬代作者的「自我」表白,便不但是蘊含了實際作者個人與所欲代作對象之情懷的「雙聲言語」,甚且也是為因應當時社會文化要求而刻意刑塑出的特定形象;故此時的「自我」,其實往往是被圈定於某一特定「社會位置」上的形象展示。〔註154〕

即使詩的遊戲意味濃厚,孫明君還是認為其中仍有「寄予二陸本人的思鄉之情」。而梅家玲雖然沒有像孫明君明確指出「思鄉之情」,但認為這兩組詩「蘊含了實際作者個人與所欲代作對象之情懷的『雙聲言語』」,也就是詩中仍摻入了陸氏兄弟的情志。之所以會出現這類的詮釋,主要是因為詮釋者在解讀詩作時,過度的將內容比附於作者的生平或社會背景,而產生的結果。雖然外緣的證據亦有一定的效力,但畢竟是一種推論,若能配合作者的說明——即包括序言、題目等,才能成為最正確詮釋方向。先有了這個概念,我們再回過頭來看這兩組詩,就會有不一樣的詮釋方向。雖然詩中云:「辭家遠行遊,悠悠三千里。京洛多風塵,素衣化為緇」的句子,但絕不能就此判定為陸機的思鄉之情。因為題目明確的告知是「為顧彥先贈婦」,從「代言」詩的詮釋方法來說,詩中所呈現的思念,是顧彥先與其婦之間的情感,而非代作者(陸機/陸雲)的。否則,對顧彥先來說,詩中不斷出現與自己無關的情感或寄託,豈不備受困擾。

其他如:陸機〈為陸思遠婦作詩〉、〈為周夫人贈車騎詩〉、鮑令暉〈代葛沙門妻郭小玉作詩二首〉、韓蘭英〈為顏氏賦詩〉、蕭衍〈代蘇屬國婦詩〉、王僧孺〈為何庫部舊姬擬蘼蕪之句詩〉、〈為徐僕射妓

〔註153〕 孫明君:〈二陸贈答詩中的東南士族〉,收入《北京大學學報 (哲學社會科學版)》,第44卷第5期,2007年9月,頁49。

〔註154〕 梅家玲:〈二陸贈答詩中的自我、社會與文學傳統〉,收入《漢魏六朝文學新論》,頁195。

作詩〉、姚翻〈代陳慶之美人爲詠詩〉、徐陵〈爲羊兗州家人答餉鏡詩〉
等「代言」詩，都是一樣的情形。這些詩都在詩題中明確的指出代言
對象的姓名，如果硬要說詩中暗含作者的情感與寄託，反而顯示了此
詩作爲「代言」詩是失敗的。因爲對於代言對象來說，無法完整表達
想傳達的情感（無論是過度還是不及），而接受詩的對象，也無法眞
正感觸到代言對象的心意。

　　相對來說，有一些「代言」詩的題目，並沒有呈現具體的姓名。
這種「代言」詩在詮釋上，就可以有很大的空間。例如：蕭綸有一首
〈代秋胡婦閨怨詩〉，詩題所說的「秋胡」通常泛指愛情不專一的男
子。也就是說，這首詩雖然是代作，但其實代言對象無從查證。既然
無法確知代言對象的身分，此詩當然也就可能是一種虛擬、幻想之
作，那麼蕭綸是否有寄託義於其中，就可以有很多的想像了。同樣的，
許瑤之〈閨婦答鄰人詩〉、何遜〈爲人妾思詩二首〉、〈爲人妾怨詩〉、
吳均〈去妾贈前夫詩〉、王僧孺〈爲人寵姬有怨詩〉、〈爲姬人自傷詩〉、
〈爲人有贈詩〉、劉孝綽〈爲人贈美人詩〉，以及蕭繹〈代舊姬有怨詩〉
等詩，都是這種無法確認代言對象的作品。詩的詮釋方向，自然容易
隨詮釋者的想法而轉變。不過，即使有很大的詮釋空間，但還是需要
較爲確切的證據，例如：舉出詩中所出現的比興固定用法等方式，否
則容易淪爲各說各話的情形。〔註155〕

　　（二）「賦得」

　　「賦得」是六朝時期十分獨特之模式。以「賦得」爲題之詩作，

〔註155〕　龔鵬程：〈論李商隱的櫻桃詩──假擬、代言、戲謔詩體與抒情傳
　　　　　統間的糾葛〉：「這些假擬，有些當然可能是寓言，其中含有作者想
　　　　　要藉以指明的事相或想法。一如戲劇也可能確屬作者眞實遭際。但
　　　　　主從之分不容混淆。而且這些假擬是否有寄託寓言，須有確可指驗
　　　　　的的相關證據才能斷定。這相關證據，不能是文內之證，因爲所謂
　　　　　文意或典故，……是可以隨人作解的。除非其意象之使用，是在比
　　　　　興傳統中已成爲固定用法。」收入氏著：《文學批評的視野》（臺北：
　　　　　大安出版社，1998 年 4 月初版二刷），頁 217。

突然大量產生於梁代，之前朝代目前皆無可見之詩作。雖然作品數量
眾多，但學者卻對此類型少有討論。因此，對於「賦得」的定義，目
前仍有討論的空間。劉漢初先生懷疑「『賦得』詩產生自文學集團，
是他們想出來在宴會之際舉行的新玩藝。」〔註 156〕這個推測的可能
性很高。因爲南朝文人在宴會場合上，常以「分題」寫詩作爲遊戲競
賽的方式。而「分題」又常以眼前之景物爲主。嚴羽《滄浪詩話‧詩
體》云：

> 古人分題，或各賦一物，如云送某人分題得某物也。或曰
> 探題。〔註 157〕

「賦得」一名，應是從「各賦一物」、「分題得某物」二義，取「賦」
「得」二字作爲簡稱而來的。這個說法可以從某些詩題獲得證實。例
如：蕭綱〈賦樂器名得箜篌詩〉、〈賦樂府得大垂手〉、陰鏗〈賦詠得
神仙詩〉、張正見〈賦新題得蘭生野徑詩〉、〈賦新題得寒樹晚蟬疎
詩〉、江總〈賦詠得琴詩〉等，都可發現「賦得」二字，確實爲「賦……
得……」之義。「賦」是指出此次的活動，「得」是表明此次賦詩活動
所分得的題目爲何。「賦得」二字連用，則是省略活動型態而直接說
明題目。若是活動型態較爲特別，就會在題目中另行說明。例如：蕭
雉〈賦得翠石應令詩〉、蕭推〈賦得翠石應令詩〉、劉孝威〈賦得鳴棟
應令詩〉、徐防〈賦得蝶依草應令詩〉、庾肩吾〈暮遊山水應令賦得磧
字〉、庾信〈行途賦得四更應詔詩〉、張正見〈初春賦得池應教詩〉、〈賦
得風生翠竹裏應教詩〉、〈賦得梅林輕雨應教詩〉、〈賦得秋蟬喝柳應衡
陽王教詩〉，以及江總〈賦得一日成三賦應令詩〉、〈賦得攜手上河梁
應詔詩〉等，即在題目中加上「應詔」、「應令」、「應教」，以說明其
奉王室之旨作詩；陰鏗〈侍宴賦得夾池竹詩〉、江總〈侍宴賦得起坐
彈鳴琴詩〉也使用「侍宴」以說明此次活動型態；王樞〈徐尚書座賦

〔註 156〕 劉漢初：〈論賦得〉，收入氏著：《蕭統兄弟的文學集團‧附錄一》，
國立臺灣大學中文所碩士論文，1975 年 6 月。
〔註 157〕 〔宋〕嚴羽著、郭紹虞校釋：《滄浪詩話校釋》，頁 74。

得阿憐詩〉則表明了此次宴會場合是在徐勉府上；至於像張正見〈暮秋野興賦得傾壺酒詩〉、劉孝綽〈夜聽妓賦得烏夜啼〉等詩，則是特別表明其活動型態是在郊外遊覽，以及夜晚聽歌妓取樂的場合。

　　由於「賦得」詩主要產生於遊宴場合中，作爲文人間遊戲競賽之用，所以其臨場性不僅考驗著寫詩的文人，同時也考驗著出題之人。雖然以眼前之景物爲題，是最直接且方便的模式，但時間一久，難免開始出現重複的現象。因此，題目範圍極爲廣泛，可說是「賦得」詩的特色之一。但也因爲過於廣泛，所以想要透過分類來討論，便是一件棘手之事。劉漢初先生曾將「賦得」詩的題目分爲四種：一、以詠物爲題；二、以樂府爲題；三、以詩句爲題；四、以古人名爲題。〔註158〕黃樹生則是將歷代「賦得」詩分爲三種類型：第一類「賦得」詩摘取古人成句爲詩題，題首多冠以「賦得」二字。第二類「賦得」詩以即景詠物爲詩題。這一類詩主要是當時是當時上流社會的聚會、公宴活動的產物，即「賦詩得某題」之意。第三類賦得詩爲送別詩。〔註159〕黃樹生以「送別」爲第三類，不但數量極少，在分類標準上與前兩項並不符合，所以本文不將其列入分類項目之一。而兩位學者皆有的「詠物」與「詩句」二類，正是六朝「賦得」詩題目最多的類別。因此，本文先由這兩類論述，然後再加入劉漢初先生所分類的「以樂府爲題」與「以古人名爲題」二項，進行討論。

　　「以即景詠物爲題」之詩，多不勝數。例如：劉孝綽〈賦得始歸鴈詩〉、劉孝威〈賦得曲澗詩〉、〈賦得香出衣詩〉、徐摛〈賦得簾塵詩〉、蕭綱〈賦得橋詩〉、〈賦得入阼雨詩〉、〈賦得薔薇詩〉、〈賦得白羽扇詩〉、庾肩吾〈賦得山詩〉、〈賦得轉歌扇詩〉、〈賦得池萍詩〉、褚雲〈賦得蟬詩〉、蕭繹〈賦得竹詩〉、〈賦得春荻詩〉、〈賦得登山馬詩〉、沈趍〈賦

〔註158〕　劉漢初：〈論賦得〉，收入氏著：《蕭統兄弟的文學集團‧附錄一》。

〔註159〕　黃樹生：〈簡論「賦得」詩體並賞析張九齡〈賦得自君出矣〉〉，收入《韶關學院學報‧社會科學》，第 29 卷第 8 期，2008 年 8 月，頁5。

得霧詩〉、顧煊〈賦得露詩〉、庾信〈賦得鸞臺詩〉、〈賦得集池鴈詩〉、〈賦得荷詩〉、陸玠〈賦得雜言詠栗詩〉、張正見〈賦得題新雲詩〉、〈賦得山中翠竹詩〉、〈賦得堦前嫩竹〉、劉刪〈賦得馬詩〉、賀循〈賦得夾池脩竹詩〉、李爽〈賦得芳樹詩〉、阮卓〈賦得詠風詩〉、〈賦得蓮下游魚詩〉等，不僅數量龐大，題材也無所不包。也時甚至還會所詠之物前，再加上一些限定的條件，例如：徐防〈賦得觀濤詩〉，在詠浪濤時必須加上「觀」者的角度。沈君攸〈賦得臨水詩〉，在詠水時必須加上「臨」者的視角。蕭詮〈賦得夜猿啼詩〉，則是所詠之猿啼，必須設定為夜晚之啼叫。這也是因為「賦得」詠物一類十分普遍，所因應的改變。

　　至於「以詩句為題」之詩，同樣眾多，而且所使用的詩句，從漢代至南朝皆可為題。例如：阮卓〈賦得黃鵠一遠別詩〉是用舊題為蘇武〈與李陵詩〉之詩句；劉孝綽〈賦得遺所思詩〉、蕭繹〈賦得涉江采芙蓉〉、〈賦得蘭澤多芳草〉、江總〈賦得三五明月滿詩〉、祖孫登〈賦得涉江采芙蓉〉，以及賀循〈賦得庭中有奇樹詩〉皆是以「古詩十九首」的詩句為題；蕭繹〈賦得蒲生我池中詩〉是以甄宓〈塘上行〉之詩句為題；周弘讓〈賦得長笛吐清氣詩〉、賀徹〈賦得長笛吐清氣詩〉是以曹丕〈善哉行〉之詩句為題；江總〈賦得謁帝承明廬詩〉是取自曹植〈贈白馬王彪〉中的詩句；張正見〈賦得落落窮巷士詩〉取自左思〈詠史詩〉，孔奐〈賦得名都伊何綺詩〉之題，是從陸機〈擬青青陵上柏詩〉「名都一何綺」而來；蕭詮〈賦得婀娜當軒織詩〉也是來自陸機的〈擬青青河畔草詩〉；沈炯〈賦得邊馬有歸心詩〉來自王讚〈雜詩〉；孔範〈賦得白雲抱幽石詩〉則以謝靈運〈過始寧墅〉之詩句為題；徐湛〈賦得班去趙姬升詩〉與張正見〈賦得日中市朝滿詩〉分別來自於鮑照的〈代白頭吟〉與〈結客少年場行〉；蕭詮〈賦得往往孤山映詩〉和蔡凝〈賦得處處春雲生詩〉皆出自於謝朓的〈和劉西曹望海臺詩〉；朱超〈賦得蕩子行未歸詩〉與張正見〈賦得岸花臨水

發詩〉取題於何遜〈詠照鏡詩〉以及〈贈諸遊舊詩〉。可見以詩句爲
題，並不止於古詩，近人所寫之詩，一樣可以成爲「賦得」之題。有
趣的是，張正見〈賦得佳期竟不歸詩〉所採用的詩句，竟然是同爲「賦
得」詩的庾肩吾〈賦得有所思〉。如此亦可得知，「賦得」詩「以詩句
爲題」一類，在取題時幾乎沒有什麼限制，更特別的是，雖然題目取
自前人之詩句，但寫作的內容卻只是依題面發揮，與原詩並沒有關係。

　　「以樂府爲題」之詩，雖然不多，但實爲非常特別的方式。樂府
「本以樂章爲體。每一曲皆各有其體段與內容的規範在，作樂府的
人，既選擇了這個辭曲，就必須依這一樂曲的規定來寫。」〔註160〕
因此，文人寫作「賦得」時，刻意以樂府爲題，等於是考驗在場文人
臨場寫作樂府詩的能力。由於寫作樂府有諸多限制，不像前面「詠物」
或「詩句」的類別，可以盡情發揮想像力，所以難度更高。這大概也
是何以此類「賦得」詩較少之故。目前可見的僅有蕭綱〈賦樂府得大
垂手〉、庾肩吾〈賦得有所思〉、〈賦得橫吹曲長安道〉、王泰〈賦得巫
山高詩〉、劉孝綽〈夜聽妓賦得烏夜啼〉等少數作品。

　　「以古人名爲題」之詩，數量同樣不多，但也是一種特殊的題型。
若是不看「賦得」之題，僅從內容來說，此類詩即如同「詠人物」。
舉例來說：

> 燕丹善養士，志在報強嬴。招集百夫良，歲暮得荊卿。君
> 子死知己，提劍出燕京。素驥鳴廣陌，慷慨送我行。雄髮
> 指危冠，猛氣衝長纓。飲餞易水上，四座列群英。漸離擊
> 悲筑，宋意唱高聲。蕭蕭哀風逝，淡淡寒波生。商音更流
> 涕，羽奏壯士驚。心知去不歸，且有後世名。登車何時顧，
> 飛蓋入秦庭。凌厲越萬里，逶迤過千城。圖窮事自至，豪
> 主正征營。惜哉劍術疏，奇功遂不成。其人久已沒，千載
> 有餘情。

〔註160〕　龔鵬程：〈論李商隱的櫻桃詩──假擬、代言、戲謔詩體與抒情傳
　　　　　統間的糾葛〉，收入氏著：《文學批評的視野》，頁200。

荊卿欲報燕，銜恩棄百年。市中傾別酒，水上擊離絃。匕
首光陵日，長虹氣燭天。留言與宋意，悲歌非自憐。

函關使不通，燕將重深功。長虹貫白日，易水急寒風。壯
髮危冠下，匕首地圖中。琴聲不可識，遺恨沒秦宮。

從詩中所敘述的事蹟來看，這三首詩明顯皆是歌詠荊軻。但只有第一
首陶淵明所作的詩題為〈詠荊軻詩〉，另外兩首周弘直的〈賦得荊軻
詩〉，以及楊縉〈賦得荊軻詩〉，則在題目中冠上「賦得」。明明同樣
是詠荊軻，為何周弘直與楊縉不題為「詠」，卻使用「賦得」呢？這
就是因為「賦得」詩通常是一種宴席上的遊戲競賽之作，冠上「賦得」
二字，可以藉此告知讀者，此詩為遊戲之作，以區別文人真正有感而
發的作品。〔註161〕其他作品如：庾肩吾〈賦得嵇叔夜詩〉、張正見〈賦
得韓信詩〉、祖孫登〈賦得司馬相如詩〉，以及劉刪〈賦得蘇武詩〉都
是同樣的情形。

　　除了以上這四類外，其實還可以再區分一類：「設想之情境」。所
謂「設想之情境」即是以想像某種情境為題而寫詩。例如：蕭綱〈賦
得當壚〉便想像對著酒壚時正是「十五正團圓，流光滿上蘭。當壚設
夜酒，宿客解金鞍」的情景。何胥〈賦得待詔金馬門詩〉則是想像自
己身處漢世，意氣風發的在金馬門外待詔，〔註162〕一想到將來的仕
途，就忍不住脫口說出：「此時參待詔，誰復想漁樵」的感受。其他
如：張正見〈賦得白雲臨酒詩〉、〈賦得雪映夜舟詩〉、〈賦得威鳳棲梧
詩〉，與江總〈賦得空閨怨詩〉也都是以想像之情境作為命題，而寫
出的作品。

〔註161〕 劉漢初：〈論賦得〉：「『賦得橋』固然可以援齊人之例題為『詠橋』，
　　　　但『賦得韓信』題為『詠韓信』，便容易啟人誤會，以為這是有感
　　　　而作，而抹煞了文士宴會分題的遊戲事實。……梁人創立新名目，
　　　　一概加「賦得」兩字，以別於個人平素感興之作。」，收入氏著：《蕭
　　　　統兄弟的文學集團‧附錄一》。

〔註162〕 〔漢〕司馬遷：《史記‧滑稽列傳》：「金馬門者，宦（者）署門也，
　　　　門傍有銅馬，故謂之曰『金馬門』。」頁811。

針對以上這些「先有題後有詩」的類型，王瑞雲認爲：

> 先有題後有詩式的創作總體來說已經偏離了吟咏情性、注
> 重眞實感觸的詩學傳統，走上了對題面進行演繹的虛構、
> 模擬之路。
>
> 從總體上來說，對於先有題後有詩創作，詩人首先考慮的
> 問題不是自己內心的人生體驗和感悟，而是題面所揭示的
> 內容傾向。〔註163〕

其論述正指出了這類詩歌與「言情」、「緣情」相異之處，頗值得我們
參考。

第三節　六朝遊戲化詩歌的主要類型之二：「先有韻後有詩」

六朝文人以詩歌進行遊戲競賽時，除了「分題」之外，還有以「分
韻」爲遊戲的方式。「分韻」是指在作詩時，先規定若干字爲韻，然
後由在場的文人分拈韻字，依韻作詩，也可稱爲「賦韻」。魏晉文人
之間「了語」、「危語」的遊戲，可說是「先有韻後有詩」的開端。《世
說新語・排調》記載：

> 桓南郡與殷荊州語次，因共作了語。顧愷之曰：「火燒平原
> 無遺燎。」桓曰：「白布纏棺豎旒旐。」殷曰：「投魚深淵
> 放飛鳥。」次復作危語。桓曰：「矛頭淅米劍頭炊。」殷曰：
> 「百歲老翁攀枯枝。」顧曰：「井上轆轤臥嬰兒。」殷有一
> 參軍在坐，云：「盲人騎瞎馬，夜半臨深池。」殷曰：「咄
> 咄逼人！」仲堪眇目故也。〔註164〕

「了語」和「危語」是一種文字遊戲，參與者各說出符合規則的一句
話。「了語」的規則即是一句的最末字需與「了」押同韻，而且整句
要有終了、完結的意思；「危語」同樣要求尾字要押「危」的同韻，

〔註163〕 王瑞雲：〈齊梁詩歌創作中的遊戲觀念〉，頁17。
〔註164〕 〔南朝宋〕劉義慶著、余嘉錫箋疏：《世說新語箋疏》，頁964。

整句則必須表達出危險的意思。以此來看，在「了語」遊戲中，顧愷之以「火燒平原無遺燎」一句應之，不但「燎」字與「了」同韻，而野火燒遍平原，連灰燼都不剩之義，亦符合終了之旨。桓玄的「白布纏棺豎旒旐」一句，除了尾字韻部符合外，以白布纏著棺木，豎起靈幡出殯比喻人生走到盡頭以切合終了之義，亦十分貼切。至於殷仲堪「投魚深淵放飛鳥」一句，又另起新意——將魚、鳥放回屬於自己的世界，彷彿一切重新回到了起點，可說是終了之義的延伸。同樣的，「危語」的遊戲方式亦是如此進行。無論是「矛頭淅米劍頭炊」、「百歲老翁攀枯枝」、「井上轆轤臥嬰兒」都是在尾字押了「危」字的同韻，然後在意義上都具有危險之義；至於「盲人騎瞎馬，夜半臨深池」雖與前面所作稍異成為兩句，但下句的尾字依舊押韻，而且不但兩句皆有危險之義，一句還比一句來得驚險。雖然此位參軍所作之危語，觸犯了殷仲堪「眇目」的禁忌話題，但就遊戲層面來說，仍舊符合規則。

　　此時的「了語」和「危語」主要的規則是眾人各作一句，並押同一韻部之字，與後來南朝的分韻作詩，仍有一點差異。洪邁《容齋續筆・卷五》「作詩先賦韻」條云：

> 南朝人作詩多先賦韻，如梁武帝華光殿宴飲連句，沈約賦韻，曹景宗不得韻，啟求之，乃得競病兩字之類是也。予家有《陳後主文集》十卷，載王師獻捷，賀樂文思，預席羣僚，各賦一字，仍成韻，上得盛、病、柄、令、橫、映、竇、抃、鏡、慶十字，宴宣猷堂，得迮、格、白、赫、易、夕、擲、斥、坼、啞十字，幸舍人省，得日、謐、一、瑟、畢、訖、橘、質、帙、實十字。如此者凡數十篇。今人無此格也。〔註165〕

趙翼《陔餘叢考・卷二十三》亦云：

> 古人聯句，大概先分韻而後成詩。梁武帝華光殿聯句，曹景宗後至，詩韻已盡，沈約以所餘競、病二字與之，曰：

〔註165〕〔宋〕洪邁：《容齋隨筆》（上海：上海古籍出版社，1998年3月一版二刷），頁280。

　　所餘二韻。則分韻後之所餘也。〔註166〕

洪邁與趙翼論及南朝的「分韻」，皆以曹景宗之事作爲範例說明。此
事本文曾於前面約略提及，但爲了討論方便，此處再徵引一次原文。
《南史‧曹景宗傳》記載：

> 景宗振旅凱入，帝於華光殿宴飲連句，令左僕射沈約賦韻。
> 景宗不得韻，意色不平，啓求賦詩。帝曰：「卿伎能甚多，
> 人才英拔，何必止在一詩。」景宗已醉，求作不已，詔令
> 約賦韻。時韻已盡，唯餘競、病二字。景宗便操筆，斯須
> 而成，其辭曰：「去時兒女悲，歸來笳鼓競。借問行路人，
> 何如霍去病。」帝歎不已。約及朝賢驚嗟竟日，詔令上左
> 史。於是進爵爲公，拜侍中、領軍將軍。〔註167〕

梁武帝蕭衍在宴會上，舉行作詩的遊戲競賽。從「帝於華光殿宴飲連
句，令左僕射沈約賦韻。景宗不得韻」這一段記載來看，可知此次遊
戲競賽的規則有兩個部分：首先是參加的文人必須先分得數個韻字
（以曹景宗所作之詩來看，可能爲二個韻字），然後再以此韻配合聯
句詩的形式寫作。曹景宗之所以令朝野文人驚艷、訝異，不僅僅是因
爲可以順利完成詩作，更重要的是他能以剩餘的兩個韻字，臨場寫出
涵義深切之詩——因爲以這種分韻寫作的遊戲競賽而言，愈晚分到
韻字，所受到的限制就愈多，創作自然更爲困難——曹景宗在眾人
皆分韻完畢後，還以剩餘的競、病二字，寫出佳作，當然就令人刮目
相看。除了曹景宗之事外，其他如《梁書‧昭明太子傳》：

> （蕭統）每遊宴祖道，賦詩至十數韻。或命作劇韻賦之，
> 皆屬思便成，無所點易。〔註168〕

以及《梁書‧蕭子顯附蕭愷傳》：

> 時中庶子謝蝦出守建安，於宣猷堂宴餞，並召時才賦詩，
> 同用十五劇韻，愷詩先就，其辭又美。〔註169〕

〔註166〕　〔清〕趙翼：《陔餘叢考》，頁465。
〔註167〕　〔唐〕李延壽：《南史‧曹景宗傳》，頁357。
〔註168〕　〔唐〕姚思廉：《梁書‧昭明太子傳》，頁47。
〔註169〕　〔唐〕姚思廉：《梁書‧蕭子顯附蕭愷傳》，頁135。

都可以見出，分韻作詩在南朝已是一種常見的遊戲競賽型態。而且王室貴族亦風行此種遊戲競賽，並常以難作之險韻測試其文才。

另一方面，分韻作詩又常常與其他詩體形式結合。以前面所提曹景宗之事為例，就與聯句結合。前一節曾提到，南朝的「聯句」詩的形式全為五言四句，而內容上亦儘量達至意義相稱。所以透過曹景宗詩的內容，大概也可以推測出此次賦詩的主旨。當然，分韻作詩不限於聯句之型態。我們從許多分韻賦詩的題目便可以看出，例如：由梁武帝蕭衍等人共作的〈清暑殿效柏梁體〉就與「柏梁體」結合；吳均〈共賦韻詠庭中桐詩〉則與詠物詩結合；蕭綱〈和湘東王三韻詩二首〉，也與唱和詩結合；庾肩吾〈暮遊山水應令賦得磧字〉則與應令、賦得結合。即使沒有與其他詩體結合，分韻詩作也多半會在題目上說明此次分韻的寫作動機，例如：蕭統〈講席將畢賦三十韻詩依次用〉、王僧孺〈在王晉安酒席數韻詩〉，都明確的指出創作的動機是「講席將畢」和「在王晉安酒席」；而陳後主的分韻詩，不僅數量龐大，且每一首幾乎都清楚陳述創作動機，例如：〈七夕宴宣猷堂各賦一韻詠五物自足為十并牛女一首五韻物次第用得帳屏風案唾壺履〉詩。此詩清楚交代場景及創作動機，是在七夕的夜晚，陳後主於宣猷堂設宴時的應景之作，而寫作方式為每人各以一韻做五首詠物詩，而且限定為詠帳、屏風、案、唾壺和履。其他詩如：〈立春汎舟玄圃各賦一字六韻成篇〉、〈獻歲立春光風具美汎舟玄圃各賦六韻詩〉、〈上巳宴麗暉殿各賦一字十韻詩〉、〈上巳玄圃宣猷堂禊飲同共八韻詩〉、〈春色禊辰盡當曲宴各賦十韻詩〉、〈祓禊汎舟春日玄圃各賦七韻詩〉、〈上巳玄圃宣猷嘉辰禊酌各賦六韻以次成篇詩〉、〈七夕宴重詠牛女各為五韻詩〉、〈同管記陸琛七夕五韻詩〉、〈同管記陸瑜七夕四韻詩〉、〈七夕宴樂脩殿各賦六韻〉、〈七夕宴玄圃各賦五韻詩〉、〈五言畫堂良夜履長在節歌管賦詩迥筵命酒十韻成篇〉「得沓、合、答、雜、納、颯、匝、欱、拉、卜」、〈初伏七夕已覺微涼既引應徐且命燕趙清風朗月以望七襄之駕置酒陳樂各賦四韻之篇〉等，亦是如此清楚明確的說明。這也難怪

胡才甫會在《滄浪詩話·詩體》的「分韻體」下，直接以「陳後主有此體」作爲箋注。〔註170〕

六朝「分韻」作詩，最特別的詩作，當屬蕭衍的〈五字疊韻詩〉：

後牖有榴柳。（梁武帝）

梁王長康強。（劉孝綽）

偏眠船舷邊。（沈約）

載匕每礙埭。（庾肩吾）

六斛熟鹿肉。（徐摛）

暯蘇姑枯盧。（何遜）

所謂「疊韻詩」，指的是各句所用字的韻部均相同的詩。這首〈五字疊韻詩〉是與聯句詩結合的型態，所以眾人必須依照每句五個字皆必須爲同一韻部的規則，各自寫成一句，然後再將這些詩句連結而成一首詩。或許是因爲五字疊韻的規則確實困難，所以眾人雖順利完成每句的疊韻，但將詩句連接起來後，意義卻沒有串連。這大概也是爲什麼在同時期不見其他類似詩作的原因吧。

雖然相對於「先有題後有詩」的類型來說，「先有韻後有詩」的類型在創作數量上少了許多。但自南朝文人開始，聲律問題才逐漸被文人重視，以分韻作爲遊戲競賽的方式，也就不如分題來得盛行。但無論如何，以分韻作詩當成文人之間的遊戲競賽，確實是六朝時期的一項特色，也值得我們注意。

〔註170〕　參見〔宋〕嚴羽著、郭紹虞校釋：《滄浪詩話校釋》引胡才甫《滄浪詩話箋注》：「按陳後主有此體。題作〈七夕宴宣猷堂，各賦一韻，詠五物自足爲十物，次第用得帳、屏風、案、唾壺、履〉。」頁94。

第六章　遊戲筆調下的嚴肅心態

第一節　如何判定的問題

　　雖然本文在前面的討論中，不斷強調六朝的遊戲詩作，大多與個人的情志無關。但仍有少數詩作在遊戲的形式下，存在著深切而嚴肅的涵義。只是如何判別遊戲詩作，具有深切而嚴肅的涵義，除了要謹慎推論外，還必須找出具有效力的相關證據，才能斷定。這種方式雖然看似容易，但後世文人卻常在某些詩的詮釋上，出現歧見。最大的原因，還是證據效力的問題。許多詮釋者都會直接以作者身世、遭遇比附詩作，將詩作所描述的情境，視為作者自身的遭遇。有時以史證詩，有時又以詩證史。但透過這種循環論證而得出結論，不僅證據效力薄弱，許多結論也往往淪為詮釋者的臆測。我們以鄧仕樑分析《昭明文選》「雜擬類」的討論作為例子，便可呈現這些問題。鄧仕樑將《昭明文選》「雜擬類」的六十餘首擬作分為四類：

　　第一類，假想自己是古人，視古人的身世遭遇為作者個人的身世遭遇。寫作的特點是參照古人口吻，寫出古人感受。如：江淹〈雜擬〉（或〈雜體詩〉）三十首、謝靈運〈擬魏太子鄴中集詩〉。

　　第二類，題目標明摹仿古代某家某類甚至某首詩作，一般借用古人情事，在題材和風格都以古人為式，但詩中寫的是自己的感受。如：陸機〈擬行行重行行〉、袁淑〈傚曹子建樂府白馬篇〉、鮑照〈學劉公幹體〉。

第三類，題目明標擬古，或逕以古代詩題爲題，詩中也往往引用古事，但意旨則觀乎當今。這自是以古諷今的手法。用「擬古」或直以古題爲題，只是技巧的一部分。作者旨在批評當世，或欲直抒胸臆而不願明言，故刻意用之。如：陶淵明〈擬古〉九首、庾信〈擬詠懷〉二十七首，以及其他以〈詠史〉、〈感遇〉爲題之作。

第四類，從詩的命意遣辭看，頗有摹擬之跡，而題目大都不標擬古。作者在創作時未必刻意摹仿某一家某一首，指出其淵源或有所仿擬，只是讀者或評論者的意見。《文選》所錄雜擬之作，可以分屬前三類。在雜擬以外，反而有不少詩可歸此類。〔註1〕

雖然鄧仕樑的論述，有一些語病，〔註2〕但並不妨礙我們以此分類爲例，進行討論。首先，在第一類「假想自己是古人，視古人的身世遭遇爲作者個人的身世遭遇」的部分，鄧仕樑舉出江淹的〈雜體詩〉（亦作〈雜擬〉）三十首，以及謝靈運的〈擬魏太子鄴中集詩〉爲例子。這個部分本無疑慮，正因爲是「假想古人」，故所寫的身世遭遇都是古人（即使是揣想），與自己眞實的身世遭遇不應有關。江淹〈雜體詩〉在序中很清楚的指出「今作三十首詩，斅其文體」〔註3〕，所以除了第一首題爲〈古離別〉，沒有具體的姓名外，其他都指名道姓，甚至具體說明寫作的場合、情境，如：〈李都尉陵從軍〉明確指出是摹擬李陵從軍之詩；〈班婕妤詠扇〉是假想自己即爲班婕妤，從班婕妤的思路寫詠扇之詩。其他像〈魏文帝曹丕遊宴〉、〈陳思王曹植贈

〔註1〕鄧仕樑：〈擬謝靈運《擬魏太子鄴中集詩》〉，收入《魏晉南北朝文學論集》（臺北：文史哲出版社，民國83年11月初版），頁90～92。

〔註2〕鄧仕樑這段論述是有些語病的：他一開始說這四類是由《昭明文選》「雜擬類」分析出的，但在論述最後一類時，卻又說「至《文選》所錄雜擬之作，可以分屬前三類。在雜擬以外，反而有不少詩可歸爲此類」。這不就是說，第四類其實並不是透過分析「雜擬類」而來的？在論述上明顯有疏失。

〔註3〕江淹〈雜體詩序〉：「今作三十首詩，斅其文體，雖不足品藻淵流，庶亦無乖商榷云爾。」參見逯欽立：《先秦漢魏晉南北朝詩》，頁1569。

友〉、〈劉文學楨感懷〉等詩，皆是如此。若要指出這些詩存在著江淹
的寄託，並不容易獲得充分的證據。所以鄧仕樑也認爲江淹創作此組
詩，不僅是爲了豐富創作經驗和證明自己才華，甚至還有意與前人爭
勝。〔註4〕那麼，謝靈運的〈擬魏太子鄴中集詩〉應該也是如此。但
鄧仕樑在詮釋這組詩時，不但有時會稍微轉向，而且論述還有些矛盾
之處。他先認爲謝靈運寫這組詩，具有兩種可能性：

> 如果說大謝刻意擬建安詩，目的在豐富自己的創作經驗，以
> 便形成個人風格，是不難接受的。當然遍擬《鄴中集》八人
> 之作，也可能要證明自己的才華，擬哪一家就是哪一家。

接著又說：

> 讀這一組詩，不宜附會過多，但讀者固未嘗不可以假設大
> 謝在有意無意間抒發個人的感懷。

最後又說：

> 擬詩的感懷，是一般的指士不見知，還是特爲盧陵而發，
> 恐難確證。何焯以爲「當是盧陵周旋時所擬」，固有相當理
> 由，不過也不能排除大謝作於早歲摹擬用功於五言的可能
> 性。〔註5〕

「假設」自然可以作爲詮釋的前提，但要成爲「結論」，就必須有確
切的證據及詳實的論證過程。對於寫作者的目的，詮釋者固然可以多
作假設，但若是無法提出足以說服他人的說法，其實即是「附會」。
鄧仕樑應該也熟知此點，所以在一開始先說謝靈運寫作此詩，具有「豐
富創作經驗」和「證明自己才華」兩種完全從「擬作」角度所提出的
可能性。那麼爲何鄧仕樑還是提及謝靈運此詩，可能有抒發個人情懷
的假設呢？而且明明已經認爲「士不見知」、「爲盧陵而發」之事，「恐
難確證」，卻又沒有直接否定何焯的觀點，然後又回到了最初認爲這
組詩可能是謝靈運早年摹擬用功之作的說法。這些現象的背後都說明

〔註4〕鄧仕樑：〈擬謝靈運《擬魏太子鄴中集詩》〉，收入《魏晉南北朝文學
論集》，頁108。
〔註5〕鄧仕樑：〈擬謝靈運《擬魏太子鄴中集詩》〉，頁108、112、114。

了，要證明這類詩具有實質的寄託義，非常困難。詮釋者最多只能藉由假設及比對作者身世的途徑，得到無法確認的結論。不僅立論根基不穩，隨時可以有新的說法，也完全忽略了「擬作」這種文體必須完全化身為模擬對象的特性。

同樣的道理，第二類所舉的陸機〈擬行行重行行〉、袁淑〈傚曹子建樂府白馬篇〉與鮑照〈學劉公幹體〉等詩，如何能證明是借用古人情事，而寫自己的感受，才是詮釋的關鍵處。尤其每一首詩的題目皆清楚標明了「擬」、「傚」、「學」，若要指出以古人情事寄託自身感受的部分，就更需要有充分的證據了。否則容易淪為詮釋者自說自話的局面。以鄧仕樑所舉之謝靈運〈擬魏太子鄴中集詩〉，和陸機〈擬行行重行行〉為例，兩首詩在題目中同有「擬」字，而且也一樣無法找到明確的創作動機。那麼為何謝靈運〈擬魏太子鄴中集詩〉被歸為第一類，而陸機〈擬行行重行行〉卻被歸為第二類呢？這明顯就是詮釋者依藉自己閱讀後的感受，所進行的分類。就文學研究來說，並不精確，所以也難以成為一種確切的詮釋方法。

第三類也是如此。要證明一首詩具有以古諷今的涵義，絕對不是憑藉著詮釋者的讀後感，即可成立。鄧仕樑所謂的「用『擬古』或直以古題為題，只是技巧的一部分」，其推論背後一定要有確切的證據才能有此結論。否則依鄧仕樑的說法，作者明明已經「欲直抒胸臆而不願明言」，在題目及其他記載中，亦找不到任何直接的證據，又怎麼能夠判斷出作者的意圖呢？即以鄧仕樑所舉的陶淵明〈擬古〉九首為例。此詩歷來多被視為陶淵明於劉宋代晉後，悼國傷時的託諷之作。例如：陶澍《靖節先生集・卷四》〈擬古〉題下引劉履曰：

　　凡靖節退休之後，類多悼國傷時託諷之詞。然不欲顯斥，
　　故以擬古，雜詩名其篇云。〔註6〕

其他如黃文煥、溫汝能、翁同龢、古直、王瑤、逯欽立等人，亦抱持

────────────

〔註6〕例如：〔清〕陶澍注：《靖節先生集》（臺北：華正書局，民國64年5月臺一版），頁1。

類似的觀點。〔註7〕但亦有學者持不同的看法。例如：龔斌認爲寄託之說，雖然「有助於理解此詩寓意。但若稱每首詩均寓易代之感，恐亦未必然。」〔註8〕其態度已對寄託之說有保留。袁行霈則持相反的觀點：

> 余反覆觀此九詩，內容凡五類：一、友情與交往⋯⋯二、懷念古今之賢人⋯⋯三、功名難以持久⋯⋯四、人生易逝⋯⋯五、別有寓意⋯⋯除其九或許寓有易代之感外，其他八首均係古詩之傳統題材，無關易代也。即如其九，亦有他說⋯⋯由此觀之，未可輕易將此詩統統繫於宋初，首首坐實爲劉裕篡晉而發。「擬古」者，模擬之作也。雖如方東樹所說：「是用古人格作自家詩。」（《昭昧詹言》）然終以不離古詩之氣格爲佳，不必如〈述酒〉之寄託易代之慨也。〔註9〕

袁行霈認爲此組詩幾乎都是古詩中的傳統題材，故不必是寄託易代之慨。顯然不認同歷來多數文人學者的看法。但有趣的是，袁行霈之所以有此結論，竟是因爲「反覆觀此九詩」。所以即使是憑藉詮釋者的讀後感，依舊可以得到完全相反的論點。這也顯示了這種方法並無一致性，隨著詮釋者的思維與預設立場不同，就有可能得到完全相反的觀點。

　　至於鄧仕樑所區分的第四類，其實並不需要特別標明。因爲作者在題目中就沒有告知是擬古或摹仿古人，後世詮釋者自然不須朝寄託或以古諷今的角度討論，直接以詩的內容爲主即可。鄧仕樑所舉出的杜甫〈兵車行〉、〈三吏〉、〈三別〉等詩，即使創作手法或有參照古代的樂府詩，但無論是題目或內容，均與古代無關，故後代的詮釋者無

〔註7〕　參見袁行霈：《陶淵明集校注》（北京：中華書局，2005 年 8 月北京一版二刷），頁 318。

〔註8〕　龔斌校箋：《陶淵明集校箋・卷四》（上海：上海古籍出版社，1999 年 12 月一版二刷），頁 273。

〔註9〕　袁行霈：《陶淵明集校注》，頁 319。

不認為這些詩是寫當下的情景。既然如此，又怎麼會與擬作或摹仿牽扯上呢？更何況鄧仕樑自己也說：「作者在創作時未必刻意摹仿某一家某一首，指出其淵源或有所仿擬，只是讀者或評論者的意見。」所以似乎可以不必再區分此類。

　　上述的討論雖然是針對擬作詩，但我們仍舊可以清楚的知道，在沒有確切證據的情況下，僅憑對於作者身世遭遇的比附，或者是詮釋者想當然爾的讀後感，很容易形成眾說紛紜、自說自話的情形，而無法構成一種具有詮釋效力的說法。那麼要如何才能判定一首詩具有寄託之意或深切的涵義，即使這首詩的表面，可能是以一種遊戲詩體的型態或寫作方式呈現呢？最簡單而明確的方式，即是透過創作動機來確認詩中是否具有涵義。然而，若是遊戲詩作的內容明顯具有某種涵義或指涉某些事情，可是卻沒有明顯的證據（包含題目及寫作詩體在內）足以確認其創作動機，又該如何處理？面對這種情形，詮釋者除了必須仔細琢磨詩句所呈現的文字及情境外，還必須把握儘量不實指明確之人事物，只需掌握作品所呈現之意義的原則即可。這是因為作者並未明說寫作的原因及目的，所以詮釋者若是將詩中涵義實指為某人某事，反而容易造成過度詮釋。底下本文將針對這兩個部分，舉出實例以進行討論。

第二節　透過創作動機確認其涵義

　　創作動機往往是解讀文學作品時，最主要的證據之一。雖然偶有穿鑿附會的情形產生，但並不能因此就否定此種方法的有效性。我們反而可以逆向思考：正是因為創作動機具有高度的詮釋效力，才會讓後世解讀者不停的尋求實指之事，以證明詩中之義。當然，如何判斷創作動機的真實性，亦可說是詮釋詩作時的先決條件。若是作者已於題目或序中表明，自然是鐵證，但如果必須依藉其他史料所記載的創作動機來證明，就要仔細審視其來源的可靠性。如此，也較能避免穿

鑿附會的情形。底下將從創作動機的角度，來詮釋表面上看似遊戲之作，實際上具有嚴肅心態的六朝詩作。

　　東吳的最後一任皇帝孫皓在投降晉朝後，於一次宴會中，應晉武帝司馬炎的要求，即席寫了一首〈爾汝歌〉：

　　　昔與汝爲鄰，今與汝爲臣。上汝一杯酒，令汝萬壽春。

〈爾汝歌〉是當時吳地流行的一種嵌字體詩。詩的形式爲五言四句，寫作方式則是在每一句詩中，嵌入「汝」字。此詩體雖然在內容上並沒有限制範圍，但由於「汝」字多作爲人稱代名詞之用，所以實際上常成爲一種近似對話形式的詩體。關於這首詩的相關記載，最早見於《世說新語·排調篇》：

　　　晉武帝問孫皓：「聞南人好作〈爾汝歌〉，頗能爲不？」皓
　　　正飲酒，因舉觴勸帝而言曰：「昔與汝爲鄰，今與汝爲臣。
　　　上汝一杯酒，令汝萬壽春。」帝悔之。〔註10〕

從這則記載可知，孫皓的〈爾汝歌〉既是在宴席上應晉武帝之命而寫，所以內容也就是針對晉武帝而發。詩的前兩句先表明兩人從以前至今的發展關係，後兩句則是舉杯祝福晉武帝之語。這首詩不僅爲宴席上的應命之作，四句又皆依據〈爾汝歌〉的形式而寫，故本應視爲一首具有遊戲性質的詩歌。但若檢視孫皓的創作動機，便可發現此詩在遊戲的外在形式下，實隱含著深切的涵義。孫皓寫這首詩時，已歸降於晉，並被晉武帝封爲「歸命侯」。〔註11〕雖然仍舊衣食無缺，但已如籠中之鳥，不僅權力盡失，自己的生命也掌握在他人手上。因此，當晉武帝提及南人之習時，腦中不僅浮現故鄉之景，也同時憶起昔日位居帝王之尊貴。但轉念一想，今非昔比，原本同是君王，互有睥睨窺

〔註10〕〔南朝宋〕劉義慶著、余嘉錫箋疏：《世說新語箋疏》（北京：北京
　　　　中華書局，2011 年 3 月二版五刷），頁 918。
〔註11〕〔晉〕陳壽：《三國志·吳書·三嗣主傳》：「（太康元年）四月甲申，
　　　　詔曰：『孫皓窮迫歸降，前詔待之以不死，今皓垂至，意猶愍之，其
　　　　賜號爲歸命侯。進給衣服車乘，田三十頃，歲給穀五千斛，錢五十
　　　　萬，絹五百匹，綿五百斤。』」（北京：中華書局，1997 年 11 月一版），
　　　　頁 306。

覬之意。現卻淪爲階下之囚，任人擺布。哀傷之餘，又無法明說，只好藉著創作此詩來表達心情。一方面暗喻心中之意，一方面也透過〈爾汝歌〉的寫作規則，不停的以「汝」來直接稱呼晉武帝。使得明明是以下犯上之舉，晉武帝卻無法責難孫皓，故而「悔之」。所以此詩可說是含有多重涵義：表面看似爲應命所寫的祝福語，實則不但是自哀之辭，也藉機讓晉武帝當眾出糗。

後來劉宋的王歆之也寫了一首〈效孫皓爾汝歌〉：

　　昔爲汝作臣，今與汝比肩。既不勸汝酒，亦不願汝年。

根據《宋書》的記載，此詩是王歆之在宴席上寫給襲封南康郡公的劉邕：

　　河東王歆之嘗爲南康相，素輕邕。後歆之與邕俱豫元會，
　　並坐。邕性嗜酒，謂歆之曰：「卿昔嘗見臣，今不能見勸一
　　盃酒乎？」歆之因斅孫皓歌答之曰：「昔爲汝作臣，今與汝
　　比肩。既不勸汝酒，亦不願汝年。」〔註12〕

王歆之在任職南康相時，就已經輕視劉邕。但受限於當時的制度，不得不對其稱臣，直到解職爲止。〔註13〕王歆之在離職後，又與劉邕於宴席上見面。劉邕重提這段君臣關係，希望王歆之主動前來敬酒。王歆之即仿效孫皓的〈爾汝歌〉來表達自己的心情。整首詩基本上是循著孫皓的寫作模式。前兩句同樣表明二人的關係：以前我是你的臣子，現在則是地位平等。不僅顯現出不願與其爲伍的心態，也暗示了以前的稱臣，純粹只是官場上不得不爲的關係。然後再以此帶出後兩句所寫，當場拒絕敬酒與祝福的舉動。當然，王歆之會選擇即席寫作〈爾汝歌〉，也是希望藉著句句以「汝」字指稱劉邕，來表達雙方目前已是對等的地位。相較於孫皓的〈爾汝歌〉，王歆之所作實爲嘲諷

〔註12〕〔南朝梁〕沈約：《宋書·劉穆之傳》（北京：中華書局，1997年11月一版），頁337。

〔註13〕〔南朝梁〕沈約：《宋書·劉穆之傳》：「先是郡縣爲封國者，內史、相並於國主稱臣，去任便止。至世祖孝建中，始革此制，爲下官致敬。」頁337。

之用，與孫皓詩中所蘊含的多重複雜情緒不同。故可見出孫皓〈爾汝歌〉確實非一般宴席上具有遊戲性質的詩歌。在看似以遊戲方式寫作之下，實具有嚴肅的心態。

　　劉宋的謝晦與謝世基的〈連句詩〉，也是屬於這一類型的詩作：

　　　　偉哉橫海鯨，壯矣垂天翼。一旦失風水，翻爲螻蟻食。（謝
　　　世基〈連句詩〉）

　　　　功遂侔昔人，保退無智力。既涉太行險，斯路信難陟。（謝
　　　晦〈連句詩〉）

關於「連句詩」的特色與性質，本文已於第六章第二節討論過了，故不再重述。六朝「連句詩」多半具有遊戲競賽的性質，但謝晦與謝世基的〈連句詩〉卻不同。因爲根據《宋書》的記載，這兩首〈連句詩〉是作於兩人臨刑之前：

　　　　（謝）晦、遯、兄子世基、世猷及同黨孔延秀、周超、費
　　　惜、竇應期、蔣虔、嚴千斯等並伏誅。世基，絢之子也，
　　　有才氣。臨死爲連句詩曰：「偉哉橫海鱗，壯矣垂天翼。
　　　一旦失風水，翻爲螻蟻食。」晦續之曰：「功遂侔昔人，
　　　保退無智力。既涉太行險，斯路信難陟。」（《宋書・謝晦傳》）
　　　〔註14〕

謝晦與謝世基是叔姪關係，因爲共同參與反抗宋文帝劉義隆的戰事，失敗被俘，與其他參與者一起遭到處死。行刑前，謝世基有感而發的先寫了第一首〈連句詩〉。此詩重點在於第三句，若是失時、失勢，即使是體積龐大的海魚、飛鳥，還是會成爲微小的螻蛄及螞蟻的食物。以謝世基寫詩所處的情境來看，這很明顯是藉以比喻自身的處境：就算謝氏家族權傾一時，一旦失去權勢的依藉，也會淪爲俎上之肉。這首詩既題爲〈連句詩〉，就表明了應當還有他人寫作，才符合體例。所以《宋書》云：謝晦「續之」，便是由此。謝晦之詩，其義大體承接謝世基而來。前兩句多少有些自責的意思，認爲自己憑藉前

────────────

〔註14〕〔南朝梁〕沈約：《宋書・謝晦傳》，頁351。

人之功而有成就，但卻沒有足夠的才智保全其身。後兩句則以太行山之險路爲喻，〔註15〕感嘆自己走上了一條艱險之路。這兩首詩的意義相互契合，既可合而爲一首詩，亦可獨立成篇、各自解讀，完全符合「連句詩」的體例規範。但從創作動機來看，卻有著非常深刻的涵義，而非一般宴席場合上的遊戲作品，可以比擬。

除此之外，梁元帝蕭繹的〈遺武陵王詩〉，與蕭圓正〈獄中連句〉，也是以「連句詩」的形式，表達深切的涵義。

> 回首望荊門，驚浪且雷奔。四鳥嗟長別，三聲悲夜猿。（蕭
> 繹〈遺武陵王詩〉）

> 水長二江急，雲生三峽昏。願赦淮南罪，思報阜陵恩。（蕭
> 圓正〈獄中連句〉）

不過與前面謝晦與謝世基〈連句詩〉不同的是，蕭繹的〈遺武陵王詩〉原本並不是以「連句詩」的形式寫作。而是蕭圓正刻意以「連句詩」的形式回應蕭繹，才形成「連句詩」。這兩首詩的寫作背景，根據逯欽立《先秦漢魏晉南北朝詩》蕭繹〈遺武陵王詩〉題下注云：

> 南史曰：「武陵王紀稱帝於蜀。起兵內伐，元帝與之書。許
> 其還蜀，專制岷方。紀不從。帝又遺之詩云云。圓正者，
> 紀之子也。紀僭號，帝下圓正於獄，在獄連句云云。帝覽
> 詩而泣。紀敗，圓正號哭絕食而死。〔註16〕

從這段注文來看，蕭繹寫詩的動機明顯是爲了安撫反叛稱帝的蕭紀。希望以兄弟的情誼，以及領地的續存，打消其稱帝的念頭。這首詩一開始先寫「荊門」波濤洶湧之景。「荊門」是山名，位於湖北省宜都

〔註15〕太行山形勢險峻，交通往來不易。歷來文人亦多寫其交通艱險之況。
例如：曹操〈苦寒行〉：「北上太行山，艱哉何巍巍。 羊腸坂詰屈，
車輪爲之摧。樹木何蕭瑟，北風聲正悲。熊羆對我蹲，虎豹夾路啼。
谿谷少人民，雪落何霏霏。延頸長嘆息，遠行多所懷。我心何怫鬱，
思欲一東歸。水深橋梁絕，中路正徘徊。迷惑失故路，薄暮無宿栖。
行行日已遠，人馬同時飢。擔囊行取薪，斧冰持作糜。悲彼東山詩，
悠悠使我哀。」

〔註16〕逯欽立：《先秦漢魏晉南北朝詩》，頁 2055。

縣西北，形勢險要，自古爲進出川蜀的重要關塞。蕭紀於蜀稱帝，起兵東伐，故刻意提及「荊門」，在看似關心蕭紀行旅的安危時，也同時暗指此處爲兩軍交鋒之戰場。接著三、四兩句，皆使用典故來凸顯兄弟之情誼。第三句「四鳥嗟長別」，用了《孔子家語》中「四鳥」的典故：

> 孔子在衛，昧旦晨興，顏回侍側，聞哭者之聲甚哀，子曰：「回，汝知此何所哭乎？」對曰：「回以此哭聲，非但爲死者而已，又將有生離別者也。」子曰：「何以知之？」對曰：「回聞桓山之鳥，生四子焉，羽翼既成，將分于四海，其母悲鳴而送之，哀聲有似于此，謂其往而不返也，回竊以音類知之。」孔子使人問哭者，果曰：「父死家貧，賣子以葬，與之長決。」子曰：「回也，善于識音矣。」（《孔子家語·顏回》）〔註17〕

蕭繹使用此典故，一方面透過「桓山之鳥，生四子焉，羽翼既成，將分于四海」之意，點明兩人具有血緣關係的兄弟之情，另一方面也透過「其母悲鳴而送之」、「謂其往而不返」的說法，暗指蕭紀不要走上不歸路而讓父母傷痛。至於第四句「三聲悲夜猿」，則是使用了《水經注·卷三十四·江水》裡「猿鳴三聲淚沾裳」的記載：

> 自三峽七百里中，兩岸連山，略無闕處，重巖疊嶂，隱天蔽日。自非停午夜分，不見曦月。……每至晴初霜旦，林寒澗肅，常有高猿長嘯，屬引淒異，空谷傳響，哀轉久絕。故漁者歌曰：「巴東三峽巫峽長，猿鳴三聲淚沾裳。」〔註18〕

由於三峽重巖疊嶂、水流湍急，歷來商旅，不知有多少人冒險乘舟遠行，卻不幸沉於江底，也讓此段旅程總是充滿不安之感。再加上猿猴尖銳的嘯聲又多令人興起悲涼之意，所以當行經這裡的商旅，在天色將明而未明之際，猝然聽到此聲，難免覺得驚恐、悲戚，而忍不住落

〔註17〕〔清〕陳士珂輯：《孔子家語疏證》（臺北：臺灣商務印書館，民國60年），頁125。

〔註18〕〔北魏〕酈道元：《水經注》（臺北：世界書局，民國72年11月六版），頁426。

下淚來。除了《水經注・江水》之外，此句或許也摻雜了《世說新語・黜免》母猿「肝腸寸斷」的記載：

> 桓公入蜀，至三峽中，部伍中有得猿子者，其母緣岸哀號，行百餘里不去，遂跳上船，至便即絕。破視其腹中，腸皆寸寸斷。公聞之，怒，命黜其人。〔註19〕

母猿於三峽絕壁中追行百里，不停哀號，終至肝腸寸斷而亡。蕭繹以猿猴無法分離之親情，藉指為自己與蕭紀的關係亦是如此。希望能夠動之以情，停止其反叛之事。

蕭繹詩之義，大抵如此。至於蕭圓正的〈獄中連句〉，前兩句同樣先寫三峽之景，以應蕭繹之詩。但蕭圓正用了「江急」、「峽昏」等既急促又迷茫的意象，也大致反映了其心裡對未來命運的焦急與惶恐不安。後兩句「願赦淮南罪，思報阜陵恩」則運用了《史記・淮南厲王劉長傳》的典故：

> 及孝文帝初即位，淮南王自以為最親，驕蹇，數不奉法。上以親故，常寬赦之。……入朝。甚橫。從上入苑囿獵，與上同車，常謂上「大兄」。厲王有材力，力能扛鼎，乃往請辟陽侯。辟陽侯出見之，即自袖鐵椎椎辟陽侯，令從者魏敬剄之。……孝文傷其志，為親故，弗治，赦厲王。當是時，薄太后及太子諸大臣皆憚厲王，厲王以此歸國益驕恣，不用漢法，出入稱警蹕，稱制，自為法令，擬於天子。六年，令男子但等七十人與棘蒲侯　武太子奇謀，以輦車四十乘反谷口，令人使閩越、匈奴。事覺，治之，使使召淮南王。淮南王至長安。……縣傳淮南王者皆不敢發車封。淮南王乃謂侍者曰：「誰謂乃公勇者？吾安能勇！吾以驕故不聞吾過至此。人生一世間，安能邑邑如此！」乃不食死。……孝文八年，上憐淮南王，淮南王有子四人，皆七八歲，乃封子安為阜陵侯，子勃為安陽侯，子賜為陽周侯，子良為東成侯。〔註20〕

〔註19〕〔南朝宋〕劉義慶著、余嘉錫箋疏：《世說新語箋疏》，頁 1014～1015。

〔註20〕〔漢〕司馬遷：《史記》（北京：中華書局，1997 年 11 月一版），頁

由於漢文帝過度愛護弟弟淮南王劉長，導致劉長驕縱傲慢、目無法紀。即使劉長「自爲法令，擬於天子」，漢文帝也都不以爲意。甚至當劉長起兵叛變，失敗被俘後，漢文帝都沒有想要處刑的意思。雖然在大臣們力諫之下，不得不剝奪其王位，發配邊疆軟禁。但還是每日配給肉五斤，酒二斗，以及「美人才人得幸者十人從居」。完全見出漢文帝對這位弟弟情感之深厚。在劉長絕食而死後數年，漢文帝還因爲過度思念，或許還帶些愧疚，而分別封其子爲阜陵侯、安陽侯、陽周侯及東成侯。這就等於是寬恕了劉長叛亂之舉。因此，後來遂以「阜陵恩」作爲君王赦父之恩的典故。蕭圓正舉出此事，即是希望蕭繹念在與其父的手足之情，也能夠寬恕這次的叛變事件，並且放過他們父子。他將來一定會報答這份恩情的。由此可見，〈獄中連句〉其實是一首求情之詩。蕭圓正利用「連句詩」之體，來表達心中深切的請求。不過，蕭繹雖然「看詩而泣」，但仍舊沒有如同漢文帝一般特赦。甚至根據《南史·梁武帝諸子傳》記載，蕭繹還希望蕭圓正在聽到其父蕭紀兵敗的消息後，能夠自盡：

> 元帝書遺紀，遣光州刺史鄭安中往喻意於紀，許其還蜀，專制岷方。紀不從命，報書如家人禮。既而侯叡爲任約、謝答仁所破，又陸納平，諸軍並西赴，元帝乃與紀書曰……帝又爲詩曰：「回首望荊門，驚浪且雷奔，四鳥嗟長別，三聲悲夜猿。」圓正在獄中連句曰：「水長二江急，雲生三峽昏，願貰淮南罪，思報阜陵恩。」帝看詩而泣。……圓正先見鎖在江陵，及紀既以兵終，元帝使謂曰：「西軍已敗，汝父不知存亡。」意欲使其自裁。而圓正既奉此問，便號哭盡哀。以禍難之興皆由圓照，於是唯哭世子，言不絕聲。上謂圓正聞問悲感，必應自殺，頻看知不能死，又付廷尉獄。……並命絕食於獄，嚙臂啖之，十三日死，天下聞而悲之。〔註21〕

〔註21〕〔唐〕李延壽：《南史》（北京：中華書局，1997 年 11 月一版），頁

蕭繹命蕭圓正於獄中絕食，與劉長絕食之事有些相似，不知蕭繹是否也以同一個典故回覆了蕭圓正之詩。之後，蕭圓正雖然「齧臂啗之」以維持生命，但終究還是於十三日後餓死。〔註22〕

第三節　透過作品呈現之意義詮釋其涵義

　　以創作動機來解析作品，因為具有明確的證據效力，所以比較能夠將詮釋角度，穿越表面的遊戲形式，進而理解隱藏在深層的涵義。相較之下，直接透過作品呈現之意義來詮釋作者之義，就很容易形成詮釋者各說各話的局面。因此，如何審慎的進行合理的推論，並且避免過度詮釋，便是以此種方法解讀詩歌最重要的地方。而最適合的方式，即是避免作者曾經歷之歷史事實的干擾，而將詩意義的詮釋，回歸到最基本的定義下：「有序的語言組構包含可感知的訊息」。〔註23〕然後再從這些分析中得到合理的結論。

　　本文以鮑照的〈數名詩〉為例，試著透過作品表面所呈現之意義，來詮釋作者所隱藏的涵義：

> 一身仕關西，家族滿山東。二年從車駕，齋祭甘泉宮。三朝國慶畢，休沐還舊邦。四牡曜長路，輕蓋若飛鴻。五侯相餞送，高會集新豐。六樂陳廣坐，組帳揚春風。七盤起長袖，庭下列歌鍾。八珍盈雕俎，綺餚紛錯重。九族共瞻遲，賓友仰徽容。十載學無就，善宦一朝通。

〈數名詩〉是嵌字體詩的一種。作法即是將數字的一至十，依照順序

351。

〔註22〕此處蕭圓正之死，與前面所引逯欽立的注文有些差異。故逯欽立之注文雖云引自《南史》，但實際上僅是濃縮《南史》的記載，而且並不完善。

〔註23〕顏崑陽：「詩『意義』之構成，最基本的必要條件，就是『有序的語言組構包含可感知的訊息』。這層『意義』純粹是描述性的，雖然無法說明詩之不同於其他語言成品的特質，但卻可對詩『意義』之構成，作一般性、普遍性的界說。」參見氏著：《李商隱詩箋釋方法論》（臺北：里仁書局，民國94年11月30日修訂一版），頁39。

嵌入奇數詩句之首字。本文也曾於第六章第二節的「嵌字體」詩部分討論過。從題目所顯示的詩體以及創作的規範來看，此詩應該是屬於遊戲類型的作品。而且由於數字必須依序嵌入，意義也必須相互連貫，所以難度頗高。本來此詩以遊戲化的詩歌視之亦可，但因爲內容頗有耐人尋味之處，題目亦無明確的指出創作動機，故容易使詮釋者另眼相看。若不從嵌字體詩形式的角度，而純粹從詩的內容來看，鮑照明顯是寫世家大族的子弟，憑藉著門閥制度，在仕途上平步青雲，名聲顯赫的社會現狀。詩的最後兩句「十載學無就，善宦一朝通」，更是一語道破只要生於世家大族，即使不學無術，亦可輕易爲官的情形。這些內容之所以受到後世詮釋者的重視，就是因爲鮑照的身世正好與之相反。根據《南史・宋宗室及諸王上・臨川烈武王道規附鮑照傳》記載：

> 　（鮑）照始嘗謁義慶未見知，欲貢詩言志，人止之曰：「卿位尚卑，不可輕忤大王。」照勃然曰：「千載上有英才異士沉沒而不聞者，安可數哉。大丈夫豈可遂蘊智能，使蘭艾不辨，終日碌碌，與燕雀相隨乎。」於是奏詩，義慶奇之。賜帛二十匹，尋擢爲國侍郎，甚見知賞。〔註24〕

由此可以看出鮑照是寒門子弟，出身卑微，但魏晉南北朝卻是一個非常重視門第出身的時代。王瑤云：

> 　（名門世族）依其門第出身，即自居於社會的上層，握有各種的特權。朝廷畏憚，寒士趨附；而且父死子繼，譜牒井然，儼然是一種世襲的封建。這一種尚姓的門閥勢力，就是這段歷史中政治社會的特質。〔註25〕

在這種制度底下，鮑照不僅人微言輕，在仕宦之途上，通常也難以有所作爲。雖然鮑照曾受劉義慶的知賞，也曾爲了逢迎上意，而不惜降低自身的文學水準，撰寫文章。根據《南史》記載：

〔註24〕　〔唐〕李延壽：《南史》，頁107。

〔註25〕　王瑤：〈政治社會情況與文士地位〉，見氏著：《中古文學論集（重排本）》（北京：北京大學出版社，2008年5月二版二刷），頁17。

> 上好為文章，自謂人莫能及，照悟其旨，為文章多鄙言累
> 句。咸謂照才盡，實不然也。〔註26〕

鮑照不惜寫出「鄙言累句」的句子，只為了凸顯宋文帝的文章，以求取其歡心，但終究還是徒勞無功。這種種受限於出身背景的無奈，對應〈數名詩〉所寫的現狀，正好相符，才使得〈數名詩〉是蘊含對魏晉以來門閥制度的深惡痛絕，以及諷刺門閥制度這種極不合理的社會現象的說法，獲得了充分的合理性。然而，將作者所發生的歷史事實來對應詩中內容的方式，畢竟只是一種可能的推論。只要詮釋者找到某一個角度切入探討，並且足以自圓其說，通常即可成為一說。也因此常常見到許多想當然爾的過度詮釋。我們以鮑照的〈擬行路難〉十八首當作例子討論，便可以看到這些問題。

鮑照的〈擬行路難〉十八首通常被後世詮釋者視為寄託之作。文學史類的著作，尤其常見，例如劉大杰《中國文學發展史》：

> 鮑照家境寒微，懷才不遇，對於現實深感不滿，反映著他
> 這種心境的，是他的代表作行路難十八首。〔註27〕

以及葉慶炳《中國文學史》：

> 鮑照詩歌……不論古詩或樂府，樂府又不論採舊題詠古意
> 或新意，處處可見作者懷抱。擬行路難十八首，即全屬詠
> 懷之作。〔註28〕

葉慶炳與劉大杰明顯皆是從鮑照的生平切入，然後透過這個角度對照〈擬行路難〉的內容後，得到了「處處可見作者懷抱」，或是「懷才不遇，對於現實深感不滿」的結果。這類論述也似乎成了解釋鮑照〈擬行路難〉十八首最佳且唯一的途徑。部分詩作的確有一些可能是直抒胸臆的內容，但卻有更多內容是描述各個階層、各種職業、不同性別

〔註26〕〔唐〕李延壽：《南史》，頁107。

〔註27〕劉大杰：《中國文學發展史》（臺北：華正書局，民國85年7月版），頁350。

〔註28〕葉慶炳：《中國文學史》（臺北：臺灣學生書局，1997年6月初版六刷），頁222。

而且與鮑照生平無關的情感。〔註29〕但即使如此，在沒有更多確切證據的情形下，詮釋者多半還是認爲這當中仍藏有鮑照自我的聲音。例如：蕭馳在解釋鮑照〈擬行路難〉第十四首時，明明知道「這是一首擬代體作品」，也知道內容是在描述征夫的悲嘆，但還是直接認定「詩人肯定在征夫的哀嘆中融進了自我的聲音。」〔註30〕這種論述雖然也可以用「同理心」或「比興」的觀點來自圓其說，但這組詩既是樂府體，又是擬代體，那麼在進行詮釋時，就不得不注意文體因素的影響。因此，龔鵬程就認爲：

> 我不贊成過去解釋鮑照代表作〈擬行路難〉十八首時，一古腦兒全扣上抒情言志的套子，說他因出身不好，才秀人微，見拒於當時，故有行路難之嘆。鮑照樂府詩有抒情的，也有因其體制說話的，未必定抒己情，至多僅是抒因文造情之情。就〈行路難〉這批詩來說，恐怕後者的可能性還更高些。〔註31〕

若從樂府體及擬代體的角度思考，這組詩的確有許多「未必定抒己情」的地方。而且因文造情的成份可能還更多。這當然不是認爲因文造情的詩作就不好，或是沒有價值，而是希望可以透過龔鵬程這種獨特的

〔註29〕曹道衡：〈論鮑照詩歌的幾個問題〉：「〈擬行路難〉中，除了直抒胸臆的作品以外，還有一些寫棄婦和行子、思婦們的哀怨與愁苦的內容。」收入氏著：《中古文學史論文集》（北京：中華書局，2002 年9 月新一版一刷），頁 241。李錫鎮：〈論鮑照仿古樂府詩的文類慣例與風格特性——由篇題有無「代」字的區辨述起〉：「鮑照〈行路難〉的內容，敘述世道艱難或離別相思之情，是呈現出強烈的生命意識，人生的悲苦憂愁，不僅見於貧賤者，也有達官貴人（其一）、貴婦（二、三），既寫從軍者、閨中恩婦，也寫備受凌壓的低階官吏（六）、夫妻情感生變的怨婦（二、九），可謂不分性別、不論社會階層、不同的現實處境，都有其憂患鬱結。」《臺大中文學報》，第三十四期，2011 年 6 月，頁 169。

〔註30〕蕭馳：〈後謝靈運時代的「風景」——以鮑照、謝朓爲例〉，《漢學研究》第 30 卷第 2 期，民國 101 年 6 月，頁 45。

〔註31〕龔鵬程：《中國文學史》〈擬古而生的創造〉（臺北：里仁書局，2009 年 1 月 5 日初版），頁 206。

觀點，讓我們重新思考以作者生平爲詮釋角度的問題。

那麼，如何詮釋〈擬行路難〉這類似乎帶有某種涵義的詩歌作品，會比較妥適呢？基本上只要循著詩作所呈現的情感思想詮釋即可，不必也不應尋求沒有確實證據的作者之意。就像龔鵬程雖然認爲這組詩因文造情的可能性很高，但只是質疑以作者生平套進詮釋進路，並沒有貶低這組詩的價值。他直接從詩所呈顯的感受切入而認爲：

> 鮑照詩中特顯一種人生之蒼涼感。此種蒼涼不同於〈古詩
> 十九首〉之憂生，也不是建安之憂世憤激。是世味飽諳、
> 無可奈何，又不能安之若素；想憤激愴惻，卻又要勉作寬
> 慰語。是看破而又看不穿，想捨離又不放棄。此所以爲
> 「難」，所以蒼涼，所以悵恨，所以吞聲。〔註32〕

龔鵬程所體會出的人生蒼涼感，正是透過詳細分析詩作內容所得到的答案。這種詮釋方法，並不需要確切的外部證據來指稱某些人、事、物，所需要的是詮釋者分析詞彙、意象與典故的能力。因爲沒有實指的人事、對象，所以只要充分而詳盡的分析詩句，並能賦予整首詩歌一個完善的意義，即可成爲一說。錢志熙詮釋鮑照〈擬行路難〉這組詩之法，即是一例：

> 吳兢《樂府解題》云：「〈行路難〉備言世路艱難及離別悲
> 傷之意。」可見，「行路」的路即「世路」，也就是進入社
> 會所走的道路，反映人生的艱難和矛盾，以及種種生離死
> 別的悲傷，寫到了社會中的種種現象。……（鮑照）〈擬
> 行路難〉共十八首，既寫自身的遭遇，以控訴現實不平，也
> 寫那些貴族們在表面很富貴、安逸的生活中內心的沉悶、
> 空虛的情緒。無論是寫自己還是寫他人，寫富貴者還是貧
> 賤者，寫從軍的兵士還是寫深閨的少婦，詩人的意圖是要
> 寫出種種生活境界中人生的悲哀。人們所走的道路不同，
> 但行路之難則是共同的。這就是鮑照這一組詩的基本主

〔註32〕龔鵬程：《中國文學史》〈擬古而生的創造〉，頁207。

題。〔註33〕

錢志熙先從樂府體的角度切入，認爲撰寫〈行路難〉在意義上所必須
遵循的規範。然後再帶入鮑照之詩而得到「人們所走的道路不同，但
行路之難則是共同的」的主題。這種方法即是呈現詩歌内容的涵義，
而非尋求其他外在的寄託義。其他如李錫鎮〈論鮑照仿古樂府詩的文
類慣例與風格特性 ── 由篇題有無「代」字的區辨述起〉、趙麗萍〈紅
顏零落歲將暮 ── 論鮑照〈擬行路難〉十八首中的生命意識〉之文，
皆是以此方法進行詮釋，可爲參考。〔註34〕除了鮑照的〈擬行路難〉
之外，其他如庾信〈擬詠懷詩〉二十七首，也有類似的問題。大部分
的詮釋者多根據此組詩的内容，與庾信的生平結合討論，而將此詩繫
於庾信入北周後所寫。但以南朝擬古風氣之盛，似乎也可能是庾信在
南朝時即有的作品。

　　顏崑陽在分析李商隱詩的題材類型時，認爲有一類是「以非作者
切身經驗之客觀性題材爲内容，而且這些題材並非一時代群體性的存

────────────

〔註33〕錢志熙：《魏晉南北朝詩歌史述》（北京：北京大學出版社，2005 年
　　　　6 月一版一刷），頁 141。

〔註34〕李錫鎮〈論鮑照仿古樂府詩的文類慣例與風格特性 ── 由篇題有無
　　　　「代」字的區辨述起〉：「鮑照仿古樂府詩中，對於人在世存有進行
　　　　反思，鮮明地表達生命的存在感受，主要集中於〈行路難〉十八首。」
　　　　頁 167。趙麗萍〈紅顏零落歲將暮 ── 論鮑照〈擬行路難〉十八首
　　　　中的生命意識〉：「鮑照〈擬行路難〉十八首中充滿著對死亡的恐懼。
　　　　其中雖然很少有對死亡的直接描寫，但在對生命消逝之後的描述
　　　　中，卻令人毛骨悚然。……對生命的邊逝之感引起對死亡的想像和
　　　　思考，對於死亡的恐懼更加增添了對生命的珍惜，從而對生命的邊
　　　　逝有更敏銳的認識。這種生命意識是時代社會在詩人心靈上的投
　　　　影。……最後需指出的是，鮑照〈擬行路難〉十八首中的獨特的生
　　　　命意識的形成，與〈行路難〉這一樂府舊題本身的内容的規定性有
　　　　關。據《樂府舊題要解》：「〈行路難〉，備言世路艱難及離別悲傷之
　　　　意。」這種對主旨的規定使詩人把内容局限在人生之艱苦之感的情
　　　　感的抒發上，這種抒發，往往都是詩人眞誠的生命體驗。所以，鮑
　　　　照在〈擬行路難〉中抒發自己人生之艱的感慨時，自然會流露出對
　　　　生命的體認和感悟。」《遵義師範學院學報》第 4 卷第 4 期，2002 年
　　　　12 月，頁 42、43。

在經驗。」（其中包含「代筆之作品」及「仿效與賦得一類的作品」
等和遊戲相關之詩作）他認為這一種題材類型「都是客觀性，與作者
自身的存在經驗無涉。」所以在詮釋時「絕不能切合作者現實生活中
的具體事實經驗去加以箋釋。」〔註35〕由於遊戲之詩作多半無法確認
與作者切身經驗有關，正與顏崑陽所區分的類型相同，所以也就不適
合以作者現實生活中的具體事實經驗進行詮釋了。

　　總而言之，透過作品呈現之意義以詮釋其涵義的方式，必須謹慎
運用。通常使用這種詮釋方法，多半是因為外部證據不足，無法確指
為某些人、事、物。既然如此，在找到更有力的證據前，就應該先拋
棄作品具有某些實指或寄託的觀念，轉而分析詩作本身所呈現的內容
情感，才能建構出較有道理的整體性涵義。

〔註35〕顏崑陽：《李商隱詩箋釋方法論》，頁 196～198。

第七章　結　論

　　本文題目為《六朝詩歌遊戲化研究》，主要是探討六朝時期的詩歌，在「言志」與「緣情」的變化之外，逐漸朝向遊戲化發展的演進過程。

　　什麼是詩的本質？這本是歷代中國文人亟欲解釋的問題。但因為對詩的認知不同，當然也就產生了不同解釋。目前學界探討中國古典詩的本質問題時，大多以「言志」與「緣情」為兩大主流的理論體系——多數學者均認為先秦「詩言志」的觀念，在經歷兩漢的論述發展後，成為詩體的最高價值判斷；而隨著漢末五言詩的興起，「言志」觀念已經無法完整詮釋新起之詩的全貌，「緣情」的觀念便因此而產生。整體來說，目前學界針對此時期詩體的研究，無論是贊同或質疑，無論是從創作層面還是批評層面切入，大部分還是以「言志」與「緣情」為基礎觀念進行討論。

　　然而，明代的胡應麟在其著作《詩藪》中，卻認為六朝有些詩人不努力體會詩文精深之處，反而將作詩當成一種遊戲，終日爭相鑽研在那些文字修辭的枝微末節處，成為不足為後人法的「詩道下流」。這種說法，雖然主要用意是在勸誡後人，學詩須謹慎為之，若落入遊戲性質之作，則離詩文之大道遠矣。但是從另一個角度來看，反而讓我們也注意到了六朝時期，這種具有遊戲性質之詩作，不僅在文士間

相當興盛，也可以發現他們對於詩的認知與作用，並不止於「言志」與「緣情」的觀念。但這不就與目前學界所認爲六朝詩歌爲「緣情」的說法，有很大的差異嗎？而且從六朝時期的文獻來看，文士們也不是完全排斥將詩歌視作遊戲的觀念──劉勰與鍾嶸就都有類似的看法。而且以六朝文人詩歌的實際創作來說，將詩歌當作一種「遊戲」競技看待的現象，確實十分常見──不僅有許多同時代、同集團的文人間，透過創作詩歌達到一種娛樂或相互較勁的目的；也有透過模仿擬作前人之詩，以達到「尙友古人」，甚至與古人一較高下的心態。

　　將文學視作「遊戲」的行爲，並不是一種單獨存在於某時代或某文學集團中的現象。而這種現象在漢代已有之，又在詩歌盛行的六朝時期特別突出，不僅成爲一種當時文人階層中的文化，也影響後代文人對於詩歌的觀念。然而，目前學術界常以「言志」和「緣情」二種詩體本質觀，來解釋詩歌的發展時，詩歌「遊戲化」的現象便往往容易被忽略，或是以非主流的觀念簡單提及，導致此類的作品不是被認爲沒有情志而棄之不談，就是強加以作者的生平來賦予意義。

　　當然，這麼說並不是否定現今學者對於詩學體系建構的成果，而是認爲在六朝詩歌中清楚可見的「遊戲化」現象，也應是當時文人看待詩歌的主流觀念，絕不可輕易忽視。因此，本文將透過討論此種自社會行爲所產生的文化現象，呈現出不同於文學批評史中，關於六朝詩學的面貌。

　　本文首先從創作者的角度出發，透過時代風氣、文學集團等因素，討論詩歌遊戲化如何在當時社會文化的影響下，逐漸發展且盛行。

　　第二章則論「六朝文人的『遊戲』心態與時代風氣」。在漢代儒家詩學的影響下，後代文人莫不以「情志」作爲詩歌最高的價值標準。即使是發展出「緣情」觀念的六朝，也以個人眞實情感的流露爲核心價值。所以視詩歌爲「遊戲」之論，不僅難以爲文人接受，甚至還認爲是「詩道之下流，學人之大戒」。雖然在古典詩歌的理論建構及批評上，文人多強力抨擊以詩爲「遊戲」的觀念，但自六朝之後，大量

產生的實際作品中，帶有遊戲性質的詩歌卻又屢見不鮮。這種看似矛盾的情形，其實並不全然是兩種詩歌價值觀的衝突，更可能是緣於文人著重的層面不同。

　　以「情志」為詩歌終極價值的論述，是以詩歌為主體，認為詩歌的本質就是用來表現人類的情志；「遊戲性」的詩歌則是以「遊戲」為主體，所重的是「遊戲」所帶來的愉悅效果。遊戲者在過程中遵循詩歌創作的限制與規範，如同遵循其他遊戲的規則，然後透過完成目標以獲得趣味。詩歌在這裡僅是一種用以娛樂的工具。由於著重的層面不同，兩者自然可以同時存在於同一文人的觀念中。也因此才會產生許多在詩歌理論上，明顯認同「情志」的本質觀的文人，在實際作品中，卻常寫出帶有「遊戲」性質的詩歌。因此，中國古典詩歌中的「遊戲性」，尤其是六朝時期，很少涉及到本質論或起源論的理論範圍，而多是作為一種在宴席上，引以為樂的工具或一較長短的技藝。

　　這類帶有「遊戲性」的詩歌，從文字內容以及創作動機來區分的話，大致可以分為三種：第一種是文字表面看似具有「情志」，但在創作動機上卻帶有「遊戲」性質。文人在宴席上由主人「命題創作」（亦可稱為「出題奉作」），或由眾人「同題共作」的作品，多屬此種類型。由於這一類帶有遊戲性質的詩歌，多發生在文人群體聚會的場合中，所以又與文學集團的盛行，有著密切的關係。不過，要舉出創作動機具有「遊戲」性質，必須有充分的史料佐證，否則極容易流為自說自話的推論。第二種是文字表面看似嬉笑怒罵的遊戲之作，但就創作動機而言，卻具有嚴肅的心態。這類作品實際上可算是詩歌「情志」傳統下的一種變體。作者透過近似〈滑稽列傳〉中的諷刺手法，使詩歌在充滿詼諧、荒誕或有趣的內容中，含有深切的寓意。第三種則是無論從文字表面或創作動機來看，都是純粹屬於「遊戲」的詩作。這類作品在南朝時期尤其盛行。詩歌發展至此時期，被視為一種技藝已是常態。詩歌既是一種技藝，鑽研文字之精妙、變化便是首要之務。透過「遊戲」方式，不僅可以切磋彼此在文字使用上的能力，同時還

能獲得精神上的愉悅效果。

由於這種原本以「情志」本質觀獨重，再逐漸發展為與遊戲性質詩歌並存的過程，又與當時文人的遊戲心態與時代風氣有很大的關係。因此，本文接著從「漢代貴遊文學作風」、「清談的風氣」、「博物隸事之風」、「政治動盪的氛圍」等四種內、外在的因素為論述基礎，進而了解這種帶有「遊戲」性質的詩歌，之所以會於六朝時期大量產生，實際上與當時文人的「遊戲」心態和時代風氣，有著相當密切的關聯。例如：清談作為一種時代風氣及文化，雖然呈現了魏晉文人的抽象思辨能力，但同時也反映了魏晉文人在日常生活中，充斥著「遊戲」的心態與情調。這種獨特的時代風氣與文人心態，很容易影響文學的創作觀念與文體的發展。而列舉典故、事蹟的隸事遊戲，也是六朝文人群體中，常舉行的娛樂項目之一。所以六朝文人對於隸事之重視，必然全面性的影響他們的觀念，這當然也包括了文學創作。齊、梁時期，王儉對於隸事遊戲的大力提倡，就加深了以典故入詩的創作方式。隸事博物之風既「寖以成俗」，也就容易成為文人創作的共同準則，並且形成了一種時代的詩風。

接著，因為詩歌「遊戲化」的產生和興盛，又與文學集團的發展有很大的關聯性。所以本文在第三章即論述「六朝『詩歌遊戲化』與文學集團的關係」。首先，詩歌作為文學集團遊宴場合上的娛樂工具，雖然並非始自六朝，但卻發展且興盛於六朝。本章從文學集團的角度切入討論，發現詩歌的創作動機逐漸朝向「遊戲」移動：從一開始不自覺的摻入「遊戲」性質，到「情志」與「遊戲」之間產生模糊的界線，最後則確立了詩歌的「遊戲」性。這顯示了「詩歌遊戲化」的轉變與六朝文學集團息息相關。而「遊戲化」的發展，也從較為簡單的宴會娛樂，逐漸轉變為具有嚴格制度規範的性質。遊戲的型態，也從原本以訂定題目為主的方法，加入了以韻腳為主的方式。只重遊戲而不顧內容情志作品的出現，更代表了「詩歌遊戲化」的興盛。

除此之外，具遊戲性質的詩歌其實也增進了文學集團間的互動關

係。雖然我們現在常把詩歌視作一種文體，並從其本身的意象、結構、修辭、聲律等藝術性價值，進行詮釋。但在中國古代社會中，文人卻普遍的將詩當作一種媒介而用於群體社會的互動關係上。隨著文人看待詩歌的思考及發言位置不同，這種群體的互動關係亦有改變。先秦至漢代的詩學，由於思考及發言位置主要是站在「讀詩者」、「用詩者」的角度，所以其群體互動的基礎，便是建立在透過閱讀詩、使用詩（此時的詩主要指《詩經》）所具有的深切涵義，進而達到群體和樂的境界。六朝之後，對於詩學的思考及發言位置出現轉變。此時期的文人開始以「作詩者」的角度去應對群體間的互動關係。如何能夠透過自身所寫出的詩，在群體之中獲得回應及地位，成為文人所關注的重點。這種以詩為媒介來增進群體之互動交流，隨著「詩歌遊戲化」的演變也愈來愈盛行，在文學集團之間所扮演的角色愈顯重要。

關於六朝「詩歌遊戲化」在文學集團中所顯現的社會性功能，大致可以分為兩種：第一是政治權力的依附；第二則是同儕之間的交遊。

六朝文學集團的盛衰，與政治權力有相當大的關聯性。無論集團主人本身是否因為愛好文學而組成集團，或是希望藉著集團以招攬人才、培養羽翼，只有當他具有一定的政治權力時，文學集團才可能成立且具有規模。因此，從各地聚集起來的文人，很多都是為了靠近政治權力的核心而參與集團。由於集團主人掌握了實質的政治權力，並且足以左右集團文人的政治地位，在這種政治生態下，文人為了能夠穩固或追求更高的政治位階，多數文人勢必要在適當的時機，積極的配合集團主人在文學創作上的要求，並且同時展現自身的才華及忠誠，才能夠獲得集團主人的賞識，進而得到升遷的機會。所以當集團主人命作賦詩時，文人若能準確的掌握題目的主旨與主人的喜好，甚至還適度的寫出對主人的忠誠與情感，就容易達成目的。在這種情形下，詩的自我抒情性大幅降低甚至完全消失，而社會性功能則顯現出來，此時的詩也成為一種與集團主人應對的媒介。由於集團主人命作

賦詩的時機，往往是遊宴之類的聚會場合，眾人皆在酒酣耳熱或輕鬆歡樂的氛圍下，進行集體創作。因此，這種類型的詩歌在創作動機上，也多半帶有某種程度的遊戲性。

另一方面，詩歌的社會性功能，除了用於政治上的社交辭令外，也常用在與平輩同儕交遊時的社交辭令。這從此時期「唱和」、「贈答」等類型之詩歌大幅增加，可見一斑。不過由於文學集團中的文人，存在著彼此既是交遊對象也是競爭對手的複雜關係，所以作為社交話語的詩歌，雖然常是個人情感的抒發，但創作時若是在眾人同題共作的情形下，卻也可能多少隱含了一些互相競技的成分。加上隨著詩歌朝向遊戲化的發展，處於文學集團中的文人，不再侷限於以詩的內容、詞彙作為交際的重點，在宴會上即席作詩的競賽行為，也成為了同儕交際的一部份。集團中的文人透過這種競賽行為，一方面切磋詩藝，一方面也增進了彼此的情誼。此時的詩歌幾乎等同於娛樂交際的工具。也因此，創作詩的重點便在於是否符合題旨，修辭用意是否貼切，至於個人情感甚至可以不需顯露。

而六朝具有遊戲性質的詩歌，最常見的創作方式即是「同題共作」。而「同題共作」又產生於文學集團。因此，本章亦就「同題共作」進行討論，以理解這種創作方式在詩歌遊戲化發展中的重要性。所謂「同題共作」指的是由一人指定或眾人共同決定一個題目後，眾人再以此題目各自寫作的創作方式。不過，因為歷來學者的研究角度不同，或者是將此方式作更為細膩的劃分，所以產生了許多近似的名稱。然而，在分析諸位學者的意見後，本文認為「同題共作」應該還是容納涵義最廣之詞。因為「同題」點出了題目的一致性，「共作」則包含了寫作的集體性與共時性。

「同題共作」是六朝文人在宴席場合上的集體創作方式，其性質又多以遊戲競賽為主。而且這種方式，不但逐漸成為一種流行風氣，也深切的影響了六朝詩體的發展。從整體風格的層面來看，其影響力造成了集團文人作品風格的類同化。除了風格上的影響之外，由於創

作方式具備了遊戲競賽的性質，題目內容又多已設限，爲了能夠獨領風騷、壓倒群雄，所以文人也開始著重在意象構思與設詞造語之上。

詩歌「遊戲化」的產生和興盛，除了與文學集團有關之外，六朝之前的文體亦有相當程度的影響。因此，本文的第二個部分，是從文體之間相互的影響切入，以理解在六朝成爲創作主流之一的詩歌，如何接受漢賦的「遊戲」觀及漢樂府的娛樂性質，並且逐步內化、開展。

因此，本文的第四章談論「六朝之前文體對六朝『詩歌遊戲化』的影響」。本章分爲兩類文體進行討論：一是賦體，二是樂府詩。

關於漢賦的觀念，至少具有「遊戲娛樂」與「諷諭言志」二種，並且相互影響。而這兩種觀念，對於六朝文人的影響深遠。從文論來看，「諷諫」之說可說是許多六朝文人心目中所認同的賦體正統價值觀。但若從文人實際創作層面來看，「遊戲」價值觀的影響，卻又絲毫不遜於「諷諫」之說。因爲從實際的作品來看，漢末與六朝初期文人寫作賦體，正逐步擺脫漢代儒家詩學所重的「諷諭」，而轉向「遊戲」的價值觀。可見賦體的「遊戲」觀，在六朝時期已經成爲文人對於作賦的主流價值之一。而漢末建安即是此觀念轉變的關鍵時期。建安文人雖然開始以詩歌進行創作，但仍屬於剛興起的初期階段，創作觀念很容易受到主流文體的影響。相較之下，辭賦歷經三、四百年的發展，到了漢末建安已是非常成熟的文體。因此，若就建安文人心中的地位以及創作數量而論，辭賦實際上並不遜於詩歌，甚至可以說是有過之而無不及。從這個層面來看，六朝詩歌價值觀的建立，就難免受到此時辭賦價值觀的影響。而此時辭賦的主流價值觀已經從「諷諭言志」轉變爲「遊戲娛樂」。所以當建安文人以「遊戲娛樂」的價值觀創作辭賦，自然也就容易直接套用到新興的詩體上，使得詩體也產生了「遊戲化」的傾向，影響了之後詩體的發展。所以我們可以說漢賦的「遊戲」價值觀，不僅在漢末魏初成爲文人創作觀念的主流，也影響了當時剛剛興起的詩體，並造成後來「詩歌遊戲化」的傾向。

相較於賦體成爲引領漢代文壇的主流，樂府詩則是潛藏於暗處的

伏流，但卻同樣影響了六朝時期詩歌的發展。許多漢代樂府詩所帶有的娛樂表演性質，以及「同題共作」的創作方式，更是影響六朝「詩歌遊戲化」發展的主因之一。關於樂府詩的性質，一般多聚焦於採集民歌以「觀風俗」的一面，常常忽略了還有文人創作的部分。事實上，文人創作的詩歌不僅數量繁多，也可說是漢代樂府詩的特色。而且在漢代皇室掌握文學主導權的情形下，所有的文學發展幾乎都無法脫離貴遊之風的影響。尤其是樂府詩由官方指定文人創作，是自喜好以文學娛樂耳目的漢武帝的授意下開始，那麼其受到貴遊之風的影響，而逐漸轉向娛樂性質的發展歷程，亦可想而知。樂府詩這種從「觀風俗」轉向娛樂的性質，到了西漢後期，不僅更為明顯，甚至還從中央擴散到民間，成為社會上普遍可見的娛樂活動。不過，漢代樂府詩的娛樂性質，是以音樂及節奏為主的娛樂表演。但樂府詩影響六朝詩歌卻不在音樂，而在文字。因為六朝文人在面對漢代樂府詩時，大多只著重在文字所呈現的意義與美感，而忽略原本為主體的音樂。樂府詩的音樂性，雖然在六朝時期不受重視，但娛樂之性質卻反而為文人所接受。而且享受這種娛樂性質的階層，也從原本屬於社會上的普遍娛樂，轉向為文人或文人群體之間自娛的娛樂遊戲。建安之後，文學集團大為盛行，樂府詩原本所具有的娛樂性質，正適合在遊宴時作為娛樂遊戲之用。只不過將娛樂的主體，由音樂改為文字，從樂工歌者之表演轉為文人的寫作遊戲。樂府詩的遊戲娛樂性質，既然已經影響六朝文人的創作觀念，那麼屬於新興的詩體，在本質上就難免往這種娛樂性質靠近。這種情形也使得「詩歌遊戲化」的發展，得到了更多且更有力的來源。而「詩歌遊戲化」發展到了南朝後，大為盛行，樂府詩娛樂性質的影響絕對是關鍵因素之一。

　　接下來的第五章，則進入了本文的第三個部分，也就是自六朝遊戲性質詩歌的形式、樣態著手，透過分類的方式，呈現六朝遊戲類型詩歌的特色。

　　由於充滿遊戲競賽性質的詩歌類型繁多，所以唐代之後的文人皆

以「雜體詩」作爲總稱。所謂「雜體詩」，是指體制繁雜，且體制不
經，非詩體之正的詩作。之所以稱爲「特殊體制」，即是因其與傳統
詩體所呈現的外在形式，迥然不同。這種特殊的外在形式，亦足以成
爲判別遊戲化詩作的重要證據。因爲解讀詩的內容，很容易產生多義
性，所以若要判斷一首詩是否爲遊戲之作，往往只能從創作動機窺
見，才不至於因爲缺乏證據效力，而產生自說自話之弊。相對來說，
從外在形式來分辨一首詩是否爲遊戲之作，就顯得容易許多。因爲許
多遊戲化的詩歌，爲了充分符合寫作的規定與要求，反而會捨棄內容
而著重於外在形式。尤其是在文字與修辭技巧上的運用，如何使其更
富有競爭性、趣味性與求變性，成爲文人殫精竭慮之處。雖然歷來文
論對於這類遊戲化詩歌的批評，總是呈現負面的說法，在明、清文人
的論述裡，更是視此爲學詩之大戒，抨擊尤爲強烈。但在文人的實際
創作上，此類作品卻又相繼不絕。宋代文人更是大量參與此類詩的創
作，而且不乏大家級詩人。這或許是因爲即使文人心裡對於這類只重
遊戲而不重情志，有違傳統的作品，視爲不入流的詩體；但另一方面
卻又在宴會或閒暇之時，著迷於其形式之巧妙，以及順利在種種限制
下完成詩作時的成就感和滿足感，而忍不住進行創作。可見遊戲化詩
歌的外在形式，正是吸引文人於此處著力的其中一個重要原因。

　　遊戲化的詩歌，在六朝時期雖然多屬於初創階段，但仍舊種類繁
多，若要一一進行論述，不僅耗時費力，也難免會有遺漏之處。因此，
本文將就其最基本的差異，先區分爲兩種類型以利討論：第一種是「先
有題後有詩」，第二種則是「先有韻後有詩」。兩者皆是先訂定一限制
範圍，使創作者依其規定範圍，然後在一定的時間內完成詩作。其基
本的差異，則是在於所謂的限制範圍是題材、內容？還是音韻部分？
然後，在這兩種類型底下，再將幾種形式接近或創作規則相似的類
型，歸爲一類討論。如此，即使有遺漏而未討論到的類型，也可以從
這些已經分類的基本型態中，大致確立其歸屬類別。當然，在這裡必
須先說明的是，但凡分類標準所指涉的範圍，難免有其模糊地帶，部

分詩歌有時可同時歸納於兩種類型，不過本文仍儘量以最大範圍的類標準進行分類，並尋求最適當的類型予以歸納討論。

「先有題後有詩」可說是六朝遊戲化詩歌的主要類型。若依據判斷是否爲遊戲的標準，則又可再分成二種次類型：一種是以創作動機來判斷爲遊戲化的詩歌。這類遊戲化的詩歌，其遊戲性質主要是存在於創作動機上，所以就內容或形式上而言，不一定能夠看見明顯的遊戲性。如果直接閱讀詩作內容，甚至還能從中發現許多具有情志的涵義。所以這種類型，必須具備充分的動機說明，才能被歸類爲遊戲化詩歌。另一種次類型，則是經由詩的題目、內容或形式即可判定爲遊戲化的詩歌。這類遊戲化的詩歌，不需要透過創作動機的發掘，就可以直接從詩的內容、字詞理解其遊戲性質。

南朝文人以詩歌進行遊戲競賽時，除了「分題」之外，還有以「分韻」爲遊戲的方式。此即「先有韻後有詩」的類型。所謂「分韻」是指在作詩時，先規定若干字爲韻，然後由在場的文人分拈韻字，依韻作詩，也可稱爲「賦韻」。分韻作詩在南朝已是一種常見的遊戲競賽型態。而且王室貴族亦風行此種遊戲競賽，並常以難作之險韻測試其文才。除此之外，分韻作詩也常常與其他詩體形式結合。即使沒有與其他詩體結合，分韻詩作也多半會在題目上說明此次分韻的寫作動機。所以「先有韻後有詩」的類型很容易就可以判斷爲遊戲化的詩歌。雖然相對於「先有題後有詩」的類型來說，「先有韻後有詩」的類型在創作數量上少了許多。但自南朝文人開始，聲律問題才逐漸被文人重視，以分韻作爲遊戲競賽的方式，自然不如分題來得盛行。但無論如何，以分韻作詩當成文人之間的遊戲競賽，確實是六朝時期的一項特色，也值得我們注意。

討論完遊戲化詩歌的類型後，本文於最後一章討論「遊戲筆調下的嚴肅心態」。在充滿遊戲性的時代風氣下，是否有文人藉著遊戲化的筆法，以凸顯心中的情志？以及如何判斷的方法。

雖然本文在前面幾章的討論中，不斷強調六朝的遊戲詩作，大多

與個人的情志無關。但仍有少數詩作在遊戲的形式下，存在著深切而嚴肅的涵義。只是如何判別遊戲詩作，具有深切而嚴肅的涵義，除了要謹慎推論外，還必須找出具有效力的的相關證據，才能斷定。這種方式雖然看似容易，但後世文人卻常在某些詩的詮釋上，出現歧見。最主要的原因，還是證據效力的問題。許多詮釋者都會直接以作者身世、遭遇比附詩作，將詩作所描述的情境，視爲作者自身的遭遇。有時以史證詩，有時又以詩證史。但透過這種循環論證而得出結論，不僅證據效力薄弱，許多結論也往往淪爲詮釋者的臆測。那麼要如何才能判定一首詩具有寄託之意或深切的涵義，即使這首詩的表面，可能是以一種遊戲詩體的型態或寫作方式呈現呢？最簡單而明確的方式，即是透過創作動機來確認詩中是否具有涵義。創作動機往往是解讀文學作品時，最主要的證據之一。雖然偶有穿鑿附會的情形產生，但並不能因此就否定此種方法的有效性。我們反而可以逆向思考：正是因爲創作動機具有高度的詮釋效力，才會讓後世解讀者不停的尋求實指之事，以證明詩中之義。當然，如何判斷創作動機的眞實性，亦可說是詮釋詩作時的先決條件。若是作者已於題目或序中表明，自然是鐵證，但如果必須依藉其他史料所記載的創作動機來證明，就要仔細審視其來源的可靠性。如此，也較能避免穿鑿附會的情形。以創作動機來解析作品，因爲具有明確的證據效力，所以比較能夠將詮釋角度，穿越表面的遊戲形式，進而理解隱藏在深層的涵義。

　　然而，若是遊戲詩作的內容，明顯具有某種涵義或指涉某些事情，可是卻沒有明顯的證據（包含題目及寫作詩體在內）足以確認其創作動機，又該如何處理？面對這種情形，詮釋者除了必須仔細琢磨詩句所呈現的文字及情境外，還必須把握儘量不實指明確之人事物，只需掌握作品所呈現之意義的原則即可。這是因爲作者並未明說寫作的原因及目的，在外部證據不足的情形下，詮釋者若是將詩中涵義實指爲某人某事，反而容易造成過度詮釋。所以在找到更有力的證據前，就應該拋棄作品具有某些實指或寄託的觀念，轉而分析詩作本身

所呈現的內容情感。

　　對於解釋詩歌來說，如何判斷內容含有作者「情志」之義，確實是一件棘手之事。尤其在習慣於以「知人論世」作為詮釋方法的觀念下，更是容易造成詮釋者因為主觀的限制，產生了見仁見智的爭議。這也造成了某種近似詭辯的情形：即使其他評論者不甚贊同其意見，卻也無法提出反證。如此循環，詩歌的歧義性也愈來愈多。這當然不是反對不同意見的陳述表達，只是若能找出明顯之證據，則詮釋者的對話空間自然也增加許多。因此，本文在論述詩歌遊戲化的現象時，皆以創作動機以及外在形式作為判斷依據。因為創作動機即是作者寫作時的想法，外在的遊戲形式則是一種必須遵循的規範限制，這些可說是解釋遊戲化詩歌時最有力的證據。至於這類詩歌的內容是否摻有「情志」，那就是另一層面的問題，也就是「遊戲」與「情志」是否可以同時存在於一首詩歌中。

　　本文的討論主要在呈現六朝的「詩歌遊戲化」，並使得六朝詩歌研究者長期以「情志」為視角的文學史觀，加入以不同面向詮釋的可能。至於未來的發展，其實仍有許多可以更為深入或擴大的地方。例如：六朝賦體亦是當時寫作的主流文體之一，若能加上賦體一起討論，則應該可以更為完整的呈現出六朝文學遊戲化的現象。但詩賦合論的範圍過大，受限於時間及篇幅的因素，本文僅能先挑選詩歌作為討論對象。之後，可再以此方向作為深入研究的議題。除此之外，唐代具遊戲性質的詩歌其實也非常盛行。日後計畫將此議題推展至唐、宋時期，或可逐漸建構出詩歌遊戲化在中國詩學上的地位。這也是未來可為發展的方向之一。最後，雖然本文常強調許多詩歌具有遊戲性質，而且可能是「為文而造情」的作品，但並不表示這些作品不具任何價值意義。而只是希望當我們在詮釋這些詩歌時，在方法上可以有些改變，而不至於產生過度的「望文生義」。至於到底是「情生於文」的作品較好，還是「文生於情」的作品更佳？就不是本文所探討的範圍了。

參考書目

一、古籍

1. 〔漢〕司馬遷《史記》，北京：中華書局，1997 年 11 月一版。
2. 〔漢〕《淮南子》，臺北：世界書局，民國 47 年 5 月初版。
3. 〔漢〕揚雄著、汪寶榮撰、陳仲夫點校《法言義疏》，北京：北京中華書局，1997 年 10 月北京一版三刷。
4. 〔東漢〕班固《漢書》，北京：中華書局，1997 年 11 月一版。
5. 〔東漢〕許慎著、〔清〕段玉裁注《說文解字注》，臺北：藝文印書館，民國 86 年 4 月初版九刷。
6. 〔晉〕陳壽《三國志》，北京：中華書局，1997 年 11 月一版。
7. 〔晉〕葛洪著、楊明照注《抱朴子外篇》，北京：北京中華書局，1997 年 10 月一版一刷。
8. 〔晉〕葛洪《西京雜記》，臺北：臺灣商務印書館，民國 68 年。
9. 〔晉〕葛洪著、成林、程章燦譯注《西京雜記》，臺北：地球出版社，民國 83 年 9 月一版。
10. 〔南朝宋〕范曄《後漢書》，北京：中華書局，1997 年 11 月一版。
11. 〔南朝宋〕范曄撰，〔唐〕李賢注《新校本後漢書并附編十三種》，臺北：鼎文，民 83 年。
12. 〔南朝宋〕劉義慶著、余嘉錫箋疏《世說新語箋疏》，北京：中華書局，2011 年 3 月二版五刷。
13. 〔南朝梁〕劉勰著、周振甫注《文心雕龍注釋》，臺北：里仁書局，民國 87 年 9 月 28 日初版三刷。
14. 〔南朝梁〕鍾嶸著、王叔岷箋證《鍾嶸詩品箋證稿》，臺北：中央研究院中國文哲研究所，民國 81 年 3 月初版。

15. 〔南朝梁〕釋慧皎撰、湯用彤注《高僧傳》，北京：中華書局，2004年4月一版四刷。

16. 〔南朝梁〕沈約《宋書》，北京：中華書局，1997年11月一版。

17. 〔南朝梁〕蕭子顯《南齊書》，北京：中華書局，1997年11月一版。

18. 〔南朝梁〕昭明太子、〔唐〕李善注《昭明文選》，臺北：藝文印書館，民國87年12月初版十三刷。

19. 〔南朝梁〕昭明太子撰、六臣注：《增補六臣註文選》，台北：華正書局，民國94年5月初版二刷。

20. 〔南朝梁〕任昉撰、〔明〕陳懋仁註《文章緣起注》，臺北：廣文書局，民國59年1月初版。

21. 〔北魏〕酈道元《水經注》，臺北：世界書局，民國72年11月六版。

22. 〔北齊〕顏之推撰、王利器注《顏氏家訓集解（增補本）》，北京：中華書局，2011年4月一版六刷。

23. 〔唐〕房玄齡《晉書》，北京：中華書局，1997年11月一版。

24. 〔唐〕姚思廉《梁書》，北京：中華書局，1997年11月一版。

25. 〔唐〕姚思廉《陳書》，北京：中華書局，1997年11月一版。

26. 〔唐〕李延壽《南史》，北京：中華書局，1997年11月一版。

27. 〔唐〕李延壽《北史》，北京：中華書局，1997年11月一版。

28. 〔唐〕李百藥《北齊書》，北京：中華書局，1997年11月一版。

29. 〔唐〕令狐德棻《周書》，北京：中華書局，1997年11月一版。

30. 〔唐〕魏徵《隋書》，北京：中華書局，1997年11月一版。

31. 〔唐〕杜佑《通典》，臺北：臺灣商務印書館，民國76年12月臺一版。

32. 〔唐〕歐陽詢等編《藝文類聚》，臺北：文光出版社，民國63年8月初版。

33. 〔唐〕吳兢《樂府古題要解》，收入〔清〕丁仲祐編：《續歷代詩話》，臺北：藝文印書館，民國72年6月四版。

34. 〔後晉〕劉昫《舊唐書》，北京：中華，1997年11月一版。

35. 〔宋〕歐陽修、宋祁《新唐書》，北京：中華，1997年11月一版。

36. 〔宋〕李昉《太平御覽》，臺北：臺灣商務印書館，民國63年10月臺三版。

37. 〔宋〕朱熹《四書章句集注》，臺北：大安出版社，民85年11月出版。

38. 〔宋〕朱熹《參同契考異》，臺北：臺灣中華書局，民國 55 年 3 月臺一版。

39. 〔宋〕嚴羽著、郭紹虞校釋：《滄浪詩話校釋》，臺北：里仁書局，民國 76 年 4 月 1 日初版。

40. 〔宋〕張戒《歲寒堂詩話》，收入〔清〕丁仲祐《續歷代詩話》，臺北：藝文印書館，民國 72 年 6 月四版。

41. 〔宋〕葉少蘊《石林詩話》，收入〔清〕何文煥：《歷代詩話》，臺北：藝文印書館，民國 80 年 9 月五版。

42. 〔宋〕孔平仲《續世說》，收入《全宋筆記》，鄭州：大象出版社，2006 年 1 月一版一刷。

43. 〔宋〕郭茂倩《樂府詩集》，臺北：里仁書局，民國 88 年 1 月 10 日初版二刷。

44. 〔宋〕俞琰《周易參同契發揮》，收入〔清〕永瑢、紀昀等編：《景印文淵閣四庫全書》，臺北：臺灣商務印書館，75 年 3 月初版。

45. 〔宋〕曾慥《類說》，收入〔清〕永瑢、紀昀等編：《景印文淵閣四庫全書》，臺北：臺灣商務印書館，75 年 3 月初版。

46. 〔宋〕桑世昌《回文類聚》，〔清〕永瑢、紀昀等編：《景印文淵閣四庫全書》，臺北：臺灣商務印書館，75 年 3 月初版。

47. 〔宋〕洪邁《容齋隨筆》，上海：上海古籍出版社，1998 年 3 月一版二刷。

48. 〔明〕胡應麟《少室山房筆叢》，收入《景印文淵閣四庫全書》，臺北：商務印書館，民國 75 年 3 月初版。

49. 〔明〕胡應麟《詩藪》，臺北：廣文書局，民國 62 年 9 月初版。

50. 〔明〕胡震亨《唐音癸籤》，臺北：世界書局，民國 66 年 8 月四版。

51. 〔明〕謝榛《四溟詩話》，北京：人民文學出版社，2001 年 10 月一版二刷。

52. 〔明〕吳訥《文章辨體序說》，收入《文體序說三種》，臺北：大安出版社，1998 年 6 月一版一刷。

53. 〔明〕徐師曾《文體明辨序說》，收入《文體序說三種》，臺北：大安出版社，1998 年 6 月一版一刷。

54. 〔明〕楊慎《升菴文集》，收入王文才、萬光治等編：《楊升庵叢書》，成都：天地出版社，2002 年 12 月一版一刷。

55. 〔明〕梁橋《冰川詩式》，臺北：廣文書局，民國 62 年 9 月初版。

56. 〔清〕阮元校勘《十三經注疏·詩經》，臺北：藝文印書館，民國

90 年 12 月初版十四刷。

57. 〔清〕阮元校勘《十三經注疏‧禮記》，臺北：藝文印書館，民國 90 年 12 月初版十四刷。

58. 〔清〕阮元校勘《十三經注疏‧左傳》，臺北：藝文印書館，民國 90 年 12 月初版十四刷。

59. 〔清〕阮元校勘《十三經注疏‧尚書》，臺北：藝文印書館，民國 90 年 12 月初版十四刷。

60. 〔清〕阮元校勘《十三經注疏‧周禮》，臺北：藝文印書館，民國 90 年 12 月初版十四刷。

61. 〔清〕嚴可均《全上古三代秦漢三國六朝文》，京都：中文出版社，1981 年 6 月三版。

62. 〔清〕彭定求等編《全唐詩》，北京：中華書局，2003 年 7 月北京一版七刷。

63. 〔清〕郭慶藩撰、王孝魚點校《莊子集釋》，台北：天工書局，民國 78 年 9 月 10 日。

64. 〔清〕劉寶楠《論語正義》，台北：世界書局，民 81 年 4 月八版。

65. 〔清〕王士禛《師友詩傳續錄》，收入〔清〕丁福保：《清詩話》，臺北：西南書局，民國 68 年 11 月 1 日初版。

66. 〔清〕沈德潛《說詩晬語 2》，收入〔清〕丁福保：《清詩話》，臺北：西南書局，民國 68 年 11 月 1 日初版。

67. 〔清〕賀貽孫《詩筏》，收入郭紹虞：《清詩話續編》，臺北：藝文印書館，民國 74 年 9 月初版。

68. 〔清〕毛先舒《詩辯坻》，收入郭紹虞：《清詩話續編》，臺北：藝文印書館，民國 74 年 9 月初版。

69. 〔清〕潘德輿《養一齋詩話》，收入郭紹虞：《清詩話續編》，臺北：藝文印書館，民國 74 年 9 月初版。

70. 〔清〕陳廷焯《白雨齋詞話》，北京：人民文學出版社，2001 年 10 月一版二刷。

71. 〔清〕沈德潛《古詩源》，北京：北京中華書局，2007 年 7 月北京一版十一刷。

72. 〔清〕趙翼《陔餘叢考》，京都：中文出版社，1979 年 12 月出版。

73. 〔清〕丁晏《曹集詮評》，臺北：廣文書局，民國 50 年 11 月初版。

74. 〔清〕王先慎《韓非子集解》，臺北：藝文印書館，民國 72 年 6 月三版。

75. 〔清〕陶澍注《靖節先生集》，臺北：華正書局，民國 64 年 5 月臺
    一版。

76. 〔清〕陳士珂輯《孔子家語疏證》，臺北：臺灣商務印書館，民國
    60 年。

77. 程樹德《論語集釋》，北京：中華書局，1997 年 10 月北京一版四刷。

78. 王國維著、滕咸惠注《人間詞話新注》，台北：里仁書局，民國 83
    年 11 月 30 日初版三刷。

79. 薛鳳昌編《梨洲遺著彙刊》，台北：永吉出版社，民國 58 年 10 月
    10 日臺初版。

80. 張仲清《越絕書校注》，北京：國家圖書館出版社，2009 年 6 月一
    版一刷。

81. 《古文苑》，臺北：鼎文書局，民國 62 年元月初版。

82. 《晦庵先生朱文公文集》，收入《朱子全書・第二十一冊》，上海：
    上海古籍出版社、合肥：安徽教育出版社，2002 年 12 月一版一刷。

二、現代學術論著

1. 王瑤《中古文學史略（重排本）》，北京：北京大學出版社，2008 年
   5 月二版二刷。

2. 王夢鷗《古典文學論探索》，臺北：正中書局，民 73 年 2 月臺初版。

3. 王夢鷗《傳統文學論衡》，臺北：時報文化，民 76 年 6 月 30 初版。

4. 王仲犖《魏晉南北朝史》，上海：上海人民出版社，2003 年 4 月一
   版一刷。

5. 王冠輯《賦話廣聚》，北京：北京圖書館出版社，2006 年 12 月一版
   一刷。

6. 王運熙《樂府詩述論》，上海：上海古籍出版社，1996 年 6 月一版
   一刷。

7. 王鍾陵《中國中古詩歌史》，北京：人民出版社，2005 年 8 月一版
   一刷。

8. 王文進《南朝邊塞詩新論》，臺北：里仁書局，民國 89 年 12 月 31
   日初版二刷。

9. 王文進《南朝山水與長城想像》，臺北：里仁書局，2006 年 6 月 30
   日初版。

10. 王力堅《中古文學的文化思考》，新加坡：新社 Island Society，2003
    年 7 月。

11. 王力堅《由山水到宮體 —— 南朝的唯美詩風》，臺北：臺灣商務印

書館，1997 年 12 月初版一刷。

12. 方師鐸《傳統文學與類書的關係》，臺中：私立東海大學，民國 60 年 8 月初版。

13. 方祖燊《漢書研究》，臺北：正中書局，民國 68 年 6 月臺二版。

14. 尤雅姿《魏晉士人之思想與文化研究》，臺北：文史哲出版社，民 87 年 9 月初版北京大學中文系《魏晉南北朝文學史參考資料》，臺北：里仁，民 81 年 3 月 16 日。

15. 石觀海《宮體詩派研究》，武昌：武漢大學出版社，2003 年。

16. 朱自清《詩言志辨》，臺北：漢京文化事業有限公司，民國 72 年元月 5 日初版。

17. 余英時《中國知識階層史論》，臺北：聯經出版事業公司，1997 年 4 月初版五刷。

18. 何啓民《中古門第論集》，臺北：學生，民 71 年 2 月再版。

19. 何啓民《魏晉思想與談風》，臺北：學生，民 71 年 1 月四版（學三版）。

20. 何文匯《雜體詩釋例》，香港：中文大學出版社，1991 年一版二刷。

21. 余紹初輯校《建安七子集》，北京：中華書局，2012 年 7 月北京二版五刷。

22. 杜維運《史學方法論》，臺北：三民，民 86 年 9 月 14 日十四版。

23. 尚學鋒、過常寶、郭英德《中國古典文學接受史》，濟南：山東教育出版社，2005 年 11 月 1 版 2 刷。

24. 林文月《中古文學論叢》，臺北：大安出版社，民國 78 年 6 月初版。

25. 周紹賢《魏晉清談述論》，臺北：台灣商務印書館，民 76 年 2 月三版。

26. 洪順隆《由隱逸到宮體》，臺北：文史哲，民 73 年 7 月文一版。

27. 胡大雷《中古文學集團》，桂林：廣西師範大學出版社，1999 年 5 月 1 版 2 刷。

28. 胡大雷《宮體詩研究》，北京：商務印書館，2004 年。

29. 唐翼明《魏晉清談》，臺北：東大圖書股份有限公司，民國 81 年 7 月初版三刷。

30. 徐復觀《中國文學論集》，臺北：臺灣學生書局，2001 年 12 月 5 版 3 刷。

31. 徐公持《魏晉文學史》，北京：人民文學出版社，2006 年 7 月一版一刷。

32. 高莉芬《絕唱：漢代歌詩人類學》，臺北：里仁書局，2008 年 2 月 29 日初版。

33. 高莉芬《元嘉詩人用典研究》，臺北：花木蘭文化出版社，2007 年 9 月。

34. 袁行霈《陶淵明集校注》，北京：中華書局，2005 年 8 月北京一版二刷。

35. 張蓓蓓《中古學術論略》，臺北：大安，1991 年 5 月一版一刷。

36. 陸侃如、馮沅君《中國詩史》，濟南：山東大學出版社，2000 年 8 月二版二刷。

37. 曹道衡《中古文學論文集》，臺北：洪葉文化事業有限公司，1996 年 10 月初版一刷。

38. 梅家玲《漢魏六朝文學新論》，臺北：里仁書局，民國 86 年 4 月 15 初版。

39. 郭英德《中國古代文人集團與文學風貌》，北京：北京師範大學出版社，1998 年一版一刷。

40. 陳昌明《緣情文學觀》，臺北：臺灣書店，民國 88 年 11 月初版。

41. 陳良運《中國詩學體系論》，北京：中國社會科學出版社，1998 年 9 月一版二刷。

42. 陳望道《修辭學發凡》，上海：上海教育出版社，2006 年 7 月四版一刷。

43. 張愛波《西晉士風與詩歌 —— 以「二十四友」研究爲中心》，濟南：齊魯書社，2006 年 11 月一版一刷。

44. 黃亞卓《漢魏六朝公宴詩研究》，上海：華東師範大學出版社，2007 年 5 月一版一刷。

45. 游志誠《昭明文選學述論考》，臺北：臺灣學生書局，民國 85 年 3 月初版。

46. 程章燦《魏晉南北朝賦史》，江蘇：江蘇古籍出版社，2001 年 6 月一版一刷。

47. 逯欽立《先秦漢魏晉南北朝詩》，北京：北京中華書局，1998 年 5 月 1 版 4 刷。

48. 黃侃《文心雕龍札記》，臺北：文史哲出版社，民國 62 年 6 月再版。

49. 萬光治《漢賦通論》，北京：華齡出版社，2004 年 10 月 1 版 1 刷。

50. 葉慶炳《中國文學史》，臺北：臺灣學生書局，1997 年 6 月初版六刷。

51. 廖蔚卿《六朝文論》，臺北：聯經出版社，民國 74 年 9 月初版三刷。

52. 廖蔚卿《魏晉六朝文學論集》，臺北：大安，1997 年 12 月一版一刷。

53. 廖國棟《建安辭賦之傳承與拓新——以題材及主題爲範圍》，臺北：文津出版社，2000 年 9 月一版。

54. 趙輝《六朝社會文化心態》，臺北：文津出版社，民國 85 年元月初版。

55. 裴普賢《集句詩研究》，臺北：臺灣學生書局，民國 64 年 11 月初版。

56. 蔡英俊《比興物色與情景交融》，臺北：大安出版社，民國 84 年 3 月一版三刷。

57. 劉大杰《中國文學發展史》，臺北：華正書局，民國 85 年 7 月版。

58. 劉躍進《永明文學研究》，臺北：文津出版社，民國 81 年 3 月初版。

59. 錢志熙《魏晉詩歌藝術原論》，北京：北京大學出版社，1993 年 1 月一版一刷。

60. 錢志熙《魏晉南北朝詩歌史述》，北京：北京大學出版社，2005 年 6 月一版一刷。

61. 錢鍾書《管椎篇》，北京：中華書局，1999 年 11 月北京七刷。

62. 蕭滌非《漢魏六朝樂府文學史》，臺北：長安出版社，民國 65 年 10 月初版。

63. 顏崑陽《李商隱詩箋釋方法論——中國古典詮釋學例說》，臺北：里仁書局，民國 94 年 11 月 30 日修訂一版。

64. 顏崑陽《六朝文學觀念論叢》，臺北：正中，民 82 年 2 月臺初版。

65. 顏崑陽《李商隱詩箋釋方法論》，臺北：里仁書局，民國 94 年 11 月 30 日修訂一版。

66. 歸青《南朝宮體詩研究》，上海：上海古籍，2006 年。

67. 簡宗梧《漢賦源流與價值之商榷》，臺北：文史哲出版社，民國 69 年 12 月初版。

68. 簡宗梧《漢賦史論》，臺北：東大圖書股份有限公司，民國 82 年 5 月初版。

69. 譚友夏鑑定、游子六纂輯《詩法入門》，臺北：新文豐出版公司，民國 63 年 12 月初版。

70. 羅根澤《周秦兩漢文學批評史》，臺灣：臺灣商務印書館，1996 年 3 月臺二版一刷。

71. 饒少平《雜體詩歌概論》，北京：中華書局，2009 年 6 月北京一版一刷。

72. 龔鵬程《文學批評的視野》，臺北：大安出版社，1998 年年 4 月初版二刷。

73. 龔鵬程《中國文學史》，臺北：里仁書局，2009 年 1 月 5 日初版。

74. 龔克昌《中國辭賦研究》，濟南：山東大學出版社，2005 年 10 月一版二刷。

75. 龔斌校箋《陶淵明集校箋》，上海：上海古籍出版社，1999 年 12 月一版二刷。

76. Robert Escarpit 著、葉淑燕譯《文學社會學》，臺北：遠流出版事業份有限公司，1995 年 2 月 1 日，初版二刷。

77. 胡伊青加（Johan Huizinga）《人：遊戲者——對文化中遊戲因素的研究》，貴州：貴州人民出版社，1998 年 1 月一版一刷。

78. 青木正兒著、鄭樑生、張仁青譯《中國文學思想史》，臺北：臺灣開明書店，民國 66 年 10 月初版。

79. 舒茲著、盧嵐蘭譯《舒茲論文集》第一冊，臺北：久大、桂冠聯合出版，1992 年。

80. 鈴木虎雄《賦史大要》，臺北：正中書局，民國 65 年 4 月臺二版。

81. 瀧川龜太郎《史記會注考證》，高雄：麗文文化事業股份有限公司，1997 年元月初版。

三、期刊論文

1. 于廣元〈回文詩起源考辨〉，《中國典籍與文化》，2008 年（總第 64 期）。

2. 王淑嫻〈蕭子良文學集團之組成及其政治意義試探〉，《中正歷史學刊》，第七期，民國 93 年。

3. 王暉〈柏梁臺詩真偽考辨〉，《文學遺產》，2006 年第 1 期。

4. 王小盾〈《文心雕龍·樂府》三論〉，《文學遺產》，2010 年第 3 期。

5. 朱曉海〈讀兩漢詠物賦雜俎〉，《漢學研究》第 18 卷第 2 期，民國 89 年 12 月。

6. 朱錦雄〈論班固「賦論」中之體源觀〉，《國立臺北教育大學語文集刊》第 18 期，2010 年 7 月。

7. 李豐楙〈嚴肅與遊戲：六朝詩人的兩種精神面向〉，收入衣若芬、劉苑如主編《世變與創化——漢唐、唐宋轉換期之文藝現象》，臺北：中央研究院中國文哲研究所，民國 89 年 2 月初版。

8. 何詩海〈齊梁文人隸事的文化考察〉，《文學遺產》2005 年第四期。

9. 李立信〈論六朝詩的賦化〉，《第三屆中國詩學會議論文集——魏晉

南北朝詩學》，彰化：國立彰化師範大學國文學系，民國 85 年 5 月。

10. 李錫鎮〈論鮑照仿古樂府詩的文類慣例與風格特性——由篇題有無「代」字的區辨述起〉，《臺大中文學報》，第三十四期，2011 年 6 月。

11. 祁立峰〈遊戲或教育：論蕭統文學集團同題共作詩賦的「互文性」〉，《彰化師大國文學誌》第 19 期，2009 年 12 月。

12. 祁立峰〈相似與差異：論蕭子良文學集團同題共作的「書寫習性」與「互文性」〉，《興大中文學報》，第 26 期，民國 98 年 12 月。

13. 祁立峰〈經驗匱乏者的遊戲——再探南朝邊塞詩的成因〉，《漢學研究》第 29 卷第 1 期，民國 100 年 3 月。

14. 呂正惠〈「物色」論與「緣情」說——中國抒情美學在六朝的開展〉，收入中國古典文學研究會主編：《文心雕龍綜論》，臺北：臺灣學生書局，民國 75 年 5 月初版。

15. 吳承學、何志軍〈詩可以群——從魏晉南北朝詩歌創作型態考察其文學觀念〉，收入《中國社會科學》，2001 年第 5 期。

16. 吳大順〈從《長安有狹斜行》到《三婦豔》看清商三調在南朝的演變〉，《中國詩歌研究（第六輯）》，2009 年。

17. 胡震耀〈回文詩的起源和劉勰有關說法釋疑〉，《中國典籍與文化》，1999 年第 1 期。

18. 徐公持〈賦的詩化與詩的賦化——兩漢魏晉詩賦關係之尋蹤〉，《文學遺產》，1992 年第 1 期。

19. 涂光社〈漢魏六朝的文學模擬——從六朝文學的「擬」「代」談起〉，《遼寧大學學報（哲學社會科學版）》，第 34 卷第 1 期，2006 年 1 月。

20. 馬予靜〈論魏晉南北朝的同題共作賦〉，《河南大學學報（社會科學版）》，第 43 卷第 5 期，2003 年 9 月。

21. 高莉芬〈六朝詩賦合流現象之一考察——賦語言功能之轉變〉，《第三屆國際辭賦學學術研討會論文集》，1996 年 12 月。

22. 孫明君〈二陸贈答詩中的東南士族〉，《北京大學學報（哲學社會科學版）》，第 44 卷第 5 期，2007 年 9 月。

23. 孫占宇〈戰國秦漢時期建除術討論〉，《西安財經學院學報》，第 23 卷第 5 期，2010 年 9 月。

24. 章滄授〈建安諸子辭賦創作的重新審視〉，《中國文化研究》，1998 年第 3 期。

25. 陳新〈離合詩雜考〉，《閱讀與寫作》，1999 年 11 期。

26. 陳恩維〈創作、批評與傳播——論建安同題共作的三重功能〉,《中國文學研究》,2004 年第 4 期（總第 75 期）。

27. 陳世杰〈迴文詩形式初探〉,《商丘師範學院學報》第 21 卷第 1 期,2005 年 2 月。

28. 陳四海〈樂府：始於戰國〉,《音樂研究》,2010 年 1 月第 1 期。

29. 郭焰坤〈回文詩生成的語言及篇章結構條件〉,《國文天地》,第 26 卷第 3 期（總 303）,2010 年 8 月。

30. 張亞新〈論六朝詩美觀念的確立〉,《文藝研究》,1999 年第 2 期。

31. 曾守正〈中國「詩言志」與「詩緣情」的文學思想——以漢代詩歌為考察對象〉,《淡江人文社會學刊》第 10 期,2002 年 3 月。

32. 黃樹生〈簡論「賦得」詩體並賞析張九齡《賦得自君出矣》〉,《韶關學院學報・社會科學》,第 29 卷第 8 期,2008 年 8 月。

33. 勞翠勤〈建除體初探〉,《新國學》第七卷,2008 年。

34. 葛曉音〈鮑照「代」樂府體探析——兼論漢魏樂府創作傳統的特徵〉,《上海大學學報（社會科學版）》,第 16 卷第 2 期,2009 年 3 月。

35. 楊琳〈從五雜組詩到雜組文——談雜組體詩文的發展過程〉,《古籍整理研究學刊》,2006 年 7 月第四期。

36. 趙麗萍〈紅顏零落歲將暮——論鮑照《擬行路難》十八首中的生命意識〉,《遵義師範學院學報》第 4 卷第 4 期,2002 年 12 月。

37. 劉漢初〈論「賦得」〉,《蕭統兄弟的文學集團》,國立台灣大學中文所博士論文,1975 年 6 月。

38. 劉漢初〈梁朝邊塞詩小論〉,《魏晉南北朝文學論集》,臺北：文史哲出版社,民國 83 年 11 月初版。

39. 蔡英俊〈「擬古」與「用事」：試論六朝文學現象中「經驗」的借代與解釋〉,《文學、文化與世變》,臺北：中央研究院中國文哲研究所,2002 年。

40. 鄭毓瑜〈詩歌創作過程的兩種模式——「詩緣情」與「詩言志」〉,《中外文學》第 11 卷第 9 期,民國 72 年 2 月。

41. 鄭毓瑜〈試論公讌詩之於鄴下文士集團的象徵意義〉,《魏晉南北朝文學與思想學術研討會論文集（第二輯）》,臺北：文津出版社,民國 82 年 11 月初版。

42. 鄭良樹〈出題奉作——曹魏集團的賦作活動〉,《魏晉南北朝文學論集》,臺北：文史哲出版社,民國 83 年 11 月初版。

43. 黎德銳〈迴文詩解讀〉,《廣西教育學院學報》,2006 年第 3 期（總

第 83 期）。

44. 鄧仕樑〈擬謝靈運《擬魏太子鄴中集詩》〉,《魏晉南北朝文學論集》,
臺北:文史哲出版社,民國 83 年 11 月初版)。

45. 魯淵〈迴文詩「起源說」考辨〉,《社科縱橫》總第 24 卷第 9 期,2009
年 9 月。

46. 錢穆〈略論魏晉南北朝學術文化與當時門第之關係〉,《中國學術思
想史論叢（三）》,臺北:東大圖書有限公司,民國 66 年 7 月初版。

47. 錢志熙〈齊梁擬樂府詩賦題法初探 —— 兼論樂府詩寫作方法之流
變〉,《北京大學學報（社會科學版）》,1995 年第四期。

48. 錢志熙〈樂府古辭的經典價值 —— 魏晉至唐代文人樂府詩的發
展〉,《文學評論》,1998 年第 2 期。

49. 韓德林〈論中國古代文學的遊戲娛樂功能〉,《文學遺產》,1992 年
第 6 期。

50. 韓寧〈娛情遊戲 纖巧圓潤 —— 試論蕭繹詩歌的社會功能及藝術特
色〉,《河北大學學報（哲學社會科學版)》,第 25 卷第 6 期,2000
年 12 月。

51. 韓國良〈「漢武乃立樂府」考〉,《河南師範大學學報（哲學社會科學
版)》,第 30 卷第 6 期,2003 年。

52. 韓高年〈「繼作」、「共作」與「贈答」 —— 魏晉賦創作範式的轉變
及其意義〉,《甘肅社會科學》,2009 年第 6 期。

53. 魏宏燦〈同題並作:鄴下文學繁榮的促進力〉,《黃岡師範學院學報》,
第 23 卷第 2 期,2003 年 4 月。

54. 魏宏燦〈建安文人創作以賦為宗論〉,《安徽大學學報（哲學社會科
學版)》,第 27 卷第 6 期,2003 年 11 月。

55. 簡宗梧〈枚乘《七發》與漢代貴遊文學之發皇〉,《兩漢文學學術研
討論文集:舊學商量加邃密》,臺北:華嚴出版社,民國 84 年 5 月
初版。

56. 簡宗梧〈六朝世變與貴遊賦的衍變〉,《文學、文化與世變》,臺北:
中央研究院中國文哲研究所,2002 年。

57. 顏崑陽〈漢代「賦學」在中國文學批評史上的意義〉,《第三屆國際
辭賦學學術研討會論文集》,1996 年 12 月。

58. 顏崑陽〈從〈詩大序〉論儒系詩學的「體用」觀〉,《第四屆漢代文
學與思想學術研討會論文集》,臺北:國立政治大學中國文學系,2005
年 5 月。

59. 顏崑陽〈論「先秦詩社會文化行為」所展現的「詮釋範型」意義〉,

《東華人文學報》第 8 期，2006 年 1 月。

60. 顏崑陽〈用詩，是一種社會文化行爲方式──建構「中國詩用學」芻論〉，《淡江中文學報》第 18 期，2008 年 6 月。

61. 蕭馳〈後謝靈運時代的「風景」──以鮑照、謝朓爲例〉，《漢學研究》第 30 卷第 2 期，民國 101 年 6 月。

62. 譚家健〈漢魏六朝時期的海賦〉，《聊城師範學院學報（哲學社會科學版）》，2000 年第 2 期。

63. 譚德興《《通典》所收張衡〈疏〉之作者辨証〉，《復旦學報（社會科學版）》，2001 年第 3 期。

四、學位論文

1. 劉漢初《六朝詩發展述論》，國立台灣大學中文所博士論文，民 72 年 5 月。

2. 劉漢初《蕭統兄弟的文學集團》，國立臺灣大學中文所碩士論文，1975 年 6 月。

3. 呂光華《南朝貴遊文學集團研究》，國立政治大學中文所博士論文，民國 79 年 5 月。

4. 王慈驚《宋代雜體詩研究》，中正大學中文所碩士論文，民國 83 年。

5. 王瑞雲《齊梁詩歌創作中的遊戲觀念》，河北大學文學碩士論文，2004 年 6 月。

6. 祁立峰《六朝詩賦合流現象之新探》，國立政治大學中文所碩士論文，2006 年。

7. 沈凡玉《六朝同題詩歌研究》，國立台灣大學中文所博士論文，民國 100 年 7 月。